Joanne Fedler

Endlich wieder Weiberabend

Joanne Fedler

Endlich wieder Weiberabend

Roman

Aus dem Englischen
von Katharina Volk

Knaur

Die englische Originalausgabe erschien 2012 unter dem Titel
»Secret Mothers' Business: The Reunion« bei Allen & Unwin.

Besuchen Sie uns im Internet:
www.knaur.de

Wenn Ihnen dieser Roman gefallen hat und Sie auf der Suche sind nach ähnlichen Büchern, schreiben Sie uns unter Angabe des Titels »Endlich wieder Weiberabend« an: frauen@droemer-knaur.de

FSC
www.fsc.org
MIX
Papier aus verantwortungsvollen Quellen
FSC® C014496

Ein Unternehmen der Droemerschen Verlagsanstalt
Th. Knaur Nachf. GmbH & Co. KG, München

Redaktion: Angela Troni
Umschlaggestaltung: ZERO Werbeagentur, München
Umschlagabbildung: FinePic®, München
Satz: Adobe InDesign im Verlag
Druck und Bindung: GGP Media GmbH, Pößneck
Printed in Germany
ISBN 978-3-426-21375-9

2 4 5 3 1

Dieses Buch ist allen Müttern und Töchtern gewidmet,
vor allem aber Lisa und Kaitlyn

Vorabbemerkung der Autorin

Dank *Endlich wieder Weiberabend* habe ich mit ein paar Freundinnen ein Wochenende im Kangaroo Valley in New South Wales verbracht, wo wir tranken, kochten, spazieren gingen, redeten und uns sogar im Planking versuchten – alles natürlich sehr verantwortungsvoll und rein zu Recherchezwecken. Dieses Buch bewegt sich auf dem schmalen Grat zwischen Fiction und Non-Fiction. Viele Dialoge darin sind Abwandlungen echter Gespräche, die ich entweder selbst mit Freundinnen geführt oder aufgeschnappt habe, wenn sich andere Frauen im Park oder vor der Schule unterhalten haben. Dennoch möchte ich betonen, dass dies ein fiktives Werk ist. Ähnlichkeiten der Charaktere mit mir, meinem Mann, meinen Kindern oder meinen Freundinnen sind mehr oder weniger zufällig, obwohl ausgerechnet die absurdesten Vorkommnisse und Gespräche sehr wahrscheinlich genau so stattgefunden haben.

Sicher ist die Vorstellung weit verbreitet, dass ein Tag, der mit dem Abliefern der Kinder vor der Schule beginnt und mit einem gemeinsamen Abendessen am heimischen Küchentisch endet, keine magischen, dramatischen oder aufregenden Ereignisse zu bieten habe. Trotzdem liefert mir die Tatsache, dass ich Mutter bin, immer wieder reichlich Material für neue Bücher. Aus dem unerwartet großen Erfolg von *Weiberabend* habe ich gelernt, dass Frauen sehr gern etwas über das wahre Leben von Müttern lesen, so wenig glamourös es manchmal auch sein mag.

Prominente Mütter wie Posh Spice oder Angelina Jolie reisen in der Welt herum, stolzieren über rote Teppiche und werden auf Schritt und Tritt von Paparazzi verfolgt. Für uns ganz normale Mütter dagegen besteht der Tag hauptsächlich aus Kleinigkeiten und immer denselben einfachen Arbeiten. Was wir tun, bleibt meist unbemerkt, und niemand applaudiert uns dafür. Aber nicht nur in der von politischen Schaukämpfen und wirtschaftlicher Macht geprägten großen, weiten Welt gibt es bedeutsamen Wandel. Ruhige Gespräche unter Frauen führen oft zu kleinen Veränderungen, hin zu mehr Autonomie, persönlicher Entscheidungsfreiheit und Weiterentwicklung. In diesem Buch geht es um das alltägliche Ringen darum, etwas Außergewöhnliches zu sein – ein guter Mensch, eine gute Mutter und eine gute Freundin. Es bezeugt zu oft belächelte Siege und die unbeweinten Tragödien der Selbstverleugnung, die Frauen erleben auf ihrem Weg durch jene Wandlungsprozesse, die Mutterschaft und Freundschaft ihnen abverlangen.

Gandhi sagte einmal, sein Leben sei seine Botschaft. Als Frauen und Mütter sind unsere Leben unsere Geschichten.

Joanne Fedler

Sydney, September 2011

Das Wichtigste über uns

Jo
Alter: 44
Seit 16 Jahren mit meinem Mann Frank zusammen, seit acht Jahren verheiratet.
Kinder: Jamie (13) und Aaron (11).
Blick hinter die Fassade: Schlafstörungen ab drei Uhr morgens, vor kurzem mussten Myome entfernt werden, Orangenhaut greift um sich.

Helen
Alter: 49
Bald 16 Jahre mit David verheiratet.
Kinder: Nathan (13), Sarah (12), Cameron (10) und Levi (6).
Blick hinter die Fassade: Werde mir wohl bald die Gebärmutter entfernen lassen müssen, da drinnen ist alles zusammengebrochen, außerdem chronischer Tinnitus, steigendes Übergewicht, nicht vorhandenes Liebesleben.

Ereka
Alter: 46
Immer noch mit Jake zusammen. So ein guter Mann.
Kinder: Olivia (13), Kylie (11).
Blick hinter die Fassade: Verdacht auf Diabetes, muss noch 80 Kilo abnehmen. Mindestens.

CJ
Alter: 48
Geschieden. Lebe seit zwei Monaten mit Kito zusammen.
Kinder: Liam (15), Jorja (13) und Scarlett (11).
Blick hinter die Fassade: Lasse mir regelmäßig Botox spritzen *(sieht man das etwa nicht?)* und demnächst den Bauch straffen.

Maeve
Alter: 48
Ledig – na ja, geschieden, um genau zu sein, aber das ist schon eine Weile her. Seit fünf Jahren in einer lockeren Beziehung mit Stan.
Kinder: Jonah (23).
Blick hinter die Fassade: *Warum um alles in der Welt sollte jemand Genaueres über meinen Gesundheitszustand wissen wollen? Wie die meisten Frauen in meinem Alter komme ich gerade in die Wechseljahre, und meine Zähne knirschen, aber das wirst du doch nicht etwa schreiben, oder?*

Summer
Alter: 41
Seit fast einem Jahr mit Craig verheiratet (Ehemann Nummer drei).
Unseren ersten Hochzeitstag feiern wir irgendwo auf den Fidschi-Inseln, und zwar todsicher.
Kinder: Jai (16), Airlee (15) und Jemima (9).
Blick hinter die Fassade: Alles in bester Ordnung – vielleicht ein bisschen Cellulite.

Virginia
Alter: 49
Ledig und kinderlos.
Blick hinter die Fassade: Frühe Wechseljahre (entfernte Gebärmutter), Gelenkrheuma im Frühstadium.

1 Ein Haus, von dem man selbst nur träumen kann

Mit dir ist es gar nicht mehr lustig«, brummt Helen.

Ich stakse auf dem Kopfsteinpflaster hinter ihr her wie ein Groupie auf Highheels nach ein paar Martinis zu viel und zerre meinen Rollkoffer mit. Lavendelbüsche in voller Blüte flankieren den Weg bis zur Tür dieses – glaubt mir, es gibt kein anderes Wort dafür – Anwesens. Ihr wisst schon: so ein Haus, von dem man selbst nur träumen kann. Das einem nie gehören wird, jedenfalls nicht in diesem Leben. Allerdings ist »Haus« hier nicht zutreffend, denn so nennt man üblicherweise die bescheidenen vier Wände, in denen normale Leute wohnen. Das hier ist pure Prahlerei. Giftgrüner Efeu ist um die eleganten Schultern des Gebäudes drapiert, und die glänzenden Fenster zwinkern uns zu. Ich frage mich, welchen Millionären es gehören mag und wo sie jetzt wohl sind. Wahrscheinlich auf ihrer eigenen Insel in der Karibik.

Allerdings werdet ihr vielleicht ein bisschen neidisch, wenn ich euch erzähle, dass wir dieses Anwesen zumindest für ein paar Tage gemietet haben. Helen dachte sich, dass ein Wochenende unter Freundinnen mich aus meiner Depression aufrütteln könnte, obwohl ich ihr immer wieder erkläre, dass ich nicht an Depressionen leide. Es gibt eine Menge Gründe für meine Schlaflosigkeit.

»Du willst meine Mutter sein? Ich bin dir doch scheißegal.« Das waren die letzten Worte meiner Tochter Jamie, ehe sie vor nicht einmal drei Minuten einfach auflegte, während ich in der Ein-

fahrt parkte. Diesmal werde ich sie nicht zurückrufen. Das lasse ich mir nicht gefallen. Sie ist jetzt dreizehndreiviertel. In dieser Phase gewöhnt man sich allmählich an den Hass.

Letzte Woche allerdings, als sie diesem Wackelhündchen mit der Schärpe, auf der »Weltbeste Mutter« steht, den Kopf abgerissen hat ... also, das hat wirklich weh getan. Sie hatte es in der Schule gebastelt, und es war an meinem Armaturenbrett befestigt. »Die ganze Klasse musste diese Dinger machen. War nicht meine Idee«, brüllte sie, als hätte sie lieber *Weltblödeste Mutter* darauf geschrieben. Ich mochte dieses Hündchen. Sein Torso gilt mir als Mahnmal für alles, was ich als Mutter falsch gemacht habe.

»Schalt doch dein Handy aus«, sagt Helen.

Als wäre es das Telefon, das mich hasst. Sie kämpft mit dem Schlüsselbund, den sie auf dem Weg hierhin im Büro der Ferienwohnungsvermittlung in Bowral abgeholt hat. Ich wartete derweil im Auto und blätterte in *Das nackte Überleben: Die 100 größten Gefahren der Welt,* das Aaron heute Morgen auf dem Rücksitz hatte liegen lassen. Zweifellos ist dafür wieder mal eine Überziehungsgebühr der Bücherei fällig. Ich könnte sie ihm vom Taschengeld abziehen. Aber dann würde mich bloß seine Klassenlehrerin anrufen und mir berichten, dass er seine Pokemon-Karten oder Nintendo-Gamecards auf dem Pausenhof verkauft. In den zehn Minuten, bis Helen zurückkam, erfuhr ich, wie leicht man durch Botulismus, Kugelfischgift und den gefrorenen Inhalt von Flugzeugtoiletten zu Tode kommen kann – so etwas muss ein elfjähriger Junge offenbar unbedingt wissen.

»Deine Kinder werden schon ein Wochenende lang ohne dich überleben. Steh ihnen einfach mal nicht zur Verfügung.«

Helen hat einen völlig anderen Erziehungsstil als ich und handelt eher nach der Devise: »Lass sie mal machen.« Ich hingegen gleite von einer Sorge (plötzlicher Kindstod, Ersticken an kleinen Gegenständen oder Ertrinken in flachen Gewässern) zur nächsten (Straßen überqueren, allein öffentliche Toiletten aufsuchen und beim Freund einer Freundin im Auto mitfahren, der gerade erst den Führerschein gemacht hat). All das sagt allerdings mehr über die Gesellschaft aus, in der wir leben – eine Welt, die meine Kinder sich mit Vergewaltigern und verantwortungslosen Autofahrern teilen müssen –, als über mich.

Sicheres Geleit – mehr verlange ich doch gar nicht für meine Kinder. Nur von hier bis ins Erwachsenenalter. Aber wohin ich auch schaue, scheint Gefahr zu lauern. Heutzutage kann man ja kaum mehr die Zeitung aufschlagen, ohne vorher Valium zu schlucken. Hai-Attacken, Autounfälle, Skiunglücke, Terroristen, die Pädophilen nicht zu vergessen. Ich liebe Alice Sebold, aber ich muss sagen, dass *In meinem Himmel* in dieser Hinsicht wenig hilfreich war. Falls Jamie allen Ernstes glaubt, ich würde sie für drei Wochen nach Borneo reisen lassen, damit sie dort irgendeinen Berg hinaufklettern und sich durch einen Urwald voller wilder Tiere schlagen kann, irrt sie sich. Und sie behauptet allen Ernstes, sie sei mir egal.

Helen schließt die Tür auf, und wir betreten ein dämmriges Entree, das in ein lichtdurchflutetes Foyer übergeht.

»Puh«, sage ich und meine mehrere Dinge auf einmal. Zum einen: »Du meine Güte – Kronleuchter!«, und zum anderen: »Was müffelt hier denn so?«

»Modrig«, sagt Helen.

Was immer das sein mag, es riecht definitiv nicht gut.

»Ansonsten ist es gar nicht so übel für unser großes Wiedersehen.«

»Na ja, so groß wird es nun auch wieder nicht, wenn die Hälfte von uns fehlt«, erinnere ich sie.

Nach unserem letzten Treffen, dem berüchtigten Weiberabend im Haus von Helens Mutter, hatten wir große Pläne, das müsst ihr mir glauben. Kann das wirklich schon *sechs* Jahre her sein? Wir haben uns damals hoch und heilig versprochen, uns mehrmals im Jahr zu treffen. Wir priesen die Bedeutung solcher Zusammenkünfte und beteuerten uns gegenseitig, wie wichtig es sei, Freundschaften zu pflegen, mal nur unter Frauen zu sein, ohne unsere Männer, und ausnahmsweise zuallererst an uns selbst zu denken.

Doch nach Levis Geburt war Helen plötzlich spurlos verschwunden. So, als wäre sie tatsächlich verschollen. Das vierte Kind war endgültig zu viel für sie, und sie stürzte ab. Aber jetzt ist sie wieder da, so wunderbar lebendig, so überlebensgroß wie immer. Sie hat dieses Wochenende mit einem Eifer organisiert, als hinge ihr Leben davon ab. »Wenn ich nicht bald von meiner Familie wegkomme, bringe ich noch jemanden um«, hatte sie fröhlich erklärt.

Ich habe nur halb so viele Kinder wie Helen, trotzdem schaffe ich es an manchen Tagen gerade so, den letzten Teller in die Spülmaschine zu stellen und mit den nassen Handtüchern aus dem Badezimmer kurz über den Boden zu wischen, ehe ich ins Bett falle – mit einem Seitenblick zu Frank, der ihm unmissverständlich signalisiert: »Denk nicht mal daran.«

Wie hat Helen nur die Zeit gefunden, diese *großzügige viktorianische Villa für acht Personen, inmitten sanfter Hügel gelegen, mit zauberhaftem Garten, Springbrunnen, Pergola und eigenem Damm* ausfindig zu machen? Sie ist der meistbeschäftigte Mensch, den ich kenne, aber irgendwie schafft sie es immer, sich Zeit für die schönen Dinge des Lebens zu nehmen. Wie sie das macht, ist mir allerdings ein Rätsel.

Helens Behauptung, mit mir sei es nicht mehr lustig, ist eine haltlose Übertreibung – das möchte ich hier mal festhalten. Ich habe mich weder Jesus noch Scientology zugewendet, noch bin ich zur Siebenten-Tags-Adventistin oder Veganerin geworden. Ich habe dem Alkohol nicht abgeschworen und auch nicht noch ein Kind bekommen (sie hingegen schon – und mit wem war es da gar nicht lustig, hm?). Sie übertreibt nur deshalb so schamlos, weil ich mich auf unserem Weg durch Bowral geweigert habe, die frittierten Venusmuscheln bei dem Thai-Imbiss zu holen. Das hat sie ein bisschen persönlich genommen.

Anscheinend hat sie vergessen, dass ich ihr immerhin erlaubt habe, mir am Tag vor meiner Hochzeit die Schamhaare zu rasieren. Eine Gemeinschaftsaktion, und ja, es waren auch Kameras dabei. Und was ist mit dieser Hafenkreuzfahrt, bei der sie mich dermaßen mit Cocktails abgefüllt hat, dass ich mir selbst auf den Schoß gekotzt habe? Mit mir kann man sehr wohl eine Menge Spaß haben. Auch wenn ich zu jeder Tages- und Nachtzeit ein Kalorientagebuch und einen Schrittzähler im Gepäck habe.

Ich folge Helen ins Wohnzimmer, an dessen Decke man ein Trapez aufhängen könnte – nur für den Fall, dass mal ein Zirkus hier gastieren sollte. Durch die hohen Fenster fällt das Licht herein. Wie ein alternder Filmstar, der noch immer alle Aufmerksamkeit im Raum auf sich zieht, steht ein Flügel auf schwarzen Zehenspitzen in einer Ecke.

»Viel Platz für eine Party, findest du nicht?«, sagt sie.

Dieser Raum bettelt geradezu darum, dass man auf den Knien quer über den polierten Boden rutscht, wie die Protagonistin in *Flashdance.* Aber das kann ich nicht – am Ende verrenke ich mir dabei den Rücken, und dann wäre es wirklich nicht mehr lustig mit mir.

Direkt vor uns erhebt sich eine prächtige Treppe mit Buntglasfenstern am Treppenabsatz, wo sie sich teilt und in zwei Bögen nach rechts und links schwingt, so dass man sich aussuchen kann, auf welcher Seite man hinauf- oder hinuntergehen will. Als Kind habe ich immer davon geträumt, in so einem Haus zu leben. Wie in *Vom Winde verweht.*

»Wann kommen die anderen?«, frage ich.

»Irgendwann halt. Warum? Entspann dich. Immerhin können wir uns die besten Schlafzimmer aussuchen.«

Das ist mir nicht so wichtig. Ich schlafe sowieso kaum noch.

»Wer ist eigentlich diese Freundin, die CJ mitbringt?«

»Keine Ahnung. Jetzt mach dich mal locker. Das wird nett, du wirst schon sehen.«

Ich fände es auch sehr angenehm, wenn die Atmosphäre hier locker wäre. Wer nicht? Aber bei CJ weiß man nie. Sie ist Anwältin. Und sie hat ein Problem mit emotionaler Abgrenzung. Am Ende bringt sie eine Mandantin mit, eine Betrügerin, Prostituierte oder Drogenhändlerin – ihr wisst schon, einen von den Menschen, zu denen meine Kinder auf gar keinen Fall heranwachsen sollen. Allerdings, wenn ich so darüber nachdenke ... Solche Leute sind bei Partys immer sehr unterhaltsam. Zumindest lenken sie einen von den eigenen Problemen ab.

In einer neu zusammengewürfelten Gemeinschaft ist die sich entwickelnde Gruppendynamik immer Glückssache. Und ich komme so selten mal ein Wochenende weg. Andererseits – wie schlimm kann es schon werden? Unser letztes Treffen war anders. Wir waren alle miteinander befreundet, oder zumindest fast alle. Unsere Kinder gingen in denselben Kindergarten, also konnten wir alle über dieselben ätzenden Mütter lästern. Dem ist nun nicht mehr so. Zunächst einmal wohnt Fiona nicht mehr in Sydney. Nach ihrem Kampf gegen den Brustkrebs haben sie und Ben ein Stück Land in der Nähe der Byron Bay gekauft, ihr Haus mit allem Drum und Dran verhökert und sich dort draußen eine Ökohütte hingestellt, in der sie jetzt eine Massagepraxis betreibt und ihr eigenes Gemüse anbaut. Sie musste eine so heftige Chemotherapie machen, dass sie seitdem keine Augenbrauen mehr hat. Aber sie lebt jetzt so, wie sie es schon immer wollte. Als ich das letzte Mal mit ihr gesprochen habe, hatte sie gerade ihren ersten Korb Erdbeeren aus dem eigenen Garten geerntet und klang so glücklich wie nie zuvor.

Eine weitere Veränderung haben wir im Grunde alle kommen sehen: Liz und Carl trennten sich, weil sie eine Affäre hatte. Liz ist jetzt eine noch größere Nummer in der Welt des Marketings und verbringt die Hälfte des Jahres in Europa. Wenn man sie googelt, bekommt man über hunderttausend Ergebnisse angezeigt. Liz und ich versuchten anfangs noch Kontakt zu halten, doch die E-Mails wurden mit der Zeit immer seltener. Wenn man neu anfängt, will man das Leben ablegen, das man geführt hat, als man noch verheiratet war – das ist nur verständlich. Dass dabei ein paar Freundinnen auf der Strecke bleiben, ist völlig normal. Ich bin froh, dass Carl wieder geheiratet hat. Ich bin ihm und seiner neuen Ehefrau einmal am Strand begegnet, mit Chloe und Brandon, seinen gemeinsamen Kindern mit Liz. Sie wirkten auf mich wie eine Bilderbuchfamilie, also gibt es wohl doch so etwas wie ein Leben nach der Scheidung.

Dooly haben wir auch zu unserem Wochenendausflug eingeladen, aber sie konnte »unmöglich« weg. Ich habe sie zuletzt nach der Beerdigung ihrer Mutter gesehen, als ich ihr einen großen Topf Hühnersuppe vorbeigebracht habe. Sie sagte so etwas wie: »Wenn ich nur daran denke, dass sie nie wieder anrufen und mich bequatschen wird, bis ich mich richtig schlecht fühle, dann fühle ich mich gleich noch schlechter.« Das war eine gelungene Zusammenfassung all dessen, woran Mutter-Tochter-Beziehungen so oft kranken.

Wir waren uns alle einig, Tam nicht einzuladen. Mein letzter Kontakt zu ihr war ein Eintrag an ihrer Facebook-Pinnwand, mit dem ich ihr auch in Franks Namen zur Geburt ihres Babys gratuliert habe. Sie hat nicht mal darauf reagiert. Ich glaube, sie hat mich schon immer gehasst.

Mit Helen allein hätte ich jederzeit ein Wochenende in einem Nobelhotel mit Rund-um-die-Uhr-Zimmerservice verbracht. Aber sie meinte, wenn wir ein paar mehr Leute wären, könnten wir ein tolles Haus mieten, irgendwo auf dem Land.

Ereka und CJ haben wir um der alten Zeiten willen gefragt, ob sie mitkommen wollen, obwohl wir die beiden seit Jahren nicht gesehen haben. Ereka kann nur eine Nacht hier verbringen – solche Ausflüge sind immer schwierig für sie, weil ihre Tochter Olivia geistig behindert ist. Und CJ, die offenbar eine neue Beziehung hat, antwortete per SMS: »Darf ich jemanden mitbringen?« Helen war dafür, denn sie hatte ausgerechnet, was uns dieses Anwesen mit dem klingenden Namen Blind Rise Ridge kosten würde. Sie fand, je mehr Leute wir waren, desto besser – und ein bisschen frischer Wind könne doch ganz lustig sein.

Ich habe ebenfalls ein paar Freundinnen gefragt, ob sie mitkommen möchten, darunter auch Maeve. Wir haben uns in der örtlichen Bücherei kennengelernt, beim Vortrag einer buddhistischen Nonne, die die letzten acht Jahre allein in einer Höhle verbracht hatte. Das ist vermutlich eine Extremsportart in der Meditationsszene: kein Fernsehen, keine Gespräche, nicht mal Wäsche waschen. Maeve könnte Susan Boyles jüngere, attraktivere Schwester sein. Diesem Vergleich kann man sich gar nicht entziehen. Als Erstes fielen mir ihre schwarzen Lederstiefel und der Trenchcoat auf, von dem sich herausstellte, dass sie ihn selbst genäht hatte. Er war über und über mit Buttons bedeckt, die sie auf ihren Reisen in alle Herren Länder gesammelt hat. Dass sie ein grünes und ein braunes Auge hat, als hätte Gott sich nicht entscheiden können, sah ich erst, als ich unmittelbar vor ihr stand.

»Wissen Sie, an wen Sie mich erinnern?«, begann ich das Gespräch.

»Susan Boyle?«, entgegnete sie ein wenig gequält.

Das hörte sie wohl nicht zum ersten Mal.

Trotzdem kam die Unterhaltung in Gang, denn wir waren uns einig, dass die Nonne zwar wahnsinnig heiter und gelassen war, dafür aber auch eine wahnsinnig schlechte Rednerin. Ehe der Abend vorüber war, hatten wir unsere Telefonnummern ausgetauscht, und als ich mir ihre Visitenkarte am nächsten Morgen richtig ansah, stellte ich überrascht fest, dass sie Ethnologieprofessorin ist. Tags darauf schrieb ich ihr eine E-Mail, und wir trafen uns zum Mittagessen in einem kleinen Café nahe der Uni. Nach einer Weile äußerte ich mein Erstaunen darüber, dass wir so lange auf unser Essen warten mussten. Daraufhin erzählte sie mir, dass die San in Afrika ein Gift aus den Larven mehrerer kleiner Käferarten, giftigen Pflanzen, Schlangengift und giftigen Raupen herstellen. Manchmal warten sie bis zu drei Tage lang, bis ein großes Beutetier daran stirbt. Vor diesem Hintergrund war es wohl kaum das Ende der Welt, eine Dreiviertelstunde auf einen Caesar Salad zu warten.

Maeve war auch mal verheiratet (»vor ewigen Zeiten«) und führt derzeit eine sehr lockere Beziehung mit Stan, einem geschiedenen Professor für neuere Geschichte. Ihr erwachsener Sohn Jonah reist mit seiner Gitarre und seiner Freundin kreuz und quer durch Südamerika. Ihre größte Sorge gilt ihrem nächsten wissenschaftlichen Artikel, und am meisten Kopfschmerzen bereiten ihr die zweihundert Examen, die sie zweimal pro Jahr korrigieren muss. Sie gärtnert und näht gerne, geht ab und an zu Weinproben oder Sonderausstellungen in Museen und macht zweimal die Woche um halb sechs Tai-Chi, während ich gerade darüber grübele, was ich meiner Familie zum Abendessen vorsetzen soll. Eines Tages wird mein Leben auch so aussehen. Wahrscheinlich aber mit Frank.

Maeve lächelte hilflos, als ich sie fragte, ob sie ein Foto von Jonah dabeihabe. Offenbar verspüren nicht alle Mütter den Drang, bei jeder sich bietenden Gelegenheit mit ihrem Nachwuchs anzugeben und dazu stets ein Bild im Geldbeutel parat zu haben. Ich hingegen trage sogar eine Kette mit zwei runden silbernen Anhängern, auf denen Jamies und Aarons Namen und ihre Geburtsdaten eingraviert sind. Die Kette lege ich nie ab.

Maeve kann faszinierende Geschichten über die Kulturen und die Gebräuche der Stämme erzählen, die sie studiert hat – ein paar davon möchte man allerdings lieber nicht beim Essen hören. Hätte ich erst später im Leben Frank kennengelernt und Kinder bekommen, dann hätte ich sicher auch irgendwas Großartiges und Humanitäres gemacht, bei dem man in der ganzen Welt herumreist. Wahrscheinlich könnte ich dann »Wo bitte geht's zum Bahnhof?« auf Zhuang und Igbo fragen. Ich könnte euch erzählen, wie die Tongaer ihre Toten begraben und die Amischen Hochzeit feiern. Stattdessen kann ich Schulbücher ohne eine einzige Luftblase in Klebefolie einschlagen und mir Spiele ausdenken, die die Folgen des Klimawandels illustrieren – alles Fähigkeiten, die die Tongaer zweifellos faszinierend fänden. Außerdem hat Frank mir zum Hochzeitstag die Verlängerung meines Abos der Reisezeitschrift *Getaway* geschenkt.

Mit Maeve sitze ich nicht herum, um die Zeit totzuschlagen, während unsere Kinder beim Schwimmen oder Karate sind. Ich brauche auch kein Interesse an den genialen Leistungen ihres Kindes zu heucheln oder mir Litaneien über irgendwelche Verhaltensprobleme anzuhören. Wir beide unterhalten uns über Jonathan Franzens Bücher und Julian Assanges Wikileaks. Dabei trinken wir Kaffee, ohne ständig auf die Uhr zu schauen. Die Mutterschaft ist uns kaum eine Erwähnung wert, genauso wie die Menstruation oder die Wechseljahre: Wir Frauen machen das alle durch, auf die eine oder andere Weise, aber warum ständig darüber reden?

»Ich war noch nie bei einem Freundinnen-Wochenende«, sagte sie, als ich sie dazu einlud. Also muss alles perfekt werden.

Außerdem habe ich noch Alison eingeladen, aus meinem Pilateskurs am Samstagvormittag. Sie ist Kinderärztin, hat zwei Kinder und lebt mit ihrer Freundin Polly zusammen. Helen war ganz aufgeregt bei der Vorstellung, dass wir bei unserem Wochenende eine echte Lesbe dabeihaben würden. Ich überlegte kurz, ob ich auch noch Polly einladen sollte, aber dann dachte ich mir, dass dieses Wochenende ja auch ein Urlaub von unseren Partnern sein soll. Das gilt unabhängig davon, ob dieser Partner eine Vagina hat oder nicht, und damit auch für Alison. Außerdem muss jemand auf ihre Kinder aufpassen. Aber dann schrieb mir Alison per SMS, dass sie dieses Wochenende Notdienst habe und nun doch nicht mitkommen könne. Ich muss mir noch überlegen, wie ich das Helen gegenüber wiedergutmachen kann.

Über Virginia mussten Helen und ich eine Weile diskutieren. Die beiden kennen sich seit der ersten Klasse. Das ist schön für sie, allerdings gibt es da ein Problem: Virginia ist Single und sie hat keine Kinder. Nicht mal Adoptiv- oder Stiefkinder. In ihrem Leben gibt es niemanden, dem sie Rechenschaft oder Sklavendienste schuldig wäre, kein einziger Klotz am Bein. All das ist natürlich nicht unbedingt erforderlich, um sich für dieses Wochenende zu qualifizieren. Aber sie arbeitet obendrein als Location Scout fürs Fernsehen und kommt in der ganzen Welt herum.

Für mich bedeutet das: Uns steht ein ganzes Wochenende mit einem kinderlosen Glamour-Girl bevor, das uns die ganze Zeit von einem fantastischen Fotoshooting hier und dem grandiosen Urlaubsparadies dort erzählen wird. Ich bin jetzt schon grün vor vorweggenommenem Neid.

»Toll«, sagte ich jedoch zu Helen. »Das bedeutet völlig neue Gesprächsthemen. Dann reden wir wenigstens nicht die ganze Zeit nur über unsere Kinder.«

Dieses Haus wäre groß genug für zwanzig Frauen, stelle ich fest, während wir das Wohnzimmer inspizieren. Der Raum vermittelt das Gegenteil von gemütlicher Vertraulichkeit, wie immer man das auch bezeichnen würde. An der linken Wand hängt ein monströser Spiegel mit einem opulenten vergoldeten Rahmen voller Blätter, Weintrauben und kleinen, verstaubten Engeln. Er lässt den Raum tatsächlich optisch doppelt so groß wirken. Irgendjemand hier mag es möglichst weitläufig.

»Schau mal – wir«, sage ich.

»Ja, wir«, sagt Helen, ohne hinzuschauen.

»Wir sehen gut aus«, bemerke ich.

»Sprich bitte nur für dich.«

Das zählt zu den Dingen, die ich an Helen liebe: Sie trägt immer noch die ausgeleierte Trainingshose, in der ich sie seit zehn Jahren kenne, mit einer Spur Porridge vom Frühstück am rechten Knie – jedenfalls hoffe ich, dass es Porridge ist. Sie schläft oft in ihren Klamotten und läuft den ganzen Tag im

Schlafanzug herum. Alle ihre Sachen sind dunkelblau oder schwarz, damit der Schmutz nicht so auffällt, außerdem weit und bequem, meist mit Gummibund. Das einzige Make-up oder Kosmetikprodukt, das ich sie je habe benutzen sehen, ist die Salbe gegen Windelausschlag, die sie immer in der Handtasche hat und als Lippenbalsam hernimmt. Wäre sie eine Immobilie, würde man sie in der Anzeige so beschreiben: *Gemütliches, anheimelndes Haus mit eigenem Charakter für die große Familie, geringe Unterhalts- und Nebenkosten – hier bekommen Sie noch viel für Ihr Geld!* Eitelkeit gehört jedenfalls nicht zu ihren Lastern.

Plötzlich nehme ich aus dem Augenwinkel drei riesige Gestalten wahr und wirbele herum. Kein angenehmer Anblick. In der Beschreibung stand davon kein Wort. Aus der gegenüberliegenden Wand ragen die Köpfe dreier enthaupteter Kreaturen hervor. Einer sieht nach Wildschwein aus, der zweite gehörte mal einem Hirsch und hat ein prächtig geschwungenes Geweih, der dritte einem Büffel.

»Der da erinnert mich an Fritzy – einen Kerl, mit dem ich mal eine Weile zusammen war, ehe ich David kennengelernt habe«, sagt Helen.

»Du warst mit einem Kerl zusammen, der aussieht wie ein Wasserbüffel?«

»Nein, der andere – nur ohne die Hauer.«

Die dunklen, leuchtenden Augen blicken voll Argwohn auf mich herab.

»Warum sollte jemand ein Lebewesen erschießen?«, murmele ich vor mich hin.

»Adrenalin. Testosteron. Der Kick bei der Jagd.«

»Wie soll ich mich denn bitte entspannen, wenn die uns das ganze Wochenende lang anstarren?«

»Sie starren nicht. Sie sind tot«, erwidert Helen und wedelt mit der Hand vor den Köpfen herum. »Siehst du? Sie zwinkern nicht mal.«

Ich bin keine Vegetarierin, daran kann es also nicht liegen. Ich wende mich von den kalten Augen ab und betrachte das alte Grammophon, das Sofa in burgunderrotem Leder und die antike Standuhr, die ausdruckslos Viertel vor zehn anzeigt, obwohl es schon nach Mittag ist. Nichts davon gehört uns, aber wir haben gutes Geld dafür bezahlt, damit wir uns hier ein Wochenende lang »wie zu Hause fühlen«. Allerdings ist es sehr merkwürdig, dies im Haus fremder Leute zu tun. Ich komme mir ein bisschen voyeuristisch vor, wie beim Kauf von Secondhand-Sachen. Trotz aller Pracht ist Blind Rise Ridge ein Haus, das jemand zurückgelassen hat. Ich kann die Traurigkeit beinahe riechen.

»Ein Kamin.« Ich seufze.

»Das Einzige, was wir nicht anfassen dürfen, ist der Flügel. Der wird nächstes Wochenende versteigert.«

Nicht, dass ich Klavier spielen könnte. Aber wozu die Leute in Versuchung führen? Man weiß nie, wer von uns nach Helens mehr als gut gemixten Cocktails einen kleinen Flohwalzer-Anfall bekommen könnte. Ich habe da schon so einiges erlebt.

Helen lässt sich in einen der gemütlichen Sessel fallen und legt die Füße auf den gepolsterten Hocker davor. »Ich hätte gern ein Glas Champagner und einen Cranberrysaft, danke.«

»Gehört zu diesem Haus etwa kein Butler?«

»Der hätte extra gekostet«, sagt sie seufzend.

»Zu schade.«

»Komm, sehen wir uns oben um.«

Mein erster Freund Travis hat einmal zu mir gesagt: »Wenn man sich ein Schlafzimmer aussucht, wählt man damit seine Träume.« Die Worte sind irgendwie hängen geblieben. Es stellt sich heraus, dass von den acht Zimmern im ersten Stock nur vier Betten haben. Ich will mich ja nicht beschweren, aber in der Anzeige stand etwas von acht.

Eines der Zimmer ist ein Arbeitszimmer mit einem Schreibtisch aus Stinkholz, das nächste eine Mini-Bibliothek mit Bücherregalen an den Wänden. Ich entdecke unter anderem eine vollständige Ausgabe der *Encyclopaedia Britannica* und ein mehrbändiges Werk mit dem Titel *Australien im Krieg* mit rotem Ledereinband. Das dritte Zimmer war offenbar mal ein Kinderzimmer – blaue Enten auf gelber Tapete, ein hölzernes Schaukelpferd in einer Ecke und ein kleines Pianola mit einem Hocker darunter in der anderen. Über den Tasten des Kinderklaviers hat jemand von Hand eine Bordüre mit Pferden und Kindern aufgemalt, die tanzen und Flöte und Laute spielen. Dies war ohne Zweifel einmal ein magischer Raum. Das ist jetzt keineswegs sentimental – ich muss bei dem Anblick nur daran denken, dass die Zimmer meiner Kinder von Monitoren und Displays und Plastikkrempel made in China geprägt sind. Beim Hinausgehen sehe ich die Striche am Türrahmen, mit denen jemand die Größe seines heranwachsenden Kindes markiert hat, und plötzlich wird mir ganz wehmütig ums Herz bei dem Gedanken, wie schnell Jamie und Aaron groß geworden sind.

Das letzte Zimmer am Ende des Flurs ist abgeschlossen. Helen probiert alle Schlüssel an ihrem Schlüsselbund aus. Keiner passt.

»Was meinst du, was da drin ist?«

»Ein paar Leichen und vielleicht irgendwelche Körperteile in Formaldehyd«, sagt Helen, und ich hoffe, es ist ein schelmisches Funkeln, was ich da in ihren Augen erkenne.

Ich lache und erwidere: »Du bist wirklich grausam.«

Die vier Schlafzimmer haben alle Erkerfenster, die sich der

Landschaft entgegenschieben wie Brüste in einem Wonderbra. In zweien steht je ein Doppelbett, in den beiden anderen befinden sich je zwei Einzelbetten. Aha … *für acht Personen.* Helen lässt ihre Reisetasche auf das Bett im größten Schlafzimmer mit eigenem Bad fallen und erklärt, sie werde das Doppelbett liebend gern mit jeder von uns teilen, die ihr nächtliches Schnarchen und Pupsen erträgt.

Wie schön für sie! Ich persönlich kann dazu nur sagen, dass in dieser Phase meines Lebens Freundschaft und Liebe nicht mehr gleichbedeutend sind mit teilen. Im Lauf der Jahre habe ich viel zu viel von mir selbst mit anderen geteilt. Im Grunde tue ich das nach wie vor. Ich teile das Badezimmer, das Bett und meine Vagina mit Frank. Obwohl wir nun seit fünfzehn Jahren zusammenleben, habe ich mich immer noch nicht an die ständige Anwesenheit eines anderen Menschen in meinem Schlafzimmer gewöhnt. Nicht einmal an den guten, alten Frank, dessen Körpergeräusche und -gerüche ich unter hundert anderen blind erkennen und wahrscheinlich vermissen würde, sollte er eines Tages mit seiner Sekretärin durchbrennen.

Er behauptet, dass ich schnarche. Ich würde zwar lieber an meinem eigenen Erbrochenen ersticken, als das zuzugeben, aber jetzt mal ehrlich: Falls ich tatsächlich schnarche, dann nur, wenn ich endlich mal wirklich tief schlafe. Versteht ihr jetzt, warum ich für dieses Wochenende unbedingt ein eigenes Schlafzimmer wollte? Stattdessen sieht es ganz so aus, als müsste ich mit der Peinlichkeit klarkommen, jemand anderen wachzuhalten.

Ich suche mir eines der Zimmer mit zwei Einzelbetten aus, von dem aus man auf einen versteckten Garten an der Westseite des Hauses blickt. In dem Garten gibt es ein Vogelbad aus Stein, das mit nassem Laub verstopft ist, einen Springbrunnen, einen kleinen Teich und ein paar Engelsstatuen, umgeben von einem Halbkreis aus Zitronenbäumchen mit verschrumpelten Früchten daran. Es ist noch nicht lange her, da wäre Jamie ganz aufgeregt darin umhergehüpft und hätte nach Feen gesucht. Heute bringt nur noch diese Talentshow, die jeden Freitagabend um halb acht auf Channel Ten kommt, sie zum Hüpfen.

Ich öffne den antiken Schrank, dessen Türen mit Schmetterlingen bemalt sind. Er ist leer bis auf ein paar Kleiderbügel mit handgenähten, bestickten Überzügen. Hier hat offenbar mal eine Frau gewohnt, die reichlich Zeit hatte.

Das in Rosa und Weiß gehaltene Badezimmer erinnert nicht mehr an Erdbeeren mit Sahne, wie einst erwünscht. Die rosa Badewanne hockt breit auf ihren Klauenfüßen, die Emaille ist in der Mitte abgeschabt. Das Waschbecken trägt einen Rock aus Chintzstoff mit Rosen, passend zu den Vorhängen – wie ein dickes Mädchen in der Disco, das bei der Wahl seines Outfits schlecht beraten wurde. Die Toilette und das Bidet auf der anderen Seite stehen ein wenig gekrümmt, wie ein altes Ehepaar. Noch immer ist deutlich zu erkennen, was sich jemand einmal dabei gedacht hat, aber meist sind es genau solche in die Jahre gekommenen Bäder und Küchen, die den Charme alter Häuser ruinieren, so, wie die schrumpelige Haut an Händen und Hals einer Frau ihr wahres Alter verrät. Und zwar auch dann, wenn diverse andere Körperteile diversen Renovierungsarbeiten unterzogen wurden.

Ich gehe die Treppe hinunter und rufe nach Helen. In einem so großen Haus könnte man sich glatt verlaufen.

»Bin in der Küche!«, ruft sie zurück.

Ich folge der Stimme in die riesige Küche, in der ramponierte Kupfertöpfe und -pfannen wie überfürsorgliche Eltern über dem Kochfeld hängen.

Helen räumt gerade den sahnigen Brie und den Gorgonzola in den Kühlschrank. In dessen Tür steht eine Flasche Baileys, im obersten Fach ist eine Packung Tiramisu aus dem Supermarkt. Da ist nichts dabei, was ich auch nur probieren dürfte.

»Ich weiß nicht, was du essen willst, wenn ich mit Kochen dran bin«, bemerkt Helen lachend.

Sie ist heute für das Abendessen zuständig, ich morgen. Mittagessen und Frühstück sind unter den anderen aufgeteilt.

Aber ich bin ja nicht auf den Kopf gefallen. Ich habe selbst genug Lebensmittel für dieses Wochenende dabei, denn wenn es um Essen geht, kann man Helen nicht trauen. Sie wäre glatt in der Lage, mir Wodka in die Cola light zu kippen und heimlich Sahne in die Suppe zu rühren. Das ist die hohe Kunst an Freundschaften. Du musst wissen, welche Lügen deine beste Freundin dir gewissenlos auftischen würde, um dich betrunken oder high zu machen oder auch nur dafür zu sorgen, dass du weiter im selben Team spielst.

Als ich all die gesunden Sachen aus meiner Kühlbox zutage fördere, meint Helen: »Das Leben hat mehr zu bieten als Gemüse, weißt du?«

Ich ignoriere sie einfach und schlage stattdessen vor, dass wir den Kühlschrank in zwei Bereiche teilen, die Gesundheits- und die Schlemmerseite.

»Wird sowieso keinem auffallen«, schnaubt Helen. »Du bist die Einzige hier, der das nicht egal ist.«

Schade, dass Jamie das nicht gehört hat.

Helen nimmt die Pappschachteln vom Thai-Imbiss im Ort und kehrt zurück ins Wohnzimmer. Wir öffnen die Türen zu der überdachten Veranda, die einmal um das ganze Haus geht und von der man auf wuchernde Beete mit Lavendel, Rosenbüschen und anderen bunten Blüten blickt. Auf der staubigen

Glasplatte des Tisches steht ein leerer Vogelkäfig, über dem Geländer liegt eine Hängematte, von den Deckenbalken hängen zwei kokonförmige Sessel – die ich ganz bezaubernd finde – und eine Reihe bunte, aber sehr staubige Flaschen. Ein gepflasterter Weg führt einen sanften Abhang hinab zu einer Pergola neben einem kleinen Teich.

»Himmel, was für eine Aussicht«, seufzt Helen.

Der Horizont ist von Wald gesäumt, und die sanften Hügel sind unterteilt in pistaziengrüne und zimtbraune Streifen.

Ich lege Helen einen Arm um die Schulter und drücke sie an mich.

»Das war eine gute Idee.«

Sie nickt.

»Hier wurde hoffentlich niemand ermordet?«

»Was glaubst du, warum wir das Haus so günstig bekommen haben? Pass bloß auf, dass du nicht in die Blutflecken auf dem Teppich trittst.«

Sehr lustig. Das soll doch ein Witz sein – oder?

»Sei einfach mal fröhlich und genieße den Augenblick.«

Ich nehme den Arm von ihrer Schulter. Sie weiß genau, wie sie mich treffen kann. Okay, dafür brauche ich ihre Geburtstagsgeschenke nie weiterzuverschenken. Als sie mir letztes Jahr ein Blatt vom heiligen Bodhi-Baum aus Indien mitbrachte – das sie durch den Zoll schmuggeln musste –, habe ich geweint. Sie erzählte mir, wie sie sich zusammen mit Tausenden anderen Touristen darauf gestürzt hatte, als es ausgerechnet vor ihr zu Boden fiel. Aber sie bekam es als Erste zu fassen. Mit Helen möchte man wirklich nicht streiten, das könnt ihr mir glauben.

Frank betrachtete das Blatt und sagte: »Wahrscheinlich hat sie es irgendwo in Delhi von der Straße aufgelesen.« Aber bei etwas so Wichtigem würde Helen mich nicht belügen. Sie hat meine Hand gehalten, während ich schlotternd vor Angst auf eine Darmspiegelung wartete, sie war für mich da, als Frank und ich eine Beziehungskrise hatten, und sie hat mich von Trauer, Heimweh und mehreren schwierigen Phasen in Aarons und Jamies Leben abgelenkt, indem sie mich ins Kino geschleift und mit Maltesers-Schokokugeln vollgestopft hat. Sie hat mir über wirklich schlimme Zeiten hinweggeholfen. Vielleicht werden wir uns demnächst öfter sehen, je älter die Kinder werden.

»Wo sind eigentlich die Besitzer?«, frage ich. »Was hat dieses Haus für eine Geschichte?«

Helen winkt ab. »Keine Ahnung. Wen interessiert das schon? Für die nächsten achtundvierzig Stunden gehört Blind Rise Ridge uns. Wir können tun und lassen, was wir wollen – außer mit dem Flügel. Für mich steht dieser Nachmittag ab sofort unter dem Zeichen der Krabbe. In Thai-Sauce.«

2 Die lang vermisste freie Natur

Mein iPhone zeigt keine verpassten Anrufe oder neuen Nachrichten an, weshalb ich es wieder in die Tasche meiner Jeans stecke. Helen öffnet ihre Pappschachtel und beobachtet dann kritisch, wie ich meinen Krabben-Papaya-Salat *ohne* Erdnüsse aufmache. Er liegt in der Plastikschüssel auf einem Nest aus Bohnensprossen und Karottenstreifen. Gesund ist gar kein Ausdruck.

Sie nimmt sich eine frittierte Krabbe, beißt hinein und stöhnt vor Genuss. »Die musst du probieren.«

»Hundert Prozent Fettgehalt. Du könntest genauso gut eine Schüssel Walfischspeck essen«, sage ich bloß.

»Macht dieser ständige Verzicht dich wirklich glücklich?«

Sie beißt wieder von der Krabbe ab, deren Panade mit Chili und Koriander gewürzt ist.

»Er hat mich zumindest dünner gemacht. He, du magst doch gar keinen Koriander.«

»Jetzt nicht mehr. Ich liebe Koriander.«

»Seit wann das denn?«

»Schon ungefähr ein Jahr.«

»Du kannst doch nicht einfach anfangen, Koriander zu mögen, und mir nichts davon erzählen. Ich bin deine Freundin, mir solltest du alles sagen.« Was hat sie früher für einen Aufstand gemacht, wenn ich auch nur einen Hauch Koriander in einen Salat oder ein Wok-Gericht geben wollte.

»Wann denn? Ich sehe dich ja kaum noch. Ich muss extra ein

Mädels-Wochenende organisieren, um mal ein bisschen Zeit mit dir zu verbringen.«

Das letzte Mal haben wir uns getroffen, als Helen mich überredet hat, sie zu einem Vortrag im örtlichen Krankenhaus zu begleiten: »So überleben Sie die Pubertät Ihrer Tochter.« Ich habe einiges darüber gelernt, was zwölfjährige Mädchen heutzutage so treiben, und mich schrecklich blamiert, weil ich mindestens drei von zehn Fragen über Sex und Gesundheit nicht beantworten konnte. Da Frank klargestellt hat, dass ich für die Aufklärung unserer Kinder ganz alleine zuständig bin, wollte ich meine Kenntnisse ein bisschen aufpolieren. Schließlich will ich Antworten auf die Fragen haben, die Aaron und Jamie neuerdings so stellen, etwa: »Wie wird man schwul?« oder: »Sollte ein Junge sich die Hände waschen, bevor er ein Mädchen da unten anfasst?« Solche Fragen, das muss ich zugeben, kann ich nicht aus dem Stegreif beantworten.

Helen hatte nicht mal Zeit für einen schnellen Kaffee nach dem ganzen Geblubber über Kondome und PMS. Wir konnten nur ein paar geflüsterte Bemerkungen austauschen, woraufhin die referierende Ärztin uns anfunkelte wie zwei gackernde, ungebärdige Schulmädchen. Trotzdem fühlte ich mich danach besser, wie immer, wenn ich Helen getroffen habe.

Helen wedelt mir mit einem Häppchen Krabbe unter der Nase herum.

»Lass das.«

»Weißt du, seit du bei dieser Diät-Domina warst, hast du deine ... Lebensfreude verloren. So ein Weibertreffen ist doch völlig sinnlos, wenn du nichts isst.« Sie zieht mich nicht auf, sie ist wirklich verärgert.

»Was mache ich denn gerade?«, erwidere ich und halte die Plastikschüssel hoch. »Ich esse sehr wohl. Nur eben nichts Fettes.«

Seit ich kurz vor meinem vierzigsten Geburtstag meine Ernährung umgestellt und ziemlich viel abgenommen habe, herrscht eine unterschwellige Feindseligkeit zwischen Helen und mir – sie hat ihre Kumpanin verloren, ihre Mitverschwörerin bei kulinarischen Verbrechen gegen die Kaloriengesetze. Während ich fortan morgens, mittags und abends Salat aß, bekam Helen ein weiteres Kind – einen Jungen, genau wie mein Pendel es vorhergesagt hatte. Während sie Windeln wechselte, etablierte ich meine neuen Essgewohnheiten. Während sie vor Schlafmangel beinahe den Verstand verlor, verlor ich ein Pfund pro Woche.

Heute unterziehe ich alles, was ich esse, einem Verhör, wie einen Teenager, der am Samstagabend ausgehen will: *Wie viele versteckte Transfettsäuren enthältst du genau? Und versuch nicht einmal, mir etwas vorzumachen. Wenn ich je dahinterkomme, dass du mich belogen hast, fliegst du von meiner Einkaufsliste.* Seit einiger Zeit passe ich wieder in die Jeans, die ich vor meiner ersten Schwangerschaft getragen habe – eine relativ geringe Leistung, was Lebensziele im Allgemeinen angeht, das gebe ich zu, aber trotzdem ... Frank war der Meinung, dass meine Diätberaterin ihr Motto »Nichts schmeckt so gut, wie sich dünn sein anfühlt« wahrscheinlich von Magersucht.com abgeschrieben hat. Aber es ist wahr, auf irgendwie erschreckende Art und Weise. Ehrlich, ich bin die Erste, die über Magermodels auf Zeitschriftencovers herzieht und sich über sonstige Botschaften in den Medien aufregt, die Jamie dazu bringen könnten, sich zu viele Gedanken um ihre Figur zu machen. Aber ich darf das. Ich habe mir ein paar Komplexe redlich verdient.

Genauso wie meine kleinen Extravaganzen. Meine neueste Leidenschaft sind schicke Sportklamotten. Sie sind ein modisches Statement, das verkündet: *Ich bin jederzeit dafür gerüstet, joggen zu gehen oder auf einen Berg zu steigen.* Nicht, dass ich das eine oder das andere je getan hätte, aber der springende Punkt ist: Ich bin bereit dafür. Im Augenblick trage ich meine Lieblings-Laufschuhe mit gepolsterten Sohlen, blau-silbernen und neongrünen Streifen und atmungsaktivem Meshgewebe über den Zehen, obwohl ich immer noch nicht ganz davon überzeugt bin, dass meine Zehen auch mal Luft holen müssen. Das Oberteil in Neonpink mit Reißverschluss hat vier Taschen, von denen zwei verborgen sind. Es geht wirklich nichts über einen Pulli, in dem man Schlüssel, Geldbeutel, iPhone und den einen oder anderen Tampon verstauen kann, ohne eine lästige Handtasche mitnehmen zu müssen.

Für mich sind die Tage tiefer Ausschnitte und Miniröcke weniger gezählt als vielmehr, na ja, vorbei. In Sportklamotten fühle ich mich nicht gar so »übel alt«, wie Jamie sich ausdrückt. Als müsste sie mich extra darauf hinweisen, dass die Situation ziemlich schnell hässlich werden kann, wenn man nicht energische Maßnahmen ergreift, sobald man die magische Vierzig erreicht hat. Schon seltsam, ich kann mich nicht erinnern, dass ich je so gemein zu meiner Mutter gewesen wäre.

»Ehrlich, du bist schon genauso schlimm wie Tam«, sagt Helen.

»Wie bitte?«

»Du hast richtig gehört.«

»Du brauchst nicht gleich so gemein zu werden.«

Vor Jahren, als wir noch demselben Müttertreff angehörten, hat Tam uns regelmäßig in den Wahnsinn getrieben mit ihrer von Pestiziden, Hormonen und Nitraten unbelasteten, gluten-, laktose- und geschmacksfreien Ernährung. Ein Abend mit ihr war ungefähr so unterhaltsam, wie auf der Hochzeitsreise seinen Steuerberater dabeizuhaben.

»Ich bin ihr neulich mit ihrem Baby begegnet«, sagt Helen. »Sie ist sicher froh, dass es ein Mädchen ist. War die Schwangerschaft eigentlich geplant? Ich habe mich nicht getraut, sie zu fragen.«

»Ich glaube, das war die Rache für das Baby, bei dem Kevin auf Abtreibung bestanden hat.«

»Woher weißt du davon?«, frage ich schockiert.

»Du hast es mir selbst erzählt, du dumme Gans. Hast du das vergessen?«

Ja, leider. Ich habe total vergessen, dass ich es Helen nur einen Tag nachdem Tam es mir unter dem Siegel der Verschwiegenheit anvertraut hatte, erzählt habe. Tams Mann Kevin, ein Schönheitschirurg, hatte sie praktisch gezwungen, eine vollkommen unproblematische Schwangerschaft abzubrechen, weil das »kein guter Zeitpunkt« für ihn sei.

»Bitte sag mir, dass du das niemandem weitererzählt hast.«

»Natürlich habe ich das. Mich hat ja keiner darum gebeten, es für mich zu behalten.« Helen schaut mit leicht zusammengekniffenen Augen in die Ferne und seufzt. »Ich hätte Bones mitbringen sollen. Es hätte ihr hier sicher gut gefallen.«

Bones, Helens neue große Liebe, ist ein giftiger kleiner Cairn Terrier. Sie hat ihn in der Woche bekommen, nachdem Levi eingeschult worden war, nach einer dreimonatigen Geduldsprobe. Sie musste diverse Antragsformulare ausfüllen und zu einem veritablen Vorstellungstermin erscheinen, denn »der Hund wählt Sie aus, nicht umgekehrt«. Der langwierige Prozess lässt die Adoption eines Kindes aus einem Dritte-Welt-Land vergleichsweise einfach aussehen. Seit sechs Wochen hinterlässt das Hündchen jetzt seine Häufchen auf ihren dampfgereinigten Teppichböden, heult die halbe Nacht durch und muss zweimal täglich spazieren geführt werden.

Irgendwie scheinen alle meine Freundinnen auf den Hund gekommen zu sein – als könnte ein kleines, kuscheliges Wesen, das man impfen, zur Sauberkeit erziehen und extra bekochen muss, die Illusion aufrechterhalten, dass man noch gebraucht wird. Nachdem der Hund meiner Mutter, ein inkontinent tröpfelnder Mischling namens Snowy, im biblischen Alter von achtzehn Jahren gestorben war, sagte sie: »Freiheit – das ist, wenn alle Kinder von zu Hause ausziehen und die Haustiere sterben.« Da habe ich doch immerhin etwas, worauf ich mich freuen kann.

»Ich bin ziemlich sicher, dass man hier keine Hunde mitbringen darf«, erwidere ich.

»Wer hätte das denn merken sollen?«

»Hat die Frau von der Agentur nicht gesagt, dass es einen Gärtner gibt? Der würde einen Hundehaufen sofort erkennen, wenn er einen sieht.«

»Ach, und was soll er dann machen? Mich fesseln und in den Schrank sperren?«

Manchmal erinnert Helen mich an Aaron. Der hat ebenfalls null Respekt vor jeglicher Autorität. Vielleicht hat sie auch so gut wie jeden Tag nachsitzen müssen. Außer ihr kenne ich niemanden, der es geschafft hat, einen Strafzettel nicht bezahlen zu müssen. Der Trick, so behauptet sie, bestehe darin, mit völlig offener, ruhiger Miene zu lügen, also probiere ich es nicht einmal. Ich vermassele grundsätzlich jeden Versuch, irgendwen zu täuschen, selbst wenn es um Geld geht. Was irgendwie lästig ist, da lügen in einer Ehe unerlässlich sein kann, beispielsweise *Ich habe meine Tage, vielleicht nächste Woche?*, oder pädagogisch notwendig: *Nein, nein, das sieht zwar aus wie Cola, aber das ist mein Magenmittel ... Igitt, schmeckt das widerlich.*

Helen streckt die Arme aus und rollt den Kopf von einer

Seite zur anderen. Ihr wirrer Lockenkopf hat seit mindestens einer Woche keine Bürste mehr gesehen. Dann holt sie etwas aus ihrer Tasche.

»Schau mal, das lag bei der Ferienhaus-Agentur auf dem Tresen«, sagt sie und wirft mir eine Visitenkarte zu. »Garys Ganzkörpermassage, sechzig Dollar. Meinst du, Gary macht auch Hausbesuche?«

Ich betrachte die Karte. Selbst gestaltet. Unprofessionell. Aber schließlich geht es um Massagen, nicht um Hirnchirurgie. Heutzutage bekommt man ja keine einstündige Massage mehr für unter hundert Dollar. Letztes Jahr hat Frank mir eine zum Muttertag geschenkt. Der Gutschein war von einem schicken Spa, das praktischerweise direkt gegenüber von seinem Büro liegt, also eine Fahrstunde von dort, wo wir wohnen – womit bewiesen wäre, dass es sich um einen Panikkauf in der Mittagspause handelte. Der Gutschein steckte ein Jahr lang in meiner Handtasche, bis er schließlich verfiel. Ich kam einfach nicht dazu, mich zwei Stunden lang durch den grässlichen Verkehr in Sydney zu quälen, um eine entspannende Massage zwischen meine anderen Termine zu quetschen.

Ähnlich überfällig wie eine Ganzkörpermassage ist dieses Wochenende. Wir sind alle so sehr mit unserem hektischen Leben beschäftigt, das natürlich nicht unser Leben ist. Denn für etwas, das man »Leben« nennen könnte, reicht die Zeit nicht, wenn man Kinder hat.

Ich gähne. Mit dem Schlaf bin ich ebenfalls schwer im Rückstand. Seit etwa zwei Jahren wache ich jeden Morgen um drei Uhr auf. Ich hoffe jedes Mal, dass Frank auch wach sein könnte, zappele aber nur im Notfall so lange herum, bis ich ihn dabei versehentlich wecke. Diese Einsamkeit im Dunkeln bringt mich immer dazu, über grässliche, umwälzende Fragen nachzugrübeln. Zum Beispiel, warum ich immer noch das Gefühl habe, dass in meinem Leben irgendwas fehlt. Und ob meine Cousine Shireen ihren Lymphdrüsenkrebs überleben wird. Und ob ich überhaupt richtige Freundinnen habe.

Ihr wisst schon – wie die Mädels von unserem letzten Weiberabend, von denen ich dachte, wir würden ein Leben lang Freundinnen bleiben. Aber diese Freundschaften waren nur eine Phase, wie die Kindheit. Als die Eigenarten und Talente unserer Kinder zum Vorschein kamen, überlegten wir sehr gründlich, welches Kind sich in einer reinen Jungen- oder Mädchenschule am besten entwickeln könnte, ob eine Konfessionsschule oder eine mit künstlerischem Schwerpunkt besser wäre. Währenddessen zerstreuten wir uns wie aufgescheuchte Seemöwen in alle Richtungen, wohin die Persönlichkeiten unserer Kinder uns eben verschlugen. Ich hatte ja keine Ahnung, wie flexibel ich sein kann und wie leicht es mir fallen würde, mich jeweils mit den Eltern der aktuell besten Freunde meiner Kinder anzufreunden. Manchmal frage ich mich, seit wann meine eigenen Vorlieben mir offenbar nichts mehr wert sind.

»Heb sie dir für später auf, wenn du in Rente bist«, hat Frank dazu einmal gesagt.

Das war mit ein Grund, dass ich zu dieser Ernährungsberaterin gegangen bin. Ich wollte wohl dafür sorgen, dass ich auch wieder zähle. Wie ich immer zu den Kindern sage: »Es dreht sich nicht alles bloß um euch.« Aber sie wissen, dass das gelogen ist.

Vor zwei Jahren habe ich dann angefangen, heimlich Geld zu sparen. Frank und ich reden schon seit fünf Jahren von einem Urlaub in der Toskana, nur wir beide. Aber irgendetwas kommt immer dazwischen, und es ist nie genug Geld da. Wer soll sich denn dann um die Kinder kümmern, wo doch unsere Eltern und Geschwister nicht mal auf demselben Kontinent leben? Zu allem Übel ist der Zinssatz für unsere Hypothek gestiegen, Jamie musste zum Kieferorthopäden und brauchte eine Zahnspange und Aaron Nachhilfestunden in Mathe. Na ja, es eilt wohl nicht. Die Toskana läuft uns nicht weg.

Allmählich glaube ich, dass Helen irgendwo ein bisschen geheimes Geld herumliegen hat. Oder dass Davids Geschäft still und unauffällig boomt wie verrückt. Vor drei Monaten war sie mit ihrer Physiotherapeutin (ohne David und die Kinder) zehn Tage auf Bali und davor mit ein paar alten Schulfreundinnen in Indien. Dabei dachte ich, unsere Freundschaft sei etwas ganz Besonderes. Als ich dann wissen wollte, warum sie nie mich fragte, ob ich solche Reisen mit ihr machen würde, lachte sie nur und sagte: »Du würdest deine Kinder niemals zehn Tage lang aus den Augen lassen.« Darum geht es aber gar nicht. Man möchte einfach nur gefragt werden.

Helen hat sich das Kinn mit ein wenig Frittieröl verschmiert. Ich beuge mich vor und wische es mit der Serviette ab. Dankbar nickt sie mir zu. Sie macht mir Appetit darauf, mich zu amüsieren, die großherzige Stimmungsmacherin.

»Es ist schön, mal wieder ein bisschen Zeit mit dir zu verbringen«, verkünde ich beinahe anbetungsvoll.

Ihr Gesicht nimmt einen ulkigen Ausdruck an. Sie hat es nicht so mit wortreichen Zuneigungsbekundungen.

»Ich werde in absehbarer Zeit nicht sterben«, sagt sie und starrt mich mit großen Augen an. Dann verzieht sie die Lippen zu ihrem breiten Grinsen und fügt hinzu: »Na los, ich hole uns ein Fläschchen Champagner, und wir legen uns in die Sonne.«

Sie eilt nach drinnen und kommt mit zwei Gläsern Champagner und Cranberrysaft wieder heraus. Über ihrer Schulter hängt eine selbstgestrickte Patchwork-Decke, die ich ihr abnehme. Wir gehen die steinernen Stufen hinab und nehmen den Weg in Richtung Damm, um den restlichen Nachmittag voll auszukosten.

Unter einer Großblättrigen Feige steht die hölzerne Pergola. Ihre feinen Bögen wirken wie das Skelett eines Regenschirms, überzogen mit Jasmin, der jedoch schon ein trauriges Ende gefunden hat. Die Ranken sind alle verdorrt und vertrocknet wie ein vergessener Brautstrauß. Die kleine Bank darunter sieht nicht besonders einladend aus, also gehen wir ein Stück weiter bis zu dem Streifen Wiese, suchen uns einen großen, flachen Stein, auf dem wir die Gläser abstellen können, breiten die Decke auf dem weichen Gras aus und lassen uns darauf nieder.

Diese Landschaft muss man einfach mögen, denke ich bei mir. Sie ist üppig, sich ihres Wertes voll bewusst und gleichgültig gegenüber dem Urteil anderer, der Himmel darüber weit und ungehemmt. Ich habe sie längst verloren geglaubt und vermisst, die freie Natur. Als Jamie und Aaron noch klein waren, habe ich die beiden ins Auto gepackt, wenn ich mal wieder das Gefühl hatte, den Fernseher allzu lang als Babysitter missbraucht zu haben. Ihr kennt sicher auch diesen bestimmten Punkt, an dem Kinder Gras riechen und sich schmutzig machen, von Ameisen gebissen werden und sich Dreck ins Gesicht schmieren müssen. Zusammengerechnet habe ich wahrscheinlich mehrere Monate meines Lebens damit verbracht, Schaukeln anzuschubsen oder die beiden auf die Seilrutsche zu heben.

Früher habe ich Parks gehasst. Denn während das Wort »Park« einem ein wunderbares Gefühl vermittelt (von idyllischer, vollkommener Ruhe ohne jede Hetze), sind Parks in Wahrheit extrem stressige Zonen, in denen permanent Verletzungen drohen, wenn man kleine Kinder dabeihat. Es ist schlicht unmöglich, sich zu entspannen, wenn man jeden Moment damit rechnet, dass ein Kind die Schaukel an den Hinterkopf bekommt, von der Rutsche stürzt, vom Karussell geschleudert wird oder ein Streit mit anderen übermüdeten Kindern um die Frage, wer als Nächster auf der Wippe dran ist, in eine hässliche Prügelei ausartet. Aber neulich ist mir aufgefallen, dass wir gar nicht mehr in Parks gehen. Inzwischen flehe ich meine Kinder geradezu an, mehr Zeit draußen zu verbringen. Mal spazieren zu gehen. Oder schwimmen. *Komm, sieh dir den Mond an. Bring den Müll raus, hol die Post rein, hilf mir beim Ausladen.* Egal was. Jamie leidet wahrscheinlich schon an Vitamin-D-Mangel. Das einzige Licht, dem sie länger ausgesetzt ist, ist die Strahlung ihres Computerbildschirms.

Manchmal fühle ich mich wie ein Park, den meine Kinder nicht mehr besuchen. Früher war ich der Nabel ihrer Welt. Jetzt gehöre ich eher zur Peripherie – ich stelle das Essen auf den Tisch, fahre sie irgendwohin, wo sie lieber sind als bei mir, und darf sie noch hin und wieder umarmen, wenn sie sich einen Moment lang vergessen. Das Schlimmste ist, dass ich für die beiden eine wandelnde Peinlichkeit bin. Erst neulich war ich ganz hingerissen von einem kleinen Mädchen, das seine Puppe in einem Wagen vor sich her schob. »Fährst du dein Baby spazieren?«, flötete ich, woraufhin Aaron in demselben Tonfall erwiderte: »Machst du kleinen Kindern Angst?«

Es gibt Momente, da würde ich ihn am liebsten kräftig schütteln und schreien: »Weißt du eigentlich, wer ich mal war?« Ob ihr es glaubt oder nicht, es gab mal eine Zeit, da konnte ich flirten, dass jeder Mann seine gute Erziehung vergaß – ob verheiratet oder solo, nüchtern oder betrunken. Ich konnte mit einer Lötlampe umgehen, Strapse tragen und Salsa tanzen. Heutzutage kann ich nicht mal ein Lied im Radio mitsingen oder – Gott behüte – vor meinen Kindern tanzen, ohne dass sie über mich herfallen, den Impuls bereits im Keim ersticken und mir das Gefühl geben, ich sei absolut lächerlich. Als hätte meine Begeisterung für Musik, harte Kerle mit Tattoos und lange Abschiede keinen anderen Zweck als den, sie zu demütigen. Offenbar bin ich zu etwas geworden, das man ertragen muss. Was cool ist, bestimmen sie allein. Am liebsten würde ich ihnen erklären: »Ich habe die Coolness praktisch erfunden!« Aber das zu sagen wäre natürlich total uncool.

Über dem Teich schimmern Libellen, weiter draußen schwimmen ein paar Seerosen.

»Was macht dein Tinnitus?«, frage ich Helen.

»Der klingt, als hätte ich ein Faxgerät im Kopf, das ständig was zu senden versucht. Er hört nie auf.«

Helen jammert grundsätzlich nicht und würde das Thema niemals von sich aus zur Sprache bringen, aber seit Levis Geburt hat sie dieses seltsame, heulende Pfeifen in den Ohren. Gründliche Untersuchungen haben ergeben, dass es nicht von einem Hirntumor kommt. Es ist stressbedingt. Und es ist immerzu da. Außer während der zehn Tage, die sie mit ihren Schulfreundinnen in Indien verbracht hat, ohne Kinder und Mann. Auf dem Rückflug von Kalkutta nach Sydney fing es wieder an.

Als ich von Helens Tinnitus erfuhr, forschte ich ein bisschen nach und stellte fest, dass wir alle bis zu einem gewissem Grad Ohrgeräusche haben. Wenn wir ihnen Aufmerksamkeit schenken, werden sie lauter. Die einzige Möglichkeit, mit Tinnitus zu leben, besteht darin, nicht weiter darauf zu achten und ihn mit anderen nervtötenden Geräuschen zu übertönen. Man kann eine gewisse Gewöhnung erreichen, wie bei Schmerzen, indem man seine Definition von »normal« so weit ausdehnt, dass er hineinpasst. Das habe ich von anderen Leuten, die an chronischen Erkrankungen leiden, auch schon gehört.

»Würdest du das mal halten?« Helen reicht mir kurz ihr Glas, um T-Shirt und BH auszuziehen, und legt sich wieder hin.

Ihre Brüste gleiten über ihren Brustkorb wie zwei Spiegeleier in einer Pfanne. Sie sonnt sich, als wäre Hautkrebs eine Erfindung der Medien, das Hirngespinst irgendeines neurotischen Dermatologen. Sie sitzt nie im Schatten, trägt keinen Hut und benutzt auch keinen Sunblocker – zumindest nicht bei sich selbst. Ihre Kinder dagegen schmiert sie damit ein, bis sie aussehen wie panierte Fische.

»Ich hätte kein Problem damit, an Hautkrebs zu sterben«, sagte sie einmal zu mir. »Denn das würde bedeuten, dass ich einen Großteil meiner Lebenszeit damit verbracht habe, faul in der Sonne zu liegen.«

Nach Fionas Diagnose kommt mir diese Unbekümmertheit ziemlich verrückt vor.

Ich finde es abscheulich, dass jahrelange Aktivitäten im Freien die pralle Feuchtigkeit aus meiner Haut gesogen haben wie das Stillen aus meinen Brüsten. Ich brauche wirklich keine Sommersprossen an den Armen, die wie Ausschlag aussehen. Auf die ledrigen Hautstellen könnte ich ebenfalls gut verzichten. Manchmal habe ich den Eindruck, dass alles und jeder ein Stück von mir haben will, sogar das Wetter. Nach allem, was man so hört, ist die Ozonschicht ähnlich dünn wie superfeiner Blätterteig, und ich persönlich nehme diese Information sehr ernst, obwohl ich nicht einmal genau weiß, was die Ozonschicht ist. Aber offenbar brauchen wir sie. Ich will nicht an Hautkrebs sterben oder an sonst irgendwas, um ehrlich zu sein. Ebenso wenig möchte ich älter aussehen, als ich ohnehin schon bin.

Aber wenn Helen ihren blanken Busen in die Sonne hält,

dann will ich das auch. Also stelle ich vorsichtig mein Glas ins Gras und ziehe mein T-Shirt aus.

Wir liegen eine Weile so da. Helen schiebt die Hand in ihr Höschen und kratzt sich. Ich recke den Fuß in die Höhe und untersuche einen eingewachsenen Zehennagel.

»Macht Spaß«, bemerke ich.

»Hör nur«, sagt sie.

»Was denn?«

»Stille.«

Ich lausche.

Kein Streit, kein Fernseher oder sonst irgendwelche Elektronik … nur der Frieden eines sonnigen Freitagnachmittags. Zwei Freundinnen, beinahe richtige Menschen, die sich kaum um die Wäsche oder den Abwasch kümmern.

»Wie geht es eigentlich Levi?«, frage ich vorsichtig. Die Frage ist durchaus heikel, denn eigentlich würde ich gern fragen: »Und, trägt Levi immer noch Kleidchen?« Aber ich gehe die Sache natürlich taktvoll an.

Wenn Helen einen wunden Punkt hat, dann diesen. Wir fanden es alle niedlich, als ihr blond gelockter Sohn sich sofort auf die Verkleidungskisten stürzte, wenn Helen mit ihm bei einer Freundin mit Töchtern zu Besuch war. Es war lustig, wie er in bunten Tüchern und Engelsflügeln herumtanzte – als er zwei oder drei Jahre alt war. Aber jetzt ist er sechs, und seine Vorliebe für Mädchenklamotten macht Helen ziemlich zu schaffen. Ist er schwul? Ist er ein Mädchen, gefangen im Körper eines Jungen? Wird er sich zum achtzehnten Geburtstag eine Geschlechtsumwandlung wünschen?

Eine eher ungewöhnliche elterliche Sorge. Wenn wir schwanger sind und für die Gesundheit unseres ungeborenen Babys beten, denken die meisten werdenden Mütter: zehn Finger, zehn Zehen, kein Hirnschaden. Niemand kommt darauf, um eindeutige Geschlechtsidentität zu beten. Anscheinend wäre Levi am liebsten in einem Tutu und mit einem Feen-Zauberstab in der Hand aus Helens Vagina gepresst worden, wenn er etwas zu sagen gehabt hätte.

»Er ist mein Augenstern«, seufzt sie. »Aber er trägt immer noch Kleider.« Sie stützt sich auf einen Ellbogen und nippt an ihrem Champagner.

Seit Levis Persönlichkeit hinter der undifferenzierten Niedlichkeit aller Kleinkinder zum Vorschein kam und er begann, seine Vorlieben auszuleben – nicht nur Kleidchen, sondern auch Puppen und Puppenwagen statt Feuerwehrautos und Dinosauriern –, ergreift eine Erschöpfung von Helen Besitz, die ich vorher nie bei ihr bemerkt habe. Die leichte, unkomplizierte Fröhlichkeit, die ihre wilden Teenagerjahre durchscheinen ließ, und ihre Neigung, die Erste zu sein, die auf dem Tisch tanzt oder die Tequila-Flasche herumreicht, haben sich verändert. Ich muss beinahe sagen, dass Helen gealtert ist. Nicht unbedingt körperlich, aber in der Art, wie sie spricht. Sie hat mich immer damit aufgezogen, dass ich mir so viele Sorgen um meine Kinder gemacht habe. Jetzt kann ich es deutlich in ihren Augen sehen – sie sorgt sich um Levi.

Nicht, dass auch nur eine von uns schwulenfeindlich wäre. Wir haben alle homosexuelle Freundinnen und Freunde. Einen Onkel, der Seidentücher trägt. Eine Cousine, die »nie geheiratet hat«. Aber ganz gleich, woran wir glauben oder was wir behaupten, in Wahrheit wollen wir alle nur, dass unsere Kinder »normal« sind und sich möglichst nicht von der Masse abheben. Uns allen wäre es lieber, wenn unsere Kinder zu Heterosexuellen heranwachsen würden (so die Überzeugung meines Freundes Jerome, der seit fünfzehn Jahren mit demselben Mann zusammen ist), weil es »ein homosexueller Mensch in einer heterosexuellen Welt eindeutig schwerer hat«. Doch unsere Kinder konfrontieren uns mit all unseren versteckten Vorurteilen und reiben uns unsere Scheinheiligkeiten unter die Nase.

Helen und David haben die Regel aufgestellt, dass Levi zu Hause tragen darf, was immer er will – sobald er jedoch rausgeht, muss er sich wie ein Junge anziehen. Ich habe schon erlebt, wie er nach einem Ausflug in einer blauen Shorts und T-Shirt ins Haus gerannt ist, um sich noch am Fuß der Treppe auszuziehen und auf seinen Vorrat an Mädchenkleidern zu stürzen. Das Beste ist, dass er am liebsten Kleider mag, die mitschwingen, wenn man sich dreht. Da schmilzt und bricht einem das Herz zugleich. Bei einem Sechsjährigen ist das immer noch niedlich, aber mit acht? Oder gar vierzehn?

Helen musste sich deswegen einen Haufen wohlmeinenden Blödsinn von Leuten anhören, die anscheinend zu allem guten Rat wissen.

»Vielleicht ist das nur eine Phase.«

»Wenn er lieber Mädchenkleider anzieht, ist er nicht unbedingt schwul, sondern nur ein Transvestit.«

»Vielleicht wird er mal Modedesigner und Frauenliebling.«

Diese ungebetenen Ratschläge haben Helen natürlich überhaupt nicht geholfen. Man tut sich leicht mit solchen Dingen, wenn es nicht das eigene Kind betrifft. Ich versuche daher meistens den Mund zu halten.

Ich kann mir kaum vorstellen, wie es wäre, wenn Aaron lieber in rosa Rüschenkleidchen herumlaufen würde als in Rugby-Shorts. Ich weiß, was Frank dazu zu sagen hätte, nämlich: »Mein Sohn würde niemals …« Allmählich glaube ich aber, dass eine solche Gewissheit ein Privileg von Menschen ist, die nicht betroffen sind. Wir können nicht wissen, wie wir auf etwas reagieren werden, bis wir selbst in der Situation stecken. Aaron und ich führen zum Beispiel gerade den *Call-of-Duty*-Krieg. Anscheinend bin ich die einzige Mutter auf der Welt, die sich weigert, ein Spiel zu kaufen, in dem mein Sohn virtuell Leute abballern kann, dass Blut und Eingeweide nur so spritzen. Also bin ich entweder die einzig vernünftige Mutter auf diesem Planeten, oder ich spinne tatsächlich, wie Aaron behauptet.

Bei unserem Weiberabend vor ein paar Jahren haben meine Freundinnen mich ins Kreuzverhör genommen. Sie wollten wissen, was ich denn zu tun gedächte, wenn der damals vierjährige Aaron, den seine Kindergärtnerin als »kleinen Tyrann« bezeichnet hatte, zu einem fiesen Schläger heranwachsen würde. Ich weigerte mich nicht aus reiner Sturheit, darüber nachzudenken, dass er zu einem solchen Menschen werden könnte – so entfremdet von der Liebe und den Werten, mit denen ich ihn erzogen hatte, dass ich ihn nicht mehr erkennen würde. Ich glaubte wirklich daran, dass er sich später keine Spielzeugwaffen wünschen würde, wenn er ohne so etwas aufwächst.

Jetzt, da er sie doch haben will, fühle ich mich im Innersten geschwächt und betrogen. Ich weiß noch genau, dass ich damals gesagt habe: »Es gibt einen Punkt, an dem es unser gutes Recht ist, uns von unseren Kindern abzuwenden.« Das war vielleicht ein bisschen selbstgerecht. Wir stellen alle irgendwann fest, dass unsere Kinder uns einprogrammiert sind, mit dem genetischen Code unserer DNS verwachsen. Uns bleibt gar nichts anderes übrig, als sie zu lieben, selbst wenn sie uns zwingen, all unseren Werten zuwiderzuhandeln.

Andererseits muss ich da jedes Mal an Susan Klebold denken, die Mutter von Dylan – einem der Amokläufer von Columbine. Ich habe letzte Woche einen Beitrag von ihr in einer Zeitschrift gelesen, in dem sie schreibt, sie habe nicht im Entferntesten geahnt, dass ihr Sohn selbstmordgefährdet oder zu solchen Gewalttaten fähig sei. Danach dachte ich: *Wie kann man als Mutter die Anzeichen von so etwas übersehen? Das könnte mir nie passieren, mir und meinem Kind. Ich würde es merken. Ich würde es auf jeden Fall merken.*

Wenn ich Helen jetzt so ansehe, spüre ich zwar ihre Angst um Levis unvorhersehbare Zukunft, aber auch eine besondere Zärtlichkeit, die nicht da ist, wenn sie von ihren anderen Kindern spricht. Ihre Liebe zu ihm wird durch seine Andersartigkeit ausgedehnt, sie wird größer. Vielleicht stärken unsere Kinder unsere Fähigkeit, auch das an ihnen zu lieben, was uns schmerzt – wir können sehr wohl Kinder lieben, die hässlich sind, kränklich, inkontinent, unerzogen, ja sogar gewalttätig. Wir können das lieben, was an ihnen am wenigsten liebenswert ist und was wir an uns selbst nur verabscheuen könnten. Ja, das glaube ich.

»Macht es dir zu schaffen?«, frage ich Helen, weil ich nicht weiß, wie ich meine Gedanken in Worte fassen soll.

Helen trinkt noch einen Schluck Champagner und seufzt. »Levi ist anders. Sieht ganz so aus, als hätte er einen harten Weg vor sich. Deshalb muss er die Gewissheit haben, dass er in seiner Familie völlig sicher ist. Dass wir ihn so lieben, wie er ist.«

Dann richtet sie sich auf und sagt mit leiser Stimme: »Flipp jetzt bloß nicht aus ... Fang ja nicht an zu schreien, aber da ist eine Schlange ungefähr drei Meter hinter dir ...«

3 Porno-Titten

Ich flippe natürlich doch aus. Ich schreie und kreische und schütte mir den Champagner über die Brust. Eine Schlange! Sie verschwindet blitzschnell im Gebüsch. Ich sehe sie nicht einmal mehr.

Ich schnappe mir BH und T-Shirt und renne den ganzen Weg zurück zum Haus, dass meine Brüste im Wind nur so flattern. Jetzt weiß ich wieder, warum ich nie zelten gehe. Oder wandern. Die freie Natur wimmelt nur so von tödlichen Gefahren. Und wir sind hier verdammt weit weg vom nächsten Krankenhaus. Wie mag das erst in Borneo sein? Gibt es überhaupt einen Erste-Hilfe-Kasten in diesem Haus? Meine Beine sind nach einer halben Stunde am Wasser total zerstochen. Ich habe nicht daran gedacht, etwas gegen Mücken einzupacken. Meine Brüste hingegen haben nicht einen Stich abbekommen. Anscheinend wollen nicht einmal Moskitos allzu tief sinken.

Als ich die Veranda erreiche, ziehe ich mir das T-Shirt über und schaue mich nach Helen um. Sie ist noch unten am Damm und inzwischen ebenfalls in ihr T-Shirt geschlüpft – und unterhält sich mit einem jungen Mann, der einen breitkrempigen Strohhut und Khakishorts trägt. Sein Hemd ist bis zur Taille aufgeknöpft, und sein plötzliches Erscheinen legt nahe, dass er uns heimlich beobachtet hat, während wir oben ohne in der Sonne lagen. Helen lacht und zeigt auf mich. Die beiden kommen aufs Haus zu.

Er muss um die fünfundzwanzig sein, hat hellblondes Haar

und kurze Bartstoppeln. Seine Oberarme wirken wie aufgepumpt, der Rücken ist sehr breit. Er hat weiche braune Rehaugen, große Hände und starke Arme mit deutlich hervortretenden Adern. Ich kann seinen mit Deo vermischten Schweiß bis hierher riechen und zweifle nicht daran, dass der Kerl jederzeit in der Lage wäre, eine Frau an die nächste Wand zu drücken und sie sich zu Willen zu machen, wenn ihm danach ist.

»Das ist Callum – der Gärtner«, trällert Helen.

»Hallo, Callum.« Ich strahle ihn an.

»Matilda hat Sie also zu Tode erschreckt«, sagt er und lächelt.

Oje. Grübchen.

»Matilda?«

»Unser Diamantpython.«

»Schlangen liegen ein klitzekleines Stückchen außerhalb meiner Komfortzone.«

»Matilda bringt schon keinen um. Na ja, außer Ratten und Frösche.«

»Da bin ich aber erleichtert.«

»Auf die Schwarzottern müssen Sie dagegen aufpassen. Und auf die Mulgas. Wenn eine von denen Sie beißt, leben Sie noch eine halbe Stunde, Maximum.«

»Ach, tatsächlich?«, flöte ich.

Normalerweise würde mich eine Unterhaltung über Giftschlangen kein bisschen antörnen. Wirklich nicht. Aber ich ertappe mich dabei, dass ich mit ihm flirte. Himmel, wie dämlich ich sein kann – mich wegen zwei starken Armen und einem männlichen Bartschatten so albern aufzuführen. Falls ich bei ihm irgendwelche erotischen Gefühle wecke, dann eher solche, die man selbst in Porno-Kreisen wahrscheinlich als leicht pervers betrachten würde. Diese Vorstellung könnte doch an einem richtig miesen Tag glatt Gedanken an Selbstmord wecken.

»Ich werde mich nicht mehr von der Veranda wegbewegen.«

Er lacht herzhaft. »Ach was, laufen Sie ruhig ein bisschen herum. Sie müssen nur die Augen offen halten. Ein paar tödliche Exemplare haben wir hier schon. Aber die sind nicht so zutraulich wie Matilda. Die gehen Ihnen eher aus dem Weg.«

»Woher wissen Sie das?«

Er zuckt nonchalant mit den Schultern. »Stochern Sie nur nicht mit irgendwas im Gebüsch herum, und tragen Sie feste Wanderschuhe, wenn Sie im Wald spazieren gehen wollen.« Er weist auf das üppige Grün hinter dem Damm.

Ich sollte mich über seine Nachlässigkeit ärgern. Ihr gebt mir doch sicher recht, dass er für unsere Sicherheit keinesfalls garantieren kann. Genauso, wie wir keinerlei Gewissheit haben, dass das Universum unsere Kinder nicht morgen von einem Blitz erschlagen lassen oder ihr Leben bei einem Autounfall auslöschen wird – so etwas passiert täglich.

Egal, wie gut man ausgebildet ist oder wie viel man zu wissen glaubt, manchmal kann man ein Unglück nicht kommen sehen. Wie meine Freundin Leonie, die mir versicherte, dass Persephone »niemals einem Kind …«. Im selben Augenblick schlug ihr Labrador, der angeblich keiner Fliege etwas zuleide tat, die Zähne in Aarons Kopf. So einen Schwall Blut will man wirklich niemals aus dem Körper eines Kleinkindes fließen sehen. Er musste genäht werden, mit dreizehn Stichen. Übrigens war niemand so aufrichtig schockiert wie Leonie.

Hat Callum etwa vor, mich mit Mund-zu-Mund-Beatmung zu retten, falls ich einen anaphylaktischen Schock erleide?

»Na, dann will ich die Damen mal sich selbst überlassen«, sagt er. »Sagen Sie mir ruhig Bescheid, wenn Sie Lust auf eine kleine Führung um das Anwesen haben. Mein Häuschen liegt hinter dem Silver Pond – so heißt der Stausee – und dann an der Rotbuche vorbei.« Damit schlendert er davon, um Unkraut zu jäten oder sonst irgendwelche gärtnerischen Pflichten zu erledigen.

Sobald er außer Sichtweite ist, sieht Helen mich mit einem Seufzen an und sagt: »Der dürfte mich jederzeit ans Bett fesseln.«

Helen liegt mit geschlossenen Augen in der Hängematte. Sie hat sich das T-Shirt hochgezogen und streckt die Brüste wieder der Sonne entgegen.

Ich lasse die Gedanken schweifen und lande bei der Überlegung, was ein heißblütiger Fünfundzwanzigjähriger als Gärtner auf einem so abgelegenen Anwesen zu suchen hat. Soweit ich mich erinnere, sind Jungs in dem Alter praktisch nur mit Ficken beschäftigt. Ich habe keine Kneipen, geschweige denn Nachtclubs gesehen, als wir durch Bowral gefahren sind. Wahrscheinlich hat Callum eine feste Freundin. Eine niedliche Kellnerin, die ihn zwischen ihren Schichten im Café hier draußen besucht. Mit Nabelpiercing, perfekt gezupften Augenbrauen, die einmal im Monat ein Brazilian Waxing machen lässt.

Letzte Woche habe ich beim Duschen im Fitnessstudio eine Entdeckung gemacht. Als ich hastig in meine Duschkabine schlüpfte, verriet ich mein Alter allein dadurch, dass ich die einzige Frau *mit* Schamhaar war. Ein junger Kerl wie Callum hat wahrscheinlich noch nie im Leben auch nur ein weibliches Schamhaar zu sehen bekommen. Natürlich könnte er schwul sein, das ist heutzutage oft schwer zu sagen. Tja, wie ihr seht, neige ich dazu, lächerlich viel Zeit mit Gedanken über das Leben anderer Leute zu verschwenden. Ist ja nicht so, als hätte ich keine eigenen Probleme.

Ich sehe wieder einmal nach meinem Handy. Nichts. Nein,

schon gut, emotionale Folter ist das besondere Vorrecht einer Tochter. Das wird Konsequenzen haben. Ich hoffe nur, dass dieses kleine Miststück, das meine Jamie auf Facebook mobbt, nicht wieder zugeschlagen hat. Savannah Basingthwaite.

Ich habe die Sache durchschaut. Jamies finsterste Launen korrelieren unweigerlich mit einer neuen Episode von Internet-Gemeinheiten. He, ich war schließlich auch mal ein Teenager. Und nicht mal ein besonders fieser. Allerdings erinnere ich mich – sehr ungern – an das Mädchen, das wir »Stampfer« nannten (wegen ihrer dicken Beine). Niemand, mich eingeschlossen, wählte sie je in seine Mannschaft oder ließ sich zu einer einzigen freundlichen Geste in ihre Richtung herab. Den stahlharten Ausdruck in ihren Augen, mit dem sie die Feindseligkeit auf den Fluren der Schule ertrug, werde ich nie vergessen. Heute weiß ich, dass es ein Ausdruck von Mut war. Ich kann nur staunen, dass sie es fertiggebracht hat, jeden Tag in der Schule zu erscheinen in ihrer Uniform in Übergröße und mit dem erdbeerroten Lipgloss, den sie in tapferem Trotz stets auflegte. Aber Stampfer, deren richtiger Name Anthea lautete, war wirklich dick. Eine wandelnde Zielscheibe. Keine Chance, sich durch Unsichtbarkeit vor den kreischenden, quietschenden Verletzungen zu schützen, die junge Mädchen einander so einmalig gekonnt zufügen. Was hat Jamie an sich, das sie zur Zielscheibe macht? Diese Sorge wühlt mich innerlich auf.

Helen hat entspannt die Arme ausgebreitet. Hinter ihrer Sonnenbrille könnte sie glatt schlafen und endlich einmal Ruhe von dem nervtötenden Tinnitus gefunden haben, daher störe ich die Stille nicht. Meinem iPhone zufolge ist es halb vier Uhr nachmittags. Aaron geht jetzt gerade mit zu Samson nach Hause, der einige Kartentricks kann, aber nie verrät, wie sie gehen. Ich weiß genau, dass er *Call of Duty* zu Weihnachten bekommen hat, demnach wird Aaron den Nachmittag in einem Kriegsgebiet verbringen, bis zum Kinn in virtuelles Blut gebadet. Schön. Über sein Gewissen habe ich keine Kontrolle.

Heute werde ich zum allerersten Mal Jamies Auftritt im Debattierclub der Schule versäumen. Ihr ist das natürlich völlig schnuppe. Und Frank habe ich genaue Anweisungen hinterlassen: Aaron muss um halb sechs abgeholt werden und Jamie um Viertel vor sechs. Zum Abendessen braucht er nur die Bolognese-Sauce aufzuwärmen, die ich in den Kühlschrank gestellt habe, und die Fusilli zu kochen. Die Kinder werden trotzdem quengeln, weshalb er nachgeben und mit ihnen Hamburger essen gehen wird. Aber das ist nicht mein Problem. Während der kommenden achtundvierzig Stunden brauche ich an niemanden zu denken außer an mich selbst. Ich kann einfach nur hier herumliegen und nichts tun, in einer Zeitschrift blättern, mir das Nachmittagsprogramm im Fernsehen reinziehen oder spazieren gehen und den Garten erkunden – sofern wir Callum finden, der uns die Fauna vom Leibe hält. Ich spiele mit den Schnürsenkeln meiner neuen Turnschuhe.

Ich sollte diesen besonderen Tag feiern. Stattdessen hänge ich hier mit meiner Freundin Helen herum, die halb weggedöst und halb durchgebraten ist, und tue etwas, das sich ganz so anfühlt, als vermisste ich meine Kinder. Ich bin dermaßen lächerlich. Vierzehn Jahre lang habe ich die Bedürfnisse aller anderen vor meine eigenen gestellt. Freie Zeit fühlt sich irgendwie falsch an, wie gestohlen. Ohne die parasitären, klaustrophobischen, alles verschlingenden Bedürfnisse und Wünsche meiner Kinder bin ich der Welt schutzlos ausgeliefert. Und so gut wie nutzlos. Vielleicht sind Kinder ja nur ein besonders ausgeklügeltes Mittel gegen Langeweile. Oder schlimmer noch, eine Verleugnung der eigenen Bestimmung im Leben.

»Ich hatte früher richtig tolle Titten«, sagt Helen unvermittelt. Ich schrecke auf. »Ohne Übertreibung. Porno-Titten hat David damals gesagt.«

»So toll, ja?«, entgegne ich.

»Zwei perfekte, straffe, feste Titten im Format Doppel-D bei einem Brustumfang von einundneunzig Zentimetern.«

»Du Glückliche!«

»Im Sommer zweiundneunzig haben sie mich praktisch umsonst kreuz und quer durch Europa gebracht. Ich habe nicht eine einzige Fahrkarte gekauft, sondern immer nur den Daumen rausgestreckt. Und ich glaube, ich musste nicht einen Drink selbst bezahlen.«

»Wie praktisch.«

»Jetzt ist leider nicht mehr viel davon zu sehen. Sie fehlen mir.«

»Zumindest hattest du sie eine Zeitlang.«

»Ja ...« Sie räkelt sich wie eine Katze und streicht dann mit beiden Händen über ihre Brüste.

»Wie lange hast du insgesamt eigentlich gestillt?«

»Acht Jahre«, sagt Helen und hält ihre Brüste so zärtlich umfangen, wie man die Hand eines Sterbenden streicheln würde.

»Ich hatte mal einen Bauch so flach wie ein Bügelbrett«, erzähle ich.

Ich will damit nicht angeben, ich erinnere mich nur. Damit war es vorbei, als mein Frauenarzt mir die über zehn Jahre mit Situps gestählten Bauchmuskeln durchtrennte, um Jamie auf die Welt zu bringen. Ich reibe mir den vernarbten, überdehnten Bauch. Irgendwann sollte ich meiner Mutter verzeihen, dass sie mich nicht rechtzeitig beiseitegenommen und mich darüber aufgeklärt hat, dass all die Straffheit nur geliehen war und man sie eines Tages wieder abgeben muss. Einerseits arbeitet die

Schwerkraft gegen einen. Feste Brüste und ein straffer Bauch sind leider nicht nachhaltig zu bewerkstelligen. Andererseits ist die Sehnsucht danach ein stiller, persönlicher kleiner Tod.

»Zumindest ist meine Muschi nach wie vor schön eng. Dem Kaiserschnitt sei Dank.«

»Du Glückliche«, seufzt sie. »Nach vier natürlichen Geburten ist meine so weit wie der Grand Canyon.«

»Was ist mit Beckenbodentraining?«

»Hör mir bloß auf ... Ich weiß nicht mal, wo mein Beckenboden ist. Wahrscheinlich da, wo ich auch meine Libido verloren habe.«

»Du brauchst bloß die Muskeln anzuspannen, als wolltest du dir das Pinkeln verkneifen.«

»Ach, bitte. Außerdem ist meine eh kaum noch in Gebrauch.«

»Nie?«

»Etwa alle halbe Jahre.«

»Und David hat damit kein Problem?«

»Woher soll ich das wissen?«

»Wichst er?«

»Wahrscheinlich.«

Wir liegen eine Weile da und denken über all das nach, obwohl ich nicht unbedingt ein Bild vor Augen gebraucht hätte, wie David sich einen runterholt. Nicht, dass ich prinzipiell etwas dagegen hätte. Oder gegen die Vorstellung, dass ein Fremder sich einen runterholt. Callum, zum Beispiel. Aber das Sexleben unserer Freundinnen – ebenso wie das unserer Eltern – ist geheim, ein Tabu. Ich quatsche für mein Leben gern mit meinen Freundinnen über Sex, aber ich finde es verstörend, mir vorzustellen, wie sie jemandem einen blasen, es mit der Zunge gemacht bekommen oder jemand in sie eindringt. Allein deshalb wäre ich im Swingerclub völlig fehl am Platz. Ich hoffe für David, dass er nach Herzenslust wichst, um seiner sexuellen Gesundheit willen, aber verdammt noch mal, warum muss ich mich damit befassen?

»Ach, habe ich dir schon die gute Neuigkeit erzählt? Sie wollen mir demnächst die Gebärmutter entfernen. Dann darf ich sechs Wochen lang nicht aufstehen, Auto fahren oder kochen. Ich kann's kaum erwarten«, sagt Helen.

Die Verzweiflung muss wirklich groß sein, wenn man sich auf einen chirurgischen Eingriff freut wie auf einen wohlverdienten Urlaub.

Ich gebe zu, dass auch ich es im Stillen genossen habe, nach der Operation neulich für eine Weile von allen mütterlichen Pflichten befreit zu sein. Etwas war in mir gewachsen – bedauerlicherweise nichts Metaphorisches. Ich fand, dass ich aussah wie im dritten Monat schwanger, obwohl ich so viel abgenommen hatte. Mein Arzt, der immerhin in Oxford studiert hat, teilte mir mit, meine Gebärmutter sei »durchwuchert von Myomen«. Leider konnte er mir nicht schlüssig erklären, warum Myome so einfach auftauchen, welche Absichten sie hegen, ob sie bloß harmlose Untermieter sind oder eher wie die Schweine in *Farm der Tiere*, die erst ganz treuherzig wirken, aber in Wahrheit alles übernehmen wollen. Ich hatte drei Möglichkeiten: die Myome entfernen lassen, auf die Wechseljahre warten (wenn sie mit sinkendem Östrogenspiegel verschrumpeln wie ein Lieblings-T-Shirt aus Baumwolle, das mit in den Trockner geraten ist) oder gleich die Totaloperation.

Ich hatte mich mit Helen am Telefon beraten.

»Wozu willst du denn deine Gebärmutter behalten? Die hat ihre Aufgabe längst erfüllt und macht dir nur noch Ärger. Wenn es um eine Angestellte ginge, hättest du so jemanden schon vor Jahren gefeuert.«

Frank war da anderer Ansicht. »Du solltest sie nicht einfach so entsorgen. Sie ist doch ein Teil von dir«, sagte er, als hätte meine Gebärmutter einen sentimentalen Wert für ihn, wie eine seiner Marathon-Medaillen.

»Das kann nur jemand sagen, der in seinem Leben noch nicht einen Tag geblutet hat«, erwiderte ich.

Letztlich entschied ich mich dafür, sie zu behalten. Ich fand, das sei ich meiner Gebärmutter in ihren alten Tagen des Verfalls und der Vergesslichkeit schuldig – wie einem Familienhund, der sabbert und inkontinent geworden ist.

»Du hast also kein Problem damit, dir die Gebärmutter entfernen zu lassen?«, frage ich Helen.

»Man muss wissen, wann die Zeit gekommen ist, das Feld zu räumen und der nächsten Generation zu überlassen. Sarah hatte kürzlich ihre erste Periode. Eine menstruierende Frau im Haus ist mehr als genug.«

Ich kann kaum glauben, dass wir am Ende der Funktionsfähigkeit unseres Uterus angelangt sind, während unsere Töchter gerade am Anfang stehen.

Meinem »Baby« Jamie wachsen jetzt eigene Brüste, und ich sehe ihnen dabei zu wie einem aufgehenden Hefeteig. Das ruft in mir eine Zwiespältigkeit hervor, die mir so fremd ist, dass sie mich regelrecht schockiert. Dabei zuzusehen, wie meine Tochter jene körperlichen Merkmale entwickelt, die mir erlaubt haben, ihr das Leben zu schenken, ist beinahe so, als schaute ich in einen Spiegel. Ich möchte, dass sie all das an sich mag, was sich in der Heimlichkeit ihrer Pubertät entfaltet. Ich will sie nicht zwingen, die neurotischen Zwänge, gesellschaftlichen Normen und kranken Regeln des Frauseins in- und auswendig zu lernen wie das Einmaleins. Als ihr die ersten Haare an den Beinen wuchsen, wollte ich das nicht zum Thema machen, weil ihr das Gebot haarloser Unterschenkel noch völlig gleichgültig war. Auf keinen Fall wollte ich ihre kindliche Seifenblase platzen lassen, in der jeder Mensch schön und etwas Besonderes ist. Ich wollte warten, bis sie mich von sich aus fragte »Mum, kann ich mir die Achseln rasieren?« Irgendwann habe ich ihr dann doch einen Damenrasierer mit schriftlicher Anleitung aufs Bett gelegt, weil mir vor den Hänseleien graute, die ihr drohten, wenn ich nicht einschritt.

Als Jamie noch ein kleines Mädchen und vollkommen unschuldig war, fühlte sich die Tatsache, dass sie aus mir hervorgegangen war, so wunderbar an, wie ihr Morgenatem roch. Meine erschlaffenden Brüste, das Massaker an meinen Bauchmuskeln, die körperlichen Entstellungen waren ein geringer Preis für die Schönheit, die sie mit sich brachte. Wir beide waren verschiedene Ableger eines einzigen lebendigen Dings. Jetzt ist sie schon fast so groß wie ich, trägt dieselbe Schuhgröße, borgt sich mein Make-up und haut mir meine eigenen Worte um die Ohren – *Manipulier mich gefälligst nicht ... Brich dir nur nichts ab ... Ja, ich mach's ja gleich ...* Der dicke, süße Sirup unseres Einsseins hat sich zu Wasser verdünnt und ist durch uns hindurchgesickert. Jetzt bildet er nicht mehr unsere Knochen und Sehnen, sondern ist lediglich eine Geschichte, eine philosophische Anschauung darüber, wie sie hierhergekommen ist.

Ich erinnere mich an ein Baby, das sich in mir bewegt hat. Ich erinnere mich daran, zum ersten Mal ein winziges Geschöpf in den Armen gehalten zu haben, und daran, wie meine Milch durch meinen Körper strömte wie ein Nebenfluss, der an ihren Lippen mündete. Doch diese große, streitbare, mal pampige, dann wieder prachtvolle werdende Frau – in ihr erkenne ich das Lebewesen nicht wieder, an das ich mich erinnere. Ich weiß, dass sie es ist. Ich habe ihre Metamorphose vom zappelnden

Würmchen in Windeln zur Zauberstab schwingenden, auf Bäume kletternden Nymphe verfolgt, vom ulkigen Mäuschen mit Zahnlücken zur unbeholfenen Leseratte. Sie hat sich immer weiter entwickelt, zu diesem seltsamen, stillen, witzigen, nachdenklichen Teenager, der gerne Comedians zitiert. Aber es gibt da diese geistige Kluft zwischen meinem Wissen und dem, was mir davon konkret im Alltag wieder einfällt – erschreckend wenig manchmal. Ich vermisse die unkomplizierte Co-Abhängigkeit, die Zeit, in der meine Liebe zu ihr nicht Gegenstand von Verhandlungen war, nicht beeinträchtigt von Launen, unangebrachten Wutausbrüchen oder Hormonen, sondern einfach immer da, so frisch wie Muttermilch.

»Das geht alles so schnell«, bemerke ich. »Kannst du dir vorstellen, wie unser Leben ohne sie aussähe?« Ich lache, doch es klingt leicht hysterisch.

Helen schweigt eine Weile.

»Ich weiß nicht ... Das ist mein Leben, oder? Das, was ich jeden Tag tue. Und, ja, es ist toll, das Haus ist erfüllt von Lärm und Leben, von bunten Bällen, Musikinstrumenten, Zeichentrick-Pinguinen und Schoko-Pops – aber mein Leben besteht nur noch daraus. Also, buchstäblich. Ich verbringe praktisch den ganzen Tag im Auto. Irgendein Kind muss immer zum Arzt, braucht neue Schuhe für die Schule, hat Orchesterprobe, oder es ist Elternabend oder schon wieder irgendein Kindergeburtstag. Manchmal frage ich mich schon, wie es wäre, wenn ich einen anderen Weg eingeschlagen hätte.«

»Midlife-Crisis«, diagnostiziere ich.

»Ich will damit nicht sagen, dass ich etwas an meinem Leben verändern würde. Aber ... ich könnte mir etwas anderes *vorstellen.* Weißt du, dass ich früher wahnsinnig gern Motorrad gefahren bin? Virginia und ich waren mit Anfang zwanzig in Europa unterwegs. Wir haben uns Motorräder geliehen und sind überall herumgefahren. Sie auf einer Ducati, und ich hatte eine Suzuki.«

»Im Ernst? Nein, das wusste ich nicht.« Ich mustere Helen. Lederjacke, Helm, Bikerstiefel? Wie kann es sein, dass ich so etwas nicht über sie weiß?

Sie seufzt. »Woher denn auch? Wir reden ja über nichts anderes als unsere Kinder.«

»Wirklich?«

Sie schüttelt den Kopf. »Manchmal kommt es mir so vor, als hätte ich die Fähigkeit verloren, das Leben an sich aufregend zu finden. Ich brauche dringend eine Veränderung ...«

»Willst du wieder arbeiten gehen?«

»Nein, etwas Größeres.«

»Eine Scheidung?«

Sie schnaubt. »Vielleicht eine neue Gegend, ein neues Land ...«

»Wie die Toskana?«

»Ja ... oder Kalifornien.«

»Erdbeben«, merke ich an.

»Erdbeben sind doch aufregend.«

»Aufregende Sachen sind was für Singles«, erwidere ich. Wenn man an Kinder zu denken hat, will man an einem möglichst langweiligen, sicheren Ort sein, wo die Leute sich an Geschwindigkeitsbegrenzungen halten und Teenager keine größeren Probleme haben als Fettleibigkeit.

»Wie ist sie denn so – Virginia, meine ich?« Noch während ich es ausspreche, frage ich mich, ob ich das wirklich wissen will.

»Stark und klug. In der Schule hat sie sämtliche Preise und Auszeichnungen abgeräumt. Liest unheimlich viel. Du kannst sie alles fragen – es gibt praktisch nichts, was sie nicht weiß. Sie hat über achtzig Länder bereist. Sie kann in hundert verschiedenen Sprachen ›Willst du mit mir schlafen?‹ fragen. Sie wurde schon mal von einem wütenden Nilpferd angegriffen, dem sie Auge in Auge gegenüberstand. Sie ist der absolut coolste Mensch, den ich kenne.«

»Ich dachte immer, ich sei der coolste Mensch, den du kennst.«

»Du bist die coolste *Mutter*, die ich kenne.«

»Ich glaube nicht, dass jemand den Angriff eines wütenden Nilpferds überleben kann«, brummele ich.

»Frag sie selbst. Wir haben zusammen ein paar ziemlich verrückte Sachen angestellt.«

»Zum Beispiel?«

»Na ja, da war diese kleine Orgie mit drei Kellnern, die wir uns in Spanien angelacht haben ... und Drogen. Eine Menge Drogen.«

Während sie erzählt, spüre ich beinahe so etwas wie Bedauern in ihr. Aber bei Helen bin ich mir da nie ganz sicher. Ich kann mich nicht erinnern, wann ich zuletzt etwas getan hätte, das man als verrückt bezeichnen könnte. Heutzutage bin ich schon dankbar dafür, dass meine Kinder sich allein anziehen und frühstücken, in einen Bus steigen und allein zu Hause bleiben können, während ich schnell einkaufen oder ins Fitnessstudio gehe oder gar abends mit Frank irgendwo essen. Alles nichts, weshalb man gleich eine Party geben würde. Das Verrückteste, was ich in letzter Zeit getan habe, war ein Besuch in diesem Erotikladen in der Oxford Street. Ich bin mit einer Einkaufstüte voller Möglichkeiten wieder herausmarschiert, aber Frank und ich sind bisher nicht dazu gekommen, die diversen Spielsachen und Outfits auszuprobieren. Wir warten noch auf den richtigen Augenblick.

Frank und ich. Wir müssen uns inzwischen viel mehr Mühe geben, um das ausfindig zu machen, was uns zusammenhält, abgesehen von den Kindern. Aber das ist wohl normal. Wir waren gezwungen, immer näher zusammenzurücken, obwohl unser Umgang mit dem geteilten Raum von jeher ein zäh verhandelter Kompromiss zwischen einer ungewöhnlich unordentlichen Jungfrau und einem beinahe zwanghaften Ordnungsfanatiker war. Die Dynamik unseres Zusammenlebens musste sich verändern, weil irgendwann auch noch die Persönlichkeiten unserer Kinder darin Platz finden mussten: ein Extrovertierter mit mangelnder Impulskontrolle und eine künstlerisch veranlagte Introvertierte mit der Selbstbeherrschung eines hormonell bedingten Tsunamis.

Jede Entscheidung in unserer Familie – in welches Restaurant wir essen gehen, wohin wir in Urlaub fahren, ja sogar, was wir uns im Fernsehen anschauen – muss jetzt zwischen vier Parteien ausgehandelt werden. Früher, als es nur zwei waren, konnte ich oft meinen Willen durchsetzen, indem ich anbot, der anderen Partei einen zu blasen. Wir haben eine echte Gruppendynamik entwickelt, und die ist anstrengend. Die Realität und meine persönlichen Wünsche (die oft nicht dramatischer sind als »kein Radiogedudel im Auto« oder ein Spaziergang am frühen Abend) klaffen immer weiter auseinander, während unsere Kinder ihre Wünsche und Ansprüche mit zunehmender Lautstärke anmelden. Falls ich es wagen sollte, auch nur anzudeuten, dass meine Bedürfnisse genauso wichtig seien wie ihre, spielen sie einen Trumpf aus, dem ich nichts entgegensetzen kann: »Ich habe nicht darum gebeten, auf die Welt zu kommen, oder?« Da ich sie hierhergeholt habe, bin ich offenbar allein für ihr Glück zuständig, und mein dringendes Bedürfnis kann gefälligst warten, bis sie mit dem Zähneputzen fertig sind und das Bad frei ist.

Frank und ich streiten uns kaum, wohingegen sich die Montagues und die Capulets von der giftigen Feindseligkeit zwischen meinen Sprösslingen noch etwas abschneiden könnten. Ich verwende unzählige Stunden meiner Lebenszeit darauf, einen Waffenstillstand nach dem anderen auszuhandeln. Es ist wie in einem Kriegsgebiet, in dem erbittert um so wichtige Dinge wie eine Fernbedienung oder die letzte knusprige Tortilla gekämpft wird. Bis der Tag um ist, bin ich fix und fertig – es ist mir ein Rätsel, wie Ban Ki-moon ohne eine Flasche Wodka in der untersten Schreibtischschublade auskommt. Der arme Kerl.

Am frühen Abend flammen regelmäßig neue Keifgefechte auf.

Jamie (schrilles Kreischen): »Du kleiner Rotzlöffel.«

Aaron: »Dumme Kuh.«

»Denkt doch nur mal an die armen Einzelkinder, die niemanden haben, mit dem sie reden oder spielen können. Sie sind ganz allein«, werfe ich ein und bemühe mich, so viel Leid wie nur möglich in die beiden letzten Worte zu legen.

Jamie: »Ich wäre lieber allein. Er hat alles verdorben.«

Aaron: »Können wir sie nicht bei eBay verscherbeln oder gegen einen kleinen Bruder umtauschen?«

Jamie: »Wenn ich noch ein einziges Wort über Basketball höre, erwürge ich ihn.«

Aaron: »Wenn ich noch ein einziges Wort über Jungen höre, kotze ich.«

Ich kann mir vorstellen, dass Isaak ganz ähnlich zumute war, als er mit ansehen musste, wie es mit Jakob und Esau immer schlimmer wurde. Es ist ein endloser Kreislauf kleinlicher Zankerei. Bis *Die Simpsons* kommen. Dann ruft Aaron seine Schwester, und sie sitzen einträchtig auf dem Sofa. Und lachen über Bart. Das ist entweder total normal oder völlig psychotisch.

Neulich bin ich während einem ihrer üblichen Wettkämpfe im Beleidigungs-Weitwurf in Tränen ausgebrochen. »Warum? Was soll das? Ich halte das keine Minute länger aus.« Das war keine absichtliche Theatralik. Ich hatte nur nicht gut geschlafen.

Sie hielten mitten in ihren gegenseitigen Beschimpfungen inne und setzten sich links und rechts neben mich. Jamie streichelte mir den Rücken, und Aaron nahm meine Hand. Sie erklärten mir, dass sie sich ja nicht direkt hassten. Also, so richtig. Nur manchmal. Zum Beispiel, wenn er oder sie gemein, wach oder auf der Toilette war, obwohl der andere sie dringender brauchte, oder die Fernbedienung einfach nicht hergab. Sie versprachen, sich besser zu vertragen oder es wenigstens zu versuchen. Der restliche Tag nach meinem Gefühlsausbruch verlief übrigens deutlich ruhiger. Ihr seht also: Mich wie eine Erwachsene zu benehmen ist reine Zeitverschwendung. Ich erziele bessere Ergebnisse, wenn ich mich auf das Niveau meiner Kinder hinabsinken lasse. Das bringt die Erwachsenen in ihnen zum Vorschein. Wenn ich verzweifelt bin, breche ich jetzt in hysterisches Schluchzen aus. Damit erkaufe ich mir dann meistens ein paar Tage Frieden.

Mehr will ich doch gar nicht. Ein bisschen Ruhe zum Dank für alles, was ich für sie opfere. Offen gestanden, bringe ich nun schon seit einer ganzen Weile Opfer. Anfangs beispielsweise meinen Schlaf, meine geistige Gesundheit, meinen intakten Körper. Nicht, dass ich mitzähle oder Buch führe, aber wir sind alle nur Menschen. Wenn wir etwas für andere opfern, hoffen wir automatisch, irgendwann in der Zukunft dafür belohnt zu werden. Oder zumindest, dass die Aufopferei eines Tages endet und jemand anderes damit dran ist.

Aber während die Kinder älter werden, mache ich die Erfahrung, auf wie vielfältige Weise man ein wandelndes Menschenopfer sein kann. Da gibt es Möglichkeiten, die einem im Traum nicht einfallen würden, bis man eines Tages seinen kostbaren Termin mit dem Personal Trainer wegen eines Elternabends absagt, anstelle eines lang ersehnten, entspannenden Urlaubs vor der Ocean World Schlange steht, um sich Killerwale anzuschauen, die einem schnurzegal sind, oder umschalten muss, weil *Sex and the City* nichts für Minderjährige ist, die alles zu wissen glauben, aber in Wirklichkeit keine Ahnung haben. Mit zunehmendem Alter der Kinder wird diese Aufopferung immer reizloser, und ich neige inzwischen zunehmend dazu, eine angemessene Gegenleistung zu verlangen.

Irgendwann in der Zukunft werden unsere Kinder unabhängig von uns sein, und erst dann können wir unabhängig von ihnen werden. Ist das etwa der Sinn der ganzen Sache: auf die Freiheit hinzuarbeiten, die wir hatten, ehe die Kinder kamen?

»Hast du manchmal auch das Gefühl, als ob das Leben – das richtige Leben – an dir vorbeizieht?«, frage ich Helen.

Sie schürzt die Lippen. »Wie meinst du das?«

»Ich habe es satt, eine miserable Mutter zu sein. Ich will endlich irgendetwas richtig gut machen.«

»Such dir ein Hobby. Blumenarrangements. Wenn meine Schwägerin das kann, dann kann es jeder.«

»Ich würde vielleicht ... gern ein Buch schreiben.«

»Worüber?«

»Die Toskana.«

Sie lacht. »Dazu müsstest du erst mal hinfahren.«

Das ist mir klar.

»Schreib was mit Vampiren. So was lesen die Leute gern.«

»Ich weiß aber nichts über Vampire«, murmele ich.

»Dann denk dir was aus«, sagt sie und krabbelt aus der

Hängematte. »Wie wäre es mit noch einem Gläschen und einem kleinen Snack?«

Ein paar Minuten später kommt sie mit einem Tablett wieder heraus auf die Veranda. Darauf stehen die Champagnerflasche, die Flasche Cranberrysaft, eine Dose geräucherte Austern, der Brie und ein paar Scheiben Baguette.

Sie schenkt mir nach.

»Worauf trinken wir?«, fragt sie.

»Auf die Toskana«, sage ich.

»Und auf Motorräder«, fügt sie hinzu.

4 Kinder sind keine Goldfische

Champagner tut ja anfangs so, als wollte er nur flirten, kommt dann aber ziemlich bald zur Sache. Mein Hirn kribbelt bereits nur so vor Bläschen, als wir Ereka vor dem Haus nach uns rufen hören.

»Ich komme«, schreie ich, springe auf und eile durch das riesige Wohnzimmer am Spiegel vorbei – *Bin das ich? Ja, tatsächlich* – zur Haustür. Da ist er wieder, dieser scheußliche Geruch. Ich hoffe nur, dass er nicht aus dem abgeschlossenen Zimmer im ersten Stock kommt. Man hört ja die verrücktesten Geschichten.

Ich habe Ereka seit einer Ewigkeit nicht mehr gesehen, und zu behaupten, dass sie fülliger geworden ist, wäre eine freundliche Untertreibung. In ihrem meergrünen Kaftan mit Pailletten am Ausschnitt würde ich sie als *Mehrfamilienhaus mit großzügiger Fassade* annoncieren – *künstlerische, behagliche Einrichtung, bezaubernde Ausstrahlung, viel Platz für die Großfamilie, in mehrere Wohneinheiten teilbar.* Ihre Unterarme sind von den Ellbogen bis zu den Handgelenken in eine Rüstung aus klimpernden silbernen Armreifen gehüllt. Um die dicken Schmucksteine an ihren zahlreichen Ringen hätte Liberace sie sicher beneidet. Der Riemen einer bunten Tasche und die Henkel eines großen Strohkorbes umschlingen sie wie Fesseln. Ihr hellrotes Haar, um das ich sie schon immer beneidet habe, ist dünner geworden. Albernerweise hoffe ich, dass sie vor allem ihr prachtvolles Haar nicht verliert. Denn das allein wäre grausam genug.

»Du meine Güte, Jo, du hast aber abgenommen. Du siehst fantastisch aus!«

Am liebsten würde ich mich einmal im Kreis drehen, um ihr mein neues Ich zu präsentieren. Aber das käme mir vor, als wollte ich ihr unter die Nase reiben, wie dick sie dagegen geworden ist, daher lächle ich nur und sagte bescheiden: »Danke, meine Liebe.«

»Oh, was für ein wunderschönes Haus«, murmelt sie, als sie eintritt. »Sieh nur, der Spiegel ... Sind diese Kronleuchter etwa aus echtem Kristall?« Sie hält inne und schnuppert.

»Was meinst du, was das ist?«, frage ich.

»Vernachlässigung. Tief eingesickerte Traurigkeit.« Als Künstlerin sind für sie auch Gerüche Emotionen. Immerhin findet sie den Gestank offenbar nicht besorgniserregend.

Sie stellt den Korb im Foyer ab und dreht sich klimpernd und staunend im Kreis, einen Zeigefinger an den Lippen. In diesem Korb steckt irgendetwas Köstliches – mit Ingwer –, und es ist frisch gebacken.

»Du hast nicht etwa Kuchen gebacken, oder?«, frage ich.

»Pff ...« Sie lacht. »Französische Konditorei in der Stadt, Ingwer-Honig-Kuchen mit Zitronencreme. Ein wahres Kunstwerk.«

»Hört sich nach Kalorienbombe an«, bemerke ich.

»Ach, da sind nur ungefähr siebzehn Pfund Butter drin. Ich sollte so etwas nicht kaufen, aber das Leben ist so kurz ...«

Und mit hohem Cholesterinspiegel sicher noch kürzer? Ich halte mich jetzt schon seit fast fünf Jahren an meine gesunde Diät. Man gewöhnt sich daran, nein zu allem Möglichen zu sagen, dessen Geschmack einen anmacht. Das ist wie mit der ehelichen Treue. Wenn einem schwindelig vor Begehren wird, weil etwas so verführerisch riecht wie Erekas Einkaufskorb, dann muss man sich nur an eines erinnern: Du hast ein Versprechen gegeben, und deshalb darfst du das da nicht haben – ob es nun ein Stück Kuchen ist, der Trainer in deinem Fitnessstudio, der Feuerwehrmann, der jeden Morgen in der Bäckerei hinter dir wartet, oder der Klempner mit dem Schlangentattoo auf dem muskulösen Unterarm, der den lecken Wasserhahn in deiner Küche repariert. So sehr sich manche von uns vielleicht nach außerehelichen Affären sehnen – irgendwann brechen sie wie eine vernichtende Flut über unser häusliches Leben herein. Da braucht ihr nur Sandra Bullock zu fragen. Etwas zu wollen, ist wirklich kein ausreichender Grund dafür, es sich auch zu nehmen.

Ich will damit nicht sagen, dass das Verlangen irgendwann verschwindet. Das behauptet keiner. Entscheidend ist, wie du damit umgehst. Also übernimmst du die Kontrolle darüber. Du hältst dir vor Augen, was du einst geschworen hast und warum du das eigentlich alles tust. *Nichts schmeckt so gut, wie sich dünn sein anfühlt.* Du machst dir die langfristigen Vorteile der Monogamie bewusst: wie schön es ist, im Schlafzimmer ungehemmt pupsen zu können und zu wissen, dass jemand anders deinen Zyklus noch genauer verfolgt als du selbst … Und dann sagst du einfach nein. Was du hinter verschlossenen Türen mit deinem Vibrator anstellst, geht niemanden etwas an. Das ist keine Untreue, sondern pure Fantasie. Und die macht das endlose Treuekarussell aus Ersatzbefriedigung, Unterdrückung und Verzicht immerhin erträglich.

Erst später, wenn der Mathelehrer am Elternabend in zwei strahlende Gesichter blickt und berichtet, wie fabelhaft eure Tochter dividieren kann – dann weißt du, warum du nein gesagt hast. Du denkst dir, dass eine heiße Nacht mit einem Fremden nicht einmal annähernd so fantastisch sein kann wie dieser Augenblick. Du fragst dich, wie du auch nur auf den Gedanken kommen konntest, deine Ehe für diese kleine Sünde aufs Spiel zu setzen. Aber so ist das mit der Begierde – sie blendet und verlockt dich, sie ist ein bisschen geschmacklos und hält nicht lange vor. Wie zwei schnelle Gläser Champagner verleiht sie dir kurzfristig Flügel, und dann stürzt du ab. In einer Beziehung strebt man eine langsamere, beständigere Energie an – etwa mit dem glykämischen Index von Vollkornbrot.

Ich helfe Ereka, ihre Sachen in die Küche zu tragen, wo sie die Torte auf den Tresen stellt. Vorsichtig öffne ich die Schachtel und schnuppere genüsslich den Ingwer, der unanständige Dinge mit dem Zimt anstellt, und ... Kardamom und Nelken sind auch dabei? Etwas verboten Klebriges ist am Rand der Torte karamellisiert. Mir läuft das Wasser im Mund zusammen.

»Dieses Ding ist die Verkörperung des Bösen«, erkläre ich Ereka.

Kichernd öffnet sie den Kühlschrank und räumt ihre Flasche Tequila, Orangensaft, einen Becher Mascarpone und ein paar Schalen mit Beeren hinein. »Ein paar Snacks habe ich auch mitgebracht«, sagt sie und legt eine Tüte Chips und zwei Tafeln Lindt-Schokolade auf die Arbeitsfläche.

»Wie viel hast du eigentlich abgenommen?«, fragt sie mich, während sie die Chipstüte aufreißt. Sie hält sie mir hin.

»Etwa sechzehn Kilo.« Ich klappe die Tortenschachtel zu und erinnere mich daran, dass ich jetzt ein neuer Mensch in schicken Sportklamotten bin.

»Wie hast du das angestellt? Bitte verrat mir dein Geheimnis.«

»Na ja, zunächst einmal esse ich so etwas nicht mehr«, sage ich und deute auf die Chipstüte. »Und das ist wirklich kein Geheimnis. Eher Willenskraft und davon nicht wenig. Ich will solches Zeug immer noch essen ...«

»Aber du sagst einfach nein.«

»So ungefähr.«

»Und du kriegst nicht manchmal Heißhunger oder Fressattacken?«

»Eigentlich nicht«, antworte ich beinahe entschuldigend, als wäre das ein Verrat an allen dicken Frauen.

»Woher nimmst du diese Selbstdisziplin?«, fragt sie. »Ich bin in den letzten paar Jahren völlig aus dem Leim gegangen. Ich werde die Kilos nicht los, es kommen immer nur noch mehr dazu.«

Ich kann ihr nicht widersprechen – sie hat wirklich stark zugenommen, seit ich sie zuletzt gesehen habe. Ich will sie auch nicht beleidigen, indem ich scheinheilig entgegne, das habe sie nicht. Also lächle ich und sage: »Helen wird sich riesig freuen, dass du da bist, denn ich bin als ihre Schlemmerpartnerin offiziell gefeuert.«

Ich nehme ein Champagnerglas für sie mit, hake mich bei ihr unter und führe sie hinaus auf die Veranda.

Ereka hebt mit klirrenden Armreifen das Glas an die Lippen. Sie ist schon bei der zweiten Runde Champagner mit Cranberrysaft und trinkt das Zeug, als würde sie morgen eine Diät anfangen.

»Was macht dein Göttergatte?«, bringt Helen sich im Zeitraffer-Modus auf den neuesten Stand.

Ereka zögert. »Es geht ihm gut.«

»Oh-oh. Wann ist Jake von ›er ist so was von wunderbar‹ zu ›es geht ihm gut‹ degradiert worden?«

Ereka kichert gezwungen. »Er ist prima ... ja, wirklich prima.« Sie sieht aus, als hätte sie damit ihre Liste an Adjektiven erschöpft.

Sie trinkt noch einen kräftigen Schluck und taucht die Hand

in die Chipstüte. Dann blickt sie auf, in unsere erwartungsvollen Gesichter.

»Was denn? Es ist alles okay ... wir haben momentan nur nicht so viel Zeit füreinander. Es liegt ausschließlich an der Zeit. Nicht an ihm. Oder uns.«

»Ach ja, richtig, wir sollen ja Zeit mit unseren Ehemännern verbringen – das hätte ich beinahe vergessen«, erwidert Helen grinsend. »Ich muss glatt einen Termin mit David vereinbaren, wenn ich die nächsten Wochenenden planen will. Er hat nie frei. Die Firma ist sein Baby. Was hat Jake für eine Entschuldigung?«

»Ihr wisst schon, die Finanzkrise und so weiter ...« Ereka verstummt kurz. »Wir hatten so viele Ausgaben. Olivia braucht immer irgendwas, noch diese oder jene Untersuchung ... Jake macht sich ständig Gedanken um unsere Finanzen. Er hat andere Ängste in Geldsorgen projiziert.«

Ereka muss es manchmal so satt haben, ihr Leben zu erklären. Allerdings bietet sie uns anderen damit Gelegenheit, unsere eigenen Probleme zu relativieren, weil sie ein geistig behindertes Kind hat.

»Ja, alles ist schrecklich teuer geworden, nicht?«, stimmt Helen ihr zu. »Alle paar Tage liest man von irgendeinem hochverschuldeten Typen, der sich umbringt. Drückeberger. Richtig fertig macht es mich, wenn sie ihre Familie mit in den Tod nehmen.«

Ich funkele Helen finster an. Soll das Ereka irgendwie helfen?

»Der Druck, eine Familie zu versorgen, ist die Hölle«, sage ich.

»Ach, bitte – die Männer kommen dabei immer noch besser weg«, erwidert Helen. »David könnte niemals zu Hause bleiben und rund um die Uhr auf die Kinder aufpassen. Sie wären längst ertrunken, verloren gegangen oder verhungert. Wenn die Männer nicht die verdammten Brötchen verdienen, wozu sind sie dann da?«

Ereka merkt nachdenklich an: »In guten wie in schlechten Zeiten ...«

»Wie, ist das etwa wörtlich zu verstehen?« Helen lacht. »Und, was macht dein Liebesleben? Heißt es nicht immer, Stress sei tödlich für die Libido? Das liest man doch in jeder Zeitschrift.«

»Es stimmt.«

»Oh nein, ihr beiden wart meine großen Vorbilder in Sachen ehelicher Sex«, sagt Helen. »Jetzt sag bitte nicht, dass euer Liebesleben den Bach runtergegangen ist.«

»Dass wir uns darüber unterhalten haben, ist schon sehr lange her.«

»Wenigstens noch alle zwei Wochen?«

Ereka hat recht – dieses weinselige Gespräch an unserem letzten Weiberabend ist schon sehr lange her. Wie ein Kind stürzt Helen sich, ohne vorher die Temperatur zu prüfen, kopfüber ins Wasser. Solche kleinen gemeinsamen Erlebnisse schweißen zusammen, aber ich wüsste nicht, dass sie uns zu lebenslänglicher Vertraulichkeit verpflichten.

Ereka schaut drein, als fühlte sie sich in die Ecke gedrängt. »Einmal im Monat – wenn wir Glück haben.«

»David und ich leben inzwischen wie Bruder und Schwester zusammen. Ich liebe ihn, aber ich kann mich einfach nicht mehr aufraffen, mit ihm zu schlafen.«

»Ein Konstruktionsfehler der Monogamie«, bemerke ich.

»Was?«, fragt Helen.

»Je mehr man jemanden liebt, desto weniger törnt er einen an.«

»Das klingt irgendwie falsch«, sagt Helen und rümpft die Nase.

»Man muss eben ein bisschen dreckig werden, verderbt sein. Man braucht Spannung. Fremdheit. Sexy Outfits, etwas Zubehör. Sonst ist das alles viel zu nett. Und mit Mr. Nett will man keinen Sex.«

»Ich hab nichts dagegen, mit jemand Nettem Sex zu haben«, entgegnet Ereka. »Nur auf reizbar hab ich keine Lust.«

»Wir sind einfach bloß müde«, sagt Helen zu ihr.

»Meinst du nicht, dass Müdigkeit irgendwann auch zu einer Ausrede wird?«, erwidert Ereka.

Helen lehnt den Kopf zurück. »Mir fallen spontan tausend Dinge ein, die mir lieber wären als Sex, und Essen und Schlafen stehen ganz oben auf meiner Liste.«

Vielleicht ist das mein Problem. Mal wieder ordentlich schlafen und mich richtig satt essen.

Ereka wendet sich mir zu. »Wie läuft es bei dir und Frank?«

Ja, wie läuft es eigentlich bei uns? Das frage ich mich auch. Wir reden noch miteinander. Neulich Abend habe ich ihm erzählt, dass ich in einem Sarg in Form einer Chilischote begraben werden möchte. So macht man das in Ghana. Da hat er tatsächlich mitten in einem Kricketspiel den Fernseher ausgeschaltet und gesagt: »Jo, vielleicht solltest du mal zu einem Psychologen gehen.«

Schlaflosigkeit macht müde. Manchmal sagt man deswegen dumme Dinge. Trotzdem finde ich, dass diese fantasievollen Särge in Ghana einer Beerdigung viel von ihrer Trübseligkeit nehmen. Ich lächle Ereka an. *Immer hübsch positiv bleiben*, ermahne ich mich.

»Also, nach Franks Sterilisation ist unser Liebesleben sogar wieder aufgeblüht. Ich hatte schon ganz vergessen, wie gut Sex riecht. Nach acht Jahren Kondome dachte ich, er riecht nach Gummi.«

»Wann hat er sich denn sterilisieren lassen?«

Ich habe den Eindruck, dass Ereka entsetzt ist.

»Vor zwei Jahren.«

»Das ist aber wirklich mutig von euch.«

»Wie meinst du das?«

»Diese Endgültigkeit. Was, wenn ihr irgendwann doch noch mehr Kinder haben wollt?«

Ich trinke hastig einen Schluck Champagner, und die Bläschen schießen mir in die Nase. Den Wunschtraum von einem Haus voll lebhafter Teenager und ihren Freunden habe ich schon vor einer ganzen Weile losgelassen. Ich konnte förmlich spüren, wie er mir durch die Finger rieselte, eine Mischung aus tiefstem Kummer und Erleichterung. Es gibt Dinge, die man an sich selbst nicht wahrhaben will. Zum Beispiel, dass nach Levis Geburt meine Toleranz gegenüber kleinen Menschen ziemlich geschrumpft ist. Ich hatte ganz vergessen, wie das ist, das Wohnzimmer kindersicher zu machen und im Kinderschwimmbecken Händchen zu halten. Und wie Kleinkinder einen ständig mit Spucke und Rotz vollsabbern. Man kann unmöglich schicke Sportklamotten tragen, wenn man ständig von jemandem als Taschentuch benutzt wird. Irgendwann stellte ich fest, dass ich viel von meinen stark ausgeleierten Grenzen inzwischen wieder gezogen und gestrafft habe. Heute würde ich auf gar keinen Fall mehr die Klobürste selbst in die Hand nehmen oder verspritzten Urin aufwischen, nachdem jemand anderes auf der Toilette war. Und falls Frank je so krank oder gebrechlich werden sollte, dass er Hilfe beim Abputzen braucht, werde ich auch diese Tätigkeit ganz sicher outsourcen.

»Aber Ereka, das mit dem Kinderkriegen ist für uns vorbei.

Frank hatte schon nach Jamie genug, seine Grenze war mit Aaron mehr als überschritten.«

»Aber was, wenn …«

Ereka spricht den Satz nicht zu Ende. Aber ich weiß, was sie fragen will: »Was, wenn eines eurer Kinder S-T-I-R-B-T und ihr noch eines bekommen wollt?« Das will sie damit sagen.

»Wir haben sowohl darüber nachgedacht als auch darüber geredet und beschlossen, wichtige Entscheidungen über unser Leben nicht auf Angst zu gründen«, sage ich und muss dabei an Särge und Janet Price denken.

Erstaunlich, was man auf Facebook so alles erfährt. Ich war mit Janet auf derselben Schule. Letzten Monat hat sie ihre mittlere Tochter bei einem Autounfall verloren. Aber ich brauche noch etwas Zeit – eine Beileidsbekundung kann man nicht mal eben schnell, schnell abschicken. Auf einmal ist mir ein bisschen heiß in der Brust.

»Außerdem: Wenn man ein Kind verliert, kann man es nicht einfach ersetzen«, fügt Helen dankenswerterweise hinzu. »Kinder sind keine Goldfische.«

»Genau«, sage ich. Ich werde Janet eine PN auf Facebook schreiben. Oder doch lieber eine E-Mail? Nein, eine Karte. Mit Briefmarke und allem Drum und Dran.

Frank und ich haben gemeinsam beschlossen, etwas von seinem Sperma aufzubewahren. Aber falls ihr euch vorstellt, das sei so einfach, wie übrig gebliebene Suppe in die Tiefkühltruhe zu packen, irrt ihr euch. Es kostet ein Vermögen, ein winzig kleines Röhrchen brauchbares Sperma einlagern zu lassen, nur für den Fall einer möglichen Tragödie. Ich kam schließlich auch zu der Entscheidung, dass ich schon fast zu alt für eine weitere Schwangerschaft sei. Ich konnte doch nicht einfach immer mehr Babys bekommen, nur um von kleinen Menschen bedingungslos geliebt zu werden, weil meine präpubertären Kinder mich bloß noch entsetzlich peinlich finden. Außerdem hätte die Toskana dann mindestens ein weiteres Jahrzehnt warten müssen.

»Du und Jake habt doch mal davon gesprochen, dass ihr weitere Kinder wollt, oder nicht?«, fragt Helen.

Ereka hält sich mit beiden Händen den Bauch, wie Schwangere es tun, eine schützende Geste. »Ja. Ich habe mir immer vorgestellt, dass ich irgendwann ein ganzes Haus voll Kinder haben würde, so wie du, Helen – aber wir haben mit Olivia mehr als genug zu tun. Vielleicht im nächsten Leben«, sagt sie sehnsüchtig.

»Wie geht es Olivia denn?« Ich kann nicht anders, als danach zu fragen. Sie ist in Jamies Alter.

Ereka setzt ihr Olivia-geht-es-gut-Gesicht auf. »Wir haben eine wunderbare Schule für sie gefunden. Die Lehrer sind großartig, so engagiert und herzlich. Sie bauen ihr eigenes Gemüse an und haben sogar eine Schildkröte. Olivia hat jetzt einen besten Freund, einen fantastischen Jungen mit Down-Syndrom namens Todd. Er ist ihr Schutzengel.«

Die Art, wie sie über ihre Tochter spricht, erinnert mich an etwas. Da ist ein gewisser Nachdruck in ihrer Stimme. Disziplin. Die Selbstbeherrschung eines Menschen, der ständig auf dem schmalen Grat zwischen Selbstmitleid und Verzweiflung balanciert. Sie klingt, als müsse sie sich selbst von etwas überzeugen.

»Die beiden haben mich eine Menge über die Liebe gelehrt«, sagt sie leise.

»Sind sie denn ein Paar?«, frage ich. Sollte Olivia meiner Jamie in diesem Punkt tatsächlich zuvorgekommen sein?

»Du meine Güte, nein. Er kümmert sich um sie, als wäre sie seine kleine Schwester.«

Ich vergleiche doch nicht etwa unsere Kinder?

»Hat sie schon ihre Periode bekommen?«, fragt Helen.

Ereka nickt. »Vor zwei Jahren.«

»Wie kommt sie damit klar?«

Ereka zuckt mit den Schultern und schweigt ein Weilchen. Ich spüre förmlich, wie viel sie durchgemacht hat, seit wir uns zuletzt gesehen haben. Sie hat mehrere emotionale Mount Everests überwinden müssen. Wo zum Teufel waren wir während dieser Zeit? Wir haben unser ganz normales Leben gelebt. Und auch noch darüber gejammert.

»In manchen Dingen ist es schwieriger mit ihr, in anderen leichter.«

Sie spricht jetzt sehr langsam.

»Es ist ihr nicht peinlich, wenn mal ein Missgeschick passiert, also bleibt ihr zumindest das erspart. Sie ist nicht in der Lage, regelmäßig die Binden zu wechseln, oder vergisst sie gleich ganz. Wenn sie ihre Tage hat, muss ich sie daher bemuttern wie ein Wickelkind.«

In Erekas Gesellschaft komme ich mir auf einmal klein und unbedeutend vor. Ich habe mir solche Sorgen darum gemacht, wie Jamie damit klarkommen wird, dass sie in der Schule bis auf den Rock durchbluten könnte und lernen muss, das zu managen. Ich bin nicht mal auf den Gedanken gekommen, mich zu fragen, wie schwierig das erst für Olivia sein muss und wie entsetzlich unfair die Mutter eines menstruierenden, geistig behinderten Teenagers das finden könnte. Ich bin oberflächlich, weil ich in ganz flachem Wasser lebe. Warum nur habe ich dann manchmal das Gefühl zu ertrinken?

»Jakes Eltern waren weiß Gott keine große Hilfe«, sagt Ereka fast unhörbar.

»Was meinst du damit?«, fragt Helen, beugt sich vor, nimmt die Chipstüte vom Tisch und bedient sich daraus.

»Sie haben uns unter Druck gesetzt, Olivia sterilisieren zu lassen. Ist das zu fassen? Wir sollten ihr mit dreizehn die Eileiter kappen lassen, damit sie nie ihre Periode oder gar ein Kind bekommt.«

Ereka schiebt sich eine Handvoll Chips in den Mund.

Ich fange Helens Blick auf. Vielleicht denken wir beide dasselbe: Wäre es nicht leichter – gnädiger? –, Olivia und Ereka die Last zu ersparen? Kann man realistisch davon ausgehen, dass Olivia jemals schwanger werden oder ein Kind gebären wird? Falls ja, müsste Ereka sich um die Enkelkinder kümmern. Olivia kann ja nicht einmal richtig für sich selbst sorgen.

»Das macht mich ganz krank«, fährt Ereka fort. »Ihr werdet nicht glauben, wie üblich das inzwischen bei Mädchen mit geistiger Behinderung ist. Schließlich geht es vor allem darum, was praktisch für die Familie ist, und nicht darum, was das Beste für die Frau oder das junge Mädchen ist.« Ihre Wangen sind gerötet.

Ich rutsche unbehaglich auf meinem Stuhl herum. *Praktisch für die Familie.* Ein Satz, den ich nicht sonderlich mag. Aus Erfahrung.

Das Erlebnis ist kein Geheimnis – wenn Ereka mich je danach fragen sollte, würde ich es ihr erzählen. Außerdem war das lange, bevor wir uns kannten. Ich habe damals in Afrika bei einer Frauenrechtsorganisation gearbeitet, der Women's Alliance for Gender Equality. Dort wandten sich unter anderem Angelas Eltern an mich, auf den ersten Blick sehr nette Menschen. Angela war ihre älteste Tochter und lebte wegen einer schweren geistigen Behinderung in einem Heim. Sie war im sechsten Monat schwanger, weil sie vergewaltigt worden war. Vermutlich von einem Pfleger, doch da wir das nicht herausfinden oder beweisen konnten, spielte es weiter keine Rolle. Ihre Eltern bestanden auf einen Schwangerschaftsabbruch, was bei einer derart weit fortgeschrittenen Schwangerschaft nur legal war, wenn deren Fortbestehen das Leben der Frau gefährdete – und Angela war körperlich vollkommen gesund. Ich sprach die Eltern nicht auf das an, was mich an dem Fall am brennendsten interessierte: warum es so lange gedauert hatte, bis das jemandem aufgefallen war, oder warum offenbar niemand das Mädchen seit einem halben Jahr besucht hatte. Ganz gleich, wie man zum Thema Abtreibung steht, der Begriff »Abbruch« ist im sechsten Monat nicht mehr zutreffend für das, was man da tut.

Ich hatte gute Verbindungen zu den richtigen Stellen, daher wurde der »Schwangerschaftsabbruch« genehmigt und Angela Delaney sterilisiert. Dem Wunsch ihrer Eltern wurde also entsprochen. Ich weiß, dass Angela niemals ein Kind hätte versorgen können, aber sie hätte dieses Baby zur Welt bringen und es mit entsprechender Hilfe vielleicht sogar stillen können. Danach hätte man das Baby zur Adoption freigeben können. Aber all das war nicht *praktisch für die Familie.* Dennoch verurteile ich mich nicht dafür. Das war eben mein Job.

»Es ist schon schwer genug, zu entscheiden, auf welche Schule man sein Kind schickt oder ob man sein Einverständnis zu einer medizinisch notwendigen Operation geben soll«, bemerkt Helen.

»Jake und ich haben uns noch nie gestritten, wenn es um Olivia ging – bis auf diesen einen Punkt.«

»Und, wer hat gewonnen?«, frage ich.

»Ich«, antwortet Ereka ohne einen Hauch von Triumph. »Wir werden Olivia nicht sterilisieren lassen. Es ist ihr Körper. Wir können ihr doch nicht das Recht auf ihre Menstruation nehmen.«

Um ehrlich zu sein, habe ich die Menstruation noch nie als Recht betrachtet, sondern eher als biologisch notwendiges Übel. Je länger ich selbst darunter leide, desto stärker wird meine Überzeugung, dass keine Frau mit zwölf damit anfangen muss, wenn die meisten von uns inzwischen siebzig oder achtzig Jahre alt werden. Sollte die moderne Medizin nicht längst eine Möglichkeit gefunden haben, wie wir zwischen dem achtundzwanzigsten und dem dreiundvierzigsten Lebensjahr fünfzehn Jahre lang menstruieren können, damit wir dann Kinder bekommen, wenn es unserer Karriere gerade nicht so sehr schadet? Dank der modernen Technologie könnten wir dann beides haben, wie der Feminismus es uns einst versprochen hat.

Ich freue mich aufrichtig darüber, dass Jamie ihre Periode bekommen hat (sie ist also normal und kann selbst Kinder bekommen, wenn sie das irgendwann will), aber mit meiner bin ich fertig. Seit zweiunddreißig Jahren blute ich alle dreiundzwanzig Tage eine ganze Woche lang. Wenn man das mal ausrechnet, kommt man auf einhundertfünf Tage Blutungen im Jahr, das macht dreitausenddreihundertzweiunddreißig Tage in meinem bisherigen Leben. Wir reden hier von zusammengerechnet neun Jahren überflüssigen Leidens, von ruinierten Bettlaken aus teurer ägyptischer Baumwolle, dem Verlust von Lieblingshöschen, dem erzwungenen Verzicht auf ausgedehnte Wanderungen durch Regenwälder, Schwimmen unter Wasserfällen und in Weltmeeren sowie One-Night-Stands mit attraktiven Fremden, die ich nie im Leben wiedersehen werde. Es mag egoistisch von mir sein, dass ich die Kopfschmerzen, Wassereinlagerungen und Stimmungsschwankungen gern los wäre. Abgesehen davon belasten all die Tampons, Binden und Slipeinlagen, die man jeden Monat braucht, nur unnötig die Umwelt. Auch nur eine von uns zu sterilisieren wäre bereits ein Beitrag zur Rettung des Planeten. Denkt mal darüber nach.

Natürlich würde ich so etwas niemals zu Jamie sagen, die gerade erst ihre Periode bekommen hat. Ich will nicht, dass sie ihre Menstruation als Fluch oder Last oder gar eine biologische Ungerechtigkeit betrachtet. Obwohl es letztlich genau das ist. Ich persönlich würde die Beschwerden, die ich während der Periode habe, nicht einmal dieser kleinen Schlange Savannah Basingthwaite wünschen.

Im Moment bin ich irgendwie ermüdet, was meinen postfertilen Körper angeht. Ich wünsche mir nur noch, nicht mehr so viel Ärger damit zu haben. Das ist alles. Im Grunde bin ich meiner Gebärmutter dankbar. Sie hat ihre Sache sehr gut gemacht. Aber irgendwann kommt der Zeitpunkt, an dem man sich verabschieden muss. Als ich darüber nachgedacht habe, sie endgültig in Rente zu schicken, weil sie mit Myomen durchsetzt war, bin ich an der Entscheidung hängen geblieben, meine Eierstöcke zu retten. Albern, oder? Das sind schließlich keine Wale. Wen kümmert's also? Wozu sind Eierstöcke überhaupt da, wenn man keine Kinder mehr bekommen will?

Erst da erschloss sich mir ihre wahre Natur als stille Kämpfer: Sie sind hormonelle Türsteher, die verhindern, dass die Wechseljahre zu früh einsetzen und uns mit ihren unangenehmen Begleitern wie ausgetrockneter Scheide, Hitzewallungen und Härchen an unmöglichen Stellen die Party ruinieren. Wir brauchen das Östrogen, damit unsere Haut weich und andere Körperteile geschmeidig und saftig bleiben. Zu viel Östrogen lässt Myome sprießen. Zu wenig, und wir verdorren zur Sahara. Wann macht es eigentlich mal richtig Spaß, eine Frau zu sein? Wahrscheinlich, wenn man in die Toskana in Urlaub fährt.

Ich habe meinen Arzt gefragt, warum er mir bei meinem Unterleibs-Frühjahrsputz nicht auch gleich die Eierstöcke rausreißt und damit zukünftigen Eierstockkrebs verhindert? Weil ich dann, so erklärte er mir, Hormonersatzpräparate nehmen müsste, die Brustkrebs verursachen können. Wenn ich ihn richtig verstanden habe, läuft es also darauf hinaus, dass eine jede sich ihren Krebs aussuchen muss. Unsere Brüste können wir zumindest zehnmal täglich abtasten, wenn uns aus Gründen der medizinischen Wachsamkeit danach ist – im Gegensatz zu den Eierstöcken, an denen wir aufgrund ihrer Lage nicht mal eben herumdrücken können. Der ertastete harte Knoten könnte ja auch nur die Gallenblase sein, wenn man sich nicht so gut auskennt. Nicht zu vergessen der alljährliche PAP-Abstrich, die Mammographie, Ultraschall, Darmspiegelung. Anscheinend sind in meinem Alter immer mehr medizinische Betreuung und unangenehme Untersuchungen nötig, um den nächsten Geburtstag überhaupt zu erleben.

»Glaubst du denn, dass Olivia irgendwann Kinder bekommen will?«, frage ich.

»Ich weiß es nicht, Jo. Ich vermag nicht zu sagen, was das Leben für sie bereithält. Aber diese Entscheidung kann ich nicht jetzt schon für sie treffen. Sie ist erst dreizehn. Es kommt durchaus vor, dass geistig behinderte Frauen heiraten, weißt du? Und Kinder bekommen.«

Ich frage nicht weiter, sondern denke nur: Ja, aber sollten sie das? Sollten Kinder von einer Mutter großgezogen werden, die nicht einmal ihre Binden selbst wechseln kann? Jamie jammert ja schon herum, weil ich ihre Bettwäsche nicht mehr wechsle.

»Dieser ganze Stress hat mich so auseinandergehen lassen. Ich kann einfach nicht aufhören zu essen.«

»Es ist dein verdammtes Recht zu essen«, sagt Helen und schiebt Ereka den Käseteller und die geräucherten Austern hin. »Oder sonst was zu tun, das dir hilft, den Tag zu überstehen.«

»Essen und Facebook sind inzwischen meine Lieblingshobbys – na ja, meine einzigen Hobbys.«

»Facebook?«, fragt Helen.

Die technologische Entwicklung der letzten zehn Jahre ist glatt an ihr vorübergezogen. Zugegeben, sie hatte genug damit zu tun, Mutter zu sein. Aber sie hat gerade erst gelernt, wie man eine SMS schreibt. Ich habe ihr schon so oft gesagt, dass E-Mails und Facebook ihr das Leben erleichtern werden. Sie behauptet jedoch jedes Mal, sie hätte keine Zeit, den Umgang damit zu lernen.

»Ich benutze Facebook nur, um meinen Kindern nachzuspionieren«, erkläre ich.

»Ich habe wieder Verbindung zu Leuten aus meiner Vergangenheit aufgenommen – alte Freundinnen, Exfreunde ... Du spionierst deine Kinder aus?«, fragt Ereka.

Vermutlich fällt mein Verhalten unter Cyber-Stalking, jedenfalls vom moralischen Standpunkt aus betrachtet. Angefangen hat das Ganze, weil ich mehr über dieses fiese Mädchen herausfinden wollte, das meine Tochter terrorisiert. Es ist wirklich erstaunlich, was man bei Facebook alles über einen Menschen erfährt, das kann ich euch sagen. Savannah Basingthwaite wechselt jede Woche ihr Profilbild. Ausschließlich kokette Posen, beide Hände lasziv im Haar, Schmollmund. Jedes neue Bild wird von ihrem riesigen Fanclub begeistert kommentiert (wie kann man mit dreizehn Jahren überhaupt achthundertsiebenundvierzig Leute kennen?). Das Ganze liest sich dann ungefähr so:

Fan A (weiblich): boah, süße! Wie schön is das denn?!
Fan B (männlich): scharfes Foto
Fan C (männlich): jamm, leckeeeer
*Savannah Basingthwaite: *hihi**
Fan D (weiblich): haha ist echt hammeeeeer!!
Fan E (weiblich): OMG sooooo schöööööön xxx
*Savannah Basingthwaite: *g* thx war auf ner party und wusst gar nicht was ich anziehn sollte*

Fan F (weiblich): DU BIST SOOO TOLL!! Bin voll neidisch
Fan G (männlich): heiß xxx
Fan H (weiblich): ne figur zum sterben
Savannah Basingthwaite: braucst grad reden du hast die beste figur
Fan I (weiblich): echt heiß babe
Fan B (wieder): geiles pic! so sexxy
Fan E (wieder): warum kann ich nicht so aussehn?????
Savannah Basingthwaite: hä was soll n das heisen du siehst so toll aus dass es schon nicht mehr witzig ist hahaha
Fan E (wieder): LOL hdgdl du hammergeilesexybitch
*Savannah Basingthwaite: lda m d hammersexy fig *lach**

Das kann ich nur begrenzte Zeit ertragen, ehe ich vom Computer aufstehen muss, weil ich befürchte, jeden Moment auf die Tastatur kotzen zu müssen. Und das jetzt nicht nur wegen der Grammatik und der Rechtschreibung. Ich kapiere sehr wohl, dass Teenager gegen die Konventionen rebellieren, indem sie Sprache verstümmeln und irgendeinen neuen Jargon kreieren, und ich bewundere jeden, der sich seine eigene Welt und seine eigenen Regeln erschafft. Als Teenager habe ich selbst auf meine Art Ärger gemacht. Aber jetzt stehe ich auf der anderen Seite der Rebellion: Ich versuche, die Welt ruhig zu halten, nicht, sie auf den Kopf zu stellen. Dass Jamie sich an diesem absurden, abgekürzten, sexuell überladenen Kommunikationskult beteiligen muss, ist nur eine der vielen Sorgen, die an mir nagen.

Mit meinem FB-Fernglas kann ich zumindest vom Rand aus zuschauen. Ich kann zwar nicht verhindern, dass hässliche Kommentare an Jamies Pinnwand erscheinen, wie etwa *Du Spast* oder *Du fette Sau.* Aber ohne Facebook wüsste ich gar nicht, was sie alles durchmacht.

Ich sollte Größe zeigen und ihr eine SMS schicken. Immerhin bin ich hier die Erwachsene.

Ereka wackelt mit den Zehen. Mir fällt auf, dass die Nägel leuchtend blau lackiert sind und auf den großen Zehen etwas glänzt, das wie kleine Diamanten aussieht.

Sie bemerkt, dass ich hinschaue.

»Nail Art«, sagt sie nur.

»Machst du das selbst?«, frage ich.

»Mit meinem dicken Bauch komme ich nicht mal bis zu den Zehen. Ich lasse das in einem Nagelstudio in der Stadt machen. Mein heimlicher kleiner Luxus.«

»Sehr hübsch«, sage ich und frage mich, warum ich keinen heimlichen kleinen Luxus habe. Dann fallen mir meine Sportklamotten wieder ein. Aber irgendwie kommen mir die auf einmal oberflächlich und materialistisch vor, beinahe so, als hätten Erekas Zehennägel eine tiefere spirituelle Bedeutung.

»Ganz schön unpraktisch«, wirft Helen ein. Aber sie hat auch nicht eine einzige künstlerische Synapse im Hirn.

»Manchmal kann etwas Hübsches den Ausschlag dafür geben, dass man noch einen weiteren Tag leben möchte, statt sich vor den nächsten Bus zu werfen«, sagt Ereka.

Ich schaue sie mit großen Augen an.

»Nur ein Scherz«, sagt sie und schlägt nach meinem Arm.

Ich wende den Kopf ab und starre mit zusammengekniffenen Augen in die Sonne. Scherze sind unsere Art, die Wahrheit auszusprechen, ohne daran zu zerbrechen. Ereka soll nicht merken, dass ihre glitzernden Zehennägel mir zugleich das Herz brechen und unerwarteten Mut verleihen.

5 Eine Schachtel Dunkelheit

Maeve erscheint in der offenen Verandatür, in einer leuchtend blauen Chiffonbluse und einem Rock mit japanisch anmutendem Vögel-und-Blüten-Muster.

»Wer hat dich denn reingelassen?«, fragt Helen.

»Die Haustür stand sperrangelweit offen«, antwortet Maeve strahlend. »Ich nehme doch an, dass ich hier richtig bin?«

Ihre Füße stecken in kirschroten Mary Janes, und um den Hals trägt sie eine Kette mit ungleichmäßig geformten, bunt lackierten Holzklötzchen. Wieder einmal finde ich sie einfach nur fabelhaft und umwerfend.

»Maeve!« Ich stehe auf und umarme sie energisch.

Vielleicht finden kleine Menschen das nicht so toll wie große Menschen, weil ihr Kopf dabei unter ein Kinn geklemmt wird. Das erinnert sie wahrscheinlich daran, wie sie als Kind zu solchen Intimitäten gezwungen wurden: »Nun gib Tante Florence schon einen Kuss.«

Ich stelle ihr Helen und Ereka vor. Ereka sieht aus, als wünschte sie plötzlich, sie sei auch in Chiffon erschienen, inklusive japanischem Druck und roten Mary Janes.

»Champagner?« Helen reicht Maeve ein Glas, die es mit leicht verwundertem Blick entgegennimmt.

Sie hält die Hand darüber, als Helen versucht, ihr Cranberrysaft einzuschenken.

»Trinkst du keinen Alkohol?« Helen klingt eindeutig alarmiert.

»Warum willst du guten Champagner mit Obstsaft verderben?«

»So ist es recht«, sagt Helen und nickt beifällig. »He, weißt du, an wen du mich erinnerst?«

»Susan Boyle?«

»Ja, genau!«

Ereka neigt den Kopf zur Seite. »Nur viel hübscher«, bemerkt sie.

Maeve lächelt Ereka an. »Also, bevor ich in trunkenem Stumpfsinn erstarre, sollte ich die Toilette aufsuchen. Und wo soll ich das Essen hinräumen, das ich mitgebracht habe?«

»Komm mit«, sagt Helen, hakt sich bei Maeve unter und führt sie ins Haus »Hast du dich denn schon mal als Sängerin versucht?«

Als die beiden lachend wieder herauskommen, überreicht Maeve mir ein dünnes, rechteckiges Päckchen mit orangerotem Geschenkband darum.

»Was ist das?«

»Ein verspätetes Geburtstagsgeschenk.«

»Mein Geburtstag war vor fünf Monaten. So spät nehme ich keine Geschenke mehr an.«

»Ich war nun mal auf diese DVD fixiert, aber es hat eine Weile gedauert, sie in die Finger zu bekommen.«

Langsam ziehe ich das Geschenkband von dem Origami-Papier. Echtes Seidenband, das kann man wiederverwenden. Vage hoffe ich, dass es keine Susan-Boyle-DVD ist.

»Oh, du Glückliche«, sagt Ereka, als ich das Geschenk enthülle. »Ich liebe Leonard Cohen.«

»Mag ja sein, aber ich habe eine ganz besondere Beziehung zu ihm«, erwidere ich und drücke die DVD an meine Brust.

»›Dance Me to the End of Love‹ war unser Hochzeitstanz«,

legt Ereka so besitzergreifend nach, dass ich mir vorkomme, als hätte ich gerade versucht, ihr ihre schönsten Erinnerungen zu entreißen wie ein Straßenräuber Handtaschen.

»Dafür hatte ich das zweifelhafte Vergnügen, meine Jungfräulichkeit an Percy Holmesford zu verlieren, während ›Hallelujah‹ auf einem alten Plattenspieler lief«, erzählt Maeve. »Das hat Percys ärmliche Vorstellung wenigstens aufgepeppt.«

So eine Geschichte über mich und Leonard Cohen habe ich nicht zu bieten. Ich komme mir ein bisschen betrogen vor. Allerdings ich weiß nicht genau, ob von Leonard oder von Maeve.

Maeve nimmt sich ein Stück Käse von der Platte, doch statt es zu essen, hält sie es zwischen den Fingerspitzen hoch. Sie ist ein *freistehendes historisches Häuschen mit klassischem Flair, ruhige Lage, sehr gepflegtes Anwesen.*

»Erzähl mir doch mal, wie wir dazu kommen, in diesem herrlichen alten Haus zu wohnen«, bittet Maeve. »Altehrwürdig, findet ihr nicht? Es macht richtig neugierig. Wisst ihr etwas über seine Geschichte?«

Ich zucke mit den Schultern. »Helen, sag du es uns. Du hast dieses Haus entdeckt.«

»Ich weiß nicht viel darüber, außer, dass es einer Erbengemeinschaft gehört.«

Maeve blickt sich suchend um, als könnte eine gründliche Untersuchung die Antwort zutage fördern. *Sie muss doch hier irgendwo sein.* Ich gebe nur zu schnell auf. Maeve ist mein gesellschaftlicher Tempomacher: *Hast du diesen Artikel über ein generelles Rauchverbot in der Öffentlichkeit gelesen? Hör dir mal diesen TED-Vortrag von Malcolm Gladwell an. Was hältst du von Michael Moores neuem Dokumentarfilm?* Meine Kinder haben sich ganz ähnlich verhalten, als sie noch klein waren: *Ist das ein Wal? Haben Fliegen eine Seele? Warum humpelt der alte Mann da?*

Obwohl es ziemlich anstrengend ist, endlose Fragen zu beantworten, hat es mir die Aufmerksamkeit für viele Dinge bewahrt, die ich andernfalls gar nicht bemerkt hätte. Neulich habe ich einen kleinen Jungen quietschen gehört: »Schau mal, Mum! Eine Schnecke!« Ich kann mich nicht erinnern, wann meine Kinder zuletzt vor Begeisterung gequietscht haben. Sie finden irgendwie nichts mehr aufregend, weder einen Sonnenaufgang noch Hagel oder ein Spinnennetz. Höchstens noch das neue iPad.

»Vielleicht war es früher ein Waisenhaus«, schlägt Ereka vor.

»Ich würde eher auf ein Edelbordell tippen. Diese rosa Gästetoilette hat bestimmt schon so einige viktorianische Quickies erlebt«, sagt Helen und lacht.

»Doch nicht mit einem Kinderzimmer«, wende ich ein.

»Für so ein Haus würde ich sogar ins Kloster gehen.« Helen seufzt.

»Du hast sowieso kein Sexleben«, sage ich.

»In der Praxis. Theoretisch wäre reichlich Potenzial vorhanden ...«

»Denk nur mal an die viele Hausarbeit.« Maeve schaudert und steckt sich endlich das Stück Käse in den Mund.

»Personal«, sage ich. »Nach allem, was ich bisher gesehen habe, hat die Dame des Hauses sich hauptsächlich damit beschäftigt, Zierdeckchen zu häkeln und Sinnsprüche zu sticken. Über meinem Bett hängt auch einer.«

Ereka streckt die Hand nach der Platte mit Käse und Austern aus. »In gewissen Kreisen gelten Häkeln und Sticken als Kunst«, sagt sie beinahe verärgert.

»Da hast du völlig recht. Wie hätten die Frauen früher, als sie kaum Zugang zu Bildung hatten, auch sonst ihre Kreativität ausleben können? Wie hätten sie die Fesseln von Ehe und Kindererziehung ertragen sollen, außer, indem sie ihre Depression mit Nadel und Faden betäubten?«, erklärt Maeve.

Ereka steht auf, streckt sich, geht dann zu dem leeren Vogelkäfig und streicht mit den Händen darüber.

»Sie hatte bestimmt ein Pärchen Unzertrennliche, die ihr Hoffnung geschenkt haben«, sagt sie zu niemand im Besonderen. »Ich hatte als kleines Mädchen zwei Pfirsichköpfchen.« Erekas Stimme klingt sehnsüchtig. In ihren Bemerkungen liegt eine Einsamkeit, als markiere sie damit die vielen Eigenarten, durch die nur sie die Welt sieht. »Hühner hatten wir auch«, fährt sie fort. »In engen Käfigen auf der vorderen Veranda zusammengepfercht. Himmel, haben die einen Krach gemacht. Und sie haben furchtbar gestunken.«

»Lass das bloß Cameron nicht hören«, sagt Helen. »Seit letztes Jahr ein Experte für Wildtiere in seiner Schule einen Vortrag gehalten hat, wettert er ständig gegen Zoos und Tiere in Gefangenschaft. Als bräuchte ich mehrmals täglich ein Referat über Eier aus Freilandhaltung und die Lebensbedingungen in der industriellen Landwirtschaft. Jetzt ist er auch noch zum Vegetarier geworden. Meint ihr, ich sollte die Schule wegen Gehirnwäsche verklagen? Zahlen die vielleicht seine Eisenpräparate? Ich sage ihm immer wieder, dass ein heranwachsender Junge Fleisch braucht.«

»Ich finde, du solltest stolz auf ihn sein«, sage ich. »Das beweist, dass er sehr gründlich nachdenkt.«

»Von mir aus kann er zum Sojamilch trinkenden Hare Krishna werden, sobald er aus meinem Haus auszieht. Ich habe keine Zeit für Sonderwünsche, ethische Gründe oder Allergien. Im Gegensatz zu Jo, die Aaron schon als Baby seine Extramahlzeiten gekocht hat.«

»Tja, das habe ich auch allmählich satt«, brumme ich. »Immerhin hat er sein Repertoire ja schon erweitert ... ein bisschen.« Sie bringt mich vor Maeve in Verlegenheit.

»Dafür hast du ja auch nur ... wie war das noch mal ... elf Jahre gebraucht?« Helen klopft sich auf den Oberschenkel und lacht aus voller Kehle. Ist euch auch schon mal aufgefallen, wie leicht es ist, die Kinder anderer Leute zu erziehen?

»Wie geht es Nathan? Hat er inzwischen abgenommen?«, lenke ich das Gespräch wieder auf Helens Kinder und deren Probleme.

»Dem Testosteron sei Dank. Das hat den ganzen Babyspeck in Muskeln verwandelt. Jetzt sind es die Haare in den Achselhöhlen, auf Brust, Beinen und Hoden, die mir einfach nicht in den Kopf gehen.«

»Ich kann nur sagen: Trag es mit Fassung, wenn er irgendwann Mädchen mit nach Hause bringt und du beim Aufräumen benutzte Kondome findest.« Maeve grinst. »Ich sollte wohl dankbar dafür sein, dass er wenigstens keine Jungen mit nach Hause bringt ...«

Ich weiß, dass Maeve so wenig homophob ist, als wäre sie selbst lesbisch. Daher ist diese Bemerkung irgendwie unter ihrer Würde. Ich werfe Helen einen Blick zu, doch die hat sich die Finger in die Ohren gesteckt und summt »Lalalala«, wie ein Kind, das nicht hören will, wie köstlich der Brokkoli schmeckt.

Schlimm genug, dass unsere Kinder uns körperlich einholen und mit jedem Zentimeter, den sie wachsen, unsere Macht über sie vermindern. In unserem Haus trennt nur noch die Körbchengröße das Mädchen von der Frau. Neulich ist Frank beim Wäschesortieren ins Schwitzen geraten. »Deine oder Jamies?«, fragte er und hielt ein Unterhöschen hoch. Und dann: »Ich falte keine Slips mehr. Das finde ich bei meiner Tochter nicht richtig.«

»Ich würde gern mal da unten spazieren gehen«, sagt Maeve und deutet auf den Damm. »Vielleicht täusche ich mich, aber diese Rosenbüsche scheinen ganz bewusst so angelegt worden zu sein. Würdet ihr sagen, dass das wie ein S aussieht?«

Alle mustern die Rosen.

»Da draußen gibt es Schlangen«, sage ich.

»Nein, so etwas ... mitten auf dem Land«, erwidert Maeve lachend.

»Vor nicht einmal einer Stunde hätte mich beinahe eine gebissen.«

»So, wie du dich aufgeführt hast, hätte man meinen können, ein Krokodil würde dir gerade den Arm abreißen. Das arme Tier wird eine Psychotherapie brauchen, um den posttraumatischen Stress zu verarbeiten«, stichelt Helen.

»Das war ein abscheuliches, boshaftes Geschöpf mit silbrigen Augen und einer violetten Zunge«, behaupte ich schaudernd.

»Du hast sie nicht einmal richtig gesehen! Es war eine vollkommen harmlose Diamantpython. Die ist hier zu Hause, wir sind die Eindringlinge«, erinnert Helen mich.

»Mein Sohn hatte mal eine sehr charmante Phase, in der sein Lieblingshaustier eine Diamantpython war«, erzählt Maeve. »Sie sehen vielleicht nicht so aus, aber sie sind wirklich harmlos.«

»Ich hätte mir beinahe den Knöchel verrenkt, als ich geflohen bin«, beharre ich.

»Und das in deinen schicken neuen Joggingschuhen«, spöttelt Helen.

»Du hast deinem Sohn erlaubt, eine Python als Haustier zu halten?«, fragt Ereka.

»Es schien mir das Klügste zu sein, damit er möglichst rasch da herauswächst. Ich habe mich bei der Erziehung immer nach dem Grundsatz gerichtet, wirklich nur im Notfall nein zu sagen. Wenn ich ihm die Python nicht erlaubt hätte, wäre er heute wahrscheinlich Schlangenbeschwörer.«

An Maeve finde ich vieles bewundernswert. Und ich bin sicher, dass sie mir zustimmen würde: Jamie die Reise nach Borneo nicht zu erlauben ist genau so ein Notfall.

»Wie viele Kinder hast du denn?«, fragt Helen.

»Nur eines, obwohl man bei Jonah kaum von einem Kind sprechen kann. Er ist dreiundzwanzig«, antwortet Maeve.

»Du hast wohl jung angefangen?«

»Ich habe ihn mit fünfundzwanzig bekommen.«

»Und dein Mann?«

Maeve lacht kehlig. »Ich glaube, ich hatte mal einen.«

»Was ist aus ihm geworden?«

»Wir sind in die Scheidungsstatistik eingegangen. Im gegenseitigen Einverständnis.« Mehr sagt sie dazu nicht.

»Du warst also fast die ganze Zeit alleinerziehend?«, fragt Ereka.

Maeve nickt.

»Das ist hart.«

Maeve lächelt milde. »Es war nicht so katastrophal, wie man sich das vorstellt. Man ist immerhin autonom in allen Entscheidungen und braucht mit niemandem zu verhandeln. Privatschulen kann man sich unmöglich leisten, damit fällt diese Frage schon mal weg. Dafür ist es angenehmerweise tatsächlich bezahlbar, mit nur einem Kind wegzufahren – ich bin mit Jonah viel herumgereist, meist aus beruflichen Gründen. Ich kann nicht behaupten, dass ich es als extrem zermürbend empfunden hätte, alleinerziehende Mutter zu sein. Allerdings habe ich ja auch nur ein Kind.«

»Trotzdem hört man so etwas nicht oft von alleinerziehenden

Müttern«, sagt Ereka. »Warte nur, bis CJ kommt – dann dürfen wir uns einiges darüber anhören, wie grauenhaft das ist.«

»Ich persönlich sehe keinen Sinn darin, mich allzu viel mit den negativen Aspekten der Dinge zu beschäftigen.«

»Oh, ich kann es kaum erwarten, dass du CJ kennenlernst«, sagt Helen mit einem fiesen Kichern.

»Alleine leben … wie ist das?«, fragt Ereka ein wenig sehnsuchtsvoll.

»Erstaunlich wunderbar. Aber es geht so schnell«, sagt Maeve und schnippt mit den Fingern. »Gerade noch war Jonah sechs, und nachdem ich nur einmal kurz geblinzelt habe, war er achtzehn und stand mit gepacktem Koffer und einem Weltreiseticket vor mir und scharrte mit den Hufen, Freiheit und Unabhängigkeit schon vor Augen. Noch einen Moment später war er dann weg.«

»Levi ist jetzt sechs. Es kommt mir noch ewig vor …«, sagt Helen nachdenklich.

»Du bist schon zu lange dabei. Vierte Runde«, erinnere ich sie.

»Aber der Tag kommt für alle von uns, früher oder später«, sagt Maeve. »Sie gehen zu lassen gehört unvermeidlich dazu, wenn man Kinder hat.«

Eine Pause entsteht. Ereka schnieft leise.

»In meinem Fall wahrscheinlich nicht.«

Maeve sieht sie fragend an.

»Meine Tochter Olivia ist geistig behindert. Sie geht nirgendwohin.«

»Wie stark ist sie von dir abhängig?«, fragt Maeve mitfühlend.

»Olivia wird immer jemanden brauchen, selbst für die einfachsten Dinge des Lebens. Wenn ich das eines Tages nicht mehr kann, weiß ich nicht, wer …«

Ältere Mütter blicken dem leeren Nest stets voller Grauen entgegen. Schlimmer jedoch ist das Nest, das jemand nie verlassen wird, weil er es nicht kann. Die Wiege, die zum Sarg wird. Abnabelung ist ein Prozess, der schrittweise vonstattengeht. Wir gebären unsere Kinder und entlassen sie immer weiter in die Welt, in immer größere Kreise. Keine von uns will für alle Zeiten Mutter sein. Jedenfalls nicht so wie Ereka.

»Was wird aus ihr, wenn du einmal nicht mehr bist?«, fragt Maeve.

Eine ziemlich direkte Frage, so früh an diesem Wochenende, das muss man zugeben. Aber sie ist Ethnologin. Die studieren solches Zeug – das Leben, den Tod und alles dazwischen.

Ereka zuckt mit den Schultern. »Ich darf halt nicht sterben.«

Maeve betrachtet sie mit einem eigenartigen Blick. »Jetzt mal im Ernst, was, wenn es so weit ist?«

Und ich wollte die Stimmung leicht und unbeschwert halten.

Ich spiele an dem Teller vor mir herum, obwohl ich nicht die Absicht habe, irgendetwas zu essen. Maeve pflügt sich schnurstracks auf unerforschtes Gebiet vor. Ich nehme mir eine geräucherte Auster und stecke sie geistesabwesend in den Mund.

»Daran denke ich nicht. Ich gehe einfach einen Tag nach dem anderen an.« Sie öffnet die quietschende Käfigtür, schließt sie wieder.

Maeve nickt, offenbar nicht überzeugt.

»Ich mache mir keine Gedanken über die Zukunft. Das ist zu beängstigend.«

Ja, natürlich, warum sollte man sich auch zu sehr mit der Zukunft beschäftigen? Schließlich haben wir keinerlei Kontrolle darüber und so weiter. Ein Kind zu haben ist eine bizarre existenzielle Übung für jemanden, der das Gefühl von Kontrolle braucht.

»Es ist ernüchternd, sich klarzumachen, wie unsicher die Zukunft sein kann«, bestätigt Maeve.

Ereka beschäftigt sich immer noch mit dem Vogelkäfig. »Wisst ihr, als ich mit Olivia schwanger war, habe ich mir alles vorab zurechtgelegt. Auf welche Schule sie gehen sollte, Ballettstunden, Klavierunterricht, Bogenschießen, was für ein Pferd sie mal reiten würde. Ich wusste ja nicht, dass solche Träume eine gefährliche Methode sind, das Schicksal herauszufordern. Nach ihrer Geburt habe ich aufgehört, irgendwelche Pläne zu machen. Soweit ich das überblicke, hat die Zukunft mich betrogen.«

»Aber Pläne sind nicht dasselbe wie Gewissheit, oder?«, fragt Maeve.

»Ich denke einfach nicht mehr in Kategorien wie ›was kommt als Nächstes?‹«, erklärt Ereka. Im selben Moment hat sie plötzlich die abgerissene Käfigtür in der Hand und schreit erschrocken auf: »Oje, jetzt habe ich ihn kaputt gemacht!«

»Reg dich nicht auf, der Käfig ist alt und rostig«, sagt Helen. »Sie wollten ihn wahrscheinlich sowieso wegwerfen.«

Ereka hält die kleine Gittertür in beiden Händen. Sie sieht aus, als würde sie gleich in Tränen ausbrechen.

»Habt ihr schon mal von Mary Oliver gehört?«, fragt Maeve. »Eine zeitgenössische amerikanische Poetin.«

»Gibt es heutzutage noch Poeten?«, fragt Helen. »Ist das überhaupt ein richtiger Beruf? Dichter?«

»Nein, nie gehört«, sagt Ereka und unternimmt einen schwachen Versuch, die Käfigtür wieder anzubringen.

»Zu ihren Gedichten finden selbst Menschen, die eine Abneigung gegen Poesie hegen, bemerkenswert leicht Zugang.

Eines mag ich besonders – darin gibt ihr jemand eine Schachtel Dunkelheit. Erst viele Jahre später erkennt sie, dass auch das ein Geschenk war.«

Unbehagliches Schweigen macht sich breit. Ereka legt die abgebrochene Tür auf das Verandageländer und greift nach ihrem Champagnerglas.

Sie lächelt Maeve an und fragt sich vielleicht, weshalb die Leute das Wort »Geschenk« so gedankenlos verwenden. Oder sie denkt darüber nach, dass sie sich vielleicht hin und wieder vom Leben gesegnet fühlt, wenn sie so in den Tag hinein lebt, ihrer dreizehnjährigen Tochter die Spucke vom Kinn wischt und ihr mit ihren Monatsbinden hilft – dieses Geschenk aber doch lieber gegen ein weniger erbarmungsloses eintauschen würde.

Eine Schachtel Dunkelheit. Innerlich winde ich mich. Ich hatte mir vorgestellt, dass Ereka und Maeve sich auf Anhieb gut verstehen würden. Aber hat Maeve da etwa gerade angedeutet, dass Leid einen Menschen adele – gegenüber jemandem, der leidet? Ich hoffe nicht. Da wir den Luxus genießen, nie einen einzigen Tag lang in Erekas Haut gesteckt zu haben, verbietet es sich, Binsenweisheiten von sich zu geben und ihr Leben romantisch zu verklären. Kommentare nicht willkommen. Seien sie kritisch oder mitfühlend. Aber falls Ereka sich über Maeve ärgert, ist sie höflich genug, sich nichts anmerken zu lassen. Irgendwie ist sie doppelt geschlagen: Nicht nur, dass sie mit ihrem Leben klarkommen muss, alle anderen haben obendrein auch eine Meinung dazu, wie sie damit umgehen sollte.

»Was ist mit ihrer Tochter passiert?«, fragt Maeve, als Ereka nach drinnen in Richtung Toilette verschwindet.

»Sauerstoffmangel während der Geburt. Da ist bei der Hausgeburt furchtbar gepfuscht worden.«

Auf einmal habe ich das Bedürfnis, Ereka zu verteidigen, denn ihre Sorgen sind alles andere als gewöhnlich. Ereka hatte sich erst nach Monaten sorgfältiger Recherche für die Hausgeburt entschieden. Bei Jamie habe ich auch mit dem Gedanken gespielt. Aber nachdem meine Mutter mich mit einem fröhlichen »Es kommt vor, dass Frauen bei der Geburt sterben« voll erwischt hatte, habe ich mich aus Panik doch für das Krankenhaus entschieden.

Ereka und Jake sind Menschen, die ihre Entscheidungen nicht aus irgendwelchen Ängsten heraus treffen. Wenn Ereka auch nur einen Anflug meiner Neurosen hätte, wäre sie jetzt wahrscheinlich die Mutter einer ganz normalen Dreizehnjährigen, die sie als »echt erbärmlich« bezeichnen, alle fünf Minuten ihren Freundinnen eine SMS schreiben und ganze Tage in Einkaufszentren verbringen würde. Ereka muss mit ihrer ungewöhnlichen Entscheidung, die sie voller Vertrauen und im guten Glauben getroffen hat, Tag für Tag leben.

Von der Liege aus bemerkt Helen: »Ich habe mich immer gefragt, warum sie damit nicht vor Gericht gegangen sind.«

»Wen hätten sie denn verklagen sollen? Gott vielleicht?«, erwidere ich und stehe auf, um mir die kaputte Käfigtür genauer anzuschauen. Sie ist völlig durchgerostet. Keine Chance, sie irgendwie wieder anzubringen.

»Die Hebamme … keine Ahnung. Irgendjemand muss doch daran schuld sein.« Helen baut einen kleinen Turm aus einem Cracker, einem Stück Käse und ein paar geräucherten Austern, stopft sich das ganze Ding auf einmal in den Mund und mampft schamlos darauf herum.

»Sie hätte nie irgendwen verklagt, selbst wenn da jemand offensichtlich fahrlässig gewesen wäre. Außerdem ist die Hebamme eine gute Freundin von ihr.«

»Sie brauchen das Geld aber für Olivia. Was glaubst du, warum sie in solchen finanziellen Schwierigkeiten stecken? Das Mädchen braucht Pflegekräfte und speziellen Unterricht, und wer weiß, was da in Zukunft noch alles dazukommt«, sagt Helen. »Ich denke da ganz praktisch.«

Maeve kramt in ihrer Tasche und bringt zwei Büroklammern zum Vorschein. Ich sehe zu, wie sie die Klammern aufbiegt. Sie steht auf, nimmt mir den kaputten Vogelkäfig aus der Hand, kniet sich hin und befestigt die abgebrochene Tür mit den Büroklammern.

»Um in unserem Rechtssystem jemanden zu verklagen, muss der Kläger die Opferrolle einnehmen«, sagt Maeve und überprüft, ob das Türchen sich öffnen und schließen lässt. »Da fühlt man sich eher noch hilfloser. Oft stellt man sogar fest, dass der eigene Schmerz nicht weniger wird, wenn man ihn einem Dritten anheftet.«

Ihr Tonfall klingt für mich, als wüsste sie ganz genau, wovon sie spricht. Wie jemand, der nicht nur im Park oder auf Flaniermeilen unterwegs war, sondern selbst schon ziemlich steinige Wege zurückgelegt hat.

»Ich finde, sie hätten trotzdem klagen sollen«, sagt Helen.

6 Die Quasselstrippe

Ich hatte ganz vergessen, wie laut sie ist. Und das schon vor dem Genuss von Alkohol. CJs rauhes, gackerndes Gelächter zerreißt den Nachmittag. Mir wird ein bisschen flau, weil ich mich jetzt erst daran erinnere, wie juristenhaft und unausstehlich sie sein kann. Ich hege ja schon immer den Verdacht, dass sie insgeheim jeden Menschen hasst, der glücklich verheiratet ist. Aber vielleicht hat ihre neue Beziehung ein paar dieser Spitzen abgeschliffen. Obwohl sie nach außen hin vor Selbstvertrauen strotzt und eine erfolgreiche Anwältin für Familienrecht ist, gehört sie zu den Frauen, die glauben, ohne einen Mann an ihrer Seite keine richtige Frau zu sein. Außerdem ist ihr ständiges Geschimpfe über Tom irgendwann ziemlich nervtötend.

Sie kommt auf die Terrasse gehüpft und kreischt: »Waaaaahnsinn, wir haben uns so lange nicht gesehen!« Sie überfällt erst mich, dann Helen mit Umarmungen und Küsschen. Vor Maeve bleibt sie stehen. »He, dich kenne ich noch gar nicht, oder?«

»Jos Freundin Maeve«, sagt Helen.

»Jo hat Freundinnen?«, witzelt CJ.

»Eine oder zwei«, sage ich spitz.

»Sie sieht ulkig aus«, bemerkt CJ mit einem Augenzwinkern.

»Oh, das bin ich auch.« Maeve schenkt ihr ein drolliges Lächeln. »Lass dich vom äußerlichen Schein des Anstands nicht täuschen.«

CJs Freundin erinnert mich an ein Fohlen – eine Frau mit

langem, dünnem Hals in einem weißen Pulli mit dem Pailletten-Schriftzug »New York Yankees« und einer zerrissenen Jeans. Um den Hals trägt sie ein Lederband mit einem silbernen Herzanhänger. Ihre Frisur ist teuer, das Haar blond gefärbt, ohne eine Spur von dunklem Ansatz. Das deutet auf Termine im Wochenabstand hin. Ihre Brüste sitzen genau so, wie der Chirurg sie angebracht hat. Wo es bei uns knittert, beult, dellt und hängt, ist bei ihr alles straff und glatt.

In der Hand hält sie einen mit Frischhaltefolie abgedeckten Teller.

»Ihr Lieben, das ist Summer. Summer, das sind die Lieben«, sagt CJ.

»Hallo, Summer«, rufen wir im Chor.

Ich kann in diesem Moment nur daran denken, dass ich wohl auch bessere Chancen hätte, wie die schönere Hälfte einer Meerjungfrau auszusehen, wenn ich nach der allgemeinen Lieblings-Jahreszeit benannt worden wäre.

»Ja, hallo.« Sie lächelt und stellt den Teller auf den Tisch. Dann deutet sie auf eine nach der anderen und sagt unsere Namen auf: »Helen ... Jo ... und Ereka?« Nun ja, auf der Fahrt hatte sie schließlich zwei Stunden Zeit, sich vorzubereiten.

»Und das hier ist meine Freundin Maeve«, sage ich.

Maeve winkt Summer feierlich zu.

»Ich hab mich ja so auf dieses Wochenende gefreut, endlich mal mit einem Haufen Mädels abhängen. Ich hatte seit mindestens anderthalb Jahren kein freies Wochenende mehr – und dann dieses Haus! OMG«, quietscht Summer.

Bis zu diesem Augenblick war mir gar nicht bewusst, wie stark mein Verlangen ist, Leute zu ohrfeigen, die tatsächlich »OMG« statt »Oh, mein Gott« sagen. Noch dazu, wenn sie es aussprechen, als wäre es ein Wort.

Man könnte sie als *ultramoderne Luxuswohnung in gehobener Wohnanlage mit Rundum-Service* beschreiben. Aus ihren entzückend blauen Augen blitzt eine gekonnte Selbstsicherheit. Sie hatte schon viele Bewunderer und hat nie – nicht einen einzigen Tag in ihrem Leben – unter einem Mangel an männlicher Aufmerksamkeit gelitten. Als Teenager hätte ich alles darum gegeben, mit einem Mädchen wie ihr befreundet zu sein, so sprudelnd und funkelnd, als wäre das ganze Leben ein Casting für einen Cola-Werbespot.

Ich nehme den Teller auf dem Tisch in Augenschein. Frittierte Zucchiniblüten.

»Wer hat die Zucchiniblüten mitgebracht?«, frage ich.

»Ich, ich und ich«, antwortet CJ und wirft in gespielter Prahlerei das Haar zurück.

»Ich hatte sie die ganze Fahrt hierher auf dem Schoß«, fügt Summer hinzu. »Die reinste Folter …« Offensichtlich meint sie »Folter« im Sinne unbequemer Highheels und nicht so, wie Amnesty International den Begriff verwendet.

»Hast du sie selbst gemacht? Wurden damit schon Versuche an lebenden Menschen durchgeführt?«, frage ich.

Summer kichert.

»Gemacht hat sie Kito. Sie sind mit persischem Feta gefüllt«, erklärt CJ großspurig, als könnte sie den Unterschied zwischen echtem, seidigem Feta und dem scheußlichsten, billigsten Discounter-Käse erkennen. Abgesehen davon weiß nun wirklich jeder, dass man frittierte Zucchiniblüten frisch aus der Pfanne essen muss, weil sie sonst schlapp und fade werden. Wie kalte Pommes frites.

»Kito ist dein neuer Mann?«, fragt Ereka.

»Oh, ja, das ist er«, seufzt sie schwärmerisch.

»Wenn David mir jemals verbrannten Toast bringen würde,

den er ganz allein gemacht hat, bräuchten sie einen Defibrillator, um mich nach diesem Schock wiederzubeleben«, bemerkt Helen.

Summer lacht schallend, als hätte sie noch nie so etwas Komisches gehört.

»In einer Beziehung bekommt man eben das, was man aushandelt«, sage ich.

»Männer sind wie Hunde. Man muss sie nur gut erziehen«, sagt Summer mit einer extravaganten Geste, die meine Aufmerksamkeit auf ihre französisch manikürten Fingernägel lenkt.

Also ehrlich, der Preis der Eitelkeit ist mir sehr wohl bewusst. Ich gebe auch Geld für teure Faltencremes und Mineralschlamm-Gesichtsmasken aus, um meiner natürlichen Schönheit auf die Sprünge zu helfen. Aber verkünden diese offenkundig künstlichen Plastikdinger nicht eher *Ich kaue an meinen Fingernägeln?* Mir persönlich ist es ja lieber, wenn Kosmetikprodukte meine emotionalen Probleme kaschieren.

»Bei Kito war das nicht nötig«, schwärmt CJ, greift nach dem Teller und zieht die Frischhaltefolie ab. Die Zucchiniblüten darunter sind inzwischen eindeutig matschig und ekelhaft.

»Ist er Koch?«, fragt Ereka.

»Landschaftsgärtner«, schnurrt sie, als sagte das alles über Länge und Durchmesser seines Geräts.

»Er ist ganz New-Age-Mann. So sensibel! Und Umweltschützer«, fügt Summer hilfsbereit hinzu.

Es muss wunderbar sein, einen Mann zu haben, der Geschlechtergrenzen ignoriert. Ich denke dabei weniger an die *Rocky Horror Picture Show* und Dr. Frank-N-Furter in Strapsen – eher an Jamie Oliver in einer Schürze. Frank ist in jeder entscheidenden Hinsicht ein wunderbarer Ehemann. Ich finde, es macht mich nicht gleich zur Prinzessin, wenn ich mir manchmal wünsche, der Mann wüsste selbst mit ein paar schönen Steaks umzugehen.

Ereka reicht den Teller herum. Alle nehmen sich eine Zucchiniblüte. Ich lehne ab.

»Was hast du gegen Zucchiniblüten?«, fragt CJ beleidigt.

»Nichts, ich will nur …«

»Sie ist auf Diät«, sagt Helen. »Siehst du das denn nicht?«

»Doch, ich habe mir vorhin schon gedacht, dass du … dünner aussiehst«, sagt CJ, und es hört sich irgendwie verächtlich an.

»Sie sieht fantastisch aus«, bemerkt Ereka.

Es wäre mir lieber, nicht so genau gemustert zu werden.

Summer umfasst ihr Sektglas mit der Handfläche und rührt mit dem Zeigefinger darin herum, als wollte sie die Bläschen zerspringen lassen.

»Summer, erzähl uns etwas über dich«, sage ich, um das Thema zu wechseln.

»Tja, wo soll ich anfangen? Also, ich bin Skorpion, aber nur ganz knapp. Ich liege genau auf der Grenze zwischen Waage und Skorpion, aber ich bin viel mehr Skorpion. Wir sind doch total unberechenbar und sexbesessen, LOL. Nach dem chinesischen Horoskop bin ich im Jahr der Ratte geboren, aber das ist auch irgendwie komisch, weil ich mehr wie ein Drache bin. Und ich liiiiebe Musik. Besonders … Na, kannst du es erraten?«

Ich schaue wohl ziemlich perplex drein und bin nicht einmal sicher, ob ich nur in Gedanken den Kopf schüttele.

»P!nk«, ruft Helen.

»Nein, nicht P!nk. Lady Gaga. Als sie hier war, stand ich bei ihrem Konzert in der ersten Reihe und habe *›Ich liebe dich, Lady Gaga!‹* geschrien. Die Frau ist für mich ein Gott.«

Sind wir hier in der fünften Klasse oder wie? Versteht sie meine Frage absichtlich falsch? Sogar Savannah Basingthwaite wäre in der Lage, eine bessere Vorstellung zustande zu bringen. Und »LOL«? Ist das in einem Gespräch unter Erwachsenen ernsthaft als Wort anzusehen? Neulich habe ich Aaron einen Tag Elektronikverbot erteilt, weil er »WTF« gesagt hatte – die im Netz übliche Abkürzung für »Was soll die Scheiße«. Solche Ausdrücke werden in unserem Haus nicht benutzt, weder ausgesprochen noch als Akronym.

»Bist du denn berufstätig?«

»Ob ich berufstätig bin? CJ, bin ich berufstätig?« Sie lacht. »Ich bin Immobilienmaklerin, für Gewerbe- und Wohnimmobilien. Normalerweise arbeite ich jedes Wochenende, aber ich habe gerade einen fantastischen Abschluss gemacht, und da habe ich mir gedacht: Was soll's, Süße! Mach mal Pause. Die hast du dir verdient.« Die *gehobene Wohnanlage* wird jetzt eher *weitläufig*.

»Und weil Craig nicht da ist«, wirft CJ ein.

»Ach ja, genau, mein Mann ist geschäftlich verreist. Aber willst du wissen, was meine wahre Leidenschaft ist?« Summer lächelt breit und lehnt sich verschwörerisch zu mir herüber.

Schönheitschirurgie? Analbleichung? Ich fürchte, wenn ich irgendeine Mutmaßung äußere, könnte ich sie beleidigen.

»Reisen?«, versucht es Maeve.

»Oh, ich reise für mein Leben gern – finden das nicht alle toll? Aber nein ... Irgendwie erinnerst du mich ganz arg an jemanden«, unterbricht sie sich und zeigt mit dem Finger auf Maeve.

Maeve lächelt matt.

»Gib uns einen Tipp«, schlägt Ereka vor.

»Sag es lieber gleich, Summer«, wirft CJ ein. »Kein Mensch wird auf Zumba kommen. Kein Mensch außer dir findet irgendetwas an Zumba.«

»Ach, CJ, du Spielverderberin«, schmollt Summer gespielt beleidigt. »Ich wollte den Mädels doch was zeigen.«

»Bitte«, sage ich. »Das würde ich zu gern sehen.«

»Tja, zu spät.« Summer rümpft im Scherz die Nase. »Aber ja, meine wahre Leidenschaft ist Zumba. Ich gehe sechsmal die Woche hin. Mehr Spaß kann man ohne Drogen nicht haben.« Sie kichert. »Die Musik geht einem ins Blut, sie übernimmt einfach die Kontrolle über dich, und du kannst nur noch tanzen.«

Ich kenne ein paar Videoclips davon, und für mich sah das bisher nach einer Einladung für ernsthafte Rückenverletzungen aus.

»Ich habe jede Menge Musik auf meinem iPod dabei. Wenn ich den hier an eine Stereoanlage anschließen kann, spiele ich sie euch gerne vor.«

»Das wäre ... bestimmt toll«, ringe ich mir ab.

Summer ist das personifizierte Dauergeplauder. Ein Rummelplatz. Zarte, platinblonde Strähnen streifen ihr Gesicht wie fein gesponnene Zuckerwatte. Sie hat nicht begriffen, wie Fragen funktionieren, beherrscht die Gesprächsetikette des Gebens und Nehmens nicht. Wenn sie einmal anfängt zu reden, hört sie nicht mehr auf, bis sie dazu gezwungen wird. Und das Beste ist, dass sie nicht das Geringste von den Urteilen merkt, die ich mir gerade über sie bilde.

»Ich kenne nur die Zumba-Werbung aus dem Fernsehen«, sagt Ereka. »Sieht so aus, als könnte das wirklich Spaß machen.«

Daraufhin legt Summer sofort wieder los. Ich blende sie aus und richte meine Aufmerksamkeit stattdessen auf CJ.

Ich habe sie noch nie mit so langem Haar gesehen, und frisch gefärbt ist es auch. Ihr Gesicht hat diese leicht unterpolsterte, entspannte Ausstrahlung, die typisch für eine Frau ist, die weiß, dass sie sehr geliebt wird. Als hätte diese neue Liebe ihr ewige

Jugend geschenkt – ich sehe keine Fältchen um die Augen und den Mund. Sie wirkt nicht mehr so verhärmt wie nach ihrer Scheidung. Der Schönheitsfleck über ihrer Oberlippe lädt immer noch zum Küssen ein. Sie hat im mittleren Alter noch einmal neue Kraft gefunden. Schön für sie, sich so mit Haut und Haaren zu verlieben, als wäre sie nie zutiefst verletzt worden und mit gebrochenem Herzen am Straßenrand liegen geblieben. Sie ist *frisch erstrahlt nach gründlicher Sanierung, bei der die alten Stilelemente bewahrt wurden.*

Als Summer kurz Luft holt, stürzt Ereka sich sofort auf diese Chance. »CJ, erzählst du uns jetzt endlich von deinem Neuen?«

Sie beißt in eine Zucchiniblüte. Feta quillt seitlich heraus, und sie leckt ihn ab, ehe er herunterfällt. Das sieht gar nicht mal so ekelhaft aus.

»Wie habt ihr euch kennengelernt, wie ist er so? Erzähl uns alles. Du meine Güte, diese Dinger schmecken himmlisch …« Sie leckt sich die Finger ab. »Und ich will ein Foto sehen.«

»Zeig ihnen dieses Foto von Kito.« Summer hüpft zwischen den beiden Gesprächen hin und her. »Das ohne Hemd«, flüstert sie.

CJ holt ihr iPhone hervor und blättert durch ihre Fotos. »Er ist das komplette Gegenteil von Tom, in jeder Hinsicht.«

»Tom ist CJs Exmann«, erkläre ich Maeve.

»Nicht dieses Wort. Bitte verwende nur seinen offiziellen Titel: DVS.«

»Dieser verdammte Scheißkerl«, dekodiert Summer.

Sie hört sich an, als wäre sie CJs Cheerleaderin.

»Hier«, sagt CJ und hält mir ihr Handy hin.

Ich nehme es und betrachte ein Foto von einem dunkelhaarigen, halb nackten Mann. Unbehaarte Brust und unverkennbar mandelförmige Augen – nicht ganz so umwerfend wie Keanu Reeves, aber nah dran. Eindeutig das Produkt einer europäisch-asiatischen Liebe. Nicht, dass ich gegen so etwas wäre. Aber CJ … na ja, ich kannte sie bisher nur als furchtbar intoleranten Menschen. Anscheinend hat die Liebe über diesen rassistischen Blödsinn gesiegt. Aber irgendetwas an diesem Foto gibt mir auf einmal das Gefühl, ausgeschlossen zu sein. Als sollte in meinem Kurzexposé *älteren Baujahres, unmodern* stehen. Ich habe auch schon solche Fotos gemacht. Es gibt sogar solche Fotos von mir, klar? Von vor zwanzig Jahren. Wenn ich ein Foto von Frank mit nacktem Oberkörper auf meinem Smartphone mit mir herumtragen würde, dann als eine Art geschmacklosen Scherz. Irgendwie finde ich diese Aufnahme von Kito ziemlich unpassend. Auf einmal komme ich mir noch älter vor.

»Er sieht … ein bisschen unreif aus«, bemerke ich und reiche das iPhone an Maeve weiter.

Maeve wirft einen flüchtigen Blick auf das Bild und gibt das Handy Ereka.

Summer sieht mich verwirrt an. Tja, »unreif« ist ja auch ein Wort mit zwei Silben. Ein Wort, das sie vermutlich nur im Zusammenhang mit Obst kennt.

»Er ist sechsunddreißig«, sagt CJ scharf.

»Ooh, könnte ja fast dein Sohn sein.« Helen lacht bewundernd. »Der Sex ist bestimmt heiß.«

CJ lächelt und lächelt.

»So glatte Haut«, sagt Ereka und gibt das iPhone an Helen weiter.

Helen hält es sich dicht vors Gesicht. Dann lacht sie auf. »Ein Schlitzauge!«

CJ reißt ihr das Smartphone aus der Hand. »Er ist teils chinesischer Abstammung, Helen. Und ›Schlitzauge‹ ist eine Beleidigung, weißt du das nicht? Die Chinesen sind ein Volk mit einer bedeutenden Kultur.«

»Da isst du jetzt wohl jede Menge rohen Fisch, was?« Helen lacht schallend.

»Herrgott noch mal, Helen, Sushi ist japanisch.«

Ich wüsste zu gern, wie ich Maeve klarmachen soll, dass dies dem äußeren Anschein zum Trotz nicht das Jahrestreffen des Trulla-Clubs ist. Zum Glück fangen wir gerade erst an, es kann also nur besser werden. Aber wie hätten wir mit Summer rechnen können? Maeve hierher einzuladen war vielleicht nicht die beste Idee.

»Wie habt ihr euch kennengelernt?«, fragt Ereka.

»Also, kennengelernt habe ich ihn über Summer.«

Summer nickt, offensichtlich erfreut darüber, in diesem Gespräch wieder an Bedeutung zu gewinnen.

»Summer war meine Mandantin, und Kito war ihr … damaliger Freund.«

»Wir hatten keine richtige Beziehung, das war nur eine Affäre«, sagt Summer. »Wir waren gute Freunde … mit einem gewissen Bonus. Kito war mir eine große Stütze während der Scheidung von meinem zweiten Mann. Er hat mich zu meinem Termin bei CJ begleitet. Aber sobald die beiden in einem Raum waren – dass ich nicht ›Hallo, können wir auch mal über meinen Fall sprechen?‹ sagen musste, war alles. Wie die sich angestarrt haben, du lieber Gott. Dieser wahren Liebe konnte ich natürlich nicht im Weg stehen.«

»Ja, so war das«, sagt CJ in einem Tonfall, als wäre das Thema damit beendet und keine weiteren Fragen wären zugelassen.

»Bei der Scheidung von deinem zweiten Ehemann?« Maeve greift den am wenigsten neugierigen und potenziell peinlichen

Punkt aus dem Haufen Fragen heraus, die Summers Geschichte aufgeworfen hat.

Summer lächelt und reißt die blauen Augen weit auf – als wäre sie selbst überrascht, das zu erfahren.

»Und du hast noch einmal geheiratet?«

»Ja! Craig ist mein dritter und hoffentlich letzter Ehemann. Aber wer weiß?« Sie zuckt hilflos mit den Schultern, als wäre eine Scheidung etwas, das unerwartet über einen kommt wie ein Regenschauer, wenn man ohne Schirm aus dem Haus gegangen ist.

»Hast du Kinder?«, fragt Ereka.

»Oh ja, allerdings! Gleich drei sogar! Jai ist siebzehn und im Internat. Er ist so was von schwierig, stimmt doch, CJ? Also haben wir ihn da hingeschickt, weil diese Leute mit schwierigen Teenagern fertig werden, ohne sie zu erwürgen. Airlee ist fünfzehn, hält sich allerdings für zwanzig Jahre klüger, und meine kleine Jemima ist neun. Die beiden sind dieses Wochenende bei ihren Vätern. Das ist das bestgehütete Geheimnis von Geschiedenen – man hat so viel Zeit für sich! Es ist mir ein Rätsel, wie ihr Vollzeitmütter das macht.«

Schon wieder fühle ich mich ausgegrenzt. Verheiratet zu sein ist doch normal, oder? Aber wenn man sie reden hört, klingt es beinahe pathologisch. Als wären wir alle einem riesigen, dummen Irrglauben aufgesessen, und sie – Summer mit den Brustimplantaten und den künstlichen Fingernägeln – hätte ihn als Einzige durchschaut.

Und ich will gewiss nicht gemein sein, aber hat sie da nicht einen ganzen Stall voll Kinder aus »zerrütteten Familienverhältnissen«, wie es immer so unschön heißt? Das ist allerdings nur meine kleingeistige Ansicht, und ich wäre natürlich niemals so gehässig, sie zu äußern.

»Fehlen sie dir nicht, wenn sie bei ihrem Vater sind?«, fragt Ereka.

CJ schnaubt.

Summer lacht leise. »Um ehrlich zu sein, nein. Ich bin keine besonders gute Mutter.«

Mir entfährt ein nervöses Kichern. Das haben wir alle irgendwann schon mal gesagt, nur nicht so wie Summer – ohne jede Spur von Schuldgefühlen. In diesem Tonfall würde man vielleicht gestehen: »Ich bin keine besonders gute Tennisspielerin.« Von Summer bekommt man ungeheuerliche Zinsen für seine Dialog-Investitionen. Auf den geringsten Anstoß hin sprudelt es nur so aus ihr heraus. Ich bin mit zu vielen Psychologinnen und Therapeutinnen befreundet, die jede Bemerkung sorgfältig abwägen und ihre persönlichen Grenzen fast so gut schützen wie der amerikanische Verfassungsschutz. Aber die Unterhaltung für dieses Wochenende scheint mir gesichert. Reality-TV braucht nun wirklich kein Mensch.

»Muss man sich scheiden lassen, damit man endlich mal ein bisschen Freizeit ohne Kinder hat?«, fragt Helen. »Dann könnte ich mir das glatt überlegen.«

»Du bist mir eine«, sagt Summer und versetzt Helen einen freundschaftlichen Schubs.

»Keine gemeinsamen Kinder mit deinem jetzigen Mann?«, frage ich.

»Vergiss es. Auf keinen Fall. Craig und ich wollen unsere Beziehung ganz einfach und klar halten. So klar wie Wodka. Außerdem würde er total durchdrehen, wenn ich irgendwen mehr lieben würde als ihn, stimmt doch, CJ? Allerdings wäre das sowieso so gut wie unmöglich, weil er mein Seelenverwandter ist.«

Summer hat's gut. Verheiratet – zum dritten Mal – mit einem

Mann, der unbedingt im Mittelpunkt ihrer Aufmerksamkeit stehen will. Trotzdem hat ihre Art der Beziehung etwas Unbekümmertes, Offenherziges. Wenn ich so darüber nachdenke, könnte das die Lösung für ein Problem sein, das viele Liebesbeziehungen beeinträchtigt: Kinder.

Im Lauf der Jahre sind die Scheidungen um mich herum wie Pilze aus dem Boden geschossen. Oh, da ist ja noch eine. Sieh mal, da drüben gleich mehrere auf einmal. Ich komme nicht umhin, mich zu fragen, ob die Leute das je konsequent durchdacht haben – dass Liebe auch Menschen verdrängt? Babys schieben unsere Liebhaber beiseite und werden selbst die am meisten Geliebten. Die romantische Liebe ist eine Einbahnstraße – sie bringt uns hinein, doch dann stehen wir da und müssen selbst entscheiden: Familienleben oder aufgeben? Eine neue Welt entsteht und beginnt im selben Moment zu verfallen. Damit ist es allerdings noch nicht vorbei. Alles verändert sich erneut, wenn unsere Kinder uns immer weniger brauchen. So wie meine gerade jetzt.

Meine großartige Schwiegermutter hat einmal stolz verkündet, sie habe »ihren Mann immer vor ihre Kinder gestellt«, als sie mir dabei zusah, wie ich meinen Kindern nachlief, als wären sie der nächste Dalai-Lama. (Wer weiß? Sie sind schließlich noch jung.) Damals dachte ich, sie wollte mich als Mutter kritisieren. Allmählich wird mir bewusst, dass sie ihren Sohn schützen wollte. Und sie sah mich abstürzen. In Wahrheit hat sie mich davor gewarnt, dass Kinder alles nehmen, was sie bekommen können, solange du gibst und gibst. Eines Tages werden sie dich dann verlassen, denn das müssen Kinder nun einmal. Erst danach wird die Fürsorge und Aufmerksamkeit, die du in deinen Ehepartner gesteckt hast, abgerechnet. Wir denken nie an das Guthaben, das uns durch unsere alten Tage bringen wird.

Wir denken schlicht nicht darüber nach, was Liebe bedeuten wird, wenn die Kinder erst aus dem Haus sind.

»Liebst du Craig denn mehr als deine Kinder?«, frage ich Summer halb im Scherz.

»Hä? Meine Kinder machen mich wahnsinnig. Jai ist so pampig, dass ich nicht mal mit ihm sprechen kann. Ich bin bloß die Fotze, durch die er auf die Welt gekommen ist – man kann es nicht anders sagen. Er streitet ständig mit Airlee und bringt sie zum Weinen, bis ich mich lieber vergiften würde, als das auch nur eine Minute länger auszuhalten. Meine Kinder sind abscheulich, sie denken ausschließlich an sich selbst. *Was machen wir dieses Wochenende? Kann ich fünfzig Dollar haben? Warum dürfen meine zwanzig besten Freundinnen nicht bei uns übernachten?* Das gilt nicht für Jemima – sie ist so ein Schatz. Aber für die beiden älteren, die verdammten Teenager.« Sie streckt die Arme aus und würgt einen unsichtbaren Hals. »Craig schreit mich nie an. Er kauft mir alles, was ich will, und damit meine ich wirklich alles«, sagt sie und deutet auf ihre Brüste. »Er sagt mir tausend Mal am Tag, dass er mich liebt, stimmt doch, CJ? Kinder können da echt nicht mithalten.«

Falls sie gerade kontrovers argumentiert, dann unabsichtlich. Da bin ich mir sicher. Trotzdem frage ich mich, warum sie das überhaupt ausspricht? Just für solche Gelegenheiten, die eine gewisse Zensur verlangen, verfügt der Mensch über einen präfrontalen Cortex. Bei Kleinkindern findet man es vielleicht ach so goldig, wenn sie mit Sachen wie »Warum hat der Mann da Tittis?« oder »Die alte Dame riecht aber komisch« herausplatzen. Aber irgendwann gibt es keine Entschuldigung mehr dafür, einfach alles auszusprechen, was man so denkt. Unsere gesellschaftlichen Umgangsformen verlangen ein gewisses Maß an Unaufrichtigkeit. Das ist uns doch wohl allen klar.

Und warum einen Wettbewerb daraus machen? Es ist schon schwer genug, kein Kind den anderen vorzuziehen. Wie kann man nur auf die Idee kommen, die Sache noch komplizierter zu machen, indem man seinen Ehepartner mit hineinzieht?

Ich weiß nur eines: Wenn Frank vor mir sterben sollte, würde ich mich in einen Trauerkloß verwandeln, wegen durchgebrannter Glühbirnen im Dunkeln hausen und Aaron ein paar Jahre lang allein Fußball schauen lassen. Aber ich könnte irgendwann wieder zum Leben erwachen und sogar hin und wieder mit einem Mann ausgehen – einer älteren Version von Callum vielleicht. Ich würde irgendwie überleben. Elendig. Was ich für den Fall, dass ich ein Kind verlieren sollte, nicht behaupten kann. Verdammt, ich muss unbedingt Janet Price schreiben.

»Hat er eigene Kinder?«, fragt Maeve.

Summer schüttelt den Kopf. »Er hat es nicht so mit Kindern.«

Neben solchen Typen habe ich auch schon mal im Flugzeug gesessen. Alleinstehende Männer mit manikürten Händen und Moleskin-Notizbüchern. Typen, die Styling-Produkte für ihr Haar benutzen und zur Kosmetikerin gehen. Häufig schwul. Viel schlimmer, wenn sie hetero sind. Männer, die einen von der Seite anschauen, als säßen sie lieber neben einem Campingklo als neben jemandem mit einem Kleinkind.

»Wie steht er denn zu deinen Kindern?«, frage ich.

»Zu meinen Altlasten? Manchmal nenne ich sie so, natürlich nur zum Spaß! Craig erträgt sie geduldig. Bei ihm benimmt Jai sich einigermaßen. Aber er wohnt ja nicht mehr zu Hause. Wir haben Regeln aufgestellt, wann die Mädchen ihre Zimmer verlassen und wie laut sie Musik hören dürfen. Craig kann so was total gut. Sind für uns nicht die allerbesten Zeiten, wenn die Kinder da sind, aber wir halten durch, bis sie wieder zu ihren

Vätern gehen. Und dann machen wir Party!« Sie rutscht mit dem Po auf dem Stuhl hin und her.

»Wow«, sagt Ereka.

Summer lächelt und kapiert nicht, was dieses *Wow* bedeutet. Bewunderung ganz sicher nicht.

»Wegen Kindern scheitern Ehen«, fährt Summer fort. »He, CJ, die Kinder haben eure Ehe total ruiniert, oder? Das wird einfach zu viel: verliebt sein, stillen und alle glücklich machen.«

»Die Kinder haben überhaupt nichts ruiniert«, sagt Ereka mit Stacheln in der Stimme. »Tom hat die Beziehung ruiniert, indem er CJ betrogen hat.«

»Weil er sich neben den Kindern zu wenig beachtet gefühlt hat«, wendet CJ ein.

»Also, das ist wirklich schwach. Manche Männer müssten endlich mal erwachsen werden und erkennen, dass sie nicht der Mittelpunkt des Universums sind«, sage ich.

Summer schaut verwirrt drein und fragt sich offenbar, ob sie irgendetwas Provokantes gesagt hat. Sie will es wieder nett haben.

»Ich will doch, dass Craig der Mittelpunkt meines Universums ist. Er macht mich glücklich.«

»Na dann, auf euer Glück«, sagt Helen und trinkt einen Schluck.

»Oh, danke, Helen.« Summer lächelt und nippt ebenfalls an ihrem Glas.

»Wie versteht sich Kito denn mit deinen Kindern?«, erkundige ich mich bei CJ.

»Er ist ein Einzelkind, deswegen ist es etwas ganz Neues für ihn, Kinder um sich zu haben. Er kann gut mit ihnen und würde gern mit mir ein Kind bekommen, aber das will ich auf gar keinen Fall. Außerdem musste meine Freundin Eleanor – sie ist dreiundvierzig – gerade in der zwanzigsten Woche abtreiben. Down-Syndrom.«

»Sie musste gar nichts«, sagt Ereka.

»Entschuldigung, sie hat sich dafür entschieden, abzutreiben«, korrigiert CJ sich.

»Wie lange bist du jetzt mit Kito zusammen?«, frage ich.

»Offiziell? Seit acht Monaten.« Sie seufzt verträumt. »Aber eigentlich seit einem Jahr.«

»Wirklich? Seit einem Jahr?«, fragt Summer.

CJ runzelt die Stirn. »Äh, ja.«

»Wir haben uns erst vor einem Jahr getrennt«, sagt Summer leise.

»Na ja, wir sind erst zusammengekommen, nachdem ihr euch getrennt hattet.«

»Oje, seid ihr etwa immer noch verliebt?«, fragt Helen.

»Bis über beide Ohren«, erklärt Summer, ehe CJ selbst antworten kann. »Die beiden können keinen Moment die Finger voneinander lassen.«

»Du und Craig treibt es praktisch in aller Öffentlichkeit. Wie frisch verheiratet.«

»Nein, das stimmt nicht.« Summer errötet. »Außerdem steckt Kito dir bei jeder Gelegenheit die Zunge in den Hals«, erwidert sie.

»Ja, das stimmt«, bestätigt CJ mit einem verlegenen Achselzucken.

»Mir wird schlecht«, sage ich. »Erspart uns bitte die Details.«

»Nein, erspart uns ja kein einziges Detail«, drängt Helen. »Wir wollen alles hören.«

7 Virginias Leibgericht

In meinem Alter passiert so etwas – Kurzschlüsse im Gedächtnis. Ich hätte wohl doch etwas mehr sagen sollen als »nur ein paar Freundinnen«, als Maeve mich gefragt hat, wer dieses Wochenende noch kommen würde. Aber ich schwöre, dass ich Harvey schon fast vergessen hatte. Während CJs unzensierter Schilderung, wie sie und Kito ihren großen knallrosa Dildo namens Harvey in ihr Liebesleben einbezogen haben – mehrfach von Summer bejubelt, als wäre sie live dabei gewesen und hätte das Ganze filmisch dokumentiert –, sehe ich, wie Maeve in ihrem Sessel unruhig wird. Der Blick, den sie in die Landschaft wirft, erscheint mir sehnsüchtig.

Ich stehe auf, lege CJ beide Hände auf die Schultern, küsse sie auf den Kopf und sage: »Mögt ihr noch lange Spaß daran haben.« Dann bedeute ich Maeve, mir zu folgen.

»Aber das Beste hast du noch gar nicht gehört«, protestiert CJ.

»Heb es dir für später auf«, sage ich und ziehe Maeve zur Terrassentür. »Wir sind bald wieder da – ich habe Maeve das Haus noch gar nicht gezeigt.«

»Neue Beziehung«, flüsterte ich auf dem Weg zur Treppe.

Maeve trägt ihren handgeflochtenen Korb, während ich mir ihr schickes rotes Kroko-Köfferchen geschnappt habe.

»Sie ist in der Flitterwochenphase. Durchaus beneidenswert«, sagt Maeve.

»Sie ist Anwältin. Da sollte sie eine moderatere Version zum

Besten geben können, je nachdem, wer gerade zuhört«, entgegne ich. Mir wird bewusst, dass dies ein Versuch ist, mich zu entschuldigen.

»Du meine Güte, warum sollte sie? Ich bin die Neue in der Runde. Außerdem hört es sich so an, als hätte sie da mit Kito und Harvey was Erstklassiges am Laufen.«

Ich nehme an, eine Ethnologin hat alles schon mal gesehen.

»Wäre es nicht toll, in so einem Haus eine Wohngemeinschaft für alleinstehende Mütter einzurichten?«, schlägt Maeve auf der Treppe vor.

Wenn ich meine feministischen Neigungen kurz beiseiteschiebe, finde ich die Vorstellung, mir ein großes Haus mit einer Gruppe sexuell unausgelasteter, alleinstehender Frauen und ihren vaterlosen Kindern zu teilen, alles andere als prickelnd. Es ist eindeutig: Ich rutsche von der Kinder-sind-so-wunderbar-je-mehr-desto-lustiger-Phase der Elternschaft in die Werd-endlich-erwachsen-und-such-dir-einen-Job-Phase ab.

»Ich würde ein Seminarhaus für Schriftsteller daraus machen, wo man auch mal ein paar Wochen in Ruhe arbeiten kann«, sage ich. »Und die Kinder zu Hause lassen.«

»Deine Idee ist definitiv besser. Ich weiß gar nicht, wie ich auf so etwas komme.«

Ich halte ihr die Tür zu dem rosa Badezimmer auf. Maeve wirft einen Blick hinein und lacht herzhaft.

»Das hat zweifellos einen anzüglichen, frivolen Reiz. Jetzt verstehe ich, was Helen mit dem viktorianischen Bordell gemeint hat.«

Dann zeige ich ihr mein Zimmer mit dem großen Erkerfenster, der Chaiselongue und dem antiken Schrank und sage: »Wir können uns das Zimmer gern teilen.«

Ohne ein Wort stellt sie ihren Korb auf das zweite Bett. Wir haben schon öfter Zeit zusammen verbracht, das klappt bestimmt. Ich kenne ihre Ansichten über die Auswirkungen von HIV auf die Länder der Dritten Welt, die Klimaerwärmung und die Tatsache, dass Anne Enright und nicht Ian McEwan 2007 den Booker Prize gewonnen hat. Aber im Augenblick erscheint mir das ein bisschen dünn für die Vertrautheit, die erforderlich ist, wenn man sich ein Zimmer teilt. Jetzt, da unsere Kopfkissen einen Meter nebeneinander liegen, wird mir bewusst, dass Maeve beinahe eine Fremde ist. Wenn ich Glück habe, schnarcht sie ebenfalls. Was für ein dummer Gedanke – was sollte gut sein an gegenseitiger Verlegenheit und schlaflosen Nächten für uns alle beide?

Ich lasse Maeve in Ruhe auspacken, denn mir will kein Vorwand einfallen, um ihr dabei über die Schulter zu gucken. Außerdem ist das reine Verzweiflung. Statt wieder nach unten zu gehen, schlendere ich hinüber ins Kinderzimmer. Ich setze mich auf den Schemel vor dem Klavier und drücke auf eine Taste. Ich kann nicht einmal beurteilen, ob es richtig gestimmt ist. Jamie könnte das. Sie spielt Klavier, Saxophon und E-Gitarre. Sie hat Talent, umso bedauerlicher ist ihre Einstellung. Ich fische mein iPhone aus der Hosentasche und scrolle mich durch die Fotos von meinem Geburtstag vor ein paar Monaten. Darunter ist ein Bild von mir und Jamie, auf dem wir uns fest aneinanderdrücken, Wange an Wange. Man könnte schwören, dass sie mich liebhat, wenn man es sieht.

Ich erinnere mich an sie, als sie noch klein genug war, um auf dem Kopfkissen neben mir zu passen. Das ist keine schwache Erinnerung, die ich mühsam in mir wachrufen müsste. Sie ist lebendiger als unser Streit am Telefon vor ein paar Stunden. Es war, als hätte ich sie ausgeatmet – etwas Warmes von mir auf dieses Kissen. Mein Bett war ihr Bett. Mein Teller war ihr Teller.

Meine Spucke war ihre Spucke. Mein Körper war ihr Spielplatz. Ich hatte keine eigenen Gefühle mehr. Meine Emotionen verschmolzen mit ihren, sie vermischten sich, flossen ineinander. Als sie bei ihrer ersten Impfung mit sechs Wochen weinte, weinte ich mit. Mutter zu werden hat mich wie einen ausziehbaren Tisch erweitert. Ich war nicht länger ein Mensch, sondern zwei. Und mit Aaron wurde ich drei. Dreimal so viele Dinge verletzten, ängstigten, begeisterten und fesselten mich. Das war klaustrophobisch und viel zu viel für eine Person. Aber das wird zu einer neuen Lebensweise, durch die man sich selbst immer besser versteht.

Als die beiden begannen, sich nach innen zu wenden und mich auszuschließen, verschlug es mir erst einmal den Atem. Ich hatte keinen freien Zugang mehr – zum Bad, zu ihren Zimmern, zu ihren Ängsten. Heute muss ich erraten, ob sie einen schlimmen Tag hatten oder nicht, denn mir vertrauen sie das nicht mehr an. Ich kann mir nur vorstellen, wofür sie ihr Taschengeld ausgeben – ich erfahre es nicht. Natürlich bin ich froh darüber, dass sie ihre Geheimnisse haben. Jedenfalls froh im Sinne von »Ich erkenne und respektiere deine Privatsphäre«. Ich habe mich immer berechtigt gefühlt, ihren Schmerz für sie zu ertragen, ihre Zurückweisungen, Enttäuschungen und ihren Kummer mitzuempfinden. Doch die Berechtigung ist abgelaufen. Meine neue Aufgabe besteht darin, mit dem Schmerz darüber klarzukommen, dass ich keinen Anteil an ihrem Schmerz mehr habe und ihnen nicht mehr vorleben kann, wie man mit all jenen Dingen fertig wird, die am Menschsein so ätzend sind.

Bedauerlicherweise werden wir dadurch, dass wir Kinder bekommen, nicht automatisch zu sanften, mitfühlenden Vorbildern, die den beispielhaften Umgang mit Krisen, Verlusten und Zurückweisung vorleben. Daher stecken unsere Kinder mächtig in der Sch…, wenn wir schon von vornherein engstirnige, kleinkarierte, gemeine Materialisten sind.

Mir gefällt dieses Kinderzimmer, in dem die Kindheit vergangener Zeiten eingefroren ist. Ich fühle mich darin geborgen, als könnte ich hier gut schlafen.

Auch in die anderen Räume werfe ich einen Blick. CJ und Summer werden sich wahrscheinlich das andere Zimmer mit den zwei Einzelbetten teilen, und wie ich sehe, hat Ereka sich den Raum mit dem Doppelbett ausgesucht. Virginia wird sich dann vermutlich bei Helen einquartieren.

Von unten höre ich Helen verlockend gurren: »Cocktailstunde!« Ich sage Maeve Bescheid und gehe die Treppe hinunter, vorbei an dem wachsamen Spiegel und auf das Gegacker von der Terrasse zu. Hoffentlich hat CJ inzwischen ein anderes Thema gefunden als Harveys sensationelle Fähigkeiten.

Helen steht am Tisch und presst mit CJs Hilfe Limetten für irgendeinen tödlichen Drink mit Wodka und Zucker aus. Als könnte ich davon auch nur einen Schluck trinken.

Sie schenkt das Gebräu in kleine Gläser. Summer rutscht von der Hängematte, nimmt sich eine Cola light und zieht ihren Pulli aus. Ihr Bauch blitzt kurz hervor, auf dem ein Nabelpiercing und ein kleines Tattoo einer Schwalbe prangen. Trotz der drei Kinder ist von Schwangerschaftsstreifen weit und breit keine Spur. Entweder haben die Schwangerschaften bei ihr keine Spuren hinterlassen, oder da wurde chirurgisch nachgeholfen. Ich setze mich in einen der hängenden Korbsessel und wünschte, meine Bauchmuskeln würden der ganzen Welt demonstrieren, wie viel Zeit ich ihnen widme. Maeve kommt heraus, in ein handgestricktes mexikanisches Schultertuch gewickelt.

»Ach, was für ein Spaß«, singt Summer, nimmt zwei Cocktailgläser und reicht eines Ereka.

CJ kippt ihren Drink in einem Zug herunter.

»Maeve, was machst du eigentlich beruflich?«, erkundigt sich Summer.

»Ich bin Ethnologin.«

Summer blinzelt. »Ist das jemand, der nach alten Knochen und Fossilien und so was gräbt?«

Maeve schluckt. »Nein. Das wäre ein Archäologe.«

»Was macht eine Ethnologin noch mal genau?«, fragt Helen.

»Wir studieren verschiedene Kulturen und Lebensweisen – eine wissenschaftliche Betrachtung der Menschheit.«

»Maeve ist sogar Ethnologieprofessorin«, füge ich gedehnt hinzu.

»Ich glaube, ich habe noch nie eine richtige Professorin kennengelernt«, sagt Summer. »Nein, stimmt gar nicht. Einmal habe ich einem Nigerianer ein Haus verkauft. Der war Professor für – was war das noch? Pharmazie oder Forensik ... na ja, irgendwas mit F.«

Ich werde ein paar starke Drinks brauchen, um den Abend zu überstehen. »Wo bleibt deine Freundin Virginia?«, frage ich Helen.

»Sie kommt, wenn sie kommt.«

»Wer macht heute Abendessen?«, fragt Ereka.

»Ich«, antwortet Helen. »Und ich habe alles im Griff. Hört mal, Mädels, ehe Virginia kommt, sollte ich euch vielleicht sagen, dass ihre Mutter im Sterben liegt. Schilddrüsenkrebs. Sie will bestimmt nicht darüber reden, aber sicherheitshalber ...«

»Wie schrecklich«, sagt Ereka und schüttelt traurig den Kopf.

»Tut mir leid, das zu hören«, stimmt CJ zu.

»Furchtbar traurig«, seufzt Summer.

Maeve schweigt.

Ich rücke dicht an Helen heran. »Mir hast du auch nichts davon gesagt«, flüstere ich.

»Und?«, fragt Helen sehr unschuldig.

»Wir haben einen lang ersehnten Wochenendausflug organisiert, und du hast deine Freundin eingeladen, deren Mutter gerade an Krebs stirbt. Meinst du nicht, dass das … ich weiß auch nicht … die Stimmung dämpfen könnte?«

»Ach was, Virginia doch nicht. Sie wird es wahrscheinlich nicht mal erwähnen.«

»Entschuldige mal, wenn deine Mutter im Sterben läge, warum würdest du dann übers Wochenende wegfahren?«

»Sie hat keine enge Beziehung zu ihrer Mutter. Die Frau ist eine blöde Kuh. Das passt schon.«

»Oh«, sage ich, und es ist mir peinlich, wie erleichtert ich darüber bin, dass wir wohl doch keiner am Boden zerstörten Fremden in ihrer Trauer werden beistehen müssen. Ich frage mich, wie das sein mag – sich nicht groß um die eigene sterbende Mutter zu scheren. Da meine eigene Mutter alles andere als eine blöde Kuh ist, kann ich mir das einfach nicht vorstellen. Wenn sie im Sterben läge, wäre ein verrücktes Wochenende mit Helen und ihren mörderischen Cocktails das Letzte, was mir einfiele.

»Was kochst du uns denn nun Schönes?«, fragt Ereka.

Darauf sagt meine Freundin, noch dazu meine beste, mit einem breiten Lächeln im Gesicht und ausgebreiteten Armen ungelogen: »PIZZA!« Als wäre das eine wunderbare Neuigkeit.

»Oh, lecker.« Ereka grinst.

»Mein Lieblingsessen«, erklärt CJ.

»Du meine Güte, ich habe schon ewig keine Pizza mehr gegessen – ich teile mir eine mit jemandem«, sagt Maeve.

»Immer her damit«, jubelt Summer und winkt mit beiden Händen.

»Ich kann keine Pizza essen«, sage ich.

»Du wirst ja mal einen Abend eine Ausnahme machen können«, entgegnet Helen. »Sei keine Spielverderberin.«

»Im Ernst, du isst keine Pizza?«, fragt Summer, als hätte ich gerade ausgeplaudert, dass ich mir nach dem großen Geschäft nicht die Hände wasche. »Bist du allergisch gegen Käse?«

»Nein, ich bin nicht allergisch. Aber Pizza ist sehr …« Mir fällt kein Wort ein, das nicht herablassend und besserwisserisch klingen würde. »… ungesund … praktisch Gift auf dem Teller … fett. Ich esse lieber etwas mit weniger Fett und Kohlehydraten und dafür mehr Eiweiß.«

»Dir geht es doch bloß um die Kalorien«, sagt Helen.

»Kann sein, na und? Schlag mich.«

»Seht ihr, was ich meine?« Helen nickt CJ und Ereka vielsagend zu.

CJ kichert hämisch.

»Na, das ist ja mal nett. Ihr habt hinter meinem Rücken über mich geredet.«

»Ich habe Helen nur gefragt, wie du so viel abgenommen hast«, erklärt Ereka. »Darauf hat sie gesagt, du wärest sehr diszipliniert.«

Ich bin verärgert. Unangemessen verärgert. Disziplin ist weder eine Persönlichkeitsstörung noch eine Geschlechtskrankheit oder ein Suchtmittel. Sie ist sogar eine sehr begehrte Eigenschaft – nicht wenige Leute geben Unsummen für Personal Training und Lebensberatung aller Art aus, um sie zu meistern. Und ja, zum Abnehmen braucht man viel Disziplin. Ich habe in den vergangenen drei Jahren viele Dinge abgelehnt, die ich liebend gern verschlungen hätte. Naserümpfend die Crème Caramel ignoriert und mageres Fleisch gekaut, während anderen der Burgersaft übers Kinn gelaufen ist. Ich wurde für meine Selbstbeherrschung geächtet, verurteilt und lächerlich gemacht. Gehänselt und schikaniert von Leuten, die mich nur mit in die Tiefen ihrer Speckfalten und Wabbelschenkel hinabziehen wollen. Aber ich frage euch: Ist gastronomische Disziplin vielleicht ein Verbrechen? Ich habe jedenfalls noch nichts von einer Konvention gegen die Einhaltung persönlicher Grundsätze im Falle einer Pizza gehört.

»Von den unzähligen Rezepten in den vielen Kochbüchern, die du durchgeblättert hast, um zu entscheiden, was du heute Abend für uns kochen willst, hast du dir ausgerechnet Pizza ausgesucht? Das einzige Gericht, das praktisch einer Fettinfusion gleichkommt ... Ich bin enttäuscht von dir«, sage ich.

»Das wird eine richtig, richtig gute Pizza«, hält Helen dagegen. »Mit Gorgonzola, Salami, Steinpilzen, Artischocken und Oliven. Und Trüffelöl. Du liebst doch Artischocken. Die kommen extra für dich da drauf.«

»Okay, das ist schon eher ein Herzinfarkt auf dem Teller«, sage ich. »Welch tragische Verschwendung deiner kulinarischen Fähigkeiten. Jeder Idiot kann Pizza machen.«

»Aber das ist Virginias Lieblingsessen«, erwidert Helen. »Und da ihre Mutter im Sterben liegt ...«

Mit diesen wenigen Worten hat Helen mich wissen lassen, dass unsere zehnjährige Freundschaft, unsere Urlaube mit den Kindern, die gemeinsam erlebten Meilensteine der Mutterschaft, die geteilten Geheimrezepte, die Tatsache, dass sie meine Hochzeit geplant und meinen Junggesellinnenabschied auf einem Schiff im Hafen von Sydney organisiert hat und dass ich eine der Ersten war, die Levi im Krankenhaus im Arm gehalten und im Leben willkommen geheißen haben – dass all das letzten Endes gegen noch ältere Geschichten keinen Stich machen kann. Sie entscheidet sich für Virginia. Die noch nicht einmal hier ist.

Ich greife nach einem der kleinen Cocktails und kippe ihn herunter. Das Zeug brennt und sticht und explodiert in meiner Speiseröhre wie ein Schuss Morphium. Sofort genehmige ich mir noch einen. »Ach, was für ein Spaß«, sage ich und greife nach dem dritten Glas.

Es wird schnell dunkel. Jetzt im Herbst zwinkert dir eben noch abendliches Zwielicht zu, und im nächsten Moment ist es stockfinster. Manchmal kommen mir die Übergänge, die ich als Mutter erlebe, genauso abrupt vor. Kaum habe ich erkannt, wo meine Kinder gerade stehen, schon sind sie in der nächsten Phase.

Draußen auf der Terrasse zu sitzen, wenn die Dunkelheit so nah herankommt und die Aussicht nur noch aus Schatten besteht, macht mich nervös. Zu dieser Tageszeit quälen mich oft unnötige Fragen – etwa ob Schlangen Treppen überwinden können oder ob der Geruch, den ich nicht genau benennen kann, etwas mit Geistern zu tun hat. CJ und Summer führen eine geschlossene Unterhaltung wie ein behagliches Duett, von dem ich nur Fetzen auffange, etwa über »den neuesten Prius« und all seine Vorzüge. Autos interessieren mich ungefähr so sehr wie die Zahnsanierung anderer Leute. Also schlendere ich leicht angetrunken nach drinnen in das riesige Wohnzimmer und erschrecke noch einmal vor den Gesichtern der erlegten Toten, die wie Gespenster aus den Wänden hervorragen.

»Ihr schon wieder«, brumme ich.

Ich bleibe stehen und starre in den riesigen Spiegel, ohne mich zu erkennen. Einen Moment lang scheint es, als hätte das Haus – oder, was wahrscheinlicher ist, der Alkohol – mich in eine Fremde verwandelt. Mein Spiegelbild stimmt irgendwie nicht, als könnte ich mich nicht ganz darauf verlassen, dass es tatsächlich meines ist. Ich starre mich an. Das also sehen die

Leute, wenn sie mich anschauen. Vertrautheit trübt den Blick, und so schleicht sich das Alter ganz allmählich ein, durch Türritzen und Spalten. Ohne Spiegel verliert das Alter an Schärfe. Man würde es vielleicht lediglich als dünner werdende Lebenskraft wahrnehmen, so wie die Luft auf einem Berggipfel. Wir würden eben langsamer werden, das Erschlaffen von Collagen und das allmähliche Verebben der Libido spüren, aber ohne den Stich der Angst, die all dieses Nachlassen auslöst. Ich fahre mir mit den Fingern durchs Haar. Von so weit weg sieht man die grauen Haare wirklich kaum. In dieser Hinsicht ist Ferne ein Segen, nur leider bringt sie keine Vertrautheit oder echte Wahrheit.

Mit neunzehn war *Pan Aroma* mein Lieblingsbuch und Tom Robbins mein Lieblingsautor. In dem Roman verließ König Alobar jede Nacht heimlich sein Schloss, um sein Spiegelbild im Wasser zu betrachten und sich die grauen Haare auszuzupfen. In seinem Königreich galten die ersten Anzeichen von Entkräftung oder Verfall als Zeichen dafür, dass die Macht des Königs schwand, und darauf stand der Tod. Ich sollte wohl dankbar dafür sein, dass ich meiner Liste der Ängste vor dem Alter nicht noch »Enthauptung« hinzufügen muss. Aber diesem Grauen beim Anblick der ersten weißen Haare entkommt man nicht. Meine Mutter hat einmal zu mir gesagt: »Man merkt, dass man alt wird, wenn sogar die Schamhaare grau werden.« Das hat mir immerhin ein paar Monate verlängerter Jugendlichkeit verschafft.

Ich habe mir ja vorgenommen, in Würde zu altern. Lieber würde ich natürlich kämpfen bis zum letzten Atemzug, wie meine neunundachtzigjährige Großmutter Sophie. Als sie in den OP geschoben wurde, den sie nicht wieder lebend verlassen sollte, erhaschte sie einen Blick auf ihren attraktiven jungen Arzt und beklagte sich bei der Krankenschwester: »Du meine Güte, sieht mein Haar sehr schlimm aus?«

Auf einmal schnürt mir ein ungutes Gefühl die Kehle zu: Meine Sorge, Callum könnte einen Blick auf meine nackten Brüste geworfen haben, kommt den Worten meiner Großmutter Sophie ziemlich nahe. Ich frage mich, wo er jetzt wohl ist und was er mit dieser Menge an Bizepsen und Trizepsen wohl anfängt. Ob er vielleicht später am Abend noch mal vorbeikommen wird, um nach uns zu sehen. Ich ertappe mich dabei, dass ich genau das hoffe. Aber falls er irgendjemanden von uns sexy finden würde, dann wahrscheinlich Summer. Daran können noch so viele Pilates-Stunden und Collagen-Cremes nichts ändern.

Frank, der Gute, sagt mir oft, dass er mich »immer noch sexy« finde. Obwohl mir dieses relativierende »immer noch« leichte Bauchschmerzen verursacht, lautet die schlichte Wahrheit, dass er nicht zählt. Er ist mein Ehemann. Es ist seine Pflicht, mich sexy zu finden, ob er will oder nicht. Der wahre Gradmesser ist, ob andere Männer mich attraktiv finden. Aber weil ich verheiratet bin, würden vermutlich sogar diejenigen, die mich sexy finden, nicht mal daran denken, das auszusprechen. Immerhin könnten einige Leute solche Komplimente leicht missverstehen, zum Beispiel mein Mann.

Es klingelt an der Tür.

»Ich gehe schon«, schreit Helen und schießt von der Terrasse zur Haustür. Die anderen folgen ihr, Maeve allen voran.

»Zuki!«, höre ich von drinnen.

»Cati!« Helen lacht, und dann höre ich nur noch Gekicher, in das sich Hundegebell ähnliche Laute mischen, aber da muss ich mich verhört haben.

Dann stellt Helen uns Virginia vor. Sie ist groß, über eins

achtzig, ungeschminkt, hat ein eher kantiges Gesicht mit hohen Wangenknochen und kurzes, ergrauendes Haar. Die weite hellbraune Leinenbluse mit Jeans und die braunen Lederstiefel mit Schnallen haben legeren Schick. Als sie lächelt, enthüllt sie einen Mund voll Metallspangen, die aussehen, als wären sie im falschen Gesicht gelandet, wie Make-up an kleinen Mädchen. Sie winkt uns mit einer Hand, die in einem Handgelenkschoner steckt und eine Flasche umklammert – ist das Moët? Allerdings bin ich viel zu sehr damit beschäftigt, den übergewichtigen Hund anzustarren, der unter ihrem anderen Arm klemmt, um sie ordentlich zu begrüßen.

Sie sieht, wie ich den Hund betrachte.

»Tut mir leid, der gehört meiner Mutter«, sagt sie, als erklärte das seine Anwesenheit. Sie setzt ihn auf den Boden, woraufhin der Hund sofort beginnt, aufgeregt zu schnüffeln und herumzuwuseln. Irgendwer hat den armen Kerl so sehr mit Essen vollgestopft, dass man ihn als ernsten Fall hundlicher Fettleibigkeit beschreiben muss.

»Ach, ich hätte Bones mitbringen sollen. Dann hättest du jemanden zum Spielen gehabt«, sagt Helen und krault den Hund am Kopf.

Virginia reicht ihr die Flasche Champagner. »Was ist hier mit dem Mobilfunknetz los? Ich habe keinen Empfang mehr, seit ich von der Hauptstraße abgebogen bin«, sagt Virginia zu Helen.

Helen zuckt mit den Schultern. »Könnte sein, dass die Berge im Weg sind. Aber du hast jetzt frei, also entspann dich.«

»Ich kann aber nicht das ganze Wochenende lang kein Netz haben. Ich muss Nachrichten und E-Mails beantworten – und Celia …«

»Ach ja, die hatte ich ganz vergessen.«

»Wo ist hier das Telefon?«, fragt Virginia.

Helen führt sie ins Foyer.

»Ich weiß nicht, ob Hunde hier erlaubt sind«, raune ich Maeve zu und hole mein Handy aus der Tasche.

Sie zuckt mit den Schultern und erwidert leise: »Das Haus ist groß, mach dir keine Gedanken ... Außerdem wird er dich vor Schlangen warnen.«

Ich bin sicher nicht die Einzige, die es etwas zu ungezwungen findet, so spät zu einer Gruppe von Leuten zu stoßen, die man nicht kennt, noch dazu mit einem Haustier unter dem Arm. Erwartet sie vielleicht, dass wir sie wie eine alte Freundin begrüßen, nur weil sie eine Flasche Champagner in der Preisklasse einer Fettabsaugung mitgebracht hat? Woher will sie wissen, dass ich nicht etwa eine Hundeallergie habe? Ich habe das nie testen lassen. Ich will ja nicht gemein sein, aber jetzt mal im Ernst, das soll der coolste Mensch sein, den Helen kennt? *Unverbaubare Aussicht* vielleicht, aber mehr sehe ich da nicht. Irgendetwas entgeht mir wohl.

Mein Handy zeigt immer noch keine Nachrichten an, obwohl es Empfang hat. Ich stecke es rasch wieder ein, ehe Virginia es für das restliche Wochenende mit ihren geschäftlichen Telefonaten in Beschlag nimmt.

»Das ist so nicht akzeptabel«, höre ich Virginia im Foyer sagen. Ihre Stimme klingt sehr geschäftlich.

Als Virginia mit Helen zu uns ins Wohnzimmer kommt, sind ihre Lippen so schmal wie eine Wäscheleine.

»Immer mit der Ruhe, das regeln wir schon«, sagt Helen und tätschelt ihr den Rücken.

Virginia holt tief Luft und nickt. Sie atmet durch den Mund aus, und offenbar wird ihr bewusst, dass sie gerade erst angekommen ist und nicht den allerbesten ersten Eindruck gemacht hat. Sie lächelt gezwungen und wirft in die Runde: »Na, was haltet ihr von dem Haus, das ich entdeckt habe?«

»Ich habe noch nie so prächtig gewohnt«, sagt Ereka.

»Es ist echt gigantisch«, stimmt Summer ihr zu. »Mit Sicherheit um die fünf Millionen wert.«

Das Virginia entdeckt hat? Was ist denn hier los? Ich werfe Helen einen fragenden Blick zu.

»Virginia hat dieses Haus ausfindig gemacht – als möglichen Drehort für eine neue Soap.« Sie wirkt verlegen.

»Was für eine Soap?«, fragt Ereka.

»Ich darf noch nicht darüber reden, aber ich kann euch reichlich von allem versprechen: Liebe, Sex, Verrat, Affären, Rache, Mord und Herzschmerz ... das volle Programm. Die Serie solltet ihr auf keinen Fall verpassen.«

Sie hat ja so recht. Wer würde all das verpassen wollen?

8 Kein Wunder, dass meine Tochter mich hasst

Helen und Virginia verschwinden über die prächtige Treppe, um sich das Haus anzusehen. Virginia hat die ganze Zeit ihr iPhone im Anschlag und fotografiert einfach alles. Summer läuft ihnen nach und ruft: »Wartet auf mich!«

Wir hören, wie Schranktüren geöffnet werden und der Dielenboden im oberen Stockwerk quietscht. Als sie wieder herunterkommen, sagt Helen gerade: »Wahrscheinlich hat er einen Schlüssel.«

»Wer?«, frage ich.

»Callum. Für das abgeschlossene Zimmer.«

»Ich muss Zugang zu allen Räumen haben – immerhin muss ich einen Bericht über dieses Anwesen abliefern.« Virginias Lächeln ist inzwischen wieder verwelkt.

»Die Bäder sind mehr als scheußlich«, bemerkt Summer und verzieht das Gesicht.

Währenddessen inspiziert Virginia im Wohnzimmer die Kronleuchter, reibt mit der Schuhsohle über ein ausgefranstes Ende des Perserteppichs und klappt sogar den Deckel über der Klaviatur des Flügels auf, um ein paar Tasten anzuschlagen. Dann verschwinden sie und Helen in der Küche, aus der hin und wieder schwatzende Stimmen und Gelächter dringen. Ich war früher Helens rechte Hand. Vor allem in der Küche.

Ich schmolle nicht, wirklich nicht, als ich meine Aufmerksamkeit auf die Bücherregale richte. Ich mag einfach nur Bücher, das ist alles. *Sakrileg* … ein Roman über die Australian Imperial Force im Zweiten Weltkrieg … eine Penguin-Taschenbuchausgabe von *Sturmhöhe* … Walter Wallaces Bericht über die »Grüne Hölle« von Sandakan, zwei Hardcover-Gartenbücher mit Plastik-Schutzeinband, ein Stapel *National Geographic* … ein Buch über die japanischen Kriegsgefangenenlager … ein mit Eselsohren versehenes Exemplar von *Biss zum Morgengrauen. Biss zum Morgengrauen?*

Maeve tritt zu mir ans Bücherregal. Sie trägt jetzt andere Ohrringe und hat die klobige Kette abgelegt. Sich zum Abendessen »umgezogen«.

»Da hat sich aber jemand sehr für den Zweiten Weltkrieg interessiert«, bemerkt Maeve, während sie den Blick über die Bände schweifen lässt. Sie zieht ein Buch mit einer lächelnden Frau in einer Schürze auf dem altbackenen Einband hervor und schlägt es auf. »Hör dir mal die Widmung an: *Für meine liebe Delia, eine prächtige Ehefrau und Mutter – aber man kann alles noch vervollkommnen. Frohe Weihnachten! Dein Dich liebender Mann Harold F. Wiltshire, Blind Rise Ridge, Dezember* 1952.«

»Echt erstaunlich, dass nicht mehr Frauen dieser Ära ihre Ehemänner ermordet haben«, brumme ich.

Eine halbe Stunde nachdem Helen und Virginia sich in der Küche an die Arbeit gemacht haben, erfüllt der Duft von schmelzendem Käse das Haus, überdeckt alle anderen Gerüche und lockt uns an wie Sirenengesang. Helen pfeift uns von der Küche aus herbei, und Ereka führt die kleine Schlange durch die Küchentür an. Auf dem langen Holztisch präsentieren sich sechs Pizzas mit riesigen Oliven, Flecken von zerlaufenem Gorgonzola, halbmondförmigen Artischocken und Salamikreisen, zwischen denen sich Steinpilzhäufchen und geröstete Pinienkerne tummeln. Daneben steht ein Tellerchen mit Artischocken. Für mich.

In einem anderen Leben wäre ich über diese Pizza hergefallen wie ein Mädchen, das sich keinen Deut um seinen guten Ruf schert. Stattdessen stochere ich in meinem Thunfischsalat herum und pikse hin und wieder ein Stückchen Artischocke auf. Pizzaneid ist keine große Sache. Ich habe schon Schlimmerem widerstanden. Aber die Aussicht vom moralischen hohen Ross ist nicht so weit und atemberaubend, wie ihr euch jetzt vielleicht vorstellt.

Maeve wirft mir einen tröstenden Blick zu. »Können wir dich nicht mal zu einem Stück verführen? Einem ganz kleinen?«

Ich schüttele den Kopf. »Wehret den Anfängen, Maeve.«

»Deine Tapferkeit ist wirklich bewundernswert. Du bist eine Heldin im Kampf gegen die Kilos.«

»Sie ist ein Sturkopf. Von Spielverderberin gar nicht zu reden.« Helen zwinkert nicht einmal, um ihren Worten die Schärfe zu nehmen.

»Selbstkasteiung ist so … typisch für Frauen mittleren Alters«, bemerkt CJ. »Wie die feinen Fältchen um deinen Mund.«

»Ich benutze Cremes mit speziellen Aminosäuren«, informiere ich sie. Obwohl, ganz ehrlich – geht sie das irgendetwas an?

»Du hast keine Fältchen«, lügt Summer und nippt an ihrer dritten Cola light, seit sie hier ist – nicht, dass ich mitzählen würde. Ihre vierundzwanzig Dosen belegen ein ganzes Fach im Kühlschrank.

»Das Zeug ist Gift«, sagt CJ zu Summer. »Ich verstehe wirklich nicht, warum du das trinkst.«

»Ich bin süchtig danach«, sagt Summer in einem Tonfall, als sei Sucht was totaaal Niedliches.

Ich kaue an einem Stück Salatgurke, die mit ihrem hohen Flüssigkeitsgehalt richtig gut für die Haut ist. Ich tue, was ich kann, um den Alterungsprozess aufzuhalten. Trotzdem haben sich in letzter Zeit kleine Fältchen um meinen Mund gebildet. Falten. Offiziell bezeichnet man sie, glaube ich, als Knitterfältchen – ein harmloser Begriff, wenn er sich auf Kleidung bezieht, nicht jedoch, wenn es um das eigene Gesicht geht. Ich habe eine Menge Geld für hautstraffende Cremes mit Anti-Falten-Wirkung ausgegeben. Nichts hat sich gestrafft, und nicht ein einziges Fältchen ist verschwunden. Allerdings fühle ich mich verpflichtet, der Ehrlichkeit halber zuzugeben, dass sich das Geknitter viel glatter anfühlt. Der Oil-of-Olaz-Werbung zufolge liegen bei mir alle sieben Zeichen der Hautalterung vor, eine Liste demoralisierender Symptome, die neben Linien, Falten, Hautrötungen, Altersflecken und groben Poren auch noch stumpfe, trockene und rauhe Haut umfasst.

All das betrifft allein die Haut. Von Organen südlich des Äquators oder dem Wissen darum, wo ich meinen Schlüsselbund gelassen habe, sprechen wir lieber nicht. Begriffe wie »Mitternachtspremiere«, »Partydrogen« und »ungeschützter Sex« kommen mir vor wie aus einer anderen Welt – als sähe ich sie durch ein Fernglas. Ich habe das Gefühl, mich immer weiter von dem zu entfernen, was andere Leute als »Leben« bezeichnen, während ich in meine Pantoffeln schlüpfe und mich darauf freue, mit einem guten Buch früh ins Bett zu gehen. Ich habe mich mit der entmutigenden Erkenntnis abgefunden, dass ich selbst nach einem Jahr gezielter Trizepsübungen immer noch wabbelige Arme habe. Kleider, die eine gewisse Länge unterschreiten, sind ... na ja, ungut. Und offenbar führe ich einen vergeblichen Feldzug gegen die Knitterfältchen. Nichtsdestotrotz ist es unhöflich und gar nicht nett, wenn andere einen darauf hinweisen – vor allem die eigenen Altersgenossinnen. Meine Knitterfältchen messe ich regelmäßig selbst, vielen Dank.

»Du hast wirklich eine unglaubliche Selbstbeherrschung«,

nuschelt Ereka und knabbert an der knusprigen Kruste ihres dritten Stücks Pizza. »Ich beneide Leute mit so viel Willenskraft. Ich wünschte, ich könnte auch so konsequent nein sagen.«

Ich habe es nicht einmal kommen sehen. Daher habe ich leider keine Zeit, mir etwas zurechtzulegen, zu planen oder auch nur tief Luft zu holen, wie ich es Aaron beigebracht habe, für den Fall, dass ihn etwas ärgert. Die Spöttelei, das Gestichel, die fiesen Bemerkungen, die als Komplimente verkleideten abfälligen Kommentare, meine tiefsitzende Furcht vor der Gesichtsknitterung und dieser bewusstseinsverändernde Duft nach gebackenem Käse reißen mich von den Füßen wie eine Flutwelle aus dem Nichts, und die Worte brechen einfach aus mir hervor.

»Dann tu es doch einfach«, fauche ich.

Ich würde es gern anders sehen, aber es ist praktisch unmöglich, das, was ich gerade gesagt habe, nicht als verbale Ohrfeige zu interpretieren.

Ereka schaut fast erschrocken drein. »Ich ... ich weiß nicht, wie ...«, stammelt sie.

Ich stehe auf, schnappe mir ihren Teller mit dem Rest Pizza, stelle stattdessen meinen Salat vor sie hin und sage: »So.«

Alle starren mich ungläubig an. Erekas Augen sind so groß wie Tomaten.

»Schon gut, Jo«, sagt Helen. »Ereka kann doch Pizza essen, wenn sie will. Stell ihr den Teller wieder hin.«

»Natürlich kann sie das. Aber was soll das Gelaber von wegen *Ich wünschte, ich hätte mehr Willenskraft?* Ihr habt alle Willenskraft. Ihr entscheidet euch bloß dafür, sie nicht einzusetzen.« Während ich das sage, spüre ich eine scheußliche, kalte Übelkeit aus meinem Magen hochsteigen. Meine Reue über diesen Angriff auf Ereka. Ausgerechnet auf Ereka, die Letzte unter uns, die so etwas verdient. Die Unterstützung und Verständnis braucht. Ich bin ein abscheulich schlechter Mensch. Kein Wunder, dass meine Tochter mich hasst.

»Beruhig dich«, knurrt Helen.

»Du solltest ein paar Mal tief durchatmen«, sagt CJ. »Du wirkst total gestresst.«

Ereka sitzt da wie ein begossener Pudel, während ich mich übergeben könnte vor lauter Selbstekel. Ich stelle die Pizza wieder vor sie hin und nehme meinen Salat zurück. »Entschuldige, Ereka. Bitte, lass es dir schmecken.«

Ereka atmet schwer. Sie ist schockiert, keine Frage. Was bin ich nur für eine böse Hexe? Sie schiebt ihren Teller von sich.

»Siehst du, was du angerichtet hast?«, schimpft Helen.

»Es tut mir wirklich leid. Ich wollte nur ... ehrlich ... Abnehmen ist keine Hexerei. Man fällt eine Entscheidung, und dann handelt man danach.«

»Keine von uns schert sich ums Abnehmen oder um ihr Aussehen, außer dir«, erwidert Helen. »Warum ist es so furchtbar wichtig, ob du jetzt Größe achtunddreißig statt vierundvierzig trägst? Wen interessiert das?«

Ich bin eine dumme Kuh. Das steht für mich außer Zweifel, als ich in Erekas geknicktes Gesicht schaue.

»Wen willst du damit eigentlich beeindrucken?«, legt CJ nach. »Für wen nimmst du ab? Frank liebt dich genau so, wie du bist, oder?«

Das stimmt. Ich tue das nicht für Frank. Warum kasteie ich mich eigentlich so?

Die Pizzas werden kalt. Seit Minuten hat keine von uns einen Bissen gegessen. Summer nippt stumm an ihrer Cola light. Offenbar hat es ihr die Sprache verschlagen. Maeve blickt leicht befremdet drein. Virginia hat aufgehört, ständig nachzuschauen, ob ihr iPhone jetzt endlich Empfang hat. Ich habe dieses

Abendessen gründlich ruiniert. Womöglich sogar das ganze Wochenende. Ich könnte ebenso gut gleich meine Sachen packen und nach Hause fahren.

»Nein, macht Jo bitte keine Vorwürfe«, sagt Ereka und hebt den Kopf. »Sie hat völlig recht. Ich rede ständig davon, dass ich abnehmen will, aber ich tue nie etwas dafür ... Alle behandeln mich wie ein rohes Ei. Kein Mensch sagt jemals zu mir: Du fettes Schwein, hör einfach auf, so viel zu essen.«

»Du bist kein fettes Schwein«, werfe ich ein. »So etwas würde ich nie zu dir sagen.«

»Ja, aber ich komme mir wie eines vor. Ein Warzenschwein. Ein Wal.« Tränen treten ihr in die Augen.

O Gott, jetzt fängt sie auch noch an zu weinen.

Ich gehe zu ihr und lege ihr einen Arm um die Schultern. »Es ist viel leichter, als man meint. Man beschließt einfach, bestimmte Dinge nicht mehr zu essen. Das ist wie ... verheiratet sein. Du denkst doch auch nicht jeden Tag darüber nach, dass du deinem Mann treu sein willst, oder lässt dich auf jeden heißen Typen ein. Du weißt einfach ... dass das eine Tabuzone ist.«

Ereka nickt und wischt sich mit dem Ärmel über die Augen. »Weißt du, ich esse sämtliche Süßigkeiten, Schokolade und Eiscreme im Haus, weil ich nicht will, dass meine Kinder so dick werden wie ich ...«

»Das ist sehr nett von dir«, tröstet Summer.

»Kylie hat sogar schon mit diesem Unsinn angefangen, sie fragt mich ständig, ob sie zu dick sei. Dabei ist sie erst elf.«

»O Gott, ja, Airlees Lieblingssendungen sind *The Biggest Loser* und *Britain's Next Top Model*«, stöhnt Summer und verdreht die Augen gen Himmel.

»Das ist total krank«, sagt Helen.

»Du könntest dir überlegen, ob du mal zu einem Zumba-Kurs

kommen magst. Das ist ganz toll zum Abnehmen, und es macht richtig Spaß«, bietet Summer ihr an.

Ereka nickt. »Danke.«

»Vielleicht hast du das Gefühl, dass die Bedürfnisse anderer Menschen immer wichtiger seien als deine«, bemerkt Maeve ruhig.

»Na ja, das sind sie auch. Ihr wisst nicht, wie das ist ... wie das ist ... Entschuldigt mich«, sagt Ereka abrupt und steht hastig vom Tisch auf.

Soll ich ihr nachgehen oder sie in Ruhe lassen? Ich schaue mich ratsuchend um, aber alle weichen meinem Blick aus.

»Was ist denn nur los mit dir? Warum warst du so hässlich zu ihr?«

Ich wünschte, ich hätte eine gute Antwort auf Helens Frage.

»Es tut mir leid«, sage ich. »Das war total daneben.«

Ich stehe auf, um Ereka zu folgen, als sich plötzlich Virginia zu Wort meldet. »Lass es gut sein, Zuki. Jo hat nur die Wahrheit gesagt. Wenn sie abnehmen will ...«

Ich drehe mich zu Virginia um. Das ist wohl die großzügigste Interpretation dessen, was gerade geschehen ist.

»Die Wahrheit zu sagen ist nie leicht«, fährt Virginia fort, und ich merke, dass ich zum ersten Mal, seit ich Ereka den Teller weggenommen habe, richtig ausatme. »Niemand will aussprechen müssen, dass der Kaiser keine Kleider trägt – tief drinnen klatschen wir trotzdem alle Beifall, wenn es doch jemand tut.«

»Aber Ereka hat so viel Schlimmes durchgemacht«, sagt CJ. »Ihr müsst ein bisschen nachsichtig mit ihr sein.«

Ich nicke. Energisch. Warum war ich nicht nachsichtig mit ihr? Arme Ereka.

»Ich habe dir doch von ihrer Tochter erzählt«, sagt Helen zu

Virginia. »Ereka braucht solche Wahrheiten nicht. Die Frau hat genug kalte, harte Wahrheit fürs ganze Leben erfahren.«

»Vielleicht würde sie«, bemerkt Maeve, »wenn ich das anmerken darf, mehr Aufrichtigkeit sogar schätzen. Wenn alle sich ständig zurückhalten und nie sagen, was sie denken, könnte sich das herablassend und gönnerhaft anfühlen.«

»So ist es«, sagt Virginia. »Ich kenne ihre Geschichte ja nicht genauer, aber wenn ihr nicht ehrlich zu ihr sein könnt, was für eine Freundschaft ist das dann?«

Summer schaut drein, als wüsste sie nicht mehr, wem sie hier die Stange halten soll. Sie dreht nur noch den Kopf von einer zur nächsten, die ihre Meinung äußert. Da sie Ereka heute zum ersten Mal begegnet ist, begreift sie offenbar die Tragweite dessen nicht, was gerade passiert ist.

»Mensch, wenn ich geahnt hätte, dass meine Pizzas so einen Aufruhr verursachen, hätte ich einen Topf Nudeln gekocht«, sagt Helen.

»Sie ist unsere Freundin. Wir sollten sie nicht traurig machen«, erklärt CJ. »Das Leben hat ihr übel genug mitgespielt.«

Ich kann Summers verwirrte Miene nicht länger ertragen, daher spreche ich es aus: »Ihre Tochter Olivia hat einen Hirnschaden.«

»Oh«, sagt Summer nickend.

»Du hast es vorhin selbst gehört, Jo – dass sie nicht sterben darf, weil sich dann niemand mehr um Olivia kümmern würde. Stell dir mal diese Belastung vor … und dann musst du ihr vorhalten, wie dick sie ist. Ganz toll gemacht.« Helen gibt mir mit der flachen Hand einen Klaps an den Kopf.

Ich bin ein Elefant in schicken Sportklamotten. Ich lasse mich auf die Küchenbank sinken und vergrabe das Gesicht in den Händen.

»Sie ist total zerbrechlich«, sage ich beinahe zu mir selbst. »Mit zerbrechlichen Menschen muss man vorsichtig umgehen.«

Maeve tritt neben mich und sagt: »Vielleicht ist sie gar nicht so zerbrechlich, wie ihr annehmt. Ein hartes Leben macht stark, nicht schwach.«

Ich fahre mir mit den Fingern durchs Haar. »Entschuldigt mich, ich muss kurz an die frische Luft«, sage ich.

Ich gehe durchs Wohnzimmer auf die Terrasse. Ereka ist nicht dort.

Ich bleibe stehen und schaue in die Nacht hinaus. Der Mond erhellt den Himmel und haucht alles mit einem silbrigen Schimmer an.

Ich wische mir die feuchten Augen und schniefe laut. Irgendetwas in meiner Brust dehnt sich so aus, dass es mir schmerzhaft gegen die Rippen drückt. Ich mag mich beherrschen können, wenn es um Pizza geht, aber bei wirklich wichtigen Dingen gelingt es mir nicht. Seufzend setze ich mich auf die oberste Treppenstufe. Der Stein unter meinem Hintern ist eiskalt.

Genau so fühle ich mich, wenn ich meine Kinder mal wieder angeschrien habe. Jamie und Aaron haben beide ihre ganz besondere Art, mich zu reizen, bis ich explodiere. Aber als Erwachsene ist es meine Aufgabe, zu entschärfen. Unsere Kinder sind weder unsere Boxsäcke noch unsere Sündenböcke. Um sich zu schlagen, verschafft einem vielleicht kurzfristig die Illusion von Erleichterung, aber doch nicht um diesen Preis. Ich versinke im Sumpf der Reue. Wie soll ich das Ereka gegenüber nur wiedergutmachen? Die arme, müde, ausgelaugte Ereka. Ich war ihr in den letzten Jahren keine besonders hilfreiche Freundin. Und nach meinem Ausbruch gerade eben – wer braucht schon eine Freundin wie mich?

Auf einmal fühle ich mich selbst fett und hässlich, vollgestopft mit Schuld. Ich hätte Jamie vorhin gleich zurückrufen sollen. Ich hätte ihr einfach – noch einmal – erklären müssen, dass sie zu jung ist, um ohne meinen Schutz ein Dritte-Welt-Land zu bereisen.

Von drinnen höre ich Summers perlendes Lachen. Ich komme nicht um den Gedanken herum, dass sie tatsächlich frei von Schuldgefühlen sein könnte. Vielleicht fühlt sie sich einfach nicht für jede Kleinigkeit verantwortlich, die im Leben ihrer Kinder schiefläuft. Heutzutage gibt es laut Werbung Desserts, die man ohne schlechtes Gewissen genießen kann. Warum sollte man also nicht ohne schlechtes Gewissen Mutter sein können? Schuldgefühle sind für unsere Selbstachtung genauso ungesund wie Transfettsäuren für die Oberschenkel. Sie sind eine gleichermaßen zerstörerische wie narzisstische Reaktion auf sämtliche Schwächen, Fehler und Mängel unserer Kinder.

Versteht ihr, das ist ein Investment-Problem. Unsere Kinder sind kein ungewöhnliches Hobby, das wir anfangen, um nach einer Weile festzustellen, dass wir nicht sonderlich gut darin sind, und unsere ganze Ausrüstung dafür auf eBay zu verkaufen. Sie sind keine Wandfarbe, die wir übermalen können, wenn wir eines Tages merken, dass wir sie nicht mehr mögen. Sie sind nicht einmal ein Essverhalten, das wir ändern können, wenn uns ein Arzt oder unsere Garderobe nur genug Druck macht. »Du bist, was du isst« kann »Du bist, wozu sich deine Kinder entwickeln« wirklich nicht das Wasser reichen. Die körperlichen Vorzüge und Unvollkommenheiten unserer Kinder legen die Qualität unseres Genpools offen. Ihr Verhalten dagegen sagt etwas darüber aus, was wir für Menschen sind. Kinder sind ein einziges bruchstückhaftes und unablässiges Feedback zu allem, was wir geschafft und verbockt haben.

Ich empfinde eine geradezu abergläubische Furcht davor,

mich zu sehr auf die Schönheit meiner Kinder zu fixieren. Manchmal gehe ich nachts, wenn sie schlafen, in ihre Zimmer und tue so, als wollte ich mich vergewissern, dass sie eine saubere Schuluniform für morgen haben. Dann halte ich plötzlich inne, und mir stockt beinahe der Atem, genau wie damals, als ich den Uluru zum ersten Mal in der Morgensonne sah, und ich fürchte mich. Ich habe schreckliche Angst vor der Wärme in meiner Brust, wo sich etwas regt, das viel größer ist als Liebe und ohne jede Demut – beinahe eine Art stolzer Selbstüberschätzung –, wenn ich sie sehe. Ich zwinge mich, sie nicht anzustarren. Meine stolze Zufriedenheit bei ihrem Anblick bekümmert mich, das Wissen, dass niemand (höchstens noch Frank oder ihre Großeltern) sie so sieht, wie ich sie sehe. Denn in diesem Wissen steckt auch das Grauen vor der Gleichgültigkeit der Welt um sie herum, in der ihre Einmaligkeit höchstens als sentimentale Einbildung meinerseits gilt. Also wende ich mich ab und schiebe meinen Kummer beiseite. Kinder sind per se unübersetzbar. Diese tiefe Bedeutung haben sie nur für uns, ihre Eltern.

Folglich täusche ich Lässigkeit vor. Ich tue so, als hätte ich keine Rolle dabei gespielt, dass sie so vollkommen sind. Ich war nur eine Art Kanal. Sie haben sich selbst offenbart. Für ihre Vollkommenheit und ihre Leistungen verdiene ich ebenso wenig Beifall, wie man mir die Schuld geben kann, wenn sie Mist bauen. Als Mutter hat man mit ständiger Gegenwehr zu schaffen. Wir müssen dagegen ankämpfen, uns Verdienste anzurechnen und Schuld auf uns zu nehmen.

Sind diese beiden verzerrten Vorstellungen unseres Beitrags nicht gleich schlimm? Im Grunde ein Eigentumsverhältnis? Ich bin mir voll und ganz im Klaren darüber, dass ich weder die stereotype jüdische Mutter sein will, die in einem schlechten

Witz am Strand entlangrennt und schreit: »Hilfe, Hilfe, mein Sohn, der Kardiologe, ertrinkt!«, noch die Art Mutter, die sich die Drogenabhängigkeit, viel zu frühe Schwangerschaft oder die Spielschulden ihres Kindes niemals verzeihen kann. Ich will Kinder, die weder Opfer meiner Arroganz noch meiner persönlichen Unzulänglichkeiten sind. Aber um dahin zu kommen, müssen sie es erst einmal überleben, mich als Mutter zu haben. »Mütter« habe ich in Aarons Buch nicht gesehen, doch wir müssten irgendwo zwischen den Nilpferden und den Schlangen stecken.

Ich stehe auf und schüttele das Mondlicht ab. Drinnen gehe ich die Treppe hinauf. Die Tür zu Erekas Zimmer ist geschlossen. Als ich ein Ohr daran presse, höre ich eine erwachsene Frau schluchzen.

Sanft klopfe ich an.

»He, Ereka? Ich bin's. Es tut mir schrecklich leid.«

Einen Moment lang ist es still, dann sagt sie: »Ich muss erst einmal ein bisschen allein sein.«

»Äh, natürlich. Ist gut. Kann ich dir irgendetwas bringen?«

Sie antwortet nicht. Ich kann es ihr nicht verdenken. Das war eine dämliche Frage.

9 Perverse und Spinner

Als ich die Treppe hinuntergehe, stoße ich auf dem Absatz fast mit Virginia zusammen, die ihr Handy in die Höhe reckt wie die Freiheitsstatue ihre Fackel. Mit einem Lächeln, das eher einer Grimasse gleicht, schüttelt sie den Kopf und folgt mir nach unten in die Küche.

Summer wischt gerade den Tisch ab. In Gummihandschuhen. CJ macht den Abwasch, Maeve trocknet ab. Helen wickelt gerade die Pizzareste in Frischhaltefolie. Sie ist als Einzige von uns praktisch genug veranlagt, um auf einen Wochenendausflug Frischhaltefolie mitzunehmen. Andererseits – verdirbt einem das Wissen darum, wie viel Arbeit in einem Vergnügen steckt, nicht den ganzen Spaß daran? Camping zum Beispiel. Eine bezaubernde Idee. Aber die Logistik ... Oder Gynäkologen – ich glaube ja, dass die meisten grauenhafte Liebhaber sind, weil ihre Leidenschaft am jahrelangen Studium der weiblichen Anatomie samt lateinischen Bezeichnungen längst erstickt ist. Nicht, dass ich je mit einem Gynäkologen geschlafen hätte. Das ist nur so ein Gedanke, klar?

Mein halb gegessener Salat steht noch auf dem Tisch. Helen macht keine Anstalten, ihn einzuwickeln.

»Sie hat sich in ihrem Zimmer eingeschlossen und möchte allein sein«, verkünde ich.

Helen stellt die Pizzareste in den Kühlschrank.

Maeve kommt zu mir herüber, aber sie legt nicht etwa einen Arm um mich. »Wie fühlst du dich?«

Ich schniefe. »Ich weiß nicht, was da über mich gekommen ist.«

»Hunger wahrscheinlich«, sagt Helen und trocknet einen Teller an ihrem T-Shirt ab.

Summer und CJ lachen. Ich habe es verdient, dass sie auf meinen Gefühlen herumtrampeln.

»Ihr seid doch nur neidisch auf ihre übermenschliche Willenskraft«, sagt Virginia und knufft Helen in den Arm.

Virginia. Allmählich wächst sie mir ans Herz. Ich lächle sie an.

»Also, hast du wirklich Auge in Auge einem aggressiven Nilpferd gegenübergestanden?«, frage ich.

»Zuki!« Virginia seufzt und verdreht die Augen.

»Na ja, stimmt doch irgendwie ...« Helen kichert.

»Das war wirklich nicht lustig.« Virginia wendet sich mir zu und sagt: »Das war mein allererster Auftrag, ein Dokumentarfilm über schwarze Magie. Wir haben in Sambia gedreht, und einer unserer Führer ist mit seinem Boot vor uns hergefahren. Plötzlich schießt dieses Nilpferd aus dem Wasser hoch wie der verdammte weiße Hai, beißt das Boot mittendurch und nimmt dabei den linken Fuß dieses Mannes mit. Ich habe kreischend in meinem Boot gesessen und mir in die Hose geschissen. Und zwar nicht im übertragenen Sinn.«

Helen legt gackernd einen hämischen kleinen Tanz ein, als sie die Küche in Richtung Toilette verlässt.

»Tropenkrankheiten, akute Höhenkrankheit, an der ich übrigens beinahe gestorben wäre – alles nichts gegen dieses Nilpferd ... Ich hatte nie im Leben so viel Angst wie in diesem Augenblick. Und glaub ja nichts von dem, was Helen dir erzählt. Sie ist eine Lügnerin. War sie schon immer.«

»Ihr Outdoor-Abenteurer«, sagt CJ. »Bleibt doch einfach drinnen, da ist es sicherer.«

»Eigentlich«, wirft Summer ein, »passieren die allermeisten Unfälle drinnen.«

»Auch die mit Nilpferden?«, witzelt CJ.

Maeve bietet mir einen Biscotto an, doch ich lehne ab. »Ich weiß nicht viel über Nilpferde«, sage ich. Das sollte keinesfalls verdrießlich klingen. Ich habe nur noch nie eines leibhaftig gesehen.

»Flusspferde sind die gefährlichsten Tiere der Welt«, bestätigt Maeve. »Sie sind auch an Land schneller als Menschen.«

»Lieber einen Tiger, einen Hai oder eine Tarantel als ein Nilpferd.« Virginias Bemerkung klingt nach Abenteuern.

»George Washingtons falsche Zähne wurden angeblich aus dem Eckzahn eines Nilpferds gefertigt«, bemerkt Maeve.

»Das wusste ich nicht«, sagt Virginia, als hätte das irgendjemand wissen können.

Falls Maeve je ihren Job als Professorin satthaben sollte, könnte sie sich als Telefonjoker bei *Wer wird Millionär?* verdingen.

»Nilpferd-Elfenbein vergilbt nicht im Lauf der Zeit.«

»Woher weißt du so viel über Nilpferde?«, fragt CJ. »Ethnologen studieren doch keine Tiere, oder?«

»Ich war ein paar Mal auf Safari in Botswana und anderen Regionen Afrikas. Die Führer haben immer eine Menge solcher faszinierender Kleinigkeiten zu erzählen, und aus irgendeinem Grund bleiben die in meinem Gehirn hängen wie Fusseln. Hier ist noch so eine Quizfrage: Wie nennt man eine Gruppe von Nilpferden?«

Ich schüttele den Kopf. Woher soll ich das wissen?

»Ich sollte das wissen«, sagt Virginia und tippt sich an die Stirn.

»Eine Herde.« Summer mag offenbar Ratespiele.

»Eine Schule.«

»Eine Schule?«, wiederholt Summer. »Wie in *meine Kinder gehen in die Schule?*«

Maeve nickt. Summer blickt verwirrt drein.

Schwach höre ich mein Handy in meiner Handtasche draußen im Foyer klingeln. Endlich. Ich bin jederzeit offen für eine Entschuldigung.

»Hast du immer noch diesen blöden Robbie-Williams-Song auf deinem Handy?«, ruft Helen vom Foyer.

Ja, okay, einen Lieblingssong als Handy-Klingelton zu verwenden, ist – wie ich jetzt bestätigen kann – eine Garantie dafür, dass man ihn bald nicht mehr hören kann. »Angels« hat mich mal zum Weinen gebracht. Jetzt geht es mir nur noch auf die Nerven. Ich muss Aaron, das kleine Technik-Genie, endlich bitten, den Song zu löschen und irgendetwas Unverfängliches einzustellen. Zum Beispiel ein Telefonklingeln.

»Soll ich rangehen?«, fragt Helen.

»Ja, bitte.«

»Dann gibt es hier also doch ein Netz«, ruft Virginia, hält ihr iPhone hoch und starrt auf das Display. »Bei wem bist du?«

»Optus«, antworte ich.

»Scheiß Vodafone«, flucht sie.

Helen kommt mit meinem Handy in die Küche geschlendert. »Ich war leider zu spät. Ein entgangener Anruf von Jamie.«

Ich wette, Helen hat sich absichtlich nicht beeilt. Sie reicht mir mein Handy. Der SMS-Ton piepst. Ich sehe mir die Nachricht an.

Du hast mein Wochenende ruiniert. Und mein Leben.

Ach ja. Immerhin bin ich nicht völlig bedeutungslos für sie.

»Warum hast du ihr nicht gesagt, dass du dieses Wochenende

nicht verfügbar bist?«, fragt CJ. »Meine Kinder würden es nicht wagen, mich anzurufen.«

»Wir hatten einen kleinen Ich-hasse-dich-Streit, als ich heute Nachmittag hier angekommen bin.«

»Sie kriegt sich schon wieder ein«, sagt Helen. »Das ist jetzt Franks Problem, nicht deines.«

»Ignorier sie«, rät CJ. »Lass dich nicht manipulieren.«

Entzückend – vielen Dank für den guten Rat, CJ. Nicht, dass sie eine schlechte Mutter wäre. Ich sage ja nur, dass eine Mutter ihre Tochter stets im Auge behalten sollte. Jamie und Jorja sind bei Facebook befreundet. Na gut, ich habe mir Jorjas Profil angesehen. Ich bin ziemlich sicher, dass die von ihr gegründete Facebook-Seite mit dem Titel »Deirdre nimm Deo« (wer immer die arme Deirdre sein mag) als Cyber-Mobbing einzuordnen ist, aber entweder weiß CJ nichts davon, oder es ist ihr egal. Genau das geschieht, wenn man glücklich ist: Man ist abgelenkt. Wahrscheinlich schläft man sogar gut. Ich jedenfalls halte die Kommunikationskanäle zu meiner Tochter offen.

»Und außerdem, wie soll sie je lernen, allein zurechtzukommen, wenn sie wegen jeder Kleinigkeit zu dir läuft?«, fragt CJ.

Ich entschuldige mich nicht dafür, dass ich gern für meine Kinder da bin und jederzeit weiß, wo sie gerade stecken. Jamies Sehnsucht nach Unabhängigkeit übersteigt ihre Fähigkeit, auch unter Druck allein zurechtzukommen. Ich erlaube ihr alles, was für einen Teenager normal ist – etwa Bus fahren oder an Halloween ohne elterlichen Begleitschutz durch die Straßen ziehen. Jedoch nur, solange sie nicht allein unterwegs ist, sondern mit einer Gruppe. Und ihr Handy dabei hat. Ich behaupte nicht, dass das bei mir keine Flut von Stresshormonen auslösen würde. Ich sage nur, dass ich es ihr erlaube.

»Meine Mädchen bekommen jedes Mal einen Tobsuchtsanfall, wenn sie nicht bei irgendeiner Freundin übernachten dürfen.« Summer seufzt.

»Warum lässt du sie nicht?«, fragt Helen. »Ich würde kein einziges Wochenende überleben, wenn ich nicht wenigstens ein paar von meinen Kindern jemand anderem unterjubeln könnte.«

»Das ist schlicht, na ja, eine Familienregel«, entgegnet Summer lässig. »Sie dürfen jederzeit bei ihren Vätern übernachten, kein Problem. Nur nicht, ihr wisst schon, bei Leuten, die ich nicht kenne. Bei Fremden. Eigentlich bin ich total locker, jedenfalls keine von diesen überbehütenden Müttern, stimmt doch, CJ?«

»Bis auf dein komisches Übernachtungsverbot«, sagt CJ.

Sogar ich erlaube meinen Kindern, bei Freunden zu übernachten. Jeder hat wohl seinen persönlichen kleinen Wahn.

»Worüber habt ihr euch denn gestritten, du und Jamie?«, fragt CJ.

»Der Streit hat heute Morgen angefangen, als ich ihr gesagt habe, dass sie nicht beim Freund ihrer Freundin Mimi zu dem Katy-Perry-Konzert nächste Woche mitfahren darf.«

Summer grinst. »Also, ich liebe ja Katy Perry.«

»Dieser Schlampe verdanke ich es, dass ich keinen Lippenbalsam mit Kirschgeschmack mehr benutzen kann«, lamentiert Helen. »Sarah singt dieses dämliche Lied in einer Tour.«

»Alle singen es«, sagt CJ. »Deswegen werden sie noch lange nicht lesbisch.«

»Und falls doch?«, frage ich und schaue dabei Helen an.

»Wie alt ist denn dieser Freund?«, fragt Virginia.

»Siebzehn, er hat gerade erst den Führerschein gemacht. Warum kapiert sie das nicht?«

»Sie kapiert es sehr wohl«, sagt Helen und legt mir einen Arm um die Schulter. »Sie kapiert, dass du ein Kontrollfreak bist.«

»Warum erlaubst du es ihr nicht?«, fragt CJ. »Der große Bruder eines Mädchens aus Jorjas Clique hat auch schon einen Führerschein. Das erspart es mir, sie überall hinfahren zu müssen.«

»Wie schön für Jorja. Das ist gefährlich, CJ«, sage ich und schüttele Helens Arm ab. »Einfach nur gefährlich.«

»Ist das nur mein Eindruck, oder machst du dir viel zu viele Sorgen?«, fragt CJ in die Runde.

Ich spreche nicht aus, was ich denke. Nämlich: »Dafür machst du dir nicht genug Sorgen. Wenn du irgendwann einmal lange genug die Zunge aus dem Hals deines Liebhabers nehmen würdest, um tief Luft zu holen und dir die Facebook-Seite deiner Tochter anzuschauen, würdest du dir jede Menge Sorgen machen.« Und damit meine ich nicht einmal die Fotos, auf denen sie offensichtlich betrunken ist.

»Das ist allerdings nur ein Scheingefecht. In Wirklichkeit geht es um Borneo. Jamie will für drei Wochen da hin«, erkläre ich.

»Borneo ist fantastisch«, sagt Virginia.

»Wie kommt sie ausgerechnet auf Borneo?«, fragt CJ.

»Es gibt da so ein Jugendförderprogramm – soziale Verantwortung, interkultureller Austausch und so weiter –, an dem auch andere Kinder aus ihrer Schule teilnehmen. Sie reisen in den Dschungel, arbeiten an einem Entwicklungsprojekt mit und steigen auf den Mount Kinabalu.«

»Was für eine wunderbare Möglichkeit für sie.« War ja klar, dass Virginia das sagen würde.

»Sechstausend Kilometer weit weg. Zweiundzwanzig Tage lang. Sie werden die ganze Zeit über keinen richtigen Kontakt zur Außenwelt haben. Und sie brauchen ungefähr zwanzig Impfungen dafür.«

»Sie würde doch nicht auf eigene Faust losziehen, oder?«, wirft Maeve ein. »Das ist sicher eine gut organisierte Reise mit qualifizierten Begleitpersonen, nicht?«

Ich nicke. »Aber ich werde nicht dabei sein.«

»Du kannst nicht immer bei ihr sein«, sagt Helen. »Irgendwann musst du sie loslassen.«

Natürlich hat sie recht. Ich versuche ja auch gar nicht, Gott in allen Einzelheiten vorzuschreiben, was Er zu tun hat. Aber Er soll schon wissen, dass ich Ihm über die Schulter schaue. Zum Beispiel letztes Jahr, als Aaron uns angefleht hat, Rugby spielen zu dürfen. Mir entfuhr als Erstes ein »Nur über meine Leiche«. Er war am Boden zerstört. Alle seine Freunde spielten Rugby. Nur Schwule würden nicht spielen, erklärte er uns. Er werde sterben, sich vor einen Zug werfen, uns niemals verzeihen und nicht mehr leben wollen, wenn wir es ihm nicht erlaubten.

Ich versuchte, ihm vor Augen zu führen, wie sein Leben aussehen würde, falls er sich dabei das Genick brechen sollte. Wie mein Leben dann aussähe. Die einschneidenden Folgen für seine Freizeitgestaltung und sein Liebesleben. Ich schlug stattdessen Fußball vor. Tennis, Tischtennis, Schach. Ebenso gut hätte man Romeo sagen können: »Vergiss Julia – andere Mütter haben auch hübsche Töchter.«

Aaron weinte, tobte und bettelte. Ab da wurde mein Leben ziemlich unangenehm, weil er nicht Rugby spielen durfte.

Frank merkte irgendwann sogar an, dass wir ihn damit womöglich seiner Männlichkeit beraubten. Ich werde mit Sicherheit reichlich negatives Feedback, Vorwürfe und Schuldzuweisungen von meinen Kindern bekommen, wenn sie alt genug sind, um ihren Bericht über meine miserablen Leistungen als Mutter abzugeben. Eines werde ich mir allerdings auf keinen Fall vorwerfen lassen: dass ich meinem Sohn die Eier abgeschnitten hätte. Ja, ich habe zugelassen, dass ihm die Vorhaut entfernt wurde. Aus religiösen Gründen. Aber seine Eier habe ich gerettet. Falls mein Sohn jemals zu einem Weichei werden, kein Rückgrat haben oder eine erektile Funktionsstörung entwickeln sollte – diesen Schuh ziehe ich mir nicht an.

Also haben wir eine Abmachung getroffen. Aaron durfte eine Spielzeit lang mitmachen, solange er keine Verletzungen erlitt. Er war einverstanden und so belemmert vor Glück, dass ich um seinen Intelligenzquotienten fürchtete. In seinem ersten Spiel verwandelte er die meisten Versuche und wurde zum wertvollsten Spieler auf dem Platz gekürt. Ich hatte seine Fähigkeiten unterschätzt. Wo, wenn ich fragen darf, hatte er überhaupt Rugby spielen gelernt? Jedenfalls nicht unter meiner Aufsicht. Am Wochenende darauf fiel Aaron beim Fangenspielen von einem Zaun. Er brach sich das Handgelenk und trug den Arm sechs Wochen lang in Gips. Das war das Ende seiner Rugby-Karriere. Ich glaube, es ist mir gelungen, meine Euphorie darüber für mich zu behalten. Gott habe ich jedenfalls nur im Stillen mein Lob ausgesprochen.

Jamie nach Borneo reisen zu lassen überfordert mich im Moment noch. Trotzdem hindere ich sie nicht an ihrer Entwicklung. Wirklich nicht.

»Perverse und Spinner gibt es überall«, sage ich.

»Oh, Mann, das ist ja so wahr«, stimmt Summer zu. »Selbst da, wo man überhaupt nicht damit rechnen würde.«

»Die gibt es doch nur in deinem Kopf.« Helen lacht schallend.

»Ach, wirklich?«, entgegne ich. »Was ist mit dem Religionslehrer an eurer Schule?«

»Oh«, sagt sie kichernd. »Mister Pirelli hatte ich ganz vergessen!«

»Was ist mit ihm?«, fragt CJ.

»Das war der Fachbereichsleiter für Religion an der Schule meiner Kinder. Er wurde neulich verhaftet, als die Polizei einen Kinderpornoring gesprengt hat, wegen Besitzes von kinderpornografischem Material.«

»Immer diese unterdrückten, verklemmten Geistlichen«, brummt CJ.

»Dieses Klischee wird wohl nie vergehen«, seufzt Virginia wie eine Polizistin, die alles schon hundert Mal gesehen hat.

»Warum glauben die Leute immer, das würde nie bei ihnen passieren, in ihrem eigenen verdammten Garten?«, fragt Summer. »Wo man so etwas doch ständig in der Zeitung liest?«

»Er hat keines der Kinder in der Schule angerührt«, sagt Helen.

»Woher weißt du das?«, fragt Summer.

»Niemand hat sich zu Wort gemeldet.«

»Warum nimmst du ihn in Schutz?«, frage ich.

»Tue ich gar nicht. Ich kann nur diese öffentliche Hexenjagd nicht leiden. Er hat sich doch nur Fotos angeschaut.«

»Auf jedem Foto, vor dem er sich einen runtergeholt hat, wurde ein Kind sexuell missbraucht!«, brause ich auf. Es ist mir ein Rätsel, dass sie das nicht kapiert.

»Ja, aber er hat sie nicht selbst missbraucht.«

»Wegen Leuten wie ihm existiert überhaupt so etwas wie eine Kinderporno-Industrie«, sagt Virginia und gibt Helen einen Klaps auf den Arm. »Hast du noch nie was von Angebot und Nachfrage gehört?«

Helen wirft beide Hände in die Luft, als wollte sie sagen: »Dafür kann ich doch nichts.«

»Die Leute glauben Kindern einfach nicht – nicht einmal ihre eigenen Mütter«, sagt Summer.

»Weil Kinder immerzu Lügen über so etwas erzählen«, sagt CJ. »Ich habe das schon so oft in Scheidungsfällen erlebt – die Mutter bringt ihr Kind dazu, zu behaupten, es sei vom Vater sexuell missbraucht worden, damit sie das Sorgerecht oder mehr Unterhalt zugesprochen bekommt.«

Helle Röte kriecht an Summers Hals empor. »Aber manchmal ...«

»So ist das«, sagt CJ zu ihr. »Ich habe das wirklich schon zu oft gesehen. Unschuldige Männer geraten unter Verdacht, und es ist mehr als schwierig, einen solchen Vorwurf zu entkräften. Irgendetwas bleibt immer hängen. Das ist eine grausame Art, sich an jemandem zu rächen. Mist, wieso bin nicht darauf gekommen, das bei Tom zu versuchen?«

Sie macht Witze. Bestimmt.

Summer beugt sich CJs überlegener Erfahrung mit einem Nicken, spielt aber dabei mit ihrem silbernen Herzanhänger.

»Und, wie ist es mit dem Lehrer weitergegangen?«, fragt Maeve Helen.

»Er wurde entlassen und wegen Besitzes kinderpornografischen Materials zu einer langen Haftstrafe verurteilt. Ich sage euch, das ist ein Jammer. Er war ein sehr guter Lehrer. Die Kinder haben ihn geliebt.«

»Was hast du deinen Kindern darüber gesagt?«, will Maeve wissen.

»Dass Mister Pirelli sehr krank war und weggehen musste, um sich behandeln zu lassen, und dass er wahrscheinlich nie wiederkommen wird. Was ja auch irgendwie stimmt.«

»Warum hast du ihnen nicht die Wahrheit gesagt?«

»Möchtest du einer Zehnjährigen erklären, was Pornografie ist?«

»Das wissen sie doch sowieso«, sagt CJ. »Heutzutage wissen

sie einfach alles. Liam hat schon einen kleinen *Penthouse*-Vorrat in seinem Zimmer versteckt. Außerdem sieht man so was überall im Internet.«

»Und das erlaubst du ihm?« Ich bin schockiert.

Sie zuckt mit den Schultern. »Jungen in dem Alter gehorchen da ihren eigenen Gesetzen. Warte nur, bis Aaron so weit ist. Dann fällst du schneller von deinem hohen Ross, als du ›nicht jugendfrei‹ sagen kannst.«

»Ich werde diesen Müll in meinem Haus nicht dulden.«

»Du wirst gar nichts davon merken«, erwidert CJ. »Das läuft alles hinter deinem Rücken ab.«

Summer nickt. »Ja, genau. Egal, was du sagst, sie machen das Gegenteil.«

»Ich habe meinen Kindern schon erklärt, was Pornografie ist. Das müssen sie wissen, damit sie nicht überrascht sind, wenn ihnen so etwas begegnet, genau wie bei Zigaretten oder Drogen.«

»Zu viele Informationen und zu früh«, sagt Helen zu mir. »Dein Problem ist, dass du ihre Unschuld nicht respektierst.«

Das ist so was von gelogen. Ich bin überzeugte Kindheitsschützerin, sozusagen der David Attenborough der Unschuld. Unermüdlich habe ich daran gearbeitet, sämtliche nicht jugendfreie Dreckbrühe von den reinen Teichen der Seelen meiner Kinder fernzuhalten. Bis heute bin ich gezeichnet von meinem misslungenen Versuch, die Zahnfee für Jamie zu erhalten. Helen dagegen hat schon ihren kleinen Kindern gnadenlos gesagt: »Die Zahnfee gibt es gar nicht.«

»Natürlich respektiere ich Unschuld, verdammt noch mal. Genau deshalb darf Jamie nicht zu einem Siebzehnjährigen ins Auto steigen, der gerade erst den Führerschein gemacht hat, und sich bis in die Puppen in irgendwelchen Einkaufszentren und Konzerthallen herumtreiben.«

»Herrgott, Jo, Jamie ist vierzehn«, sagt CJ.

»Sie ist immer noch dreizehn.«

»Du siehst Gespenster.« Helen kichert.

»Entschuldige mal, ich habe mir ja wohl nicht eingebildet, dass Jamie Bulger aus einem Einkaufszentrum entführt wurde.«

»Er war zwei«, sagt CJ.

»Tja, darauf kann ich nur eines erwidern: Madeleine McCann. Da draußen passieren ständig schlimme Dinge.«

»Die arme Kleine«, sagt Maeve.

»Glaubst du denn nicht, also ... dass es die Eltern waren?«, fragt Summer.

Ich weiß, sie versucht nur, sich am Gespräch zu beteiligen, aber ich finde es entsetzlich, wie beiläufig die unvorstellbaren Tragödien anderer Leute breitgetreten, verdreht und in einem Nebensatz hingespuckt werden. Tratsch ist so was von grausam. Ich sollte dringend damit aufhören. Irgendwann.

»Du machst wohl Witze!« Helen schnappt nach Luft.

Summer sieht aus, als hätte sie es sich schon wieder anders überlegt. »Na ja, das ist nur meine Meinung. Ich finde, die Mutter sieht aus wie eine Mörderin, stimmt doch, CJ?«

CJ antwortet nicht.

»Was für eine Mutter würde so etwas tun?«, fragt Helen.

»Man hört oft von Müttern, die ihre eigenen Kinder umbringen«, sagt Summer. »Manchmal absichtlich und manchmal aus Versehen. Aber das ist immer die Person, die man am wenigsten verdächtigt, meint ihr nicht?«

»Es gibt keinerlei Beweise dafür, dass es die Eltern waren.« CJ zügelt ihre Freundin mit juristischer Logik.

»Solche Mutmaßungen sind tückisch«, greift nun auch Maeve ein. »Es erscheint mir wenig sinnvoll, darüber zu spekulieren, findest du nicht? Immerhin hat man die Kleine nie gefunden.«

»Ich verstehe schon nicht, warum sie ihre Kinder überhaupt allein gelassen haben«, sagt Virginia. »Ist so was denn normal? Ich weiß es nicht, ich habe ja keine Kinder, aber das kam mir reichlich merkwürdig vor.«

»Wir alle haben schon mal unsere Kinder allein gelassen, obwohl wir es eigentlich nicht hätten tun sollen«, gesteht Helen.

»Ich hätte meine Kinder nicht allein gelassen«, widerspreche ich. »Nicht in diesem Alter.«

»Weil du neurotisch bist«, sagt Helen.

»Glaubst du nicht, die McCanns wünschten, sie wären ein bisschen neurotischer gewesen?«

»Du gibst doch nicht im Ernst den Eltern die Schuld, oder?«, fragt CJ.

»Ich gebe niemandem die Schuld. Ich sage nur, dass mir so etwas nicht passieren könnte, weil ich niemals ein schlafendes Kind in einem Hotelzimmer allein lassen würde. Das käme für mich einfach nicht in Frage. Nicht in diesem Alter jedenfalls – inzwischen vielleicht, ja.«

»Könnte man nicht auch sagen, dass sie einfach tragisches Pech hatten?«, fragt Maeve. »Was ist mit Jessica Watson? Ihre Eltern haben sie bei ihrem Vorhaben unterstützt, mit siebzehn allein einmal um die ganze Welt zu segeln.«

»Oh, ja, die ist echt cool«, schwärmt Summer.

»Das würde ich Jamie nie erlauben.«

»Nicht mal, wenn es ihr größter Traum wäre?«, fragt Maeve.

»Es gibt andere Träume. Der ist zu gefährlich.«

»Hältst du Jessica Watsons Eltern für verantwortungslos?«, bohrt Maeve weiter nach.

Ich rutsche ein wenig auf meinem Sessel herum. In Wahrheit denke ich das natürlich. Es war einfach nur Glück, dass ihre Tochter heil wieder nach Hause gekommen ist. Wenn diese

Geschichte nicht so gut ausgegangen wäre, hätte die ganze Welt Jessica Watsons Eltern genauso schlechtgemacht wie die McCanns. »Warum sollte jemand das Leben seines Kindes aufs Spiel setzen?«, halte ich dagegen.

»Von dem Moment an, wenn du schwanger wirst, spielst du ständig mit dem Leben deines Kindes«, sagt Helen. »Aber du kannst nicht in jeder Sekunde auf es aufpassen. Du musst ihm auch seine Unabhängigkeit zugestehen.«

Ich zucke mit den Schultern. Zugegeben, Helens Kinder sind alle robust und unabhängig. Sie hat ihnen erlaubt, auf der heißen Herdplatte zu kochen, Gemüse mit scharfen Messern zu schnippeln, auf der Straße Fahrrad zu fahren und allein in der Nachbarschaft herumzulaufen, als sie noch ganz klein waren, und ihnen dazu nicht mehr mit auf den Weg gegeben als »Seid vorsichtig«.

Vor ein paar Jahren waren wir bei Helen zu Besuch, damals war Nathan neun und Aaron sieben. Nathan fragte, ob er mit Aaron zum Laden gehen dürfe, weil sie sich ein Eis kaufen wollten. »Bleibt schön zusammen und geht nur über die Straße, wenn das grüne Männchen leuchtet«, sagte Helen und formte weiter Hackfleischklößchen fürs Abendessen.

Daraufhin packte ich die Jungen beim Handgelenk und schärfte ihnen leise ein: »Geht direkt zum Laden. Bleibt auf dem Gehweg. Wenn ein Auto neben euch hält, lauft ihr zum nächsten Haus, klingelt und fragt, ob ihr das Telefon benutzen dürft. Steigt zu niemandem ins Auto. Sprecht mit niemandem. Kommt sofort auf dem gleichen Weg hierher zurück. Wenn ihr in einer Viertelstunde nicht wieder da seid, rufe ich die Polizei. Habt ihr mich verstanden?«

Als die beiden Jungen aus dem Haus liefen, wurde mir bewusst, dass es unmöglich war, einen Tropfen erwachsener

Furcht vor echten Gefahren in Aarons Schneekugel von einer unschuldigen Seele zu träufeln, ohne sie ganz zu zerbrechen. Unsere nichtsahnenden Kinder stehen mit einem Bein in der Welt der Jeffrey Dahmers, Josef Fritzls und Anders Breiviks und mit dem anderen in einem magischen Königreich, in dem nie jemand stirbt, verhungert, gefoltert oder vergewaltigt wird. Für sie ist das Böse nichts weiter als ein Halunke, den der Held unweigerlich besiegen wird.

Vielleicht fehlt mir einfach die Robustheit – oder das Vertrauen –, die ich als Mutter entwickeln müsste, um loslassen zu können. Das ist eine Schwäche, eine Krankheit. So, wie andere Leute Diabetes haben oder eine kaputte Bandscheibe.

Ich schiele auf mein Handy. Mutter zu sein ist kein Beliebtheitswettbewerb. Gehasst zu werden gehört in diesem Job einfach dazu.

Nur einen winzigen Augenblick lang frage ich mich: *Was ist Jamies größter Traum?* Und ob sie mir überhaupt davon erzählen würde, wenn sie einen hätte.

Ich widme ihr doch meine volle Aufmerksamkeit. Ich kenne ihre Schuhgröße, ihre Körbchengröße und ihren Menstruationskalender. Ich weiß, dass sie gern Mangos isst und Maki-Sushi mit Thunfisch und Gurke. Und ich kenne ihren Lieblingskuchen – Käsekuchen.

Erekas Kuchen steht noch immer auf der Küchentheke. Das Ding mit Ingwer und Zitronen-Myrten-Was-weiß-ich und zwanzig Milliarden Kalorien.

Ich starre ihn an.

»He, wie wäre es, wenn wir alle zusammen mit dem Kuchen hoch zu Ereka gehen?«

»Vielleicht braucht sie noch etwas mehr Zeit«, sagt Maeve.

»Torte ist wahrscheinlich das Letzte, wonach ihr zumute ist, nachdem du sie als fettes Schwein bezeichnet hast«, setzt CJ hinzu.

»Habe ich nicht.«

»Oder war es wabbeliges Walross?«, wirft Helen ein.

»Nein, ich weiß es, fettes Flusspferd«, sagt Virginia kichernd.

»Ja, tut euch nur alle gegen mich zusammen«, protestiere ich.

»Überlasst das mir«, sagt Summer. »Ich werde Ereka schon hier runter locken.« Damit hüpft sie aus der Küche.

Werden mit Brustimplantaten auch irgendwelche Allmachtsfantasien aufgeblasen? Was glaubt die denn, was sie hat, das ich nicht hätte?

10 Licht ins Dunkel

Wer weiß, was Summer hinter verschlossener Türe vorhat? Während sie oben auf Ereka einredet, versammeln wir anderen uns im Wohnzimmer und nippen an dem Dessertwein, den Helen aufgemacht hat. Virginia geht mit ihrem iPhone auf und ab und fährt sich mit den Fingern durchs Haar, bis ich es nicht mehr aushalte und ihr meines anbiete. Sie lehnt es ab. Stattdessen steckt sie ihr Handy weg und setzt sich zu uns, mit einem Glas, das nach einem dreifachen Whisky aussieht. Maeve erzählt Helen gerade von den Abayudaya, einem jüdischen Stamm in Uganda, und dass die Männer nicht mit ihren Frauen schlafen, wenn diese ihre Periode haben. Derweil schläft der Hund mit dem schmuddeligen Kinn auf ihrem Knie ein.

Ihr könnt mir ruhig glauben, dass ich hocherfreut bin, als Summer wiederkommt, Arm in Arm mit Ereka. Ihre Augen wirken ein wenig glasig, was zweifellos eine pharmakologische Ursache hat.

»Ich habe Ereka den ersten Zumba-Grundschritt beigebracht. Komm, wir zeigen es ihnen.«

Die beiden heben die Arme über den Kopf, machen zwei Schritte nach rechts, zwei nach links und schütteln dann die Hüften, bis Ereka mit klimpernden Armreifen vor verlegenem Kichern zusammenbricht.

»Du bist echt ein Naturtalent«, jubelt Summer und klatscht Ereka ab.

Maeve schlägt eine Runde Scrabble vor. Rein zufällig hat sie das Spiel dabei. Alle Blicke richten sich auf Ereka, die sagt: »Tolle Idee, ich liebe Scrabble.«

Maeve sollte wohl lieber nicht erfahren, dass ich Brettspiele hasse wie die Pest, mit Ausnahme von Cluedo. Ich bin bloß froh, dass es nicht dieses endlose, materialistische, gierige, kurz das schlimmste Spiel von allen ist: Monopoly. Meine Kinder finden es natürlich toll. Vor allem die *Simpsons*-Version mit den Kreditkarten. Um nicht mitspielen zu müssen, entwickele ich normalerweise eine entsetzliche Migräne, breche mir das Kreuz oder bekomme eine hochansteckende Meningitis. Wenn ich doch zu einem Spiel gezwungen werde, gebe ich mir Mühe, mein Geld so schnell wie möglich zu verlieren, und lehne sämtliche Almosen von meinen Kindern ab, die rührenderweise bereit sind, mir etwas von ihrem Vermögen abzugeben, damit ich im Spiel bleibe. Am einfachsten bringe ich sie noch dazu, mich rauszuwerfen, indem ich schummele oder so tue, als hätte ich wieder einmal alle Regeln vergessen, denn wie Aaron sagt: »Mit jemandem, der schummelt, will keiner spielen.«

Da ich heute Abend ein fürchterlich schlechtes Gewissen habe, kann ich mich nicht weigern. Also spiele ich mit. Erbärmlich schlecht. Sogar Summer schlägt mich, indem sie gleich zu Anfang Glück hat – sie hat ein T und ein C, die sie an ein I anlegen kann. Daraufhin kreischt Helen, die inzwischen angetrunken ist: »He, da wollte ich hin!«, und hält ein F sowie das andere C und das andere K hoch.

Danach geht es steil bergab. Auf CJs TITTEN folgen Virginias CLIT, Erekas NUDEL und Maeves bemerkenswertes ATIO, das sie doch tatsächlich an mein FELL anhängt.

Helen schenkt uns ein Wodkaglas Dessertwein nach dem anderen ein, und als der alle ist, macht sie mit Baileys weiter. Ich trinke – ach, bestimmt vier oder fünf Gläser und passe auf, dass Maeve auch mithält. Als ich schließlich mindestens dreißig Punkte hinter Summer zurückliege, strecke ich mich und verkünde, ich sei kaputt und müsse ins Bett.

Maeve sagt: »Ich gehe mit. Ich sehe schon doppelt.«

Zusammen steigen wir die Treppe hinauf.

Daunendecken wurden bestimmt von irgendeiner Hausfrau erfunden, die keine Lust mehr hatte, Decklaken und Wolldecke am Fußende mit militärischer Präzision unterzuschlagen. Ich trete gegen den fest gefalteten Stoff und ärgere mich unangemessen darüber – festgesteckte Bettdecken sollten keinen so starken Einfluss auf mich haben. Ich bin zu müde, um darüber nachzudenken, wie viele Kalorien ich in den letzten paar Stunden zu mir genommen habe, aus schlechtem Gewissen, Reue und Willensschwäche. Ich hole mein Handy aus der Tasche auf dem Nachttisch. Hier oben habe ich kein Netz. Abgesehen davon habe ich sowieso zu viel getrunken, als dass mir irgendetwas einfallen würde, das nicht kleinkariert und verletzend wäre.

Maeve öffnet ihren Koffer, der sehr ordentlich gepackt ist, mit Rücksicht auf die saubere Kleidung, die vielleicht lieber nicht mit der schmutzigen in einem Fach liegen möchte. Die Unterwäsche hat sogar einen eigenen Beutel. Meine Reisetasche in der Ecke ist ein Müllhaufen dagegen, frische Sachen fraternisieren mit getragenen, Höschen hängen mit Pullovern herum. Maeves Präzision empfinde ich wie einen strengen Tadel, als würde dieser Gegensatz etwas über mich aussagen. Dass ich achtlos bin. Dabei bin ich in Wahrheit sehr pingelig, was die wirklich wichtigen Dinge angeht. Aber wir alle machen hier und da mal Fehler.

Maeve zieht ihre chiffonartige Bluse aus und legt sie über ihren Korb. Mit dem Rücken zu mir beugt sie sich leicht vor und öffnet ihren BH. Sie hat eine Narbe dicht unter dem Schulterblatt, und ich werde sie nicht fragen, ob die von einer Operation oder einem Unfall stammt. Ich gehe davon aus, dass es ihr lieber wäre, wenn ich ihren nackten Körper nicht mustern und insgeheim kommentieren würde. Hastig holt sie ein weißes Baumwollnachthemd aus ihrem Koffer und zieht es sich über den Kopf. Ordentlich und praktisch. Es reicht ihr bis über die Knie. Sie mag eher große Sachen. Ich frage mich, ob Stan ein großer Mann ist. Dann ermahne ich mich, dass mich das nichts angeht. Sie holt eine ganze Handvoll Medikamentenblister aus ihrem Kulturbeutel, drückt mehrere Tabletten durch die Folie und geht dann in das erdbeerrote Bad. Ich werde ganz sicher nicht in ihrer Privatsphäre herumschnüffeln und nachsehen, was für Pillen sie braucht. Es könnten ja auch Vitamine sein, Nahrungsergänzungsmittel, so was in der Art.

Diese Nacht wird unsere Beziehung zueinander verändern. Ich habe Maeve im BH gesehen. Ich habe die Narbe an ihrem Rücken gesehen und die kleinen Schritte der Selbsterhaltung beobachtet, die sie sonst unternimmt, wenn sie allein ist. Diese Rituale der Pflege und Gewohnheit, die wir in unserem sicheren Rückzugsraum vollziehen, legen uns bloß. Unsere Verbindung hat etwas von ihrer besonderen Mystik eingebüßt. Ich frage mich, ob ich Maeve verliere.

Sie kommt ins Zimmer zurück, kramt in ihrem Koffer herum und holt einen kleinen Samtbeutel heraus. Ich habe den Eindruck, dass sie mir etwas sagen, mir etwas anvertrauen will. Dann stellt sie ihren Koffer auf den Boden und sagt: »Würde es dich sehr stören, wenn … Es leuchtet wirklich nur schwach.«

Sie holt ein Nachtlicht aus dem Samtbeutel.

»Nein, überhaupt nicht«, antworte ich. *Ein Nachtlicht?*

»Falls es dich doch stört, sag es einfach, dann schalte ich es aus.«

Sie stellt es neben ihr Bett und schlüpft unter die Decken.

»Dann ist die Dunkelheit nicht ganz so pechschwarz.«

Wir liegen eine Weile unter den Halbkreisen aus Licht, die unsere Nachttischlampen an die Wand hinter uns werfen.

»Denkst du immer noch darüber nach, was beim Abendessen passiert ist?«

»Ich hätte den Mund halten sollen.«

»Weil sie ein behindertes Kind hat?«

Ich nicke.

Maeves Schweigen deutet an, dass sie das anders sieht. Oder dass ich das Ganze nicht klug genug betrachte. Aber ich weiß nicht, welche Hürden Ereka überwinden muss, bis sie ins Bett gehen kann. »Meine Erfahrungen als Mutter sind so anders als ihre.«

»Du bist doch mehr als eine Mutter? Und sie auch.«

Ich schon, natürlich. »Allerdings weiß ich nicht, ob Ereka neben ihren Kindern noch ein Leben hat. Alles dreht sich um Olivia. Sie wird wohl nie nach Afrika reisen und etwas über Nilpferd-Eckzähne erzählt bekommen.« Ich will nicht so kritisch klingen.

»Das ist nichts als ein gesellschaftliches Konstrukt – die Mutterrolle. Wenn es sich zu eng anfühlt, quetscht sie möglicherweise das Leben aus uns heraus. Wie bei den armen hässlichen Schwestern, die versuchen, ihre Füße in den goldenen Schuh zu zwängen. Ich persönlich glaube ja, dass Aschenputtel eine Zwergin gewesen sein muss.«

Das ist nun wirklich nicht politisch korrekt. Maeve selbst ist beinahe kleinwüchsig. Eine Art rundliche Susan-Boyle-Zwergin. Ich liege da und denke an Schuhe und Füße.

»Hast du dich als Jonahs Mutter so gefühlt?«

»Manchmal, ja. Wir alleinstehenden Mütter gelten als Abschaum der Elternschaft – Schule abgebrochen, Ehe gescheitert, wegen einer Jüngeren sitzengelassen oder gleich unehelich schwanger geworden ... Diesen Schuh habe ich mir nicht angezogen. Aus Selbstschutz. Und ich habe mir Hilfe geholt und nicht versucht, alles allein zu schaffen.«

»Deine Mutter?«

Sie zögert. »Meine Mutter ist leider bei einem Autounfall ums Leben gekommen, als ich fünfzehn war.«

»Das tut mir leid, Maeve.«

»Ist lange her.«

»Wie bist du damit fertig geworden?«

Maeve seufzt tief. »Nicht gerade heldenhaft, fürchte ich. Für mich ist damals die Welt untergegangen.« Sie reckt beide Arme nach der Decke und wackelt mit den Fingern.

»Wie hat dein Vater es verkraftet?«

Maeve gähnt. »Nicht gut.«

Ich liege da und warte. Auf einmal kommt mir das zudringlich vor.

»Entschuldige. Wir müssen natürlich nicht darüber reden«, sage ich. Dann drehe ich mich um und knipse meine Nachttischlampe aus. »Gute Nacht.«

Maeve knipst ihre Lampe ebenfalls aus. Ihr Nachtlicht verbreitet ein zartes Leuchten im Raum. Irgendwo im Haus bellt der Hund. Das Zimmer beruhigt sich um uns herum. Das gelegentliche Knarren hört auf, die Ecken und Kanten werden weicher. Als Maeve plötzlich spricht, klingt ihre Stimme, als käme sie von weit weg.

»Es ist an einem Donnerstag im Oktober passiert. Die letzte Folge von *Reich und arm* sollte an dem Abend im Fernsehen kommen. Erinnerst du dich, wie umwerfend attraktiv Nick Nolte damals war? Ich hatte mein ganzes Zimmer mit Postern von ihm tapeziert. Meine Schwester Solange und ich haben uns immer auf dem Sofa versammelt, mit Mum in der Mitte, und sie hat Orangen für uns alle geschält. Aber als wir an diesem Nachmittag von der Schule nach Hause kamen, erwartete unser Vater uns schon an der Haustür, um uns zu sagen, dass es einen Unfall gegeben hatte. Mein erster Gedanke war: Können wir trotzdem *Reich und arm* schauen?« Maeve lacht leise. »Ist das zu fassen? Kinder leben so skrupellos im Hier und Jetzt. Und sie können Tragödien nur in kleinen Häppchen aufnehmen. Sie brauchen das Gewohnte, Gewöhnliche, um sich daran festzuhalten.«

Ich sage kein Wort, aber ihr könnt mir glauben, dass ich genau zuhöre, die Augen im Halbdunkel weit offen.

»Kurz darauf ist er zusammengebrochen. Er ist für eine Weile weggegangen und hat Solange und mich unterdessen zur Schwester meiner Mutter geschickt – Tante Lily mit dem grässlichen Kropf. Ich hatte immer Angst, das Ding könnte platzen und sie zerreißen. Als würde jemand sie von innen aufblasen wie einen Luftballon und nicht merken, wann er aufhören muss.«

Ich stelle mir Koffer vor. Anwälte. Zwei junge Mädchen, die sich an den Händen halten. Die hässliche, gutherzige Tante. »Du lieber Himmel. Eure Mutter muss euch entsetzlich gefehlt haben.«

»Solange hat es noch schlimmer getroffen, sie ist zwei Jahre jünger als ich. Ich war furchtbar wütend, um ehrlich zu sein. Ich konnte es nicht fassen, dass unsere Mutter uns so abrupt und endgültig verlassen hatte. Schließlich war ich noch nicht fertig damit, eine Mutter zu haben – sie hatte mir versprochen, mir das Autofahren beizubringen, das Nähen …« Maeves Stimme klingt feucht vom Alkoholexzess dieses Abends. Irgendetwas in ihr hat sich gelockert. Mir kommt es beinahe so vor, als belauschte ich ein vertrauliches Gespräch.

»Ich habe nicht die leiseste Ahnung, wie es ist, jenseits der fünfzehn eine Mutter zu haben.«

Ich fühle mich aus dem Gleichgewicht gebracht. Weil ich etwas weiß, das sie nicht weiß. Im Schimmer des Nachtlichts wende ich mich ihr zu. »Das ist sehr schwer. Meine Mutter … Allein zu wissen, dass sie da ist, gibt mir Halt, auch jetzt noch. Meine Mutter ist für mich das, was ich unter Zuhause verstehe.«

Sie ist still. Glaubt mir einfach.

Ich erinnere mich, wie überrascht ich nach Jamies Geburt darüber war, dass ich mich einer neuen Liebe öffnete, nicht nur der Liebe zu meiner Tochter, sondern auch zu meiner Mutter. Das war, als käme ich unerwartet nach Hause. Als ich mein Baby in den Armen hielt, schloss uns auf einmal auch der weite Bogen von etwas viel Größerem ein, so wie ein Fluss, der von einem Ozean verschlungen wird. Jamies Geburt war eine Beschwörung, deren Echo uns ins kollektive Unterbewusstsein des Werdens, des Ursprungs aufnahm. Indem ich Jamie zur Welt brachte, wiederholte ich ein Muster, das Ritual meiner eigenen Entstehung, und bekräftigte das ewige Band zwischen Müttern und Kindern. *Ich bringe hervor, wie ich hervorgebracht wurde.*

»Ich glaube, meine Liebe zu meiner Mutter hat durch Jamies Geburt erst ihre volle Dimension angenommen …« Ich zögere. Maeve hat Jonah erst lange nach dem Tod ihrer Mutter bekommen. Furchtbar unsensibel von mir. Schon wieder. »Entschuldige, ich wollte damit nicht …«

»Du brauchst dich nicht zu entschuldigen. Es ist sogar ganz hilfreich, das zu hören.«

Ich schiebe meine Schläfrigkeit beiseite. Als Maeve wieder spricht, klingt ihre Stimme schon kräftiger.

»Unser Vater kam nach ein paar Monaten zurück, aber er war kaum wiederzuerkennen. Das lag nicht nur an dem Bart in seinem Gesicht, das ich nur glattrasiert kannte. Es war irgendetwas an seinen Schritten, seiner Reichweite. Alles schien sich verkürzt zu haben. Soldaten, die aus einem Krieg heimkehren, werden oft als gebrochen beschrieben. Aber das traf so nicht auf ihn zu. Er war eher gelähmt. Als schalteten seine Sinne ab, einer nach dem anderen. Nichts rührte sich mehr in ihm. Nichts berührte ihn. Vielleicht kommt daher meine Abneigung gegen Meditation.«

»Lebt er noch?«

»Er ist vor fünf Jahren verstorben. Nachdem er ein Jahrzehnt lang unter Alzheimer gelitten hatte.«

»Wie schrecklich.«

»Eigentlich war die Krankheit ein Geschenk. Seltsamerweise wirkte er erleichtert. Weil er sich nicht mehr erinnern musste.«

»Oje. Gott sei Dank gibt es Schwestern.«

»Äh ja …« Sie prustet leise vor Lachen. »Das wäre wohl lustig, wenn es nicht so tragisch wäre …«

»Wie meinst du das?«

»Na ja.« Sie räuspert sich. »Solange und ich waren nach dem Tod meiner Mutter praktisch an der Hüfte zusammengewachsen.«

Das »waren« in diesem Satz gefällt mir nicht. Es blinkt wie das Blaulicht eines Krankenwagens.

Maeve zögert. »Du musst mir versprechen, dass du mich deswegen nicht anders behandeln wirst …«

»Okay«, sage ich, obwohl ich keine Ahnung habe, ob ich einhalten kann, wozu ich mich gerade verpflichte.

»Massimo und ich haben geheiratet, als ich vierundzwanzig war. Da war Solange gerade zweiundzwanzig und wurde schwanger, nach einem spontanen und wenig glamourösen One-Night-Stand mit einem verheirateten Mann. Aber sie war so fröhlich, wie ich sie seit dem Tod unserer Mutter nicht mehr erlebt hatte. Ich war zum ersten Mal bei einer Geburt dabei. Welches Glück ihr kleiner Junge nach all der Trauer in unser Leben gebracht hat. Aber dann, als er anderthalb Jahre alt war ...«

Ich hielt den Atem an.

»... hatte sie ein Gehirnaneurysma, die dumme Gans.«

Der Satz kracht auf mich herab wie ein abgestürzter Kronleuchter.

»Verursacht durch eine Schwachstelle in der Gefäßwand der Hirnschlagader. Vorher nicht feststellbar. Nichts, womit man hätte rechnen oder wogegen man hätte vorbeugen können. Gewissermaßen eine Zeitbombe im Schädel. Normalerweise telefonierten wir zweimal täglich – sie rief mich immer an, ehe sie zur Arbeit fuhr, und ich rief sie abends an, ehe wir ins Bett gingen. Wie das Schicksal es wollte, waren Massimo und ich gerade da zehn Tage in Nepal auf Trekking-Tour, wir hatten seit über einer Woche keinen Kontakt mehr mit Solange gehabt. Sie wurde von Nachbarn gefunden, die ein Baby hatten weinen hören. Da war Jonah schon fast verhungert, dehydriert und völlig mit Kot und Urin verschmiert. Schwer traumatisiert, gerade noch am Leben.«

Mir wird bewusst, dass ich unwillkürlich die Hand vor den Mund geschlagen habe. Eine Soap könnte nicht dramatischer sein.

»Ich hatte nicht vor, so jung schon Mutter zu werden, vielleicht auch gar nicht, aber wir haben Jonah adoptiert. Na ja, ich jedenfalls ... Massimo ist danach nicht mehr lange geblieben. Er wollte ›seine eigene‹ Familie. Mir erschien es nur fair, ihn gehen zu lassen. Er hat wieder geheiratet und drei entzückende Töchter bekommen.«

Mein Herz macht einen Satz. Das ist eine verdammt große Geschichte für einen einzigen Menschen. Ich hatte nicht damit gerechnet, einen solchen Berg an Intimität zu erklimmen.

»Ich wusste gar nicht, dass Jonah nicht dein Kind ist.«

»Er ist mein Kind. Ich habe ihn nur nicht nach neun Monaten auf die Welt gebracht.«

»Warum hast du mir von alledem nie etwas erzählt?«

»Es hat sich irgendwie nie ergeben. Außerdem definiere ich mich nicht darüber, was ich verloren habe. Mitleid ist eine Emotion, die ich in einer Freundschaft nicht ertragen kann.«

Habe ich vielleicht nicht richtig aufgepasst? Habe ich nur hingeschaut, wie Männer das tun – wie Frank, wenn er sagt, er könne »im Kühlschrank nichts finden«, obwohl das, wonach er sucht, direkt vor seiner Nase steht? Und ich habe mich für eine gute Freundin gehalten.

Ich schaue zu Maeve hinüber, deren Gesicht vor feuchtigkeitsspendender Nachtcreme glänzt. Mit leisem Scheppern fallen die Münzen. Ihre betont professionelle Art, ihre makellose Kleidung, ihre Beziehung auf Armeslänge mit Stan, der sie »besucht« und dann wieder geht, damit sie niemanden so sehr lieben muss, dass sie ihn verlieren könnte. Ich bin keine Psychologin, ich entwerfe hier nur ein Bild. Wie könnten wir einen anderen Menschen auch jemals wirklich kennen? Ich weiß nicht einmal alles über meine eigenen Kinder. Früher schon. Jede Beule und jedes Härchen, jedes Wort, das sie sagen konnten. Aber sie neigen sich immer mehr sich selbst zu und damit von mir weg. Ich tappe noch nicht ganz im Dunkeln, doch das Licht wird schwächer.

»Muss ich sonst noch irgendetwas wissen?« Ich fürchte mich ein wenig vor meinen eigenen Fragen.

»Das war's im Wesentlichen. Man hofft eben immer, die eigene Quote an Tragödien für dieses Leben bereits erfüllt zu haben.«

Es wäre jetzt richtig, die Hand auszustrecken und sie auf Maeves Arm zu legen. Aber erstens stehen unsere Betten zu weit auseinander, und zweitens habe ich zwar einen Ausblick auf die Schlucht ihrer tiefsten Verletzung erhalten, jedoch keinen Zutritt dazu. Das ist schließlich keine Touristenattraktion.

»Erlaube dir ja nicht, mich zu bemitleiden«, warnt sie mich.

Oh, klar. Ich an ihrer Stelle würde ja Einladungen zu einer großen Ich-Ärmste-Mitleidsparty verschicken. So bin ich eben. Maeve ist in der Phase ihres Lebens, in der sie es akzeptiert, wie es ist. Wut, Verleugnung – hat sie wahrscheinlich alles schon durchgemacht. Ich verstehe schon. So wird man ganz. Autark. Maeve bemitleidet weder sich selbst noch andere. Jetzt ist sie müde, allein vom Erzählen. Abgesehen davon sagt sie mir damit: Auch wenn wir uns die Dinge in unserem Leben nicht ausgesucht haben, gibt es Möglichkeiten, gut damit zu leben.

Ich drehe mich auf die Seite, so dass ich Maeve den Rücken zuwende. Ich erinnere mich an Nick Nolte in *Reich und arm.* Er war der Typ »großer Junge« – wie Callum einer ist und Aaron eines Tages einer sein wird. Als ich ihn Jahre später in *Herr der Gezeiten* sah, hatte er sich in einen übergewichtigen Schauspieler mittleren Alters verwandelt. Ich weiß noch, wie enttäuscht ich war.

»Und, hast du sie gesehen? Die letzte Folge von *Reich und arm?*«

»Ja. Tom stirbt, erinnerst du dich? Er wird erstochen.«

»Aber vorher versöhnt er sich noch mit seinem Bruder Rudy. Kein richtiges Happy End, trotzdem besser als nichts …«

Maeve schweigt eine Weile. »Solange lag allein in unserem Zimmer und schluchzte, weil unsere Mutter tot war. Und ich saß im Wohnzimmer und schluchzte wegen Tom Jordache.«

Ich warte. Ich weiß, dass da noch mehr kommt.

»Das hat mir Angst gemacht. Zu wissen, dass ich so ein Mensch bin.«

»Du warst fast noch ein Kind, Maeve.«

Sie antwortet nicht. Ich starre ins Halbdunkel.

Vor einer Weile waren Frank und ich mit den Kindern in den Jenolan-Höhlen – unterirdischen Kathedralen aus Kalkstein, die vielleicht nie entdeckt worden wären, wenn die Whalan-Brüder nicht einen Viehdieb gesucht hätten. Während wir durch den funkelnden, glänzenden Bauch des Berges gingen, ganz weit weg von Sonnenlicht, Sauerstoff und Wind, und die eigenartig beängstigende Schönheit bestaunten, dachte ich, dass manche Orte einfach nicht entdeckt werden sollten. Geheimnisse haben durchaus ihren Platz. Sie halten alles Mögliche zusammen. Wenn man sie auflöst, können ganze Dynastien zusammenbrechen.

»Was glaubst du, was in diesem abgeschlossenen Zimmer ist?«, flüstere ich.

»Ohne Schlüssel werden wir es wohl nie erfahren.«

Ich gleite in den Schlaf hinüber und höre Maeves Atem. Ich nehme an, dass sie schon schläft, als ich sie sagen höre – vielleicht bilde ich es mir aber auch nur ein: »Virginia sollte bei ihrer Mutter sein.«

11 Alle sind untreu

Maeves Bettdecken sind so säuberlich glatt gestrichen wie eine Uniformkrawatte am ersten Schultag. Langsam schiebe ich die Decken von mir. Mein ganzer Körper tut weh, als hätte jemand meine Ellbogen und Knie mit Sand gefüllt, während ich so unruhig schlief. Das Haus hat mich immer wieder mit seinem Ächzen und Stöhnen geweckt, wie Frank es zweifellos eines Tages tun wird. Ab drei Uhr früh habe ich scheinbar endlose Stunden lang Maeves Nachtlicht angestarrt, allerdings muss ich wieder eingenickt sein, denn jetzt ist es verschwunden, wie ein nachtaktives Tier am Morgen.

Vor dem Fenster ist nichts als Nebel, so weit das Auge reicht, als hätte eine Wolke Blind Rise Ridge verschluckt. In Socken gehe ich in das rosarote Bad und trete in einen nassen Fleck. Deshalb ist »Scheiße« das erste Wort, das ich an diesem neuen Tag von mir gebe. Dabei muss ich es heute wirklich besser machen. *Keine Beleidigungen. Sei nett.*

In der Badewanne finde ich etwas, das wie kleine Juwelen aussieht – drei Stück, in Blau und Silber. Die können nur von Summer stammen, aber ich möchte nicht einmal raten, woher genau. Der Messing-Duschkopf spuckt mir Wasser entgegen. Das ist im Grunde schon eine Beleidigung, aber ich will mich nicht mit den Sanitärinstallationen herumstreiten. Als ich mir gerade die Wimpern tuschen will, frage ich mich plötzlich: Für wen tust du das eigentlich? Scheiß auf Helen und CJ. Ich schraube die Wimperntusche wieder zu. Frank wäre stolz auf mich, obwohl das wohl kaum als große persönliche Leistung gelten kann. Aber er versteht Make-up sowieso nicht. »Wenn ich das sehe, will ich jedes Mal einen Waschlappen holen und dich sauber machen«, sagt er. Frauenfußball im Fernsehen dagegen macht ihn scharf. Für ihn ist Schweiß das Einzige, was das natürliche Gesicht einer Frau noch schöner machen kann.

Ich schlüpfe in meine Jeans und mein neues, enganliegendes, sportliches Bambus-Sweatshirt mit Meshgewebe an den Schultern und je zwei Seitentaschen mit Reißverschluss. In einer davon verstaue ich mein iPhone. Im Gegensatz zu Umstandskleidung, die mitwächst, sind diese Klamotten so gemacht, dass sie einem die Luft abschnüren, sobald man sich auch nur ein bisschen ausdehnt. Ich kann meine neuen Joggingschuhe nicht finden, doch dann fällt mir ein, dass ich sie unten bei der Terrassentür gelassen habe, als wir alle zum Scrabble-Spielen die Schuhe ausgezogen haben.

Ich drücke ein Ohr an Erekas Tür, aus keinem bestimmten Grund. Dann gehe ich den Flur entlang und drehe probehalber am Türknauf des abgeschlossenen Zimmers. Man kann ja nie wissen. Schließlich steige ich in Strümpfen die Treppe hinunter. Auf halber Höhe halte ich inne, um den Arm zu heben, königlich zu winken und auf die begeisterte Menge hinabzunicken. *Danke, ja, ich werde einige Exemplare von* Sie schaffte es in die Toskana *signieren, gleich nach dem Fotoshooting …* Am Fuß der Treppe fällt mein Blick durch den offenen Durchgang ins Wohnzimmer und in den großen Spiegel. Lieber Himmel, bin ich das? Nach dem ersten Schuss Koffein und ein bisschen Revlon, Franks Vorlieben zum Trotz, hoffe ich ja immer, ein wenig Schönheit wiederbeleben zu können. Aber man sollte sich nie auf so etwas verlassen.

Ich höre ein Bellen aus der Küche. Als ich die Tür öffne,

wackelt dieser Sumoringer von einem Hund auf mich zu und springt an mir hoch. »Weg da«, schimpfe ich und schiebe ihn von mir. Er wedelt heftig mit dem Schwanz.

»Ich verstehe gar nicht, worüber du dich so freust«, tadele ich ihn und gehe zum Wasserkocher hinüber. »Du bist ein ungebetener Gast.«

Um es ganz offen und ehrlich zu sagen: Es hängt ein widerlicher Geruch in der Küche. Ein neuer Geruch. Da, ein Hundehaufen auf dem Boden. »Na, wunderbar.« Ich gehe darum herum.

Ich schalte den Wasserkocher ein, rufe »Komm« und führe den Hund aus der Küche ins Wohnzimmer. Er wedelt mit seinem lächerlichen Schwanz vor der Terrassentür herum, die offen steht, aber nicht so weit, dass er sich hindurchquetschen könnte. Maeve macht wohl einen morgendlichen Nebelspaziergang. Ich suche den Raum nach meinen Turnschuhen ab. Jemand hat sie weggeräumt.

Ich schiebe die Tür auf, und der Hund rennt hinaus in den Nebel wie ein dickliches Kind nach Schulschluss.

Ist mir eigentlich egal. Aber was, wenn er in den Wald läuft und nicht wieder zurückfindet? Oder wenn Matilda ihn mit einer saftigen Ratte verwechselt? Ich folge ihm nach draußen und rufe: »He, komm zurück.« Er ist nirgends mehr zu sehen. Herrgott.

Auf der Terrasse sind meine Turnschuhe auch nicht. Ich ziehe mir die Strümpfe aus, laufe barfuß den Pfad zur Böschung entlang und rufe: »He, du, komm zurück.« Im Nebel kann ich nichts sehen. Der Hund kommt aus dem Dunst getrabt, mit einem Tannenzapfen im Mund, den er mir vor die Füße fallen lässt.

»Nein, danke, ich spiele nicht mit dir. Ich habe so etwas schon mal gesehen, und ihr wisst einfach nicht, wann Schluss ist.«

Der Hund beugt den Oberkörper und reckt das Hinterteil in die Höhe – so was findet man vielleicht niedlich, wenn man Hunde mag.

Ich trete mit dem nackten Fuß gegen den Tannenzapfen, und der Hund wird vom Nebel verschluckt. Wie heißt er noch gleich? Tennyson. So also ergeht es Dichtern nach ihrem Tod – die Leute nennen ihre Hunde nach einem. *Die Lady von Shalott* – welch ein Meisterwerk. Die arme Frau, die ihren magischen Stoff aus den Bildern im Spiegel ihres Turmzimmers webt. Nicht gerade aufmunternd, aber den Romantikern ging es auch nicht um Selbstmotivation. Ich warte. Der Hund kommt mit dem Tannenzapfen im Maul zurückgetrottet und lässt ihn mir erneut vor die Füße fallen.

»Du musst mich jetzt in Ruhe lassen.«

Tennyson knurrt den Tannenzapfen an und stupst ihn mit der Nase näher zu mir hin.

»Mach einfach dein Geschäft und komm wieder rein. Und ja keine Dummheiten.«

Tennyson folgt mir mit dem Tannenzapfen im Maul zum Haus, als wäre ich seine beste Freundin. Er erinnert mich an Jonathan Horris, von dem ich mich sanft und schonend trennen wollte. Stattdessen habe ich ihn praktisch vernichtet. So ist das eben mit Hunden und Männern – sie glauben, wir würden uns nur ein bisschen zieren, wenn wir nein sagen.

In der Küche mache ich erneut einen Bogen um den Hundehaufen. Ich koche eine Kanne Kaffee und suche ein Tablett, ein paar Becher und die fettarme Milch zusammen.

Tennyson beobachtet mich.

»Keine Ahnung, was du zum Frühstück bekommst. Da wirst du wohl auf Virginia warten müssen.«

Ich werfe einen raschen Blick in den Korb, den Virginia gestern Abend hereingebracht hat. Ein Päckchen Mehl und Hefe. Kein Hundefutter. Sie muss ziemlich eilig aufgebrochen sein.

Im Kühlschrank stehen Pizzareste, Joghurt, Tiramisu, Sahne, Butter und mein Gemüse. Ich würde dem Hund ja gern den Gefallen tun, aber ich bin ziemlich sicher, dass er nichts davon essen sollte. Bones hat erst neulich eine ganze Tafel Lindt-Schokolade von der Küchentheke geklaut und gefressen, und sie mussten ihm den Magen auspumpen. Der Tierarzt hat Helen gewarnt: »Hunde können an Schokolade sterben«, was bestimmt nur eine kleine Übertreibung für »sich den Magen verderben« ist, denn das kann nach einer Lindt-Orgie jedem passieren. Ich habe schon von Hunden gehört, die Putzmittel, Eidechsen, Spinnen, ihr eigenes Erbrochenes sowie das anderer Hunde gefressen und es überlebt haben, da wird so ein bisschen Zucker … also, ehrlich.

Eine Artischocke ragt von einem Pizzastück unter der Frischhaltefolie auf und bietet sich mir geradezu an. Ich ziehe die Folie ab und stecke mir die Artischocke in den Mund. Tennyson wedelt mit dem Schwanz.

»Nichts für dich«, sage ich.

Ich öffne die Frischhaltefolie noch ein bisschen weiter. Ein Stück Pizza. Mehr nicht. Entschlossen ziehe ich die Folie wieder fest über den Teller und schließe den Kühlschrank. Ich habe seit fünf Jahren keine Pizza mehr gegessen. Schon gar nicht kalte. Travis hatte immer warme Hände. Meistens legte er sie mir über der Hüfte auf den Rücken, ließ sie nach vorn wandern und umfing meine Brüste. Dann strich er mir das Haar beiseite und knabberte an meinem Nacken, bis ich ihn über die Schulter mit kalter Pizza fütterte, nachdem wir uns stundenlang geliebt hatten. Peperoni-Schinken. Mexicana, mit Chili. Hawaii mit extrascharfen Peperoncini. Eine Pizzakarte ist für mich wie ein Porno.

Tennysons wedelnder Schwanz klopft auf den Boden und holt mich in die Gegenwart zurück. Er schaut mich so flehentlich an, dass ich es nicht aushalte.

»Schon gut, schon gut«, sage ich. Gibt es denn nicht ein einziges Wochenende, an dem ich keine persönlichen Opfer bringen muss? Ich öffne meine kostbare Dose Thunfisch in Quellwasser – meine einzige Absicherung gegen ein Mittagessen mit einer Million Kalorien. Dann sehe ich zu, wie Tennyson alles aufisst. Wenn man Ausfallschritte macht, während man kalte Pizza isst, verbraucht man die Kalorien vielleicht schon bei der Aufnahme. Der Hund schlabbert sogar das Quellwasser auf. Ich glaube, für ihn ist heute Weihnachten.

»Das ist aber das Letzte, was ich für dich tue, verstanden?« Ich lecke mir die Finger ab.

Mein Blick fällt wieder auf den Hundehaufen. Auf einmal muss ich an Maeve denken, deren Schwester, die *dumme Gans*, ein Gehirnaneurysma bekommen hat und tot umgefallen ist. Vielleicht hat sie sich auch gerade eine Tasse Kaffee gekocht, wie ich jetzt. Oder darüber nachgedacht, was sie einkaufen sollte oder wie lange ihr Anwohner-Parkausweis wohl noch gültig sei. Maeve hat dieses eingesaute, hungrige Baby in die Arme genommen, als wäre es ihr eigenes. Sie hat es gewaschen und gefüttert und geliebt. Ich beuge mich vor und streichle Tennyson. Sein Frauchen liegt im Sterben.

»Du weißt schon, dass deine Zukunft bescheiden aussieht, oder?«

Er wedelt mit dem Schwanz.

Vielleicht wird er es gar nicht richtig mitbekommen, jedenfalls nicht wie Menschen solche Dinge realisieren und um das trauern, was unwiderruflich verloren ist.

»Auf Virginia würde ich mich nicht verlassen. So sehr steht sie dann doch nicht auf dich, Kumpel.«

Er keucht, vermutlich die Hunde-Version von seufzen.

Ich will damit jetzt nicht sagen, dass ich ein guter Mensch bin. Aber ich nehme mir ein Stück Küchenrolle, unterdrücke den Würgereflex und hebe das Hundehäufchen auf. Dann renne ich zur Toilette unter der großen Treppe, werfe es hinein und ziehe an der altmodischen Spülkette.

Ich höre sie nicht in die Küche kommen. Deshalb verschütte ich etwas von dem Kaffee auf meinen nagelneuen Pulli, als ich mich umdrehe und Ereka plötzlich dasteht.

»Ist noch genug für eine zweite Tasse da?«

»Bitte, nimm den hier.« Ich reiche ihr meinen Kaffee. Peinlich, der Fleck auf meinem Pulli, und ich kann nur hoffen, dass ich nicht nach Pizza rieche.

»Ach, Unsinn, ich koche mir schnell welchen. Hier, wisch dir das ab.« Sie reicht mir ein Geschirrtuch.

Ich tupfe an dem Fleck herum.

»Konntest du schlafen?«, frage ich.

»Ein bisschen. Summer hat mich ziemlich lange wach gehalten. Sie ist wirklich unglaublich.«

Ich höre Ereka an, dass sie das nicht ironisch meint.

»Ich hatte mir gerade ein paar Rescue-Tropfen eingeflößt, da kam Summer mit Ecstasy an«, flüstert Ereka. »Lieber Gott, war das genial!«

Ich bin mit solchen Sachen prinzipiell nicht einverstanden, aber aus Erekas Gesichtsausdruck kann ich schließen, dass Ecstasy genau das war, was sie gebraucht hat.

»Ach, Ereka, das mit gestern Abend tut mir schrecklich leid.« Ich beobachte sie, während sie Kaffee aufsetzt.

»Du hast mir zu denken gegeben«, sagt sie.

»Ja, aber trotzdem …«

»Wenn meine Freundinnen mir nicht sagen können, was ich nun mal hören muss, wer denn sonst?«

»Setz dich schon mal auf die Terrasse, ich bringe dir deinen Kaffee«, sage ich.

»Betüdel mich nicht so.«

»Ich denke durchaus, dass ein bisschen betüdeln angebracht ist, nachdem ich dich gestern Abend abgeschlachtet habe wie ein Seehundbaby.«

Sie stemmt in gespieltem Ärger die Hände in die Hüften. Aber sie lässt mich gewähren.

Ich schneide – nur für alle Fälle – zwei große Stücke von der Ingwertorte ab. Als ich mit einem Tablett voll Kaffee und Kuchen auf die Terrasse trete, schaukelt Ereka in dem Hängestuhl vor und zurück. Tennyson liegt in einem Fleckchen Sonne, den Kopf auf den Pfoten.

Sie nimmt ihren Kaffee, lehnt die Torte aber mit erhobener Hand ab. »Nein danke. Siehst du? Du hast mir beigebracht, nein zu sagen.«

Ereka sieht mir zu, während ich ein Stück Torte mit der Gabel abbreche.

»Du musst das nicht machen.«

»Ich weiß … aber manchmal wird Neinsagen überbewertet.«

Das meine ich ernst, ganz bestimmt. Ist manchmal schwer zu sagen. Ich kann nicht einschätzen, ob Ereka mich mag. Ob ich liebenswert bin. Ob sie mir erlauben wird, die Sauerei aufzuwischen, die ich gestern Abend veranstaltet habe.

Ereka nippt an ihrem Kaffee und sieht zu, wie sich der Nebel von der Landschaft hebt wie ein Brautschleier.

Als sie sich wieder mir zuwendet, liegt Verunsicherung in ihrem Blick.

»Sag mal, Jo, du und Frank … seid ihr … ist da noch Leidenschaft?«, fragt sie, und das letzte Wort klingt beinahe wie ein Wunsch.

Worauf sie damit hinauswill? Ich müsste lügen, wenn ich sagen würde, das weiß ich. Aber nach gestern Abend muss ich ihr gegenüber so großzügig sein, wie ich nur kann.

Allerdings habe ich keine Ahnung, wie ich im Rahmen eines lockeren Gesprächs vernünftig darauf antworten soll. Es ist sechs Jahre her, dass Ereka und ich uns öfter gesehen haben. Seither hat meine Beziehung zu Frank mehrere Inkarnationen durchlaufen, in denen mal Leidenschaft dabei war und mal nicht. Unter anderem gab es auch eine Phase von etwa zwei Jahren, in der mir davor graute, dass er ins Bett kam und ich mir einen weiteren Vorwand dafür einfallen lassen musste, warum mir nicht nach Sex zumute war – wieder einmal. Ich konnte mit ansehen, was meine Zurückweisungen bei ihm bewirkten. Wie aus seiner Wut Trauer und daraus Desinteresse wurde. Irgendwann wachte er nicht einmal mehr mit einer Erektion auf. Das machte mir Angst. Frank ohne seine Morgenlatte war wie Frank ohne seinen albernen Humor, seinen Katzenallergie-Heuschnupfen oder das Muttermal an seiner Schulter, das wie ein deformierter Schmetterling aussieht. Ich kam mir vor wie eine Lustmörderin. Ohne meine Lust, die seine spiegelte und sie willkommen hieß, ging sie in einsamer Verbannung zugrunde. So ist das, wenn man sich verzehrt. Dass mir seine sexuellen Avancen so sehr fehlen würden, hätte ich nicht erwartet. Sogar jene, die ich abgewehrt hatte.

Ich versuchte, mich wieder für ihn zu interessieren. Ich wollte mich für ihn interessieren. Aber »es« war einfach nicht mehr da. Wenn ich doch einmal Lust verspürte, beließ ich es bei einem stillen Quickie mit mir selbst. Natürlich wusste ich, dass ihn das am allermeisten verletzen würde. Dass ich einen Orgasmus an mich allein verschwendet hatte. Aber so habe ich das nie betrachtet. Als ich noch allein lebte, brachte ich viele glückliche Stunden damit zu, nur für mich ein kompliziertes thailändisches Gericht mit Zutaten zu kochen, die ich im Laden eigens vorbestellen musste. Das findet Frank genauso unverständlich, wie wenn ich mir selbst Blumen kaufe. (Wenn ich mir keine Blumen kaufe, lieber Frank, wer sollte es dann tun?) Als er noch allein lebte, fand er, dass er sich Mühe machte, wenn er eine Dose Bohnen aufwärmte. Wenn man etwas Nettes für sich selbst tut, fühlt man sich nie zu wenig wertgeschätzt.

Für Frank, das muss ich dazusagen, ist Masturbation ein Eingeständnis persönlichen Versagens. Er findet sie ebenso traurig wie Obdachlosigkeit oder keine Freunde zu haben. Sie ist etwas für Loser und Leute, die »es sonst nirgends bekommen«. Ich kann nur vermuten, dass es ihn daran erinnert, wie es war, als pickeliger Teenager nirgendwo sonst Erleichterung zu finden.

Woher seine Einstellung zum Thema Selbstbefriedigung auch stammt, ich teile sie nicht. Für mich ist Masturbation wie ein Drive-in: schneller und praktischer. Sie ist einmalig effektiv, weil die verwöhnende Person genau weiß, was der verwöhnten Person Genuss verschafft. Zweitens besteht nie die Gefahr, mittendrin einzuschlafen, was schon mal passieren kann, wenn man todmüde ist und der Partner zu lange braucht. Nicht zuletzt – und das ist das beste Argument für die Selbstbefriedigung – braucht man sich keine Vorwürfe zu machen, dass man jemanden enttäuscht hätte oder, noch schlimmer, nicht scharf genug wäre, falls einem mal ein bereits sicher geglaubter Orgasmus durch die Finger schlüpft. Abgesehen davon muss man nie einen vorspielen – nicht, dass ich das bei Frank je getan hätte, ich will es nur erwähnt haben.

In die Zeit der Flaute zwischen mir und Frank fällt dieser kleine Facebook-Flirt mit einem Exfreund, der mir eine private Nachricht geschickt hatte: *Du hast »es« immer noch.* Nur weil ich wusste, dass ein anderer Mann mich begehrenswert findet, wollte ich wieder mit Frank schlafen. Unser Verstand verhält sich in dieser Hinsicht wie ein kleines Flittchen, anders kann man es nicht sagen. Frank stellte keine Fragen. Ich glaube, er war einfach nur dankbar, dass meine Vagina noch funktionierte. Dann wollte er unbedingt eine Vasektomie, und danach ging es in unserem Bett zu wie in den Flitterwochen. Nach acht Jahren Sex mit Kondom war ein nackter Penis für mich, na ja, ungefähr so wie kalte Pizza nach etlichen Monaten Sellerie und Hüttenkäse.

Doch dann breiteten sich die Myome aus und quetschten meine Innereien zusammen. Ich war wie übervoller Koffer, der jederzeit aufplatzen könnte, wenn sich noch etwas hineinzuzwängen versucht. Meine Libido erlahmte wieder, und eine neue Trockenzeit begann. Der arme Frank. Er fing an, bis spätnachts fernzusehen und Scrabble auf Aarons Nintendo DS zu spielen.

Nachdem die Myome entfernt worden waren, schwor ich mir, aktiv an unserem Liebesleben zu arbeiten. Ich las Bücher, machte mir Notizen. Ich fuhr sogar in die Oxford Street und schlich mich in einen Erotikladen, wo ich mich eine Stunde lang von Fred beraten ließ. Der war zwar alt genug, um mein Großvater sein zu können, hatte jedoch ein paar sehr hilfreiche Empfehlungen parat, was Outfits und Equipment betraf. Ich bezahlte das Sexspielzeug mit Franks Kreditkarte und deklarierte es als »Investition in unsere Beziehung«. Ich bin grundsätzlich offen für Neues, etwas anderes kann man wirklich nicht behaupten. Die Bücher rieten zu Rollenspielen. Also schlug ich Frank vor, mich wie eine billige Prostituierte zu vögeln – meinetwegen auch wie eine teure, wenn ihm das lieber sei. Ich hatte befürchtet, er könnte schockiert sein, aber er stieg ganz selbstverständlich darauf ein. Wir hatten einige ziemlich explosive Erlebnisse – belassen wir es dabei.

Als ich einmal anbot, ihn zu dominieren, erwiderte er allerdings: »Nein, ich bin dran. Ich will dich dominieren.«

»Warum willst du nicht, dass ich dich dominiere?«

»Weil du mich die ganze Zeit über dominierst.«

»Blödsinn. Das tue ich nicht.«

Das war lustig. Wir schliefen am Ende nicht miteinander, sondern machten es uns im Bett gemütlich und lasen – eine in unserem Alter viel zu wenig gewürdigte Beschäftigung, um gemeinsam einen Abend zu verbringen.

Offenbar stecken wir mitten in den fetten Jahren. Die Geschichte weist allerdings darauf hin, dass magere Jahre folgen werden, so sicher, wie der Winter dem Herbst hinterherschleicht.

Ich habe Erekas Frage nicht vergessen. »Sie kommt und geht … Leidenschaft ist nun mal unbeständig. Aber wenn sie zwischendurch weg ist, bedeutet das nicht, dass sie nicht wiederkommt. Man muss ihr die Tür offen lassen.«

Ereka streckt die Beine aus und legt die Füße auf einen Stuhl. Ihre Haut hat lauter kleine pinkfarbene Punkte – offenbar hat sie sie erst vor kurzem mit Wachs enthaart.

»Summer sagt, jeder Mensch sei untreu – wenn man nicht tatsächlich eine Affäre hat, dann hat man eben eine emotionale.«

Summer sagt.

Sie versucht mir etwas mitzuteilen, aber ich darf sie nicht bedrängen. Wie es in Verhörszenen immer so schön heißt: Sie ist hier diejenige, die Fragen stellt.

Ereka dreht eine Haarsträhne um den Zeigefinger. Das habe ich bei ihr noch nie gesehen. So etwas würde eine Frau tun, wenn sie sich beobachtet fühlt – von lüsternen Blicken, nehme ich an.

»Vielleicht ist Summer da nicht die beste Ratgeberin, wenn man sich ihre bisherige Erfolgsquote anschaut.«

Erekas Miene legt sich in finstere Falten. »Urteile nicht so über sie!«

»Das tue ich nicht«, lüge ich. »Sie hat recht – wir Menschen sind nicht für die Monogamie geschaffen. Das ist eine gesellschaftliche Konvention, kein natürlicher Instinkt. Früher oder später denken wir alle mal über einen Seitensprung nach, oder? Ob man diesen Gedanken Taten folgen lässt, unterscheidet die treuen Menschen von den untreuen.«

Eigentlich sollte ich diesen Kuchen essen, denn dazu habe ich ihn herausgebracht. Ich stecke mir einen um Versöhnung heischenden Bissen in den Mund und unterdrücke ein Stöhnen. Ich könnte auf der Stelle den Teller ablecken, an diesem Stück Ingwer-Honig-Torte saugen wie an einer Brustwarze und denjenigen, der ihn gebacken hat, um den Verstand vögeln. Ich erinnere mich daran, wie ich einmal Käsekuchen für Jamie gebacken habe, als sie noch klein war. Sie nahm meine Hand und seufzte. »Ich mag dich lieber als Käsekuchen, Mum. Aber nur ein ganz kleines bisschen lieber.«

Ereka räuspert sich.

»Ich war ... Ich glaube, ich habe Jake betrogen.«

Ich schlucke vorsichtig. Sie beichtet, und ich habe gesündigt.

Dann werfe ich Ereka einen hoffentlich liebevollen und therapeutischen Blick zu. Einen Blick, der ihr sagen soll, dass es in Ordnung ist, weiterzusprechen. Schließlich nicke ich langsam und schiebe mir eine weitere Gabel voll Wiedergutmachungstorte in den Mund.

»Und zwar mit dem Vater von Olivias Freund – dem Jungen mit dem Down-Syndrom.«

»Hast du mit ihm geschlafen?« Tief im Inneren dieses dunklen, feuchten Kuchens schmecke ich Nelken.

Ereka schüttelt den Kopf. »Wir haben uns geküsst.«

Ich werde gerade von süßem Pflaumenmus geküsst. Von oben bis unten.

»Ich kann einfach nicht nein sagen. Wie beim Essen. Grants Ehe geht gerade in die Brüche, seine Frau ist mit Todds Zustand nie klargekommen und schwer depressiv. Sie war immer wieder in psychiatrischen Kliniken. Grant und ich haben viel Zeit miteinander verbracht, weil wir beide im Elternausschuss der Schule sitzen ...«

Diese Dinge wollen unbedingt ausgesprochen werden. Sie perlen nur so aus ihrem Mund.

»Okay, das war also ein Ausrutscher«, sage ich und fahre mit dem Finger über den Teller. Die Crème fraîche mit Zitronenmyrte schmeckt nach noch etwas, aber ich komme nicht genau dahinter.

»Nein, nicht nur einmal. Ich habe ihn sogar«, sie senkt den Kopf, »an meine Brüste gelassen.«

Tennyson steht auf, als widerten ihn unsere Enthüllungen an, schüttelt sich und trottet die Stufen hinunter in Richtung Damm.

»Weiß Jake davon?« Ihr Ehemann. Ja. Ich frage mich, wie er sich bei alledem fühlt.

»Du lieber Himmel, nein. Er wäre am Boden zerstört.«

»Meinst du?«

»Natürlich. So etwas würde er mir nie antun.«

»Bist du dir sicher?«

»Wir reden hier von Jake.« Sie schaut ein wenig verärgert drein, weil ich vergessen habe, was Jake für ein Mann ist – einer, den wir alle gern klonen würden, um ihn unseren alleinstehenden Freundinnen zum Valentinstag zu schenken. Auf einmal ist mir das wieder bewusst. Dass niemand Jake absichtlich verletzen würde. Außer, es ginge um Leben und Tod.

»Wenn ich ehrlich sein soll ...« Einen Moment lang fühle ich, wie etwas in ihr in den Himmel steigt – ein Heißluftballon, der seine Sandsäcke abwirft. »Diese Momente waren die Highlights der letzten fünf oder sechs Jahre für mich. Ich fühle mich so ... unanständig ... so egoistisch ... so absolut lebendig!« Sie strahlt. Ich kann mich nicht für sie freuen. »Das hat mir wieder Lebensfreude geschenkt. Sieh mich doch an – wie viel männliches Interesse werde ich wohl noch wecken? Das war ein Geschenk der Götter. Ein Geschenk ...«

Ich lächle.

»Er ist Sänger. Und schreibt Songs.« Sie spricht jedes Wort so zärtlich aus, als umfasse sie eine hauchdünne Porzellantasse. »Das mit uns ist rein und leicht. Es öffnet etwas in mir, das ich längst verschüttet geglaubt hatte. Jake und ich haben diese Reinheit vor einer ganzen Weile verloren. Sie ist nun verdorben. Trotzdem will ich niemals so enden wie Liz. Ich will nicht, dass meine Ehe an einer Affäre zerbricht. Ich liebe Jake. Ich liebe ihn wie Regen und wie Kummer. Wir sind füreinander bestimmt, für immer. Wir werden noch eine Menge durchstehen müssen, und das kann ich nicht alleine. Ich brauche ihn. Aber diese Affäre habe ich auch gebraucht.«

Sie klingt wie ein Songtext.

»Tja, dann musst du es ausleben – lass dich treiben und warte ab, wohin es dich führt.« Ich bekomme Herzklopfen, wenn ich das nur sage ... als wäre ich diejenige, die fremde Männer küsst. Dabei habe ich in diesem Augenblick eine Affäre mit dem Stück Kuchen.

Sie sieht mich mit schmalen Augen an. »Hätte ich nicht besser nein sagen sollen? Wie du es mir gestern Abend vorgehalten hast? Ist das nicht auch eine Frage von Willenskraft?«

Dieser Pizza-Skandal wird mich bis ins Grab verfolgen, das sage ich euch. »Willenskraft kostet Energie. Und du brauchst all deine Energie für Olivia.«

»Warum findest du Ausreden für mich?« Sie ist auf seltsame Weise empört.

Wenn ein behindertes Kind kein Freibrief für eine Affäre ist, was dann? »Keine Ahnung – wir tun alle, was nötig ist, um zu überleben. Triff dich nicht mehr mit Grant, wenn er dir nicht guttut. Nur ganz egal, was du tust: Du musst dir selbst verzeihen.«

»Zu verzeihen ist doch nur ein Freibrief dafür, seine Fehler zu wiederholen.«

»Es ist zugleich ein radikaler Akt der Liebe zu dir selbst.« Das habe ich mal irgendwo gelesen. Leider kann ich ehrlicherweise nicht behaupten, dass es mir eingefallen sei.

Sie schnaubt, als hätte ich ihr gerade vorgeschlagen, sich eine Gesichtshälfte tätowieren zu lassen.

»Willst du meine Freundin sein?« Ihre Augen sind nüchtern, scharf wie Eispickel. Das ist keine Facebook-Anfrage.

»Ja, Ereka.«

»Dann sag mir, was ich hören muss!«

Warum sie glaubt, ich wüsste das, ist mir ein Rätsel. Als hätte ich einen Riesenerfolg aus meinem Leben gemacht. Sie sollte Jamie mal hören, wenn sie auf mich losgeht. Ich taste mich genauso ungeschickt da durch wie alle anderen. Auch wenn ich es geschafft habe, sechzehn Kilo abzunehmen, und im Augenblick nicht verstehe, wie jemand zu diesem Torte nein sagen kann. Man müsste tot sein, um den nicht essen zu wollen. Ich frage mich, ob Grant ihre Haare beiseiteschiebt, an ihrem Nacken saugt und an ihrem Ohrläppchen knabbert. Ehemänner tun so etwas nie.

Ich nehme ihre Hand und drücke sie. Dann blicke ich mich auf der Suche nach Inspiration um. Leerer Vogelkäfig. Bunte Flaschen, die sich noch vor der Morgensonne verstecken. Jetzt wären wirklich ein paar Zeilen irgendeines Gedichts hilfreich. Wo ist Maeve, wenn man sie braucht? In meinem Mund reibt der Ingwer sich aufreizend an dem Manuka-Honig. Tennyson bellt in der Ferne.

Denn eh am ersten Haus das Boot
Vorüber glitt im Abendrot
Ereilte singend sie der Tod
Die Lady von Shalott.

Manche Dinge kann man nicht verlieren, wenn man sie einmal in sich trägt. Vergessen ist nicht dasselbe wie verlieren.

Ich sehe Ereka an. Irgendetwas in ihr ist eingestürzt. Ich kann die Lücke sehen, die es hinterlassen hat. In ihrer Armbeuge sitzt ein Stückchen Schorf, wo sie sich unbewusst gekratzt, wo sie unbemerkt geblutet hat. Ich nehme die feinen Härchen auf ihrer Oberlippe wahr. Ein rotes Äderchen an ihrem linken Nasenflügel. Die pulsierende Ader über ihrem Auge. Das Ohrläppchen, vom Gewicht ihres blattförmigen Ohrrings verzogen.

»Erinnerst du dich noch daran, wie du Olivia zum ersten Mal im Arm gehalten hast?«

Sie nickt traurig.

»Wie du sie in deinen Armen betrachtet hast, so wie alle Mütter ihre Babys betrachten? Wie es ist, sich mit einer Wachsamkeit um sie zu kümmern, die wir uns nie zugetraut hätten? Mit einer Aufmerksamkeit, die erst in uns erwacht ist, als jemand uns auf diese Art gebraucht hat?«

»Ja«, flüstert sie.

»Kümmere dich mit dieser Aufmerksamkeit um dich selbst.«

Erekas Hand in meiner erschlafft. Sie lässt den Kopf hängen.

»Du brauchst dich. Du brauchst deine Fürsorge.«

»Wann denn?«, haucht sie. »Ich habe nicht die Zeit dazu ...«

»Nimm sie dir, Ereka. Fang eine Affäre an – mit dir selbst.«

Sie lächelt.

»Nenn mir eine Sache, die du nur für dich tust. Eine einzige.«

Sie überlegt. »Meine Zehennägel.« Ihr Lachen ist so weich wie persischer Feta. Sie deutet auf ihre Füße.

»Was hast du zuletzt gemalt? Ich meine, richtig. Auf einer Leinwand?«

Eine Träne bebt am Rand ihres Augenlids und fällt herunter. Sie hinterlässt eine schimmernde Spur auf Erekas Wange und bleibt in der Furche ihres Doppelkinns hängen. Zum zweiten Mal innerhalb von vierundzwanzig Stunden habe ich sie zum Weinen gebracht.

»Ich war schon ewig nicht mehr im Atelier. Jake sagt mir ständig, ich solle wenigstens reingehen und ein bisschen herumsitzen«, schnieft sie. »Aber das fühlt sich an, als würde ich neben einem Sarg sitzen und Totenwache halten. Das ist so, wie wenn der Funken in einer Beziehung erlischt. Was soll man da machen? Man kann ihn nicht zwingen, wieder aufzuflammen. Dabei will ich ihn nur wieder fühlen, mich wieder verlieben – egal, in wen oder was. Ich will dieses Herzklopfen noch einmal spüren, ehe ich sterbe.«

»Verstehe.« Ich bin nicht in die Toskana verliebt. Etwas, das man gar nicht kennt, kann man nicht lieben. Angeblich ist die Gegend von Touristen überlaufen und teuer – und der Kaffee miserabel.

»Weißt du, in den ersten Jahren unserer Ehe, vor Olivias Geburt, war ich manchmal die ganze Nacht lang im Atelier. Ich habe gar nicht gemerkt, wie die Zeit verging, bis ich irgendwann Jakes Schritte auf der Holztreppe gehört habe und er in seinen Boxershorts mit einer Morgenlatte und einer Tasse Kaffee mit Kondensmilch in der Tür stand. Erst da habe ich gemerkt, dass ich die ganze Nacht lang gemalt hatte. Ich war mit so viel Leidenschaft bei der Sache, dass ich sie mir hätte abpumpen können, um sie anderen zu schenken, wie Frauen, die zu viel Muttermilch produzieren. Ein Jammer, dass ich nicht daran gedacht habe, etwas davon für schlechte Zeiten aufzuheben. Jetzt ist sie weg. Im Krieg verschollen.«

»Ereka, du weißt selbst, dass diese Leidenschaft kommt und geht. Alle Künstler wissen das.«

»Was, wenn sie gestorben ist und nie mehr zurückkehren kann?«

Das ist möglich, da hat sie recht. Aber was für eine Freundin wäre ich, wenn ich ihr zustimmen würde? Noch mit meinem letzten Atemzug würde ich lügen, damit Ereka nicht untergeht.

Ereilte singend sie der Tod,
Die Lady von Shalott.

»Schreib sie noch nicht ab!«

So sitzen wir da, am Rand des neuen Tages. Der Nebel kriecht die Hügel empor und enthüllt die Landschaft. Der Sonnenaufgang ist lieblich und lebhaft, und wir beide haben uns längst mit diesem Tag zusammengetan. Da hebt Ereka den Kopf, und ich sehe Gastfreundschaft in ihren Augen. Die Tür steht noch nicht weit offen, aber immerhin einen Spaltbreit. Und durch den dringt Licht ein, wie wir dank Leonard Cohen wissen.

12 Keine optische Täuschung

»Ist er die Kalorien wert?«, fragt Ereka.

Anscheinend habe ich mein Stück Kuchen aufgegessen. Innerlich ist mir karamellwarm.

»Oh, ja.«

Ereka bricht ein winziges Eckchen von dem Stück ab, das ich für sie abgeschnitten habe, und kostet. »Das wäre das Richtige für Olivia. Sie ist wie Winnie Puuh. Für Honig tut sie alles.«

»Bei Jamie ist es Käsekuchen.«

»Wie geht es ihr?«

»Sie kann es kaum erwarten, von zu Hause wegzulaufen.«

Ereka kichert. »So war ich auch als Teenager.«

»Sie jammert mir die Ohren voll, weil ich sie nicht für drei Wochen nach Borneo lassen will – nach Borneo!«

Ereka putzt sich mit einer Serviette die Nase.

»Also wirklich, ich weiß nicht mal, wo das ist.«

»Irgendwo in Malaysia. Es soll sehr schön sein dort.«

Ich brummele. Schön – na und?

Ereka schlürft ihren Kaffee. Ich habe den Eindruck, dass sie mir etwas sagen will.

»Der Morgen, an dem Olivia zur Welt gekommen ist, war ein perfekter Frühlingstag. Der Himmel war klar, es duftete nach Blumen. Unser Pfirsichbaum stand in voller Blüte, lauter kleine, bunte Nester. Ich weiß noch genau, dass ich dachte: Wenn das kein gutes Omen ist. Ein paar Stunden später sah ich dann das pure Entsetzen in den Augen meiner Hebamme. Die lernen natürlich in ihrer Ausbildung, nicht in Panik zu geraten, aber sie konnte es nicht ganz verbergen. Auf einmal hatte ich das seltsame Gefühl, dass ich nur aus der Ferne zusah, wie sich alles abspielte. Nicht bloß dieser Augenblick, sondern mein ganzes Leben, einfach alles, jedes Geräusch, jede Farbe, bis hin zu diesen hellrosa Blüten. Und ich hatte ... Das hört sich jetzt vielleicht verrückt an, doch ich hatte eine Art Déjà-vu.«

»Du konntest das nicht ahnen, Ereka.«

»Nein, so meine ich das nicht. Ich habe mich nur gefragt, ob ich dieses Unglück nicht irgendwie selbst über mich gebracht habe.« Sie stößt seufzend die Luft aus.

»Ach, Ereka, wie kannst du dir nur die Schuld daran geben? Du hast alles richtig gemacht.«

Sie schließt die Augen und schüttelt den Kopf. »Als Teenager habe ich gern die leidende Künstlerin gegeben. Ich habe ausschließlich Schwarz getragen, Wimperntusche, Klamotten, alles – ich sah aus wie eine Witwe in Trauer. Meine Mutter hat immer zu mir gesagt: ›Warum ziehst du dich an, als wärst du auf dem Weg zu einer Beerdigung?‹«

»Mit Schwarz kann man nichts falsch machen«, sage ich und denke gleich darauf, dass ich mich schon anhöre wie Summer. War das mein Ernst? Habe ich Ereka gerade einen Modetipp gegeben? Ich sollte den Mund nicht mehr aufmachen.

Ereka fährt fort: »Du müsstest mal hören, wie ich Kylie anschreie, oft wegen der unwichtigsten Kleinigkeiten. Unfertige Hausaufgaben, Schmutzwäsche auf dem Boden, ein verlorener Pullover. Inzwischen ist sie richtig böse und eifersüchtig auf Olivia, weil ich die nie anschreie. Wie könnte ich das? Also wird bei uns zu Hause mit zweierlei Maß gemessen. Kylie jammert ständig ›Das ist nicht fair‹, und da hat sie natürlich recht. Deswegen höre ich trotzdem nicht auf, sie wegen allem Möglichen anzuschreien, was mich jedes Mal wütend macht.«

»Fair gibt es nicht«, sage ich. »Kleine Kinder werden immer anders behandelt als die größeren und Jungen anders als Mädchen. Wir sind die Anti-Gleichstellungsbeauftragten.«

»Ja, damit will ich doch bloß sagen: Fühl du dich nicht mies wegen meines Lebens, und vergleiche dein Leben nicht mit meinem.«

Damit hat sie mich festgenagelt. Geschickter Schachzug.

»Du kannst mit mir auch über deine Probleme reden.«

»Die kommen mir so unbedeutend vor.«

»Sie sind nur anders. Du sollst mich nicht in Watte packen. Dann fühle ich mich so … einsam.«

»Okay.«

Wir sitzen still da, während der Kaffee kalt wird und der Nebel verdunstet. Ich höre oben jemanden duschen. Die alten Leitungen im Haus stöhnen. Es ist beinahe menschlich in seiner Traurigkeit, dieses alte Gemäuer.

»Ich bin verbittert wegen Olivia«, sagt Ereka. Sie klingt erstaunt über sich selbst und den Tränen nahe. »Manchmal frage ich mich, wie mein Leben hätte aussehen können, wenn sie bei der Geburt gestorben und nicht wiederbelebt worden wäre. Du weißt schon, wie ich das meine – ich hätte um sie trauern können. Das wäre sicher leichter gewesen. Es gibt wirklich Schlimmeres als den Tod. Nur was für eine Person könnte so etwas Abscheuliches über ihr eigenes Kind denken? Und was tue ich in solchen Momenten? Ich schleiche zum Kühlschrank und stopfe mich voll.«

»An deiner Stelle würde ich dasselbe tun, Ereka«, sage ich. Dabei habe ich keine Ahnung, was ich tun würde. Sie ist für den Rest ihres Lebens an ihre Tochter gefesselt wie eine Sklavin. Was wird wohl aus Olivia, wenn Ereka stirbt?

»Ich bin so was von müde, Jo. Ich habe das alles satt. Alles.«

Ich strecke die Hand aus und streichle ihre Schulter. Sie sackt unter meiner Berührung zusammen.

»Es tut mir leid, dass ich mir nicht mehr Mühe gegeben habe, mit dir in Verbindung zu bleiben.« Verspätete Anteilnahme. Ein jämmerlicher Versuch.

»Ist schon gut. Mit einem Kind wie Olivia verlierst du deine Freundinnen. Irgendwann bist du nur noch mit Eltern von behinderten Kinder befreundet. Letztlich kämpfen wir alle nur darum, unsere jeweilige Hölle durchzustehen. Andere Leute geben dich irgendwann auf, laden dich nicht mehr zu sich ein. Ich werfe das niemandem vor. Wenn ich Olivia nicht hätte, würde ich auch über teure Schulausflüge jammern und über Töchter, die sich ins Koma saufen oder viel zu jung Sex haben. Ich würde nichts davon hören wollen, wie eine andere Mutter mit ihrer Tochter ringen muss, damit sie ihre Medikamente nimmt, sich sauber hält und nicht in aller Öffentlichkeit an sich herumspielt.«

Ich habe keine Ahnung, wie ihre Tage aussehen. Ich kenne nicht einmal solche Stunden. Sollte ich mich jemals wieder über meine Kinder beschweren, möchte ich öffentlich ausgepeitscht werden, ehrlich.

»Wird es schwieriger, je älter sie wird?«

Ereka nickt. »Die Leute haben sie schon immer angestarrt, aber es ist schlimmer geworden. Niemand erkennt, was dahintersteckt und welche Anstrengung es sie kostet, Dinge zu tun, die andere für selbstverständlich halten. Sich die Schuhe zubinden, einen Becher abspülen. Niemand kommt auf den Gedanken, was für Medikamente sie nehmen muss, um den Tag zu überstehen, genau wie ich.«

»Finanziell kommt da sicher auch einiges zusammen«, bemerke ich, weil mir unser Gespräch von gestern wieder einfällt.

Hoffentlich wirke ich nicht herablassend. Ich versuche nur, ihr eine Freundin zu sein.

»Neulich stand eine schwangere Frau vor mir an der Supermarktkasse. Ich weiß nicht, warum ich sie gefragt habe, weil es mir eigentlich egal war, aber ich habe mich erkundigt, ob es ein Junge oder ein Mädchen wird. Da hat sie gesagt: ›Das ist mir egal, Hauptsache, es ist gesund.‹ Ich musste einfach fragen: ›Und wenn nicht, was werden Sie dann tun?‹ Wenn Blicke töten könnten, sag ich nur. Also habe ich gesagt: ›Ich meine ja nur, dass nicht alle Babys gesund zur Welt kommen.‹ Da hat eine alte Dame mir von hinten auf die Schulter getippt und gesagt: ›Das reicht.‹« Ereka lacht.

»Du Aufrührerin.«

»Manchmal glaube ich, ich mache so etwas aus Rache. Wenn ich mich in der Öffentlichkeit um Olivia kümmere, sogar in einer öffentlichen Toilette, bleiben die Leute stehen und beschimpfen mich. ›Muss das hier sein?‹ Als würde ich vor ihren Augen pinkeln oder halbnackt herumlaufen. Als wäre meine Tochter allein deshalb anstößig, weil die Leute sie sehen müssen.«

»Alles Idioten.«

»Ich beneide euch alle so sehr. Vor allem beneide ich Maeve um ihre Freiheit.«

Ich lasse sie neidisch sein und sage nicht: »Wenn du wüsstest, was Maeve auf dem Weg in die Freiheit überwinden musste …« Es ist Erekas gutes Recht, neidisch zu sein. Ich an ihrer Stelle wäre auch neidisch auf mich.

»Wie ist das, Jo?«

»Was denn?«

»Ein Leben, in dem die Frage ›Warum?‹ nicht jeden Tag an deine Tür klopft.«

Ich gerate ins Schleudern und suche nach ein paar weisen, wahren Worten. Leider finde keine. Ich habe mich selbst all dieser stummen Verurteilungen und Dummheiten schuldig gemacht, habe mich selbstzufrieden auf meinem fehlerlosen Leben ausgeruht. Ich bin eine einzige Enttäuschung.

Ich lege die Hand auf Erekas. So sitzen wir da und halten Händchen wie zwei kleine Mädchen.

Plötzlich lässt sie meine Hand los und sagt: »Ich habe in letzter Zeit ... Symptome.«

»Was für Symptome?«

»Ich habe furchtbaren Durst, meine Hände und Füße kribbeln, und ich muss ständig aufs Klo.«

»Du solltest mal zum Arzt gehen.«

»Davor habe ich Angst.«

»Ich begleite dich.«

»Danke, ich bin ein großes Mädchen und brauche niemanden, der mir die Hand hält.«

»Auch ein großes Mädchen braucht manchmal eine Mutter.«

Ereka lehnt den Kopf an die Seite des Korbstuhls und neigt das Gesicht der Sonne entgegen. »Ich könnte meine Mutter jetzt wirklich gut gebrauchen. Sie war meine beste Freundin.«

Ich weiß noch, wie Ereka mir vor Jahren erzählt hat, dass ihre Mutter kurz vor Olivias Geburt einen Schlaganfall erlitt. Seither ist sie gelähmt, kann nicht sprechen und lebt in einem Pflegeheim.

»Wann hast du sie zuletzt besucht?«, frage ich.

Ereka zuckt mit den Schultern. »Ich kann mich nicht erinnern. Es macht mich einfach zu traurig, sie zu sehen. Sie war eine so starke, patente Frau. Sie hat nie etwas weggeworfen – weder zerbrochenes Geschirr noch alte Zeitungen. Sie hat alles repariert und wiederverwendet. Bei ihr haben die Dinge ewig gehalten. Manchmal glaube ich, sie hätte gewusst, was wir mit Olivia machen sollen.«

»Ich vermisse meine Mutter auch«, sage ich. »Sie gehört zu den Menschen, die in jeder Lage wissen, was zu tun ist, obwohl sie auf einem anderen Kontinent lebt.«

»Da kommt es einem dumm vor, so weit weg zu wohnen«, bemerkt Ereka.

Ich nicke. Ein kleiner, rauher Kloß bildet sich in meiner Kehle.

»Fühl dich bitte nicht mies wegen gestern Abend, ja?«, sagt Ereka.

Sie muss wissen, dass es dafür zu spät ist.

Ereka nimmt mich beim Handgelenk. »Weißt du, warum meine Mutter einen Schlaganfall hatte? Sie war extrem übergewichtig und hat vierzig Zigaretten am Tag geraucht. Auch wenn sie nicht gut für sich selbst gesorgt hat, um uns hat sie sich absolut penibel gekümmert. Schon komisch, dass Mütter da mit zweierlei Maß messen, nicht? Wenn sie sprechen könnte, würde sie zu mir sagen: ›Ereka Lucy Fleur, muss dieses Stück Kuchen wirklich sein? Willst du eines Tages als Walross enden, so wie ich, und dir nicht mal selbst deinen gigantischen Hintern abwischen können?‹«

»Nach vierzehn Jahren unfreiwilliger Stummheit möchte ich wetten, dass deine arme Mutter eher denkt: ›Bringt mir endlich einen anständigen Gin Tonic. Und warum muss ich hier den ganzen Tag ein albernes Nachthemd tragen?‹«

Ereka lacht herzhaft.

»Sieh mal«, sage ich und öffne und schließe das Türchen des Vogelkäfigs. »Maeve hat ihn repariert.«

Ereka streckt die Hand aus und bewegt selbst das Türchen, das in seinen neuen Büroklammer-Angeln quietscht. Sie öffnet und schließt es immer wieder, mit einem unbeschreiblichen Lächeln auf den Lippen – als hätte der Morgennebel ihr allen Kummer gestohlen und sich damit davongeschlichen.

Tennyson trottet den Weg entlang und hopst mit irgendetwas im Maul die Treppe herauf.

Es ist eine halb tote Maus. Er lässt das quiekende Tierchen mit den herausquellenden Eingeweiden vor meine Füße fallen.

»Das ist ja widerlich«, sage ich. »Du bist eine abscheuliche Kreatur. Die arme, unschuldige Maus.«

Ereka lacht. »Das ist ein Geschenk, du alberne Gans.«

Vorsichtig hebt sie die Maus mit beiden Händen auf. Sie geht die Stufen hinunter und dann ein Stück übers Gras. Der Hund folgt ihr. Barfuß läuft sie bis hinüber zum Damm. Ich sehe zu, wie sie die sacht in ihre Hände gebettete Maus ins Wasser wirft. Tennyson bellt, als es platsch macht. Ereka bückt sich und wäscht sich die Hände. Dann tätschelt sie dem Hund den Kopf und kommt mit schwingenden Armen zurück. Ich denke nur: *Ich will Ereka etwas Gutes tun.*

Als sie die Terrasse erreicht, sagt sie völlig außer Atem: »Lass sie fahren!«

»Wen?«

»Jamie. Nach Borneo.«

»Ereka, ich ... Das ist nicht so einfach.«

Ich habe dabei Mühe, ihr in die Augen zu sehen. Ereka würde alles darum geben, eine Tochter zu haben, die sie nach Borneo schicken könnte.

»Okay, vergiss, was ich gerade gesagt habe«, entgegnet sie. »Das geht mich nichts an. Komm und hilf mir mit dem Frühstück. Ich wollte eigentlich Ricotta-Honig-Pfannkuchen mit

Sahne und frischen Beeren machen. Kann man das so abwandeln, dass meine Mutter damit einverstanden wäre?«

In der Küche mustern wir die Vorräte. Sahne kommt nicht in Frage. Butter und Honig auch nicht. Ich öffne den Kühlschrank und betrachte den Inhalt. Als ich gerade meine kulinarische Kreativität zum Einsatz bringen will, kommt Summer mit einem atemlosen »Guten Morgen. Ist das nicht ein herrlicher Tag?« in die Küche gehüpft.

Sie ist verschwitzt, offensichtlich von einer morgendlichen Joggingrunde durch die Landschaft, und dennoch glamourös geschminkt: Make-up, Rouge, Lidschatten, das volle Programm. Sie schlingt die Arme um Ereka. Ihre stürmische Umarmung hätte mir glatt das überwältigende Gefühl gegeben, eine völlig unzulängliche Freundin zu sein, und mich daran erinnert, dass Ereka sie – und nicht mich – gestern Abend in ihr Zimmer gelassen hat ... wenn meine Aufmerksamkeit nicht wie magnetisch von ihren Füßen angezogen würde. Die stecken nämlich in – kann das eine optische Täuschung sein? – meinen neuen Joggingschuhen.

Als Summer endlich bemerkt, dass ich ihr auf die Füße starre, sagt sie: »Oh, du hast doch nichts dagegen, oder? Ich habe meine Laufschuhe vergessen, und als ich die hier an der Tür gesehen habe, dachte ich, oh Gott, ich glaub's ja nicht, könnte genau meine Größe sein. Sie sind echt abartig bequem.«

»Äh, also«, stammele ich, »eigentlich verleihe ich Schuhe nur ungern ...«

»Ach, wie dumm von mir. Ich hätte dich erst fragen sollen.«

»Ja, aber ich hätte trotzdem nein gesagt.«

Sie kichert und hält das für einen Witz.

»Summer!«, tadelt Ereka sie besänftigend. »Man borgt sich nicht einfach anderer Leute Schuhe aus ... Dummerchen.«

»Oje, ehrlich?« Sie schaut so überrascht drein, als hätte ich mir diese gesellschaftliche Gepflogenheit gerade ausgedacht.

»Das ist, als würde man sich jemandes Unterwäsche ausleihen ... oder die Zahnbürste.«

»Mein Fehler, tut mir leid«, sagt sie unbekümmert. Sie zieht sofort die Schuhe aus, wischt etwas Staub von den Kappen und fragt: »Wo soll ich sie hintun?«

»Dahin, wo du sie gefunden hast«, nuschele ich. Innerlich kochend wende ich mich wieder dem Frühstück zu und frage mich, wie man fremden Fußschweiß aus neuen Schuhen rausbekommt. Solche Unterhaltungen führe ich sonst nur mit Jamie. Jamie, die in mir herangewachsen ist und zu deren DNS ich persönlich die Hälfte beigetragen habe. *Frag mich bitte, ehe du dir meine Sachen nimmst. Bitte trag meinen Schmuck nicht ohne meine Erlaubnis. Wenn du mein Make-up benutzt, stell es bitte ordentlich wieder zurück. Ist das meine Strumpfhose? Wie kommt mein Hefter unter dein Bett?* Solche kleinen Abgrenzungen untermauern unser Selbstsein. Da kann man sich nur fragen, was manche Leute unter Erziehung verstehen.

Als Summer nach oben verschwindet, um vor dem Frühstück noch zu baden, sagt Ereka leise: »Sie meint es nicht böse.«

Tja, Kugelfische haben sicher auch keine boshaften Absichten, wenn sie einem mit ihrem Gift einen langsamen und qualvollen Tod bescheren. Nein, wirklich, wahrscheinlich denken sie sich gar nichts dabei.

Maeve und Virginia kommen in die Küche geschlendert. Maeve trägt eine flotte Nepalhose mit passender Baumwollbluse und einen Sonnenhut. Virginia wirkt übernächtigt und steckt in einem Jogginganzug aus braunem Samt, der vermutlich von irgendeinem schicken Designer stammt und definitiv nicht zum Sporttreiben geeignet ist. Sie streckt und beugt die

Finger ihrer linken Hand demonstrativ gepeinigt und hält das iPhone in der rechten.

»Wo kommt ihr beiden denn her?«, fragt Ereka.

Maeve erzählt, dass sie schon im Morgengrauen aufgestanden ist, draußen ein wunderbares Fleckchen für ihre Tai-Chi-Übungen entdeckt hat und auf dem Rückweg Virginia begegnet ist, die verzweifelt nach einer Stelle mit Handy-Empfang suchte oder nach Callum, der ihr eine zeigen könnte. Ohne Tennyson? Sogar ich weiß, dass man nicht allein spazieren geht, wenn man einen Hund hat.

»Jemand hat Tennyson rausgelassen – vielen Dank!«, sagt Virginia.

»Er hat dir ein kleines Präsent in der Küche hinterlassen. Ich hatte das Vergnügen, es aufzusammeln.« Ich beklage mich nicht, ich berichte nur.

»Das tut mir leid«, sagt sie lachend. »Hunde sind nicht gerade meine Stärke. Haustiere überhaupt. Ich werde wohl ein neues Zuhause für ihn suchen müssen. Eine Anzeige aufgeben oder so.« Sie steckt ihr iPhone ein, öffnet die Klettbänder ihres Handgelenkschoners und befestigt ihn neu.

»Für ein altes Tier findet man nicht so leicht einen Platz«, flüstert Ereka. »Womöglich wirst du ihn …«

»Ja, ich weiß«, sagt Virginia ungerührt.

Der Hund ist mitten unter uns. Er sitzt mir zu Füßen und himmelt mich völlig grundlos an. Ich habe keine Ahnung, ob Hunde uns verstehen können, aber wozu ein Risiko eingehen?

Ich versuche, Maeves Blick aufzufangen. Sie war im Morgengrauen draußen und hat Tai-Chi gemacht. Ihr Nachtlicht ist längst weggepackt. Sie blickt nicht einmal in meine Richtung. Ich mahle schwarzen Pfeffer über die Eier und hoffe, das hier möge irgendwie anders laufen als der Morgen danach, wie ich ihn von einigen erotischen Abenteuern meiner Jugend in Erinnerung habe. Die Intimität der Nacht überdauerte leider nie die Verlegenheit beim Frühstück. Ich erwarte keine großen Gesten. So ein Mensch ist sie nicht. Aber mal ehrlich, es wäre hilfreich, wenn sie in irgendeiner Form würdigen könnte, dass wir einander einiges anvertraut haben: *Reich und arm*, Solange, Jonah ... Sie will nicht, dass ich anders mit ihr umgehe, aber nach dieser Nacht ist unsere Beziehung nun mal anders. Doch von den geteilten Geschichten der Nacht ist in ihren Augen nichts zu sehen. Sie schenkt sich eine Tasse Kaffee ein, lächelt Ereka an und schlendert hinaus auf die Terrasse.

»Ich habe Callum gefunden. Ist er nicht süß? Er wusste nicht, dass der Telefonanschluss im Haus nicht funktioniert«, berichtet Virginia mir, als hätte auch ich ungeduldig auf Neuigkeiten über die Telefonkrise gewartet. Ich bemühe mich, interessiert zu wirken. »Und er hat irgendwo den Schlüssel für das Zimmer oben. Er hat sich gleich entschuldigt und versprochen, später vorbeizukommen und uns eine kleine Führung durchs Haus und den Gedenkgarten zu geben.«

»Was ist denn nun in dem abgeschlossenen Zimmer?«, frage ich.

Virginia zuckt mit den Schultern. »Das werden wir sehen, wenn er es aufschließt.«

»Und an wen oder was soll der Garten erinnern?«

»Die Leute, denen das Haus früher gehört hat, haben ihren Sohn mit Mitte zwanzig verloren. Er war ein begnadeter Konzertpianist. Seine Mutter hat zum Gedenken an ihn einen Rosengarten angelegt. Aus tausend Rosensträuchern.«

Ereka und ich drehen uns unwillkürlich um und wechseln einen Blick. Sie hat Tränen in den Augen. Bei ihr ist die Trauer immer dicht an der Oberfläche.

Virginia erbietet sich, Helen zu wecken. Ein paar Minuten später kommen die beiden die Treppe herunter, Helen in einem schlabberigen Schlafanzug, unter dessen Oberteil ihre ehemals pornotauglichen Titten wie Kartoffelsäcke schaukeln. Als ich sie so sehe, schwöre ich mir, dass ich ihr ein paar hübsche Schlafanzüge kaufen werde. Aus feiner Baumwolle und ohne Folienprints mit Comicfiguren drauf.

Ich achte nämlich auf meine Freundinnen und ihre Bedürfnisse.

13 Nie geschätzt

Musst du wirklich schon nach dem Mittagessen fahren?«, fragt Summer Ereka, als wäre sie ihre neue beste Freundin.

Summer sitzt mir gegenüber und plappert so ungezwungen, als wäre es ganz normal, sich Schuhe von jemand anderem »geborgt« zu haben. Sie ist völlig unbeeindruckt. Vor dem Frühstück habe ich meine Joggingschuhe an der Terrassentür abgeholt und sie selbst wieder angezogen. Vielleicht sollte ich noch mal meine Unterwäsche durchzählen.

Der Tisch auf der Terrasse ist mit einem handbestickten Tischtuch gedeckt, das Ereka in einer Küchenschublade gefunden hat, als verdiente das Frühstück seine eigene Pracht. Während Ereka uns Kräuteromelett mit Räucherlachs und Ricotta serviert, klingelt Virginias Telefon. Ich bin irgendwie erleichtert.

»Halleluja«, stößt sie aus, entschuldigt sich und geht telefonieren.

»Ich muss zurück und Jake ablösen. Das ist unser elterlicher Staffellauf«, erklärt Ereka.

Summer macht ein übertrieben trauriges Gesicht und nippt an ihrer Cola light. »Du wirst mir fehlen«, sagt sie.

Als Virginia zurückkommt, hat sie die Flasche Moët in der Hand. Es ist kaum zu übersehen, wie bekümmert ihre Miene wirkt.

»Alles in Ordnung?«, fragt Helen.

»Das war die Krankenschwester von der Intensivstation.«

»Wie geht es deiner Mutter?«, frage ich.

»Sie stirbt.«

»Ist sie … Hat sie Schmerzen?« Sterbende Leute haben meistens Schmerzen. Die Frage ist also ganz sinnvoll.

»Sie bekommt eine Menge Schmerzmittel, und sie liegt im Koma, demnach ist das schwer zu beurteilen.«

»Was hat die Schwester denn gesagt?«, erkundigt sich Helen.

Virginia zuckt mit den Schultern. »Dasselbe wie immer: schlechte Nacht, nicht mehr lange …«

»Das muss wirklich schwer für dich sein.« Normalerweise bin ich nicht so lahm.

»Ja und nein. Wir beide führen nicht unbedingt eine ideale Mutter-Tochter-Beziehung.«

»Das ist sehr freundlich ausgedrückt«, sagt Helen.

»Stimmt. Und sie ist beinahe schon nicht mehr da.«

»Fährst du zurück?«, fragt Helen.

»Ich glaube nicht, dass in den nächsten vierundzwanzig Stunden irgendwas passieren wird. So geht das jetzt schon seit zwei Wochen. Außerdem würde sie gar nicht merken, ob ich da bin oder nicht.«

Ereka öffnet den Mund, als wollte sie Virginia widersprechen, doch sie schließt ihn wieder.

»War sie wirklich so schrecklich?«, frage ich.

Ich habe Mühe, mir vorzustellen, was für ungeheuerliche Dinge dazu führen könnten, dass jemand so beiläufig vom Tod seiner eigenen Mutter spricht. Hat Virginia täglich Prügel bekommen? Musste sie hungern? War sie jahrelang in einem Schrank eingeschlossen? Von solchen Müttern liest man in billigen Klatschblättchen. Ab und zu tauchen sie in einer Talkshow auf. Ihr stimmt mir sicher zu, wenn ich sage, dass so etwas in der Tat die Frage aufwirft, ob man sich das Recht auf Fortpflanzung verdienen müsste. Zumindest sollte ein nicht allzu persönlicher Multiple-Choice-Test Voraussetzung dafür sein, Kinder in die Welt setzen zu dürfen – nur, damit man schon mal die schlimmsten Psychopathen aussortieren könnte.

Helen und Virginia sehen sich an. Dieser Blick offenbart eine lange Geschichte, die ich nie ganz erfahren werde.

Helen antwortet. »Sagen wir einfach, dass Celia lieber einen Sohn wollte. In ihren Augen hat Virginia allein dadurch Mist gebaut, dass sie ein Mädchen geworden ist. Was glaubst du, wie sie auf den Namen Virginia gekommen ist? Wenn man ordentlich nuschelt, klingt es wie ›Vagina‹.«

»Das ist nicht dein Ernst«, sage ich entsetzt. Das erinnert mich an einen Jungen, mit dem ich in der Schule war. Welche vereitelten Hoffnungen mögen die Mutter eines Jungen namens Dick Cockburn umgetrieben haben?

»Ich hätte Jemima auch fast ›Virginia‹ genannt«, wirft Summer ein. »Weil sie vom Sternzeichen Jungfrau ist, haben wir an Virginia gedacht. Aber dann haben wir doch Jemima genommen, weil das irgendwie niedlicher klang, und niedlich ist sie wirklich. Jemima klingt ein bisschen wie Virginia – nur mit J und M statt V und G. Ich liebe diesen Namen. Für mich klingt er überhaupt nicht wie Vagina.«

Wir alle blinzeln. Summers Bewusstseinsstrom zu lauschen ist, als wäre man auf Drogen. Halluzinogenen. Oder als sei man versehentlich in eine *Teletubbies*-Folge hineingeraten. Es hat etwas Entspannendes, solange man nicht dagegen ankämpft.

»Das ist nur ein Witz in unserer Familie«, erklärt Virginia. »Eigentlich bin ich nach Virginia Woolf benannt, die Celia tatsächlich geliebt hat – immerhin braucht man einer toten Schriftstellerin keine echten Gefühle entgegenzubringen. Aber sie hatte Glück, achtzehn Monate nach mir kam Conrad auf die Welt. Conrad, der so perfekt und großartig ist in allem, was zählt, und vor allen Dingen ein Junge.« Sie lächelt eisern.

»Erzähl ihnen doch, wo der perfekte Conrad gerade ist, während seine Mutter im Sterben liegt«, schlägt Helen vor und verspeist den letzten Bissen von ihrem Omelett.

»Er ist geschäftlich in Jakarta. Wahnsinnig wichtige Angelegenheit. Der Glückliche hat das ganze Krebsdrama verpasst – aber so etwas ist auch echt lästig, wenn man versucht, Geschäfte zu machen.« Ihre Worte sind so scharf, dass ich den Meerrettich darin beinahe schmecken kann.

Unversehens mit jemandes emotionaler Vernachlässigung in Berührung zu kommen ist heikel, etwa so, als stolperte man über anderer Leute Seitensprung. Ich schlucke. Wo bin ich denn, wenn meine Eltern mich brauchen? Am anderen Ende der Welt. Meine Schwestern müssen sich um sie kümmern, wenn mein Vater ein künstliches Hüftgelenk braucht und meine Mutter einen Bandscheibenvorfall erleidet. Gut möglich, dass ich eine schreckliche Tochter bin.

»Bitte, kein Wort gegen Conrad, ja? Er gibt ein Vermögen dafür aus, ihr Blumen ins Krankenhaus zu schicken. Nur leider ist Celia allergisch gegen Pollen. Ich muss die Sträuße immer wegwerfen oder an andere Patienten verteilen. Ich kann Blumenarrangements nicht mehr sehen, vor allem Gestecke in kleinen grünen Schwämmchen. Was soll das mit diesen Schwämmchen?«

Die Dinger verärgern Virginia. Zu viele davon können einen aber auch wirklich in den Wahnsinn treiben.

»So halten die Blumen länger«, erklärt Summer. »Wir benutzen immer solche Gestecke, wenn wir Häuser präsentieren.«

»Ja, kann sein.«

»Tja, wir sind eben nicht alle perfekt«, sagt Helen. »Irgendwer muss nun mal das SSDF sein.«

»SSDF?«, fragt CJ.

»Das schwarze Schaf der Familie«, johlen Helen und Virginia wie aus einem Munde, und alle kichern.

»Schwarze Schafe sind was ganz Besonderes«, startet Summer einen Versuch. »In Jemimas Klasse ist ein kleines äthiopisches Mädchen. Sie ist eine Albino. Wir haben sie mal zu uns nach Hause eingeladen. Ich schwöre bei Gott, das arme Kind hatte noch nie eine Wii gesehen. Noch gar nie.«

Wie soll man auf ihre Weisheiten und Erkenntnisse eingehen?

»Wenn sie ein Albino ist, wäre sie dann nicht eher ein weißes Schaf?«, überlegt Helen.

Summer denkt nach und nickt. »Ja ... also, ja ...«

Virginia bricht in gackerndes Kichern aus, dicht gefolgt von Helen. CJ fällt ein, und selbst Ereka kann nicht anders. Summer will sich nicht ausgeschlossen fühlen und gluckst mit. Maeve bleibt ungerührt.

Unsere Witzelei ist aus ernstem Leid entstanden. Summers großzügige Einladung des Albino-Mädchens ist eine flüchtige Ablenkung vom eigentlichen Thema: einem ungeliebten, zu wenig bemutterten Kind. Meine Kinder wissen genau, wie sie mich bis an die Grenzen meiner Geduld und menschlichen Würde bringen können. Ich mag sie nicht immer. Manchmal machen sie es mir schlicht unmöglich. Trotzdem kann ich mir beim besten Willen nicht vorstellen, sie nicht zu lieben. Selbst wenn ich wollte – ebenso wenig könnte ich meinem Körper befehlen, keine Nahrung mehr zu verdauen. Ich kann die Sache nicht einmal neutral betrachten, so, wie wenn ich Fremde mit einer Person in Uniform streiten sehe und milde denke: *Das ist keine schlaue Idee,* statt hinzurennen, zu intervenieren, zu vermitteln und das Problem lösen zu wollen. Meine Liebe zu meinen

Kindern ist wie mein Herzschlag oder meine Atmung: eine biologische Notwendigkeit. Offensichtlich gilt das nicht für alle Mütter.

»Meine Damen, hier sehen Sie das schneeweiße Schaf ihrer Familie.« Virginia weist mit großer Geste auf Helen wie ein Zirkusdirektor, der eine neue Nummer ankündigt. »Es gibt Mütter, die ihre Töchter lieben. Helen ist der lebende Beweis dafür. Helen, wie ist das so?«

Die Gefragte brummt. »Die Sache hat einen Nachteil – und das ist eine Warnung an euch alle: Wenn meine Mutter stirbt, werde ich ein menschliches Wrack sein. Und zwar für ziemlich lange Zeit.«

»Wie geht es Roz?«, fragt Virginia.

»Im Moment schlürft sie wahrscheinlich einen teuren Cocktail auf dem Oberdeck. Sie und mein Vater machen eine Kreuzfahrt zu den Bahamas.«

»Erinnere mich bitte daran, dass ich etwas für sie habe, zum Muttertag – ich habe ihr in Ghana eine Kette aus Tonperlen gekauft. Meine fand sie neulich so schön.«

»Zum Muttertag?«, fragt CJ.

»Sie war meine Ersatzmutter. Dank ihr weiß ich, was richtige Mütter tun.«

»Dank ihr bist du nicht mit sechzehn selbst Mutter geworden. Wo du wohl heute wärst, wenn sie dir nicht die Pille besorgt hätte, als dein Freund damals … Wie hieß er noch? Der mit der Punk-Frisur? Der Kerl hat jedenfalls behauptet, ihm würden die Eier abfallen, wenn du nicht mit ihm schläfst.«

»Der süße Barry Wendall. Aber das mit seinen Eiern war gelogen.«

»Ich habe dir damals gesagt, dass Jungen nicht die Eier abfallen, wenn sie keinen Sex haben.«

»Soll ich dir erzählen, was eines der Highlights meiner jämmerlichen Kindheit war? Die Hühnersuppe, die Roz gekocht hat, als ich von unserem Campingausflug mit einer Lungenentzündung nach Hause kam.«

»Du musstest ja unbedingt um drei Uhr früh nackt in diesem See schwimmen ...«

Die beiden finden das furchtbar lustig. So reagieren Leute nun mal auf Insiderwitze oder eine gemeinsame Erinnerung. Da fühlen alle anderen sich zwangsläufig ausgeschlossen. Aber Virginia ist bestimmt neidisch auf Helen. Jedenfalls wäre das nur natürlich.

»Krank zu sein war das Allerbeste. Wenn Celia mich rausgeworfen hat, weil ich mit vierzig Grad Fieber nach Hause kam oder mir die Lunge aus dem Hals hustete, hatte ich einen guten Vorwand, bei euch angelaufen zu kommen und zu bleiben, bis es mir besser ging.«

»Das ist ja schrecklich«, bemerkt Ereka und ruft uns ins Gedächtnis, was Virginia damit eigentlich sagt.

Virginia wird still.

Dann fährt sie fort: »Ja. Ich war Bungeespringen, Paragliding, und ich war während heftiger Gewitter in offenem Gelände. Nichts davon kommt auch nur annähernd an das Grauen heran, meiner Mutter sagen zu müssen, dass ich krank war. Mit anzusehen, wie das Nilpferd unserem Führer den Fuß abgebissen hat, war vermutlich das einzige Erlebnis, das noch schlimmer war. Selbst wenn ich nur gehustet habe, ist Celia ausgerastet vor Wut. Als würde ich absichtlich ihr Leben ruinieren, alles durcheinanderbringen, sie von ihrem Bridge, ihrem Tennis, ihrer Wohltätigkeitsbäckerei abhalten ...«

»Sie hat das beste Brot gebacken, das ich je gegessen habe. Das muss man ihr lassen«, erinnert Helen ihre Freundin.

»Ja, mit Mehl und Wasser konnte sie etwas anfangen.«

»Meinst du, wir könnten sie dazu bringen, eine letzte Vanillecremetorte zu backen, ehe sie das Zeitliche segnet?«

»Allein von dem Geruch wird mir schlecht.« Virginia sinkt in sich zusammen.

Sie hat diese Erzählung perfektioniert. So schafft man es irgendwann, über eine Tragödie zu sprechen, ohne völlig zusammenzubrechen. Die Oberflächen sind sauber gewischt, in ihrer Stimme liegt keine Spur von Schmerz oder Selbstmitleid. Eine sterile Umgebung. Trotzdem muss da irgendwo Trauer sein. Vielleicht nicht um die sterbende Mutter, aber wenigstens um das, was nie geschätzt und gehegt wurde. Ich hasse eine derartige Verschwendung. Die Vergeudung eines Kindes. Wozu all das durchmachen, wenn man es nicht von ganzem Herzen genießt? Wie Amy Winehouse, das arme, alberne Ding.

Meine eigene Mutter war eigentlich nicht überfürsorglich, außer, wenn ich krank war. Ich erinnere mich noch gut an ihre weiche, warme Hand auf meiner Stirn, mit der sie prüfte, ob ich Fieber hatte. Die Sorge in ihren Augen, die für mich Liebe bedeutete. Wenn ich nicht zur Schule gehen konnte, setzte sie sich mit mir und meinen Malbüchern hin. Sie bekam selbst mit Buntstiften ganz ebenmäßige Striche hin. Manchmal denke ich, sie hätte Künstlerin werden können. Ich habe sie mal gefragt, woher sie das hat. Jedenfalls fühlte ich mich nie so sehr geliebt, wie wenn ich mich laufend übergeben musste oder glühendes Fieber wegen einer Mandelentzündung hatte. Eine ganz bestimmte Aufmerksamkeit konnte sie mir nur schenken, wenn meine Gesundheit auf dem Spiel stand. Diese Zeiten mit ihr waren sehr wertvoll für mich. Vermutlich liegt darin die Ursache für meine hypochondrischen Neigungen.

»Wir fanden es schön, wenn du krank warst«, sagt Helen zu

Virginia. »Das war, als bekämen wir eine Schwester dazu. Meine Mutter wollte weitere Kinder.«

»Mehr als vier?«, frage ich schockiert.

»Ich glaube, Mum hätte mindestens sechs gewollt.«

»Manche Menschen sind einfach dazu geboren«, wirft Virginia ein.

Ich wollte auch immer vier Kinder, wenn ich mir früher ausgemalt habe, eines Tages Mutter zu sein. Aber Frank und ich haben nach dem zweiten aufgehört. In meinem Herzen ist Platz für weitere Kinder, in unserem Budget dagegen nicht unbedingt. Während Franks Vasektomie saß ich schluchzend im Wartezimmer. Er verstand das nicht. Ich glaube, es war diese Endgültigkeit, mit der ich mich von meinem Traum einer großen Familie verabschieden musste, die mir immer den Rücken stärkte und das Haus mit reichlich Leben füllte. Frank sagt, ich solle das nicht verklären und lieber an die viele Wäsche denken.

Breitere Verteilung hat allerdings etwas für sich. Kleine, effiziente Familien verleiten zu Anspruchsdenken, was Themen wie Besitz oder Privatsphäre angeht: *Wie kannst du es wagen, einfach mein Zimmer zu betreten / dir meine Sachen zu borgen / reinzukommen, wenn ich gerade unter der Dusche stehe?* Großfamilien sind Gemeinschaften, in denen man sich Zimmer teilt, manchmal sogar Betten, Unterwäsche und die Dusche, und in denen man sich am Computer abwechseln muss. Ich will gewiss nicht behaupten, dass ich dann eine weniger kontrollierende Mutter geworden wäre. Es könnte genauso gut sein, dass ich doppelt so viele Ängste ausgestanden hätte.

»Meine Mutter klammert sich offenbar mit aller Kraft ans Leben, damit sie mich so lange wie nur irgend möglich nerven kann«, sagt CJ.

»Warum verstehst du dich nicht mit ihr?«, fragt Virginia und buttert eine Scheibe Toast sorgfältig bis in die Ecken.

»Wie lange hast du Zeit?«

»Mir reicht die Kurzfassung.«

»Ihr Profil bei einer Partnervermittlung hätte so ausgesehen, und zwar ganz im Ernst: *Jämmerliche, ewig leidende Katholikin, die sich nicht einmal traut, Auto zu fahren, sucht co-abhängigen Alkoholiker als Vater für ihre zwei ungewollten Töchter. PS: Ich kann die halbe Bibel zitieren und überdurchschnittlich gut putzen.*«

»Warum hat sie sich nicht getraut, Auto zu fahren?«, fragt Summer neugierig.

»Ach, es tut mir ja leid, dass ihr Bruder bei einem Autounfall ums Leben gekommen ist, als sie noch klein war, aber für so etwas gibt es Psychotherapeuten, oder? Meine Schwester Gail und ich mussten überallhin zu Fuß gehen, als wären wir so arm, dass wir uns nicht mal ein Auto leisten konnten. Meine stärkste Kindheitserinnerung ist allgemeine Demütigung.«

»Laufen ist gesund«, bemerke ich.

»Gail hat sich mal an einer Glasscherbe die Hand aufgeschnitten, sogar die Sehnen waren durch. Meine Mutter konnte sie nicht ins Krankenhaus fahren. Gail wäre fast verblutet, während wir auf den Krankenwagen gewartet haben. Wenn eine von uns ein Kunstprojekt abgeben musste und es hat geregnet, kamen wir in der Schule mit einem nassen Klumpen an; die ganze Arbeit war ruiniert. Meine Mutter kannte die blöde Bibel von vorne bis hinten und hat das Haus geputzt, als sollte jeden Moment eine Herztransplantation auf unserem Küchenfußboden stattfinden. Warum? *Weil Sauberkeit gleich nach Gottesfurcht kommt.* Gail und ich haben Bilder von Autos aus Zeitungen und Zeitschriften ausgeschnitten und sie in ein Album geklebt. Natürlich haben wir sehr bald gelernt, per Anhalter zu fahren.«

»Gefährlich«, merke ich an.

»Manchmal habe ich Jungs angeboten, ihnen einen zu blasen, wenn sie mich mitnehmen.«

»Was?«, rufen Helen, Virginia und ich wie aus einem Mund. Sogar Maeve hat geblinzelt.

CJ lacht. »Angeboten – ich habe nicht gesagt, dass ich ihnen tatsächlich einen geblasen hätte. Zum Glück dauert es einen Moment, bis so eine Hose offen ist. Ich war nach einer Weile wirklich gut darin, aus dem Auto zu springen, sobald wir angekommen waren. Nur zweimal konnte ich mich nicht rauswinden.«

»Das ist eine wirklich äußerst bestürzende Geschichte, CJ«, sagt Ereka.

»Tja, es hat mir nicht geschadet. Schaut mich doch an. Tataaa!« Sie sagt es, als wäre sie ein Aushängeschild der Normalität und Ausgeglichenheit.

»Dein Vater war Alkoholiker?«, fragt Maeve.

»Ja, aber meine Mutter hätte selbst den Papst in den Suff getrieben. Er hatte ihr nichts entgegenzusetzen. Als er vor zehn Jahren starb, geriet sie völlig aus der Bahn. Es war, als hätte jemand einen Schalter umgelegt. Sie ging nicht mehr in die Kirche, warf alle ihre Kreuze weg, sogar das riesige Kruzifix in der Küche. Auf einmal ging sie per Internet auf Partnersuche, stakste in roten Highheels auf die Rennbahn und verprasste das bisschen Geld, das ich vielleicht geerbt hätte, beim Wetten. Neulich – das müsst ihr euch mal vorstellen – hat sie mir erzählt, dass sie einen Fickfreund habe. Also, bitte – woher kennt sie in ihrem Alter auch nur das Wort?«

»Die geht ja richtig ab«, sage ich.

»Wenn schon untergehen, dann mit wehenden Fahnen«, bemerkt Helen bewundernd.

»Irgendwie total krank.« Summer lacht.

Sogar Maeve kichert.

»Wie alt ist sie denn?«, fragt Virginia.

»Fünfundsiebzig. Und ihr kleiner Fickfreund ist zweiundfünfzig. Ich habe sie darauf hingewiesen, dass sie seine Mutter sein könnte, und sie hat mir zugezwinkert und gesagt: ›Ja, eben‹.« CJ schüttelt sich.

»Ich sollte unbedingt mal mit ihr einen trinken gehen. Vielleicht hat sie ein paar Tipps für mich, wie ich mir einen jungen Fickfreund an Land ziehen kann«, sagt Virginia.

»Bei ihrem hektischen Lebensstil hat sie natürlich nie Zeit, um auf die Kinder aufzupassen«, jammert CJ.

»Sie ist ein neuer Mensch«, sage ich und denke: CJs Mutter hätte es vermutlich längst in die Toskana geschafft, wenn das auf ihrer Liste stünde.

»Sie war eine schlechte Mutter. Da könnte sie wenigstens eine halbwegs anständige Großmutter sein.«

»Meine Mum ist echt mega-hilfsbereit«, sagt Summer. »Sie holt die Mädchen jeden Tag von der Schule ab, macht mit ihnen Hausaufgaben und kocht ihnen was.« Dann merkt sie offenbar, dass Beliebtheit hier nicht gerade nach einer coolen Mutter verlangt, und fügt schnell hinzu: »Aber sie ist oft furchtbar deprimiert, seit mein Vater sie verlassen hat …«

Ich frage mich, was Summer als Mutter eigentlich tut. Sie scheint so ziemlich alles delegiert zu haben.

»Wann ist dein Vater denn gegangen?«, fragt Maeve.

»Zwei Tage vor meinem fünften Geburtstag. Superfies, oder? Meine Mum hat auch gesagt, das war gemein, er hätte ruhig noch die zwei Tage warten können. Sie musste das ›Dad‹ auf meiner Geburtstagskarte durchstreichen, weil sie schon ›von Mum und Dad‹ draufgeschrieben hatte. Wir sind dann zu meinem Onkel Bernie gezogen, ihrem Bruder. Sonst wären wir in einer Sozialwohnung gelandet.«

Ich stelle fest, dass ich einiges überdenke. Summer ist keineswegs privilegiert aufgewachsen. Sie musste bestimmt mit anderen Klamotten teilen und geborgte Schuhe tragen. Jetzt verstehe ich, was da schiefgelaufen ist.

»Ich kann mich an keinen Tag erinnern, an dem ich nicht mit meiner Mutter gesprochen hätte«, sagt Helen. »Ich berede einfach alles mit ihr. Ich schwöre euch, egal, worum es geht, sie hat immer recht. Ich weiß nicht, was ich ohne sie machen würde.«

Virginia lächelt, angesteckt von Helens Glück. Aber man sieht deutlich, wo ihr etwas fehlt. Da sind Löcher. Die Unebenheiten einer Persönlichkeit, die sich allein vom Mädchen zum Frausein durchhangeln musste. Ich werfe einen Blick zu Ereka hinüber. Ihre Muttergeschichten wurden plötzlich eingefroren, als ihre Mutter einen Schlaganfall erlitt, und sind derzeit in einer nur halb lebendigen Person verschlossen. Und Maeve ... Sie hat eine Festungsmauer um ihre Verluste errichtet und befasst sich schlicht nicht mehr damit.

Ich schreibe meiner Mutter jeden Abend, ehe ich ins Bett gehe, eine E-Mail. Sie will wissen, was der Zahnarzt gesagt hat, wie viel die Autowerkstatt für die Inspektion verlangt, wie Jamies Geografieklausur gelaufen ist und ob Aaron beim Basketballspiel Punkte erzielt hat. Wenn ich ihr mal einen Abend nicht schreibe, ruft sie mich am nächsten Tag an und fragt, ob alles in Ordnung sei. Mein Glück im alltäglichen Leben ist ihr so wertvoll, dass es in Geld nicht zu ermessen wäre. In einer Familie bekommt man manches geschenkt.

»Wann hast du zuletzt mit deiner Mutter gesprochen?«, frage ich CJ.

Sie zuckt mit den Schultern. »Weiß nicht.«

»Sicher am Muttertag, oder?«, fragt Helen.

»Oh, bitte«, stöhnt CJ abfällig. »Sie war echt eine miese Mutter. Ich verschwende keine fünfundzwanzig Cent darauf, sie am Muttertag anzurufen.«

»Das ist jetzt nicht dein Ernst«, sage ich und hoffe, dass ich recht habe.

»Mein voller Ernst.«

»Wenn du dein ganzes Leben lang nicht beachtet und übersehen wurdest, ist es wirklich schwer, sich von einem kommerziellen Liebe-deine-Mutter-Tag zu einem Schwätzchen motivieren zu lassen.« Virginia ergreift für CJ Partei.

»Ich habe meiner Mutter nichts zu sagen. Sie stand nie auf meiner Seite, hat sich nie um uns gekümmert. Nachdem ich zu Hause ausgezogen war, wollte ich ihr nie einen meiner Freunde vorstellen, weil sie immer nur eines interessiert hat: ›Ist er Christ?‹ Nicht etwa: Ist er ein guter Mensch? Sorgt er für dich? Bringt er dir morgens Kamillentee und massiert dir abends die müden Füße? All das war für sie völlig unwichtig«, erklärt CJ.

»Klingt, als hätten unsere Mütter denselben Leitfaden gelesen«, bemerkt Virginia.

»Aber jetzt, da …«, beginne ich.

»Da sie stirbt, meinst du?«

Virginia wirkt, als hätte sie nicht die Kraft für diese Unterhaltung, aber ich merke, wie sie sich bemüht. Dabei ist sie mir wirklich nichts schuldig.

»Bis vor ein paar Wochen habe ich immer gehofft, dass wir uns irgendwann aussöhnen würden – ehe es zu spät ist. Aber ich habe in meinem Leben schon so viel Energie für sie aufgewendet, und es hat mir nichts gebracht. Siehst du die hier?« Sie deutet auf ihre Zahnspange. »Conrad hat mit dreizehn eine

Zahnspange gegen seinen Kreuzbiss bekommen. Und ich? Ich musste warten, bis ich achtundvierzig bin und sie selbst bezahlen kann. Damit ich so richtig lächerlich wirke. In meinem Alter. Ein dicker Teenager zu sein war schon schlimm genug. Es gab nur eines, worin meine Mutter absolut zuverlässig war, und zwar mich zu enttäuschen.«

»Du warst nie dick«, widerspricht Helen. »Pummelig vielleicht.«

Summer legt Virginia eine Hand auf den Arm. Das ist eine sehr liebe Geste und aufrichtig, obwohl Summer Virginia kaum kennt. Virginia weiß offenbar nicht so recht, was sie davon halten soll.

»Ach, scheiß auf sie, du schaffst es auch allein«, sagt CJ.

Virginia hebt die Hand, CJ versucht sie abzuklatschen, aber ihre Hände verfehlen sich. Beim zweiten Anlauf gelingt die Geste der Kameradschaft und gegenseitigen Anerkennung. Ich verstehe nur nicht, warum sie mich so traurig macht.

Maeve war während dieser Unterhaltung sehr schweigsam, wie mir jetzt erst auffällt. Ich frage mich, ob sie uns alle für verwöhnte Gören hält, die an ihren Müttern herumnörgeln. Immerhin haben wir Mütter, über die wir jammern können.

»Glaubt ihr, unsere Kinder werden eines Tages so über uns reden?«, frage ich. Ich würde mir wünschen, dass Jamie und Aaron von mir sprechen wie Helen von Roz. Allerdings müsste ich dazu auf ihre Vergebung und Vergesslichkeit hoffen.

»Darauf kannst du dich verlassen«, sagt Helen.

»Das steht im Kleingedruckten«, erklärt CJ. »Unter ›Allgemeine Verpflichtungen‹. Ganz egal, was wir tun, wir werden unsere Kinder enttäuschen. Insofern sind wir aus dem Schneider. Wir brauchen uns nicht abzustrampeln, um perfekt zu sein und alles richtig zu machen, sondern können einfach wir selbst sein.«

Tennyson kommt zu mir und schnuppert an meinen Knöcheln. Meine Füße riechen nach Summer, was ihn offenbar verwirrt. Er springt an mir hoch und legt die Vorderpfoten auf meine Knie. Ich schiebe ihn von mir, woraufhin er sich in die nächste Ecke trollt und mit dem Gesicht zur Wand sitzen bleibt. Ich wollte nicht gemein zu ihm sein.

»Komm her, Tennyson«, sagt Virginia.

Der Hund ignoriert sie.

»Siehst du? Sogar ihr Hund hasst mich.«

»Er ist traurig, dafür kann er nichts«, sagt Helen.

»Er vermisst deine Mutter total«, diagnostiziert Summer.

»Er lag die letzten Wochen immer in Celias Armbeuge zusammengerollt«, bestätigt Virginia.

»Tiere haben ein unerklärliches Gespür dafür, wenn jemand stirbt«, erklärt Maeve.

»Tja, dann kann man ihm nur viel Glück wünschen«, sagt Virginia. »Abgesehen von meinem Bruder ist er das einzige Geschöpf auf Gottes Erden, das dieses kaltherzige Miststück je geliebt hat.«

14 Nur die Schwachen verzeihen

Der Moët steht ungeöffnet auf dem Tisch und wartet auf den richtigen Moment. Von Maeve ist noch nichts gekommen. Kein Blick, kein »Daumen hoch«. Ich wäre sogar mit einem »Gibst du mir bitte das Salz?« zufrieden gewesen. Der Nektar unseres mitternächtlichen Gesprächs könnte einfach abtropfen und in der Erde versickern, als hätte es nie stattgefunden. Vielleicht ist es sogar schon zu spät. Solche Sachen muss man frühzeitig auffangen.

CJs Telefon klingelt. Sie wirft einen Blick aufs Display, und ihr Lächeln erstirbt. Sie geht nicht ran.

»Wer ist es denn?«, fragt Helen.

»Liam.«

»Du nimmst Anrufe von deinen eigenen Kindern nicht entgegen?«, fragt Ereka.

»Ich habe ihnen verboten, mich anzurufen. Außerdem rede ich gerade nicht mit ihm.«

»Was hat er denn nun schon wieder angestellt?«, erkundigt sich Helen.

»War er nicht immer dein Liebling?«, frage ich.

»Es ist ein richtiges kleines Arschloch geworden. Offenbar fällt der Apfel nicht weit vom Stamm.«

»Sag so etwas nicht über Liam«, tadelt Ereka.

»Du hast keine Ahnung, was ich in den letzten paar Jahren mit ihm durchgemacht habe.«

»Er hat sich zu einem echten Arsch entwickelt, stimmt doch,

CJ?«, kommentiert Summer, wobei sie das Wort »Arsch« nur flüstert.

»Die ganze letzte Woche war er vom Unterricht suspendiert. Wegen Planking – der Idiot.«

»Was ist das denn?«, frage ich. »Etwas Unanständiges?«

»Das fehlte noch!«, schnaubt CJ.

»O Gott, Jai macht diesen Blödsinn auch«, ruft Summer aus.

»Was ist Planking?«, fragt Ereka.

»Ach, komm, du musst doch schon irgendwo etwas darüber gelesen haben – das ist die neue Welle schlechthin«, sagt CJ.

Maeve räuspert sich. »Planking ist ein soziokulturelles Phänomen, das neunzehnhundertsiebenundneunzig im Nordosten von England entstand. Junge Leute suchen sich ungewöhnliche Stellen in der Öffentlichkeit aus und legen sich dort mit dem Gesicht nach unten und seitlich an den Körper gepressten Armen hin, wie eine Planke, daher die Bezeichnung. So lassen sie sich fotografieren, um das Bild dann ins Internet zu stellen. In Südkorea bezeichnet man das auch als ›Totstellen‹, in Frankreich als ›Bauchliegen‹, in Australasien sagt man ›Extremliegen‹, und ›Facedown‹ in den USA.«

Sie ist wahrlich ein Quell des Wissens.

»Hört sich ziemlich harmlos an«, sagt Helen.

CJ runzelt die Stirn. »Auf einem Balkongeländer im dritten Stock? Diese Kids machen das auf fahrenden Autos oder auf Eisenbahnschienen – erst neulich sind zwei Jungen dabei ums Leben gekommen. Einer ist von einem Balkon im siebten Stock gestürzt.«

»Adrenalin plus Dummheit multipliziert mit Testosteron. Ein gefährlicher Cocktail«, stimmt Maeve zu. »Der präfrontale Kortex ist bei Männern erst mit vier- oder fünfundzwanzig Jahren vollständig entwickelt. Das erklärt die vielen Todesfälle von jungen Männern um die zwanzig. Die meisten Verkehrsunfälle oder Schlägereien mit Todesfolge sowie Selbstmorde ereignen sich, kurz bevor der präfrontale Kortex zu arbeiten beginnt.«

»O Gott, das erklärt echt vieles«, sagt Summer.

»Nein, das erklärt überhaupt nichts, Summer. Du solltest es nicht dulden, dass Jai so mit dir spricht.« CJ wendet sich an uns. »Ihr solltet mal hören, wie er mit ihr redet.«

»Er hört absolut null auf mich.« Summer klingt hilflos.

»Wenn das mein Sohn wäre, würde ich ihm von Kito den Kopf zurechtrücken lassen. Ein Junge, der seine eigene Mutter als Nutte oder Schlampe bezeichnet, braucht einen Mann, der ihm Vernunft einbleut.«

»Das ist hässlich«, sagt Ereka leise zu mir.

»Na ja, vor Craig redet er nicht so mit mir.«

Ich verstehe nicht ganz, warum ich auf einmal das Bedürfnis habe, Summer zu beschützen. Aber durch die vielen Kreuzverhöre im Lauf der Jahre neigt CJ dazu, Leute zu drangsalieren. Summer ist ihre Freundin. Was ist nur mit uns allen los? Haben wir vergessen, wie Nettsein geht?

»Was ist mit Jais Vater? Könnte er denn nicht mal mit seinem Sohn sprechen?«, schlage ich vor.

CJ wirft mir einen wissenden Blick zu. »Was glaubst du denn, wo der Junge gelernt hat, so von seiner Mutter zu sprechen?«

Summer nippt schweigend an ihrer Cola light, den Blick auf den Boden geheftet. Ereka reibt ihr mitfühlend den Rücken.

Ich muss sagen, dass diese Unterhaltung meine Sorgen wegen meines eigenen Sohnes nicht gerade mindert. Ich bin überzeugt davon, dass Aaron insgeheim furchtbar unter seiner Mutter leidet, die Rugby, Basketball und Kricket nicht kapiert und die Freuden (die man offenbar unbedingt mit anderen teilen muss) des genitalen Protzens nicht zu schätzen weiß. Versteht mich bitte nicht falsch – ich bin sehr froh, dass alle seine Körperteile funktionieren. Nur die Prahlerei kann ich nicht nachvollziehen.

Ich persönlich bin mit meiner Vagina sehr zufrieden. Trotzdem hatte ich noch nie das Bedürfnis, mit ihren Vorzügen und Leistungen anzugeben, zu denen – wenn wir schon mal dabei sind – nicht nur ihre Selbstreinigungsfunktion gehört, sondern auch die Fähigkeit zu zwei verschiedenen Orgasmen sowie zur Aufnahme männlicher Genitalien aller Größen (im Gegensatz zum Penis, der seine Größe bedauerlicherweise nicht an die Erfordernisse einer bestimmten Vagina anpassen kann). Vaginen sind taktvoll, manierlich und unaggressiv, wie wohlerzogene Kinder. Sie bitten vor einem sexuellen Kontakt um Erlaubnis und warten stets die Einwilligung per Erektion ab, ehe sie sich auf jemanden stürzen. Falls also irgendwelche Prahlerei in puncto Genitalien angebracht wäre, dann wohl eher von der Seite, die keinen Schniedel hat. Nur so am Rande bemerkt.

Ich vermag die männliche Anatomie durchaus zu bewundern, im angemessenen Kontext und mit gewissen persönlichen Präferenzen. Beispielsweise bevorzuge ich die beschnittene Version mit einem bestimmten Verhältnis von Länge zu Durchmesser. Wenn ich mir Mühe gebe, kann ich mir sogar vorstellen, dass es ganz lustig sein könnte, ein Körperteil zu besitzen, über das man im Bedarfsfall ein Handtuch hängen könnte, um beide Arme frei zu haben. Aber ich habe mich gewiss nie danach gesehnt und frage mich, was Freud sich dabei gedacht haben mag, als er behauptete, Frauen litten unter Penisneid. Vielleicht hat er das ironisch gemeint.

CJ greift nach ihrem Telefon und schaut mit zusammengekniffenen Augen aufs Display. »Herrgott, die Netzabdeckung ist eine Katastrophe, jetzt habe ich schon wieder keinen Empfang.

Und ich habe seit fast vierundzwanzig Stunden nicht mehr mit Kito gesprochen.« Sie steht auf, geht die Stufen hinunter auf die Wiese und hält ihr Handy gen Himmel. So verschwindet sie um die Hausecke. Schließlich hören wir sie kreischen: »Süßer, kannst du mich hören?«, gefolgt von lautem Lachen.

»Ist Liebe nicht schön?«, seufzt Summer.

Helen lacht höhnisch. »Frag in einem halben Jahr noch mal nach.«

»Das ist gemein«, sage ich.

»Ich will damit nur ausdrücken, dass die Sache noch nicht erprobt ist«, erwidert Helen.

Das Frühstück ist vorbei, wie ein Blind Date ohne den leisesten Funken. Omeletts, so luftig oder kalorienarm sie auch sein mögen, können es einfach nicht mit einem jungen, zu einem Achtel asiatischen Liebhaber aufnehmen, der scharf auf dich ist, obwohl du streng genommen mitten in den Wechseljahren bist. Wir alle verfallen in Schweigen, ohne offenkundig zu lauschen. Aber das Liebesleben anderer Leute ist nun mal ungeheuer verlockend. Da brauche ich nur den sehnsüchtigen Ausdruck in Erekas Augen zu sehen.

Summer beugt sich zu Maeve vor. »Hat dir schon mal jemand gesagt, dass du Susan Boyle total ähnlich siehst?«

Maeve blinzelt und lächelt. »Findest du wirklich? Danke.«

»Ja, das musste ich dir echt mal sagen, weil ich sie echt inspirierend finde.«

»Die Ähnlichkeit ist wirklich verblüffend«, sagt Virginia. »Allerdings bin ich davon ausgegangen, dass du das schon des Öfteren gehört hast.«

Maeve zuckt mit den Schultern. Offensichtlich hat sie sich mit diesem Vergleich abgefunden.

Nach mehreren Küsschen in ihr Handy hüpft CJ die Treppe

herauf wie ein Schulmädchen, das der Kapitän der Football-Mannschaft gerade um ein Date gebeten hat. Sie setzt sich hin und schiebt ihren Teller von sich, als erfülle die Liebe sie vollkommen, ihren Magen eingeschlossen. Sie blickt zu uns auf. »Und, ist die Sache von gestern Abend verziehen?«

»Wir haben das in Ordnung gebracht, Ereka und ich«, entgegne ich mit einem hoffnungsvollen Blick in Erekas Richtung.

»Das wollen wir von Ereka hören«, sagt Helen.

Ereka nickt. »Ich war gestern nicht gut drauf.«

»Ja, aber verzeihst du Jo?«, setzt CJ nach und spielt an der weichen kleinen Kuhle unter ihrem Hals herum – die Stelle, wo sich der Schweiß sammelt, wenn man ausgiebig Sex hatte.

Ich wende mich mit großen Augen Ereka zu und gerate kurzfristig in Panik.

»Da gibt es nichts zu verzeihen.« Ereka zuckt mit den Schultern und lächelt breit.

»Ich würde mich freuen, wenn du mir verzeihen könntest«, sage ich.

Ich meine damit, dass ich es wirklich gern von ihr hören würde. Nicht, dass ich keine Schuld auf mich geladen hätte. Was ich getan habe, war absolut falsch. Ich hatte kein Recht, jemandem derart die Wahrheit an den Kopf zu knallen. Selbst wenn man das aus Liebe tut, knallt es trotzdem. So etwas ist ein Bootcamp, keine Yogastunde. Rückgrat, nicht mütterlicher Busen. Das ist die Straßenhündin in uns, die knurrend ihr Territorium verteidigt: »He, den Blödsinn lasse ich mir nicht gefallen.«

Es ist immer leichter, zu besänftigen, als die Leute mit ihren Fehlern zu konfrontieren. Will heißen: Es ist angenehmer für meine Nerven, Aaron ein paar Würstchen zu braten, statt zuzusehen, wie er angewidert den angeblich matschigen Gemüsereis isst oder hungrig ins Bett geht. Eine zugeknallte Zimmertür zu ignorieren kostet keine Energie. Aber den Flur entlangzugehen und sich vor Jamie aufzubauen oder sie zurückzurufen, um ein ernstes Wörtchen mit ihr zu reden und die angebrachte Entschuldigung einzufordern, das ist Schwerstarbeit. Man muss sich gut überlegen, auf welche Kämpfe man sich einlässt, und entsprechend trainieren.

In letzter Zeit hat Jamie angefangen, mir unangenehme Wahrheiten aufzutischen. »Wenn du ihn immer so verhätschelst«, sagt sie etwa über ihren Bruder, »wird der kleine Prinz nie lernen, dass es im Leben nicht nur nach ihm geht.« Erziehungsratschläge von meiner nicht einmal vierzehnjährigen Tochter zu bekommen war ein höchst unerwartetes Vergnügen, auf das ich gern verzichten könnte, vielen Dank auch. Neulich habe ich ihr gesagt, dass ich meinen Sohn erziehe, nicht sie, worauf sie erwiderte: »Tja, offenbar machst du das nicht besonders gut.«

Ich behaupte keineswegs, für alles die richtige Lösung parat zu haben. Erziehung ist ein ständiger Balanceakt. Wir wollen die Individualität unserer Kinder respektieren, ohne ihnen das Gefühl zu geben, alles gehe nach ihrem Kopf. Wir müssen eine gewisse Disziplin durchsetzen, ohne ihren Willen zu brechen (wobei Frank der Theorie anhängt, ein bisschen Willenbrechen »stärkt den Charakter«). Neulich habe ich gelesen, dass Kinder, die zu viel gelobt und behütet werden, als Erwachsene leicht depressiv werden, weil sie mit der harten Realität nicht klarkommen – mit der echten Welt, in der einem niemand allein dafür auf die Schulter klopft, dass man zur Arbeit erschienen ist. Manchmal hat man im Leben keine Wahl, und das üben wir eben schon mal mit Sätzen wie *Du isst deinen Brokkoli, weil ich es sage.*

Irgendwo anders habe ich gelesen: »Wenn Sie Ihren Kindern

keine Wahl lassen, tyrannisieren Sie, statt zu erziehen.« Tja, also ... Welche Mutter hat ihr Kind nicht schon irgendwann einmal tyrannisiert? Die Grenze zwischen Tyrannisieren und Erziehen ist gelinde gesagt ziemlich verschwommen. Ich habe Sätze wie »Ich wasche dir gleich den Mund mit Seife aus« oder »Ich gebe dir gleich einen Grund zum Heulen« immer als Slogans betrachtet, die hilfreich für Eltern sind, solange sie nicht tatsächlich danach handeln und hier und da ein paar Süßigkeiten einstreuen.

Wahrheiten an den Kopf knallen hin oder her, im Augenblick liegt mir sehr viel daran, vor Zeugen zu hören, dass Ereka mir wegen gestern Abend nicht mehr böse ist.

»Natürlich verzeihe ich dir«, sagt Ereka und legt mir eine Hand aufs Knie. Sie ist warm und ein wenig feucht, und sie fühlt sich wunderbar an.

»Ich finde ja, der Akt des Verzeihens wird überbewertet«, sagt CJ. »Allerdings kann ich da nur für mich sprechen.«

»Du hast dem Tom also immer noch nicht verziehen?«, fragt Ereka.

»Nur die Schwachen verzeihen. Die Starken nehmen Rache.«

Summer kichert. »Der ist gut, CJ. Den muss ich mir merken.«

»Wie fährst du damit?«, fragt Maeve.

»Wie fahre ich womit?«

»Damit, an deiner Wut festzuhalten.«

»Sehr gut, muss ich sagen.«

»Sie spielt gern die beleidigte Leberwurst«, witzelt Helen.

»Ich bin nicht beleidigt. Geschenkt«, schmollt CJ.

»Na schön, dann bist du eben verbittert.«

CJ dreht ihren Stuhl von Helen weg und starrt in die Landschaft.

Das Omelett auf meinem Teller ist golden und genau richtig,

aber ich habe keinen Appetit mehr. Zu viel kalte Pizza und Ingwerkuchen. Ereka hat ihren leeren Teller mit einem Stück Brot sauber gewischt. Summer hat dem Frühstück genauso viel Aufmerksamkeit geschenkt, wie sie es mit einem fetten Kerl in einer Bar machen würde: genug, um nicht total unhöflich zu sein, aber das war's auch schon – he, bild dir bloß keine Dummheiten ein. Maeve hat die Hälfte gegessen und den Rest liegen lassen. Helen würde sich einen Nachschlag nehmen, wenn noch etwas da wäre. Virginia geht zu viel im Kopf herum, und ihr Omelett ist unberührt und ungemocht liegen geblieben. Sie verlässt den Tisch, legt sich in die Hängematte, schlüpft aus den Schuhen und schirmt die Augen mit der Hand gegen die Sonne ab. Maeve rückt ihren Stuhl ein Stückchen weiter zu der Stelle, wo die schrägen Sonnenstrahlen die Terrasse erreichen. Dann holt sie *Trost der Philosophie* und ihre Lesebrille aus ihrer Tasche. Ich habe sie an Alain de Botton verloren.

»Ich bin nicht mehr verbittert«, sagt CJ auf einmal. »Ich war es mal. Eine ganze Weile. Aber wisst ihr, was? Man kommt darüber hinweg. Wirklich fertig macht mich dagegen, wie Tom die Kinder behandelt hat. Mich hat nur ein schlimmes Unglück getroffen, und Tom ist nicht der einzige Mann auf der Welt. Aber die Kinder haben nun mal bloß diesen einen Vater. Ich komme einfach nicht darüber hinweg, dass er seinen Schwanz wichtiger nimmt als seine Kinder.«

»Findest du nicht, dass Männer immer irgendetwas wichtiger nehmen als ihre Kinder? Wenn es nicht die Arbeit ist, dann eben etwas anderes«, sagt Helen.

Diejenigen von uns, die noch zuhören, murmeln zustimmend.

»Ich kann mich gar nicht erinnern, wann David mal rechtzeitig nach Hause gekommen wäre, um den Kindern gute Nacht zu sagen. Wenn er am Wochenende nicht arbeitet, schläft er vor Erschöpfung noch vor ihnen auf dem Sofa ein. Das macht mich wütend. Die Kinder vermissen ihn. Vor allem Nathan, seit er allmählich zum Mann wird, mit tiefer Stimme und sprießendem Barthaar.«

»Da hast du total recht. Wenn es nicht die Kinder sind, dann ist es eine andere Frau. Sergio hat immer seine Mutter vor alles andere gestellt.« Summer macht irgendwelche Dehnübungen am Verandapfosten. »In allem hat er ihr recht gegeben. Er hat sie regelrecht auf ein Denkmal gestellt. Sie konnte besser kochen als ich, besser putzen als ich, war eine bessere Mutter als ich. Ich schwöre, er ist sogar ans Telefon gegangen, wenn sie angerufen hat, während wir … ihr wisst schon.«

»Er war noch mal Ehemann Nummer …?«, frage ich. Ich werde ihren ulkigen Fehler nicht korrigieren. CJ hat ihr heute Vormittag schon genug zugesetzt. Aber das Bild von Sergios Mutter, die auf den Schultern einer Statue balanciert, ist ziemlich komisch.

»Mein erster.«

»Ich verstehe sehr gut, warum du dich von ihm getrennt hast«, sagt Helen.

»Also«, kommt Virginias Stimme von der Hängematte, »ich habe mich mal von einem Mann getrennt, der sein Kind immer wichtiger genommen hat als mich.«

»Welcher war das? Der spanische Schauspieler?«, fragt Helen.

»Nein, nicht der. Du fragst immer nur nach Carlos. Das war Brad Bernstein, dieser jüdische junge Mann aus der Bronx. Als ich ihn kennengelernt habe, hat es mir nichts ausgemacht, dass er geschieden war und eine sechsjährige Tochter hatte. Ich dachte, wir würden ein, zwei weitere gemeinsame Kinder bekommen. Ich habe uns schon als glückliche Familie gesehen. Er war der erste Mann, von dem ich dachte: Der gibt einen brauchbaren Vater ab. Aber es ging immer nur um Rachel und seine Unternehmungen mit ihr, um die ich irgendwie herumgeplant wurde. Ich fand sogar, dass er damit echt Charakter bewies. Seine Tochter hatte oberste Priorität für ihn. Das war rührend. Anfänglich.«

»Das ist total sexy.« Ereka lächelt.

»Von einem Brad Bernstein weiß ich ja gar nichts«, wirft Helen ein. Virginia ignoriert sie.

»Mehrfach hat er Verabredungen abgesagt, weil Rachel Kostümprobe für *Aladin* hatte oder Fieber oder Verdacht auf Windpocken. Am Ende stellte sich heraus, dass es bloß ein Ausschlag war. Er hat immer nur an Rachel gedacht und nie an mich.«

»Sie war sozusagen die andere Frau«, sagt Ereka und schnappt nach Luft.

»Nein, ich war die andere Frau. Er hatte ständig Schuldgefühle – wegen der Scheidung, weil er immer noch nicht genug Zeit mit ihr verbrachte, als Vater nicht gut genug war ... Das wurde irgendwann einfach ... langweilig.«

»Zumindest war er erwachsen genug, das Kind wichtiger zu nehmen und nicht sich selbst«, sagt CJ.

»Wann warst du mit Brad Bernstein zusammen?« Helen spricht wie zu sich selbst.

»Das ist letztlich auch nur eine Form von Narzissmus, findet ihr nicht?«, fährt Virginia fort. »Eine ganz einseitige Sache. Es gab nur sie beide, und er konnte das nicht neu austarieren, damit ich auch dazugehörte. Ist das nicht das eigentliche Problem? Dass Männer sich nicht an Veränderungen anpassen können? In meinem Beruf läuft nichts so, wie man es erwartet hat, und man muss ständig umdisponieren, ganz spontan und oft sogar im letzten Moment.«

Virginia stößt sich mit den Füßen von der Terrasse ab, um ein bisschen Bewegung in die Hängematte zu bringen. Dabei streckt und krümmt sie immer wieder die Finger. Ich tippe auf Arthritis – dieses allmähliche, lähmende, entstellende Verderben der Gelenke. Ich hoffe, es ist nicht die rheumatoide Variante. Nie wieder Ringe tragen zu können ... Im Moment steht das wahrscheinlich nicht sehr weit oben auf ihrer Prioritätenliste. Wie Maeve versinkt sie nicht in Selbstmitleid. Sie ist radikal autark, eine Tigerin.

Nach dem gestrigen Abend habe ich sie für einen Menschen gehalten, den man gern an seiner Seite hätte, wenn man vor einen Disziplinarausschuss zitiert wird oder Strafanzeige erstatten muss. Selbst mit Zahnspange wirkt sie achtunggebietend. Inzwischen sehe ich das nicht mehr so. Ich erkenne ihre Verletzlichkeit, noch vertieft durch den Gedanken, langfristig einsam zu sein. Ohne den amniotischen Halt des häuslichen Lebens, ohne einen Menschen, zu dem man nach Hause kommen und dem man all die Belanglosigkeiten erzählen kann, die bizarren Geschehnisse oder kleinen Ungerechtigkeiten von Bankangestellten und Politessen, müssen einem die eigenen beruflichen Leistungen, selbst die extremsten, kleinlich und höhnisch vorkommen. Es steht mir nicht zu, ihr irgendetwas zu wünschen, dennoch tue ich genau das.

»Du sagst es, Schwester«, bestätigt CJ. »Ich habe schon lange kein Verständnis mehr für Männer, die mit Veränderungen nicht klarkommen. Das Leben ändert sich eben. Aus zwei werden drei, dann vier, dann fünf. Da kann man sich nicht weiterhin verhalten wie ein Teenager, der gerade herausgefunden hat, wozu sein Schwanz da ist. Wenn deine Frau auf einmal einen dicken Bauch und in ihrem Bikini keine Hammerfigur mehr hat, willst du das etwa persönlich nehmen? Als hätte dein persönliches Sexspielzeug dich betrogen? Wenn sie stillt und erschöpft ist und nicht mehr die Energie aufbringt, dir wie gewohnt einen zu blasen, schmollst du dann und holst dir vor einem Wichsheftchen einen runter? Oder sagst ihr ins Gesicht ›Genau deswegen gehen Männer zu Prostituierten‹? Dazu sind Kinder nämlich auch da – sie sollen Männern helfen, über ihren sexuellen Narzissmus hinauszuwachsen. Damit sie neu lernen, zu lieben und geliebt zu werden, auch wenn das ausnahmsweise nichts mit ihrem Schwanz zu tun hat.«

Summer applaudiert.

»Hat er sich so seltsam benommen, als ihr Kinder bekommen habt?«, fragt Virginia.

»Er ist total ausgeflippt. Kam absolut nicht damit klar. Das Problem ist: Ich habe Tom geheiratet, als ich noch nicht wusste, wer ich bin. Leider habe ich mich nie gefragt: ›Courtney-Jane, wenn du mal diese herrlich blauen Augen und das blonde Haar weglässt, was gefällt dir dann eigentlich an diesem Mann?‹ Er war ein Aufreißer, schon immer. Selbst wenn man ihm beide Augen ausstechen würde, er würde trotzdem eine Möglichkeit finden, anderen Frauen nachzustarren.«

Summer lacht. »Der war gut, CJ.«

»Du wusstest also damals schon, was für ein Mann er ist?«, fragt Virginia.

Maeve blickt von ihrem Buch auf. CJs Antwort interessiert sie.

»Ich dachte, ich würde ihm genügen. Dabei gab es schon früh Anzeichen dafür … Ich habe so getan, als hätte ich sie nicht bemerkt.«

»Solche Männer sollten ein Tattoo auf der Stirn tragen: NET – Nicht Ehemann-tauglich«, schlägt Ereka vor.

»Haha, wie genial«, ruft Summer, ohne zu bedenken, dass sie dieses Tattoo vielleicht selbst tragen sollte.

»Was waren das für Anzeichen?«, fragt Virginia nach.

»Wo soll ich anfangen? Erstens hat er nie über die Arbeit gesprochen, weder meine noch seine. Ich habe mich erkundigt, wie sein Tag so war, und darauf hat er immer nur gesagt: ›Süße, ich vermische nie Arbeit und Vergnügen.‹ Er hat sich nur dafür interessiert, möglichst oft mit mir Sex zu haben. Ich glaube, in all den Jahren unserer Ehe habe ich nie nein gesagt, wenn er wollte. Ich fand ihn so verdammt scharf, und es hat mir gefallen, dass ich ihm Lust bereitet habe. Dass er bei mir auf seine Kosten gekommen ist. Aber dann, während meiner Schwangerschaften, habe ich gespürt, dass diese Lust wie gedimmt war – ihr wisst schon, wie bei diesen Lichtschaltern in schicken Häusern und Hotels, an denen man die Lampe heller oder dunkler stellen kann.«

»Die sind heutzutage fast Standard, CJ«, widerspricht Summer. »In modernen Häusern.«

»Erst dachte ich, ich müsste ihm ein bisschen Zeit lassen. Ich wollte eine gute Ehefrau sein, ihn durch nichts unter Druck setzen. Angefangen hat es damit, dass er eines Nachts auf der linken Seite des Bettes geschlafen hat. Da war ich im fünften Monat schwanger mit Liam. Davor hat er immer auf der rechten Seite geschlafen, mir zugewandt. Damit wir kuscheln konnten. Ich habe gefragt: ›Stimmt irgendwas nicht?‹ Er hat behauptet, er wollte mir den nötigen Freiraum geben. Wenn man gar nicht um Freiraum gebeten hat, dann heißt das doch eigentlich, dass er sich Freiraum nimmt. Das war typisch Tom – er konnte sogar ein Nehmen zu einem Geben verdrehen. Ich weiß nicht, wie viele

Jahre lang ich nachts auf seinen Rücken gestarrt habe. Ich könnte ihn euch ganz genau beschreiben, jedes Härchen und jede Sommersprosse. Wenn ich die Hand ausgestreckt und ihn an der Schulter gestreichelt habe, hat er überhaupt nicht darauf reagiert, nicht mal mit einem Brummen, geschweige denn, dass er den Kopf gehoben hätte, um meine Hand zu küssen.«

Diese Erinnerung brennt nach wie vor in ihr. Ich kann die Hitze bis hierher spüren.

»Trotzdem habe ich mich nie zu jenen Frauen gezählt, deren Ehemänner Affären haben. Obwohl ich tagtäglich mit Scheidungen zu tun hatte, hinter denen genau dieselben Geschichten steckten. Darüber hinwegzukommen ist mir am schwersten gefallen. Was das über mich ausgesagt hat. Kann man in allen anderen Lebensbereichen klug und erfolgreich sein, wenn man in seiner Beziehung eine totale Katastrophe ist?«

»Oh, ja, ganz bestimmt«, sagt Summer tröstend und legt ihre Hand auf CJs.

CJ lehnt trübsinnig den Kopf an Summers Schulter.

»Na ja, Tom ist Geschichte, und du hast dich weiterentwickelt«, sagt Ereka hastig.

»Ja, Geschichte.«

Dem stimmen wir alle zu. Das ist das Einzige, was CJ im Moment hören muss. Niemand wird sie darauf hinweisen, dass jemand, von dem man so viel und so hitzig spricht … Nein, vergesst es. Tom ist Geschichte.

»Du lebst jetzt also mit Kito zusammen?«, fragt Helen.

»Ich bin vor zwei Monaten bei ihm eingezogen.«

»Wie funktioniert das mit den Kindern? Ich meine, wie ist eure Wohnsituation?«

»Er hat ein fantastisches Haus in Surry Hills, eine Doppelhaushälfte mit zwei Schlafzimmern und einem kleinen Garten.«

»Die Mädchen teilen sich also ein Zimmer?«, fragt Helen.

»Ja.«

»Und Liam?«

CJ zögert. Sie räuspert sich.

»Liam lebt jetzt bei Tom.«

Es herrscht knisterndes Schweigen.

»Liam lebt bei Tom?«, wiederholt Helen.

»M-hm.«

»Warum?«

»Weil er das so wollte.«

»Autsch«, sagt Helen.

»Tut mir sehr leid für dich«, flüstert Ereka.

»Das ist doch verrückt«, füge ich hinzu.

»Ist schon in Ordnung, wirklich. Es war seine Entscheidung. Außerdem bedeutet das für mich eine große finanzielle Erleichterung.«

»Warum wollte er das?«, frage ich aus reiner Neugier.

»Erstens: Dad hat mir ein neues iPhone versprochen. Zweitens: Dad nörgelt nicht wegen meiner Hausaufgaben herum. Drittens: Dad spielt mit mir *Call of Duty* auf der Xbox. Viertens: Bei Dad darf ich Mädchen mit heimbringen und im Haus rauchen. Fünftens: Dad ist cool. Folglich bist du, Mum, nicht cool. Es gab noch ein paar andere Gründe – er hat mir ungefähr fünfzig genannt. Nach den ersten zehn konnte ich schon nicht mehr.«

Auf CJs Oberlippe hat sich ein leichter Feuchtigkeitsschimmer gebildet.

Bei unserem letzten Weiberabend hat CJ Liam noch als ihren Liebling, ihren besten Jungen bezeichnet. Sie hat uns erzählt, dass er zu ihr ins Bett geschlüpft ist, wenn sie allein war, damit sie Gesellschaft hat. Das fällt mir gerade wieder ein.

»Glaubst du, er fühlt sich von Kito bedroht?«, frage ich.

»Natürlich. Aber wisst ihr was, Mädels?« Sie macht eine dramatische Pause, reißt die Augen auf, und ihre Stimme klingt wie glühende Lava. »Ich habe die Schnauze voll von Männern, die sich bedroht fühlen. Von Männern, die mit irgendetwas nicht klarkommen. Ich habe die Schnauze voll davon, mein Herz und meine Seele zu verschenken, nur, damit sie mir dann vor die Füße geworfen werden. Soll Liam doch bei seinem Vater wohnen, ich wünsche ihm viel Glück. Wenn es nach mir geht, können sie zusammen in ihrem Testosteron verfaulen.«

Ich muss an Aaron denken, und mir steht deutlich meine Unfähigkeit vor Augen, all das zu verstehen, was für ihn das Leben ausmacht. Vorerst sind es nur Unverständnis und Verwunderung, was da zwischen uns steht, aber ich nehme an, Abneigung kommt unmittelbar dahinter. Ich versuche zu erkennen, wo genau die Grenze verläuft, die unsere Babys, unsere kleinen Jungen überschreiten, wenn sie zu den Männern werden, für die wir beim besten Willen kein Verständnis mehr haben. Ebenso, welchen Teil von uns wir verlassen und verstoßen müssen, wenn wir erklären, dass wir nicht mehr für sie verantwortlich sind. Ich hoffe nur, dass wir nicht alle zukünftige Susan Klebolds sind – ihr wisst schon, die Mutter eines der Amokläufer von Columbine – und eines Tages sagen müssen: »Ich hatte keine Ahnung, wer mein Sohn war.« Das würde mich unerträglich traurig machen. Es muss doch eine Möglichkeit geben, unsere Kinder am süßen, kindlichen Strand festzuhalten, selbst wenn sie sich auf ihren hormonellen Surfbrettern in die Wellen des Lebens stürzen.

»Gib ihn nicht ganz auf«, sagt Ereka leise.

Maeve sieht CJ über den Rand ihrer Lesebrille hinweg an und sagt: »Er wird schon erwachsen werden. Eines Tages wird er es durchschauen. Sei nicht überrascht, wenn er dann mit einem Blumenstrauß vor deiner Tür steht, um sich zu entschuldigen.«

»Wäre schön, wenn er das täte. Und wenn nicht – tja, schade. Ich bin nicht mehr bereit, mein ganzes Leben meinen Kindern zu widmen. Ich vergeude auch nicht mehr meine Energie darauf, Tom wegen der Unterhaltszahlungen nachzulaufen. Jetzt bin ich dran. *Moi.* Und Kito. Ehrlich gesagt kann ich es kaum erwarten, dass die Mädchen endlich alt genug sind, um auszuziehen und ihr eigenes Leben zu führen.«

»Darauf trinke ich«, sagt Summer und stößt ihre Cola-light-Dose gegen CJs Kaffeebecher.

»Auf mich. Eines Tages, Mädels, werde ich nicht mehr arbeiten und mich nur noch aushalten lassen.«

»Das ist nicht dein Ernst, oder?«, frage ich und hoffe aufrichtig, dass sie einen Scherz gemacht hat.

»Natürlich, absolut«, sagt sie. »Blitzmeldung, Jo – Feminismus ist der Trostpreis. Ich will nicht unabhängig sein oder mich in der Männerwelt beweisen. Ich will leben wie eine Frau – tagsüber fernsehen, zur Maniküre gehen – und mir keine Sorgen machen müssen, wie ich Jorjas Extensions bezahlen soll. Her mit den guten alten Zeiten, als die Männer noch Männer waren und die Frauen Haushaltssklavinnen. Ich fände es herrlich, mich um weiter nichts kümmern zu müssen – nur einkaufen, die Wäsche richtig sortieren und den Eintopf rechtzeitig auf den Tisch bringen. Von mir aus würde ich ihm sogar jeden Abend einen Drink und die Pantoffeln hinstellen, wenn ich dafür nie wieder einen Tag arbeiten müsste.«

»So ist es recht«, jubelt CJ.

»Die Liebe hat dir offensichtlich völlig das Gehirn vernebelt«, sage ich.

»Was soll das heißen? Genau so ein Leben führt Helen. Du bist doch glücklich mit deiner Entscheidung, Helen?«

»Selig.«

»Seht ihr? Nach meiner kleinen Schimpftirade und zwei Bechern Kaffee wird es für mich Zeit, das rosa Bad aufzusuchen.« CJ entschuldigt sich und lässt uns alle ein wenig zerzaust sitzen, als wäre ihre Tirade wie ein Wirbelsturm über uns hinweggefegt.

Ich freue mich für sie, weil sie jemanden hat, den sie liebt, ganz ehrlich. Zumindest hat sie eine Hand, die sie mitten in der Nacht halten kann, jemanden, der ihr jene Stelle am Rücken kratzt, die sie einfach nicht erreicht, einen Menschen mehr, mit dem sie eine Flasche Wein teilen und zu dem sie am Abend nach Hause kommen kann, nachdem sie sich den ganzen Tag lang mit ihren und für ihre Mandanten gestritten hat, deren Liebesleben in Krieg umgeschlagen ist. Virginia hat all das nicht. Aber eines hat CJ vergessen: Mutterschaft ist wie die Mafia – wenn man einmal drinsteckt, kann man nicht einfach so aussteigen.

»Oh, seht mal, ein Hengst«, platzt Summer heraus und zeigt mit ausgestrecktem Finger in den Garten.

Wir alle blicken auf.

Vor uns, in der Sonne, steht Callum, so rein und strahlend wie eine Statue aus Testosteron. Eine geradezu unheimliche Vollendung des perfektionierten Jungen. Genau so vernebeln uns Männer das Hirn. Kein Wunder, dass wir ihnen all ihre Fehler verzeihen.

15 Das Botox-Luder

Callum ist vorbeigekommen, um nach uns zu sehen und sich zu erkundigen, ob wir für heute Abend gern etwas Feuerholz hätten – jedenfalls behauptet er das. Er macht es einem unmöglich, ihn neutral zu betrachten. Wir scharen uns um ihn wie erfahrene Möwen auf einem Picknickplatz. Oder Haie – das Ganze hat etwas von Fressrausch. Die einzige Ausnahme ist Maeve, die nur den Blick von ihrem Buch hebt und ihn für sein Angebot freundlich anlächelt. Zweifellos ist sie sich bewusst, dass sie alt genug ist, um diesen Mann als Baby gestillt zu haben. Tennyson, angesteckt von unserer konzentrierten Aufmerksamkeit, trappelt zu Callum hin und springt an dessen wohldefiniertem Oberschenkel hoch. Callum tätschelt ihm auf männlich-energische Weise den Kopf und hockt sich dann hin, um den Hund kumpelhaft zu knuddeln.

»Haben Sie den Schlüssel zu dem oberen Zimmer gefunden?«, fragt Virginia, die sich aus der Hängematte erhoben hat. Sie ist mindestens einen Kopf größer als Callum. Er sackt unter ihrem Blick förmlich zusammen.

»Tut mir leid, ich suche immer noch. Er muss ja irgendwo sein.«

»Ich will dieses Zimmer unbedingt sehen, ehe ich abreise.« Virginias Stimme ist ganz kühle Autorität. Männern schrumpfen bei ihr wahrscheinlich die Eier.

Callum nickt und erbietet sich, uns durch den weitläufigen Garten zu führen. Keine von uns verhehlt ihre Begeisterung.

Sogar Maeve legt ihr Buch weg und zeigt sich erfreut über die Gelegenheit, sich ein bisschen »die Beine zu vertreten«.

»Ich rühre mich nicht von der Stelle«, erklärt Helen und fläzt sich in die Hängematte.

Und ich – ich bin unschlüssig und weiß nicht, wonach mir gerade ist. Solche kleinen Entscheidungen mitten am Tag verwirren mich. Manchmal ertappe ich mich dabei, wie ich im Kreis herumfahre, weil ich mich nicht festlegen kann, ob ich nun zum Fitnessstudio fahren oder nach neuen Schuluniformen Ausschau halten soll, ob ich nun die Sachen von der Reinigung abholen soll oder die bestellten Bücher, die in der Bibliothek für mich bereitliegen. Entscheidungen, die keinen besonderen Einfluss auf mein Leben haben werden, machen mich ratlos. Mit den wichtigen tue ich mich dagegen leichter. Bei denen spüre ich wenigstens die Wirkung meines Herzens, so oder so.

»Geht nur«, sage ich. »Ich warte auf CJ, vielleicht holen wir euch dann ein.«

Ich sehe zu, wie sie abmarschieren, mit Callum an der Spitze. Virginia schwingt ihre riesige Kamera, und Summer hat sich bei Ereka untergehakt. Maeve und Tennyson bilden die Nachhut.

Ich bringe die Frühstücksteller in die Küche und mache den Abwasch. Schließlich höre ich CJ die Treppe herunterkommen. Sie späht durch den Türspalt in die Küche.

»Wo bleibst du denn? Die anderen machen einen Spaziergang mit dem Gärtner.«

»Telefonsex, meine Liebe, mit Kito. Weißt du noch, wie das war?« Sie zwinkert mir zu.

Nein, weiß ich nicht. »Du kannst sie noch einholen, wenn du dich beeilst.«

»Ich laufe keinem Mann mehr hinterher«, sagt sie.

Draußen auf der Terrasse stoßen wir auf Helen, die faul in der Hängematte liegt und das tut, was sie sich für dieses Wochenende geschworen hat – *einfach mal gar nichts.* Sie schaut nicht einmal in eine Zeitschrift oder ein Buch. Frieden und Ruhe sind Promi-Klatsch überlegen, denn jetzt mal ehrlich: Wen interessiert es denn wirklich, ob Angelina Jolie noch ein Kind adoptiert oder Lindsay Lohan einen neuen Anlauf in einer Entzugsklinik nimmt? Mich jedenfalls nicht, das kann ich euch versichern.

CJ setzt sich auf einen Stuhl, legt die Füße auf das Mäuerchen, das die Terrasse begrenzt, und fängt an, auf ihrem Handy herumzutippen. Ich habe einen Krug Wasser mit Zitronenschnitzen vorbereitet und schenke beiden daraus ein.

»Ooh, Wodka-Lemon«, sagt Helen und richtet sich auf.

»Das ist Wasser.«

»Du enttäuschst mich. Hast du denn bei mir gar nichts gelernt?«

»Ja, dein Reinheitswahn nervt inzwischen wirklich«, sagt CJ. »Warst du schon immer so tugendhaft, oder hat irgendeine höhere Macht dir deine Jungfräulichkeit wiedergegeben, ohne dass ich es mitbekommen habe?«

Helen starrt CJ mit zusammengekniffenen Augen an. »He, was hast du mit deinen Falten gemacht?«

»Die sind weg, Darling.«

»Bist du etwa ein Botox-Luder?«, fragt Helen.

CJ nickt.

»Machst du Witze?«, japse ich.

»Warum denn nicht?«

»Was spricht dagegen, natürlich zu altern?«

»Hast du in letzter Zeit mal in den Spiegel geschaut?«

»So schlimm ist es nun auch wieder nicht«, keuche ich.

»Ich würde sagen, das kommt ganz auf die Beleuchtung an«, säuselt sie.

»Ich lasse mir kein Botox spritzen, und wenn man mich dafür bezahlen würde.«

»Erzähl mir nicht, dass du noch nie darüber nachgedacht hast.«

»Nein, nie.«

»Lügnerin«, sagt CJ. »Jede Frau denkt darüber nach.« Als wäre Botox mit heißem Sex mit Callum vergleichbar.

»Ich nicht. Diese Besessenheit, ewig jung und schön sein zu müssen ... Was für eine Botschaft vermitteln wir damit unseren Töchtern?«

»Dass man mit den richtigen Adressen und genug Geld niemals hässlich sein muss?«

Helen gackert los.

»So etwas hätte Liz auch gesagt«, erwidere ich. Ich bin verärgert, ohne so richtig zu wissen, warum. Bei unserem letzten Treffen hat Liz sich darüber ausgelassen, dass es ihr lieber wäre, wenn ihr Kind sich den Arm brechen würde, statt sich einen Zahn auszuschlagen – weil ein Arm wieder verheilt, während ein abgebrochener Zahn nie wieder schön aussieht. »Diese ganzen Schönheitsoperationen, Vaginalstraffungen, Silikonimplantate – wie weit soll das noch gehen?«

Meine Betroffenheit stachelt die beiden nur noch mehr an, sich über mich lustig zu machen, und sogar mir selbst ist unbegreiflich, warum ich nicht einfach den Mund halte.

»So weit, wie das Geld reicht?«, witzelt sie.

»Bei dir und Summer verstehe ich das nicht«, sage ich. »Auf mich wirkt das völlig übertrieben.«

»Sie hat sich nur die Brüste machen lassen. Der Rest ist Natur pur.«

»Und außerdem, was kümmert es dich, ob CJ sich Botox spritzen lässt?«, fragt Helen.

Ist es möglich, dass ich keine Freundinnen habe? Nicht eine einzige?

»Was ist mit dir, du hast ganz schön viel abgenommen – ist das nicht dasselbe? Verlorene Schönheit zurückgewinnen? Und ist das etwa künstliche Farbe in deinem Haar?«, fragt CJ. Anwältinnen drehen einem doch wirklich jedes Wort im Mund rum. Bei denen muss man echt aufpassen. Ich habe auf natürlichem Weg abgenommen, und die Haarfarbe wäscht sich irgendwann wieder raus. Das ist ganz und gar nicht dasselbe.

»Habt ihr irgendeine Vorstellung davon, wie hart ich daran gearbeitet habe, so viel abzunehmen?«

»So hart wie ich, damit ich mir das Botox leisten kann? Als Nächstes kommt eine Bauchstraffung, ich spare schon dafür.«

»Du sagst ›Bauchstraffung‹, als würde die ein Änderungsschneider machen. Das ist eine schwere, höchst invasive, lebensgefährliche Operation.«

»Die mir einen flachen Bauch verschaffen wird.«

Ich frage mich, ob CJ durch ihre neue Liebe in eine unerreichbare Umlaufbahn geschleudert wurde. Ich glaube, ich mochte sie lieber, als sie verbittert und verbiestert war.

»Summer hat mich zum Vajazzling geschleift, für Kitos Geburtstag letzte Woche, wollt ihr mal sehen?«, fragt CJ.

»Zeig her«, sagt Helen.

CJ steht auf und lässt ihre Hose und ihren Tanga fallen. Darunter kommt eine haarlose Vulva zum Vorschein, geschmückt mit kleinen silbernen und blauen Glitzersteinchen, die ein Herz bilden.

»Das kapiere ich nicht«, sagt Helen, und in diesem Augenblick verzeihe ich ihr alles. Die Pizza. Dass sie Virginia vorgezogen hat. Ihre ganze Unfreundlichkeit dieses Wochenende. Sie ist der uneitelste Mensch, den ich kenne. Wenn Helen schon Erekas Zehennägel nicht versteht, dann ist Vajazzling eindeutig zu viel des Körperschmucks.

»Ich habe Teile deiner Vagina-Deko im Bad gefunden.« Ich muss lachen.

»Das ist doch nur ein bisschen Spaß«, schmollt CJ und zieht ihre Hose wieder hoch. »Außer, wenn sich diese Klebesteinchen nach drinnen verirren, ihr wisst schon …«

»So genau wollte ich das jetzt nicht wissen«, sage ich, greife in meine Handtasche und sehe nach meinem Telefon. Jamies SMS von gestern habe ich immer noch nicht beantwortet. Keine neuen Nachrichten.

Da haben wir ihn auch schon, den wahren Grund dafür, dass ich mich so aufrege: Jamie. Es ist noch nicht lange her, dass ein paar Kinder in ihrer Klasse sie »fette Jamie« genannt haben. Kinder besitzen die unheimliche Fähigkeit, jemanden psychisch fertigzumachen, indem sie sich auf seine Schwächen stürzen. Rotes Haar, Sommersprossen, eine Brille, die Körpergröße, eine Zahnspange, vorstehende Zähne. Die üblichen unverzeihlichen Sünden des Äußeren.

Aber – und das war es, was mich wirklich aufgeregt hat – Jamie war gar nicht dick. Ihr wunderschöner Körper überwand gerade die schwierige Grenze zwischen Kinderspeck und Teenager-Hormonen, hielt noch an ein wenig Bauch fest, um die knospenden Brüste zu füllen und ihr sterbenshungriges Gehirn im Umbau zu füttern.

Sie vertraute sich mir an, wenn auch nur über den üblichen Kommunikationskanal – indem sie es auf einen Streit anlegte, bis ich explodierte und dabei die Lücke freisprengte, in die sich ihre schreckliche Wahrheit ergießen konnte: Die Jungen in ihrer und den Parallelklassen bewerteten die Mädchen, von null bis zehn. Sie erzählte mir todernst, als sei das eine Tatsache, dass sie auf der Skala irgendwo zwischen vier und fünf stand. Ein Junge – sie hat mir seinen Namen genannt, und ich würde ihn auch auf der Straße erkennen – hat sie mit null von zehn bewertet. Nicht wenige Klassenkameradinnen fanden das witzig.

Ich widerstand dem Drang, ihr zu erklären, dass gerade bei diesem Jungen ein paar Amphibien in der Ahnenreihe mitgemischt haben müssten, wenn man nach seinem Äußeren ging. Aber nur, weil ich mich nicht gern als Person sehen würde, die so grausam ist, ein Kind als hässlich zu bezeichnen. Selbst ein hässliches Kind nicht. Außerdem gebe ich mir große Mühe, meiner Tochter zu vermitteln, dass wir Menschen nicht nach ihrem Äußeren beurteilen. Da wäre es nicht gerade förderlich, ihr zu sagen, dass die Meinung eines Jungen mit einem Gesicht wie eine Agakröte nicht entscheidend für ihr Selbstbild sein sollte. Ich konnte ihr zwar begreiflich machen, wie unfair seine Bewertung war. Trotzdem wäre sie in diesem Moment glücklicher gewesen, wenn selbst dieser Shrek-ähnliche Fiesling ihr ein paar Punkte mehr gegeben hätte. Das tut weh.

Ich kann mich nicht erinnern, dass ich in der Schule unter derart nackter Grausamkeit gelitten hätte. Gut möglich, dass ich da etwas verdrängt habe. Glaubt mir, Jamie ist viel hübscher, als ich es je war. Ich musste mit dieser riesigen Nase herumlaufen, und ich war schon damals sehr groß. Wie Virginia ragte ich über den meisten Jungen auf. Mädchen wie ich müssen oft warten, bis wir erwachsen sind, ehe uns echte Männer begegnen, die uns sexy finden. Die Typen mit Brille. Die sich nicht wichtigmachen oder zu laut lachen. Die in Kunst immer eine Eins hatten. Die in der Schule wahrscheinlich selbst als »Streber« oder »Nerd« bezeichnet wurden.

Aber wie Jamie wachsen diese Jungen irgendwann über den Stacheldraht der kindischen Beschimpfungen hinaus. Im wahren Leben können sich die willkürlichen Grausamkeiten der Beliebtheit auf dem Schulhof nämlich nicht halten. Da wachsen ihrer Intelligenz dann Muskeln, und ihre Kreativität beginnt zu strahlen. Das möchte ich Jamie erklären, damit sie weiß, was sie erwartet. Allerdings will ich ihr keine Angst einjagen, indem ich ihr erzähle, dass Männer mit solidem Selbstbewusstsein und scharfem, humorvollem Geist sich schon bald Fantasien über sie als »heiße Brünette« und ihren starken, wunderbaren Körper hingeben werden, der vor meinen Augen neue Formen annimmt. Sie ist schließlich erst dreizehndreiviertel.

Just in dieser jugendlichen Unsicherheit über den eigenen Wert auf einer Skala von eins bis zehn steckt derselbe Impuls, der intelligente Frauen wie CJ dazu treibt, jedes Fältchen ausbügeln zu lassen. Das ist nichts als die Erwachsenenvariante der Er-wird-mich-nie-mögen-wenn-ich-nicht-hübsch-bin-Angst. Ich weiß, wie sich das anfühlt. Dennoch will ich weder Jamie völlig überzogene Eitelkeit vorleben noch jemals so verzweifelt sein, dass ich mit Hilfe von Botox in Jugend erstarre.

Neulich habe ich einen Aufkleber in einer Umkleidekabine gesehen, in der ich Badeanzüge anprobierte. Ich habe ihn mit meinem iPhone abfotografiert. *Bitte nicht mehr als sechs Kleidungsstücke mit in die Kabine mitnehmen. Es ist nicht gestattet, Ihren Körper mit einer retuschierten Sparlaune der Natur zu vergleichen. Diese Umkleidekabine wird zu Ihrer Fröhlichkeit überwacht. Bitte kaufen Sie nur Artikel, in denen Sie sich gut fühlen.* Am liebsten würde ich das Universum mit solchen Botschaften überschwemmen, damit nie wieder ein junges Mädchen in den Spiegel blickt und fragt: »Sehe ich darin dick aus?«

Ich wappne mich für die Reaktionen auf das, was ich jetzt

sagen werde. »Ihr wisst doch, dass Raucher gerne von oben herab behaupten, das sei ihre Entscheidung und ihr Körper ... Na ja, wenn andere Leute rauchen, bin ich zum Passivrauchen gezwungen. Und wenn du, CJ, ständig betonst, dass Frauen jung aussehen müssten, verstärkt das nur die schädlichen Bilder, die uns die Medien vermitteln – wir sollen nun mal nicht mehr jung aussehen, wenn wir fünfundvierzig oder fünfzig sind. Wir sollen aussehen wie fünfundvierzig oder fünfzig.« Als ich ausgeredet habe, wird mir bewusst, dass ich diese Worte selbst dringend hören wollte. Das elendige Oil of Olaz hat herzlich wenig dafür getan, das Unvermeidliche aufzuhalten.

CJ lehnt sich auf ihrem Stuhl zurück und lächelt mich an wie die Grinsekatze. »Mich dünkt, du protestierst zu viel.«

»Du warst wunderschön vor der Botoxbehandlung«, sage ich kopfschüttelnd.

»Jetzt bin ich noch wunderschöner.«

»Neulich habe ich irgendwo gelesen, dass Botox Falten langfristig sogar verschlimmert«, bemerkt Helen.

»Bis es so weit ist, könnte ich tot sein«, erwidert CJ lächelnd. »Aber fürs Erste bin ich in diesem Kreis diejenige, die keine Falten hat.« Sie stupst mit einem Fuß den Vogelkäfig an, woraufhin die reparierte Tür an Maeves provisorischem Scharnier aufschwingt.

Ich erinnere mich an Erekas dünne, empfindliche Freude heute Morgen, als wir hier saßen und sie etwas Repariertes in Händen hielt.

Ich stehe auf. »Manche Leute haben echte Probleme«, sage ich. »Während andere es sich leisten können, sich in ihrem selbstverliebten Gejammer zu wälzen.«

»Sind wir ein bisschen gereizt?«, seufzt CJ.

Ich krame in meiner Tasche nach dem Handy. »Entschuldigt

mich«, sage ich und gehe ins Wohnzimmer. »Ich muss dringend telefonieren.«

Wenn ich jetzt noch wüsste, wo Helen diese Karte hingelegt hat.

Ich bin ein guter Mensch, denke ich, als ich wieder hinuntergehe und mich dabei im Spiegel betrachte. In den Tagen vor meiner Periode kann ich zwar ein richtiger Drache sein, aber ich betrachte die wirren, hässlichen Dinge, die ich Frank und den Kindern dann kreischend an den Kopf werfe, nicht als repräsentativ für meine Persönlichkeit. Ich mag eine schreckliche Mutter sein, doch die restliche Zeit über bin ich ein guter Mensch.

Im Erdgeschoss habe ich nirgends Empfang. Ich versuche es in allen Räumen, sogar auf der Toilette. Endlich bekomme ich ein Netz, indem ich mich in dem knallrosa Bad aufs Bidet stelle.

Als ich wieder nach draußen gehe, unterhalten sich Helen und CJ über die Instrumente, die ihre Kinder spielen. Die anderen sind schon auf dem Rückweg von ihrem Spaziergang. Callum redet mit Virginia und zeigt auf irgendetwas in der Ferne. Tennyson hopst neben ihm her.

Maeve und Summer kommen beschwingt die Treppe herauf und lächeln von so viel Sonne. Ereka folgt ihnen, keuchend und mit klimperndem Schmuck. Schweiß steht ihr auf der Stirn und der Oberlippe. Sie sinkt auf einen Stuhl und fächelt sich mit der Hand Luft zu.

»Du hättest echt unbedingt mitkommen sollen«, sagt Summer. »Hast du vielleicht was verpasst!«

»Ich gehe nachher allein spazieren«, erwidere ich bedrückt. Niemand fühlt sich gern übergangen.

»Gib mir Bescheid, wenn du so weit bist, dann komme ich mit«, sagt Maeve. Einfach so.

Ich hebe den Kopf und lächle ihr in die Augen, eines braun, eines grün, so wunderhübsch befremdlich.

Seht ihr? Sie erinnert sich doch an unser nächtliches Geflüster.

16 Lügen, ins Gesicht geschrieben

»Was machst du da?«, fragt Maeve.

»Auf die Beschimpfungen meiner Tochter antworten.«

Ich bin ja schon froh, dass wir wieder miteinander reden. Oder haben wir gar nicht nicht miteinander geredet? Jedenfalls bin ich froh und dankbar.

Ich dulde es nicht, tippe ich in mein iPhone. Und lösche die Worte wieder. *Spiel dich nicht so auf,* schreibe ich. Und lösche auch diesen Satz. Es ist wirklich leicht, mit kleinlichen Tadeln zu reagieren. Das kostet keinerlei Anstrengung. Aber ich finde, ich sollte versuchen, ein Vorbild an erwachsener Reife abzugeben. Neulich hat Frank den Kindern gegenüber die Beherrschung verloren. Er brüllte herum, drohte ihnen mit lebenslänglichem Unterhaltungselektronikverbot, dem Ausfall sämtlicher gesellschaftlicher Termine, verhassten Helfertätigkeiten im Haushalt bis in alle Ewigkeit. In unserem Haus eskaliert so etwas eben gern.

Die Kinder wirkten von seinem Ausbruch gelangweilt, ja beinahe belustigt. »Erbärmlich«, nuschelte Jamie nur.

Ich nahm Frank beiseite und wies ihn darauf hin, dass wir die beiden wie Kleinkinder behandelten, wenn wir herumbrüllten, tobten und Drohungen ausstießen, obwohl sie vielleicht gar keine Kleinkinder mehr seien. Ich legte ihm nahe, dass er mehr erreichen könnte, wenn er mit ihnen verhandelte und ihnen Raum für eigene Entscheidungen ließ.

»Aber *sie* brüllen und toben«, empörte er sich.

»Du bist der Erwachsene.«

»Nicht freiwillig«, brummelte er.

Mit dem allmählichen Erwachsenwerden unserer Kinder betreten wir unerforschtes Terrain und müssten einige unserer wirksamsten Erziehungsmethoden aufgeben, darunter Einschüchterung, Entzug und Manipulation, die uns in der Vergangenheit gute Dienste geleistet haben. Aber die Dinge verändern sich. Vor ein paar Wochen, nach unserem ersten furchtbaren Streit wegen der Reise nach Borneo, fand ich einen Zettel auf dem Küchentisch. *Bin spazieren.* Jamie hatte nicht dazugeschrieben, wo. Und sie hatte ihr Handy nicht dabei.

Diese Strategie ist bewundernswert effektiv. Ich überlegte die nächsten anderthalb Stunden, wie ich reagieren sollte, wenn sie zur Tür hereinkam. Folgende Möglichkeiten kamen in Frage:

Sie anschreien: »Du verantwortungsloses, rücksichtsloses kleines Miststück! Wie kannst du es wagen, mich durch so eine emotionale Hölle gehen zu lassen? Du hast eine Woche Elektronikverbot!«

Sie ignorieren: So tun, als wäre nichts Erwähnenswertes passiert, ohne durchblicken zu lassen, dass ich gerade eine Stunde lang abwechselnd durchgedreht und für ihre sichere Rückkehr gebetet habe.

Mich ruhig erkundigen: »Und, wie war dein Spaziergang? Hast du Delphine gesehen? Ist es nicht herrlich an der frischen Luft, und erst die schöne Meeresbrise? Eine wunderbare Möglichkeit, nach einem Streit wieder einen klaren Kopf zu bekommen, nicht? Ach, nimm vielleicht nächstes Mal dein Handy mit, nur für den Fall, dass es regnet, dass du dich verläufst oder mich aus sonst irgendeinem Grund anrufen möchtest, mein Liebling.«

Ich weiß, dass die letzte Variante die richtige gewesen wäre, und glaubt mir, ich arbeite an mir. Zustande gebracht habe ich nur eine abgeänderte Version der ersten. Ich weiß, dass meine Tochter sich verändert. Natürlich muss sie nicht auf ewig mein kleines Mädchen bleiben. Sie erneuert sich ständig. Updated ihren Status. Ich bin diejenige, die zusehen muss, dass sie da mithält. Diese Veränderungen haben wohl auch nicht erst gestern begonnen. Ich erinnere mich an einen Vorfall, als sie elf Jahre alt war. Irgendetwas war in der Schule vorgefallen, doch sie wollte mir nichts Genaues sagen. Es ging darum, nicht ausgesucht zu werden. Um die Hütten im Schullandheim. Um einen Zaun, an den jemand sie gestoßen hatte. Mit den Worten *Das ist dein einziger Freund, mit dem kannst du reden.*

Ich habe mich ehrlich bemüht, nicht nur über mich zu sprechen und über damals, als ich nicht ausgesucht wurde und mir zum Schluss das Zimmer mit der Neuen teilen musste, die ekelhaft schlechte Haut hatte. Trotzdem habe ich es Jamie erzählt und behauptet, letzten Endes sei es »gar nicht so schlimm« gewesen.

Deine Welt ist größer als der Spielplatz. Solche Kinder willst du doch gar nicht als Freundinnen haben. Du bist etwas Besonderes, und die sind bloß Mittelmaß. Sie sind nur neidisch auf dich. Gemeine Mädchen haben gemeine Mütter. Während ich solche und ähnliche Ermunterungen von mir gab, ertappte ich mich bei der Frage, ob ich sie tatsächlich glaubte oder ob das nur dieselben Sprüche waren, die man mir in einem Anfall von Niemand-mag-mich-Verzweiflung in meiner eigenen Kindheit erzählt hatte.

»Eines Tages«, sagte ich und bemühte mich um eine weise Tonlage, »wirst du die richtigen Freundinnen finden. Ich habe meine wahren Freundinnen erst an der Uni kennengelernt.« Wenn ich es recht bedenke, war das vielleicht ein wenig tröstlicher Gedanke für eine Elfjährige.

»Ja, Mum«, sagte sie, und eine riesengroße Träne kullerte aus einem großen braunen Auge. »Aber was ist mit jetzt?«

Ja. Was ist mit jetzt?

Jetzt ist manchmal schwer, hörte ich mich sagen. *Aber am Ende wird alles gut.*

Sie biss sich auf die Lippe.

Möchtest du mir noch etwas erzählen?

Daraufhin sah Jamie mich mit einem unergründlichen Blick an. Wenn ich ihn beschreiben sollte, würde ich sagen, er hatte etwas Nachdenkliches und schrecklich Scharfsinniges zugleich. Plötzlich verstand ich. Sie schätzte mich ein und versuchte zu beurteilen, ob ich mit dem, was sie mir sagen wollte, umgehen konnte. Dann nahm sie ein kleines, zusammengeknülltes Stück Papier von ihrem Nachttisch und gab es mir. Eine Reihe bösartiger Kommentare über Jamie, als wäre eine Gruppe Mädchen schwarz auf weiß über sie hergezogen.

Das habe ich im Papierkorb gefunden. Als alle in der Pause waren. Letzte Woche.

Letzte Woche?

Ich wollte nicht, dass du dich darüber aufregst.

Versteht ihr, worauf ich damit hinauswill? Es war eigentlich meine Aufgabe, sie zu trösten und zu schützen. Weil ich so viel mehr Weitblick und Lebenserfahrung und was noch alles habe und, na ja, weil ich ihre Mutter bin. Aber mit diesem starken Ausdruck in ihren dunklen Augen geriet die klare Rollenverteilung ins Wanken. Sie schützte mich. Wir hatten eine ganz normale Woche hinter uns, in der ich sie hin und wieder wegen ihrer Frechheit, Launenhaftigkeit und diverser Gemeinheiten gegenüber ihrem Bruder angeschrien hatte. Ich dachte, ich wäre meiner Aufgabe so weit nachgekommen. Währenddessen hatte sie das hier, in ihrem Herzen eingeschlossen, mit sich herumgetragen.

An einem gewissen Punkt messen unsere Kinder unsere Kraft, und wenn wir nicht stark genug sind, ihren Schmerz zu teilen, dann schließen sie ihn weg und lernen, dass Schmerz zu qualvoll und schrecklich ist, um andere daran teilhaben zu lassen. Damit meine ich vor allem: *Sie* entscheiden das. Uns Erwachsenen ist nicht klar, dass wir beobachtet werden. Dabei überwachen sie uns ständig und halten Ausschau nach Schwächen. Um uns zu beschützen.

Maeve räuspert sich. Ich blicke zu ihr auf. »Ich persönlich habe die Erfahrung gemacht, dass ›Ich habe dich lieb‹ immer der kürzeste Weg zur Versöhnung war.«

»Sie hasst mich. Ich verstehe weder, wie es dazu kommen konnte, noch, warum ich das nicht früher erkannt habe.«

Maeve setzt sich auf das Mäuerchen um die Terrasse. »Das nennt man Selbstdifferenzierung. So findet sie heraus, was sie von dir unterscheidet, wer sie ist. Und du willst, dass sie anders ist als du, auch wenn dir das nicht bewusst ist.«

»Sie erwartet, dass ich ihr Dinge erlaube, die ich selbst nie tun würde – sie Gefahren aussetze, die ich nicht eingehen würde.«

»Das bedeutet, du hast deine Sache gut gemacht.«

Man sollte bereit sein, solche Eröffnungen von Leuten anzunehmen, die mehr Erfahrung haben, Leuten wie Maeve zum Beispiel. Ich kann mir gut vorstellen, dass sie das Gefühl hat, angekommen zu sein – ihr Sohn ist erwachsen und braucht sie nicht mehr. Wahrscheinlich ist er mit einem ganzen Arsenal nützlicher Fähigkeiten ausgestattet, kann schwimmen, lesen, eine Straße überqueren, Auto fahren. Ich hingegen habe ständig das Gefühl: Wenn ich meine Kinder bis zum Punkt X bringen kann, werden sie es schaffen. Nur dieser Punkt verschiebt sich ständig. Mein neuestes Ziel ist, dass die beiden vierzig Jahre alt werden.

Nicht, dass wir uns ständig streiten würden, versteht mich bitte nicht falsch. Neulich konnte Jamie nicht in die Schule. Wir haben zusammen Sushi gegessen, und ich habe mir mit ihr *Eat Pray Love* angesehen. Ich betrachte das bestimmt nicht sentimental verklärt, wir hätten wirklich zwei Freundinnen sein können, die sich einen gemütlichen Tag machen, sich die Zehennägel lackieren und gemeinsam Julia Roberts beneiden. Irgendwann am Nachmittag fragte sie mich nach meinem ersten Kuss. Daraufhin erzählte ich ihr von Simon Cooper, der groß und mager war und sich nicht sonderlich für mich interessierte – glaubt mir, Mädchen merken so etwas. Aber ich war vierzehn und noch nie geküsst worden. Er war achtzehn, hatte ein Auto und Bruce Springsteen im Kassettenrekorder. (»Was ist das?«, fragte Jamie daraufhin.) Ich erzählte ihr, wie er mich nach Hause gefahren und zur Tür begleitet hatte und dann auf mich herabgeschossen war wie eine Rakete, um mir seine Zunge halb in den Hals zu schieben. Und dass ich es zugelassen hatte, weil ich hatte wissen wollen, wie es sich anfühlte, geküsst zu werden.

»Ach, Mum …«, seufzte Jamie. »Das war dein erster Kuss?«

Ich sah ihr an, dass ich ihr leidtat.

Ich musste ihr noch etwas anderes geben, denn es wäre falsch gewesen, nur den Eindruck von Simon Cooper bei ihr zu hinterlassen. Also erzählte ich Jamie, und zwar richtig, von dem einen Kuss am Strand mit Travis, als ich achtzehn gewesen war. Wie sich mein kaltes, regennasses Gesicht an seinen warmen Lippen angefühlt hatte und wie er die Hand auf meine Brust (also, oberhalb der Brüste) gelegt und gesagt hatte: »Dein Herz macht tausend Kilometer pro Stunde.«

»Er war der erste Mann, den ich je wirklich küssen wollte. Und es war wie … wie nichts, was ich beschreiben könnte.«

Ich sah ihr an, dass sie sich für mich freute, und sie lächelte schüchtern. Ich möchte, dass in ihrer Zukunft genau solche Küsse auf sie warten. Allerdings weiß sie hoffentlich, dass es da draußen auch jede Menge Simon Coopers gibt. Was ich damals nicht wusste (und Jamie ganz sicher nie sagen werde): Die Anzahl wundervoller Küsse, die uns im Leben erwarten, ist begrenzt. Jamie wird mit der Zeit erkennen, dass sie selten sind, sozusagen gefährdete Küsse. Man sieht zwar niemanden demonstrieren oder Unterschriften sammeln wie für die Ozonschicht oder den Tasmanischen Teufel, trotzdem sind sie Schätze. Es ist ein Fehler, sich darauf zu verlassen, dass schon noch mehr kommen werden. Damit will ich nur sagen: Wir sollten sie nicht gierig betrachten wie Sammler, sondern ehrfurchtsvoll wie Archäologen, stets in der Hoffnung, auf ein kostbares Fossil zu stoßen.

Küsse – damit findet man sich irgendwann ab – fallen der Ehe als Erstes zum Opfer. Als Nächstes kommt entweder die Rücken- oder Fußmassage. Ich bin im Stillen äußerst dankbar dafür, dass Frank den untersten Teil meiner Anatomie genießt wie einen Teller gefüllter Zucchiniblüten. Falls mir ansonsten sämtliche Gründe ausgingen, mit ihm zusammenzubleiben, würde allein sein Appetit auf meine Füße die Sache wahrscheinlich retten. Das hänge ich natürlich nicht an die große Glocke. Warum sollte ich? Aber es wäre schön, wenn Jamie irgendwann jemanden wie ihren Vater fände – nicht im perversen Freudschen Sinn, sondern im Hinblick auf die Dinge, die wirklich wichtig sind. Ich wünsche ihr ein so himmlisches Sexleben, wie Frank und ich es haben, mit aller Zeit der Welt und geborgen in ihrer Beziehung mit jemandem, den ich noch nicht kenne. Also in vielen, vielen Jahren, damit das klar ist.

Neulich hat sie mich gefragt: »Du und Dad schlaft nicht mehr miteinander, oder?«

»Natürlich nicht.« Aaron kann vom Rücksitz aus bei allem dazwischenquatschen, ohne den Blick von seinem iPod Touch zu lösen. »Dad hat doch eine Vaskotomie machen lassen.«

»Himmel, du bist so dämlich, und du brauchst dringend Nachhilfe in Sachen Aufklärung«, ächzte Jamie. »Erstens heißt das Vasektomie, und zweitens hat das nichts damit zu tun, ob sie Sex haben oder nicht. Es kommt nur kein Sperma mehr raus. Idiot.«

»Keine Schimpfwörter, bitte«, murmelte ich automatisch. Dabei habe ich mich nie um den Job als Jugendlichensprachgebrauchsberichtigungsbeamtin beworben. Der ist sehr eintönig. Außerdem gibt es keinerlei Zulagen.

»Stimmt das, Mom?«, fragte Aaron.

»Das mit der Vasektomie stimmt, und, äh, die meisten glücklich verheirateten Menschen schlafen miteinander. Das gehört zu einer Ehe dazu.«

»Sag mir nur, dass ihr es nicht tut, wenn wir zu Hause sind. Macht ihr nicht, oder? Das ist echt so ... so widerlich.« Jamie verzog das Gesicht.

Ich hatte diese Unterhaltung nicht angefangen, aber ... Okay, niemand will das wissen. Ich erinnere mich an eine Freundin an der Uni, die mir einmal gestand, dass all ihre Probleme – und das waren nicht wenige – daher rührten, dass sie gesehen hatte, wie ihr Vater vor ihrer Mutter masturbierte, als sie zwölf Jahre alt war. Das ist zugegebenermaßen keine passende Anekdote für eine Hochzeitsrede, aber großartiges Material für eine Psychotherapie.

»Also, nein, wir ... eigentlich nicht«, sagte ich. Was ich nicht direkt als Lüge bezeichnen würde, eher als Ausflucht um der Bequemlichkeit willen. Fürs Erste. Würde man Frank danach fragen, würde er wahrscheinlich behaupten, dass wir nie miteinander schlafen. Aber wir tun es noch, glaubt mir, ehrlich.

Seit dem Vorfall mit der Zahnfee vermeide ich blanke Lügen, wenn es geht. Dazu muss ich allerdings sagen, dass ich die Zahnfee damals nicht als Lüge betrachtet habe, sondern als Fantasiegeschöpf. Wenn ich gewusst hätte, was das für Folgen haben kann, hätte ich die Sache sicher anders angepackt. Als Jamie ihren ersten Zahn verlor, kam mir das Ganze noch so einfach vor. Ein sauberer Tausch – den Zahn gegen zwei Dollar unter ihrem Kopfkissen. Irgendwann kamen Gerüchte auf, und eines Morgens konfrontierte Jamie mich damit. »Isabel sagt, ihre Mum legt das Geld da hin, nicht die Fee. Ich muss es wissen: Stimmt das?«

Ich bemühte mich, ihr leichtes Stirnrunzeln zu übersehen, das Anzeichen aufkeimenden Argwohns, der in Logik wurzelte. Die Lüge ging mir sehr leicht über die Lippen, mehr brauche ich dazu wohl nicht zu sagen.

Ihre Schultern sanken erleichtert herab. »Die arme Isabel, sie glaubt wirklich, es ist ihre Mum!«

Doch wer hätte geahnt, dass sie im Lauf der Zeit ein ausgefeiltes Ritual für die Fee entwickeln würde? Briefchen. Kleine Geschenke, die sie in ihrem Zimmer verteilte. Jamie mag es üppig, nicht minimalistisch, in dem Punkt kommt sie eher nach mir als nach Frank. Ich fand das sehr niedlich, aber allmählich graute mir vor jedem wackelnden Zahn. Eines Nachts habe ich es dann wohl einfach vergessen. Wahrscheinlich bin ich vor ihr eingeschlafen. Am nächsten Morgen stand sie am Fußende meines Bettes. Warum hatte die Zahnfee ihren Zahn abgelehnt?

»Jamie, Liebling, die Zahnfee gibt es gar nicht. Das war ich.«

Tränen traten ihr in die Augen.

»Immer? Warst das immer du?«, fragte sie. In demselben Tonfall würde eine betrogene Ehefrau fragen: »Wie lange geht das schon so?«

Ich nickte. Es gab kein Zurück mehr.

»Du bist eine böse Hexe«, schrie sie und rannte hinaus. Ihre Tür schlug krachend zu, das handbemalte Laubsäge-J fiel herunter, und ein Stück davon brach ab. Und da war es erst vier Minuten nach sechs.

Von dem Tag an lebe ich mit den Konsequenzen und sitze meine Strafe ab: *Wie soll ich irgendwas glauben, das du sagst? Du hast mich schon mal belogen. Ich traue dir nicht.*

Man könnte auch sagen, dass wir als Eltern zwangsweise zu Betrügern werden. Vielleicht bleibt uns gar nichts anderes übrig, als unsere Kinder zu belügen. Vielleicht müssen wir die Ersten sein, die ihnen das Herz brechen, damit sie bereits wissen, wie man das überlebt, wenn andere es tun. Ich hoffe jedenfalls, dass es so läuft.

Ich lächle Maeve an.

»Unsere Kinder kommen irgendwann zu uns zurück. Sie kommen immer zurück«, versichert sie mir.

»Jamie würde dreitausend Kilometer von mir weglaufen, wenn ich sie nicht daran hindern würde. Aber sie ist einfach noch nicht so weit, allein in die Welt hinauszuziehen.«

»Vielleicht«, Maeve zögert, »bist du diejenige, die noch nicht so weit ist.«

Das meint sie gewiss nur gut und nett. Ich höre keinerlei Verurteilung heraus. Da liege ich also in der Herbstsonne, atme die weiche, milde Landschaft tief ein, tippe in Großbuchstaben ICH HAB DICH LIEB. LIEBER ALS KÄSEKUCHEN. MUM XXX und drücke auf »Senden«.

17 Die Auserwählten

Was CJ und Summer zum Mittagessen zu bieten haben, ist langweilig und vorhersehbar – Scheibchen von industriell verarbeitetem Fleisch, Käse, Essiggurken und die billigsten Brötchen mit dem höchstmöglichen glykämischen Index, als wären Leinsamen oder Sauerteig noch nicht erfunden. Und das, möchte ich betonen, haben sie zu zweit zustande gebracht. An jedem beliebigen Abend der Woche bringe ich ein Abendessen auf den Tisch, das dem kleinsten gemeinsamen Nenner entspricht: Spaghetti mit Hackfleischbällchen, Hähnchenschnitzel mit Ofenkartoffeln, Würstchen und Kartoffelbrei. Und das bei uns, wo Gemüse wie Bürger zweiter Klasse behandelt und nur dank der Nachtischbestechung toleriert werden. Ohne ein »Frittiert«-Visum und in Begleitung von Pommes frites ist auch Fisch nicht unbedingt willkommen.

Wenn man das zu viele Jahre lang macht und keine vorbeugenden Gegenmaßnahmen ergreift, kann das zum Tod der eigenen kulinarischen Standards und lukullischen Empfindsamkeit führen – und das ist jetzt keine theatralische Übertreibung. Genau so werden Mütter natürlich dick: indem sie von der Kinderspeisekarte essen. Alles, was die Bezeichnung »Nugget« oder »Stäbchen« trägt, ist für den Metabolismus eines vierjährigen Kindes geschaffen. Wenn man nicht acht Stunden pro Tag im Garten herumrennen und auf Klettergerüsten spielen will, sollte man diese Lebensmittel meiden wie die Syphilis.

Wenn wir also schon mal, was selten genug vorkommt, ohne

kleine Menschen zusammensitzen, erwarte ich zumindest einen Hauch von Stil am Esstisch. Ich spreche keineswegs von Hummer oder Wagyu-Rindfleisch, eher von der einen oder anderen gefüllten Olive oder marinierten Aubergine, die man im selben Supermarkt hätte kaufen können wie diesen Aufschnitt. Ohne Kito und seine gefüllten Zucchiniblüten gehört CJ immer noch zur Dosenöffner-Fraktion. Bei diesem Gedanken fühle ich mich, als hätte ich gerade unabsichtlich einen Fluch über CJs und Kitos Beziehung gesprochen. Sofort versuche ich einen Gegenzauber, indem ich an einer Essiggurke knabbere und mich darauf konzentriere, wie köstlich sie schmeckt.

Nach unserem riesigen Frühstück hat keine von uns richtig Appetit. Also liegt die Salami schwitzend in der Sonne, während Ereka sich immer wieder kleine Stückchen Käse abschneidet. Langsam, aber stetig arbeitet sie sich durch den Brie und den Roquefort.

»Wie schwer kann es sein, einen Schlüssel zu finden?«, brummt Virginia, als sie auf die Terrasse zurückkehrt. Sie hat gerade geduscht, das nasse Haar klebt zurückgekämmt an ihrem Kopf.

»Ein reizender junger Mann«, murmelt Ereka vor sich hin.

»Ich würde ihn gern mal Zumba tanzen sehen«, sagt Summer. Dann kichert sie. »Oje, erzähl Craig bloß nicht, dass ich das gesagt habe, CJ, ja?«

Sie baumelt. Ständig schwankt sie zwischen Kultiviertheit und mädchenhafter Albernheit und kann sich einfach nicht entscheiden.

»Warum machst du Zumba nicht zu deinem Hauptberuf?«, frage ich. »Es ist offensichtlich das, was du am allerliebsten tust.«

Sie wirft mir einen forschenden Blick zu, als hätte ich gerade in die tiefsten Tiefen ihrer Seele geblickt. Dabei habe ich das gar nicht. Ich wollte nur ein bisschen Konversation machen.

»Du hast so absolut recht – am allerliebsten. Nur leider ist damit nicht viel zu verdienen. Und ich bekomme irre Provisionen, wenn ich Häuser verkaufe. Ich spare gerade für eine Schönheits-OP. Vielleicht danach.« Sie grinst mich so breit an, dass ich zurücklächeln muss.

»Wie interessant«, entgegne ich und frage mich, was jemand diesem bereits perfektionierten Gesicht noch hinzufügen will. Vielleicht spart sie ja auch auf eine Vaginalstraffung?

Als sie meinen Gesichtsausdruck sieht, sagt sie: »Nicht für mich, für meine Tochter.«

Ereka beugt sich über den Tisch und drückt Summers Hand.

Ich würde ja gern behaupten, dass das weniger verwerflich sei. Doch diesen Schönheitswahn an die eigene Tochter weiterzugeben birgt allerhand unterschwellige Gefahren, selbst wenn dabei eine hübsche Nase oder ein paar Körbchengrößen mehr für das Mädchen herausspringen. Jetzt mal im Ernst: Warum mache ich mir überhaupt Gedanken deswegen? Ist wirklich nicht mein Problem. Ich bin hergekommen, um mich zu entspannen.

»He, Virginia, magst du nichts essen?«, fragt Ereka. »Du hast noch nicht einmal gefrühstückt.«

»Später vielleicht. Ich fühle mich ziemlich mau ...«

»Fehlt dir was, Cati?«, fragt Helen.

»Mir ist nur ein bisschen schlecht, Zuki. Ein Glas Rotwein, und alles wird wieder gut.«

»He, vielleicht bist du schwanger?« Helen lächelt. »Es wird Zeit für ein Baby, Cati. Stell dir nur vor – ich wette, es würde schon im Kreißsaal Shakespeare zitieren und das Periodensystem aufsagen.«

Virginia entgegnet hastig: »Unwahrscheinlich.«

»Du musst mehr Sex haben als ich. Ich glaube, sogar Tote haben mehr Sex als ich.«

»Ich bin ganz sicher nicht schwanger.«

»Du bist nicht zu alt dafür – noch nicht«, setzt Helen nach.

Virginia wendet den Blick ab. Sie sieht wirklich nicht besonders gut aus.

»Heute Morgen habe ich einen Youtube-Clip von einer Frau gesehen, die mit über sechzig ein Kind bekommen hat«, erzählt Summer. »Was sagt man dazu? Gruselig, oder? Wenn ich weiß, dass ich in zehn oder zwanzig Jahren sterben werde, warum dann einem Kind so was antun? Es absichtlich als Waise auf die Welt kommen lassen?«

»Das kommt darauf an, wie sehr man sich Kinder wünscht«, erklärt Ereka. »Manche Leute geben es nie auf. Ich finde das schön. Der menschliche Geist kann unbezwingbar sein.«

Virginia betrachtet die Aufnahmen in ihrer Kamera.

»Ach, komm. Deine verkrusteten alten Eierstöcke packen das«, sagt Helen. »Die haben nämlich schon mal einem wütenden Nilpferd ins Auge geblickt.«

»Zuki«, sagt Virginia. »Ich. Bekomme. Kein. Kind.«

Wenn jemand so betont spricht, mit lauter Großbuchstaben und Punkten, hat das irgendetwas zu bedeuten. Mein Blick fliegt von Virginia zu Helen. Maeve hat ebenfalls mitbekommen, dass wir anscheinend von flachem Geplänkel in ernsthaft tiefe Kummergewässer geraten sind.

»Kluge Entscheidung«, sagt Summer und fängt an, ihre künstlichen Fingernägel zu feilen.

Virginia streicht eine Falte in ihrer kastanienbraunen Jogginghose glatt. »Nicht direkt.«

»Jetzt lass die Andeutungen und sag einfach, was du sagen willst, Herrgott noch mal«, poltert Helen.

»Ist keine große Sache.«

»Was ist keine große Sache?«

»Ich habe mich vor einiger Zeit gründlich untersuchen lassen.« Virginia legt ihre Kamera in den Schoß. »Die Arthritis ist ziemlich schlimm geworden, und ich dachte, ich lasse mal alles Mögliche abklären …«

Wir alle warten darauf, dass sie fortfährt.

»Und?«, drängt Helen.

»Das Ganze ist medizinisch etwas kompliziert, aber unter dem Strich läuft da drin gar nichts mehr«, sagt sie und tätschelt ihren Bauch. »Die Eierstöcke sind völlig vertrocknet. Zwei kleine Steine. Vorzeitige Menopause. Das zu erfahren, war schon nicht schön. Komisch, ich hatte bis dahin noch nie über meine Eierstöcke nachgedacht, aber wenn, dann hätte ich sie mir eher weich und saftig vorgestellt, wie eine Frucht und nicht wie einen Stein.«

»Oh, nein«, sagt Helen. »Ist das ganz sicher?«

Virginia nickt. »Dreitausendfünfhundertsechsundvierzig Dollar sicher. So viel haben die ganzen Tests gekostet.«

»Für das Geld hättest du auf dem Schwarzmarkt ein Kind kaufen können«, bemerkt CJ.

»Mach dir nichts draus«, sagt Summer tröstend. »Du kannst immerhin dein eigenes Leben leben.«

»In meinem Leben wäre sowieso kein Platz für ein Kind. Das kommende Jahr zum Beispiel wird echt hektisch.«

Mein Herz sackt in sich zusammen, als hätte jemand einen Baiserkuchen fallen lassen. Mein Inneres fühlt sich halb zerflossen und verspritzt an. *Erlaube dir ja nicht, mich zu bemitleiden.* Maeve war da sehr streng. Aber ich kann nicht anders. Ich habe mich immer gefragt, wie kinderlose Menschen ihre Tage füllen – nach den Tennisstunden und Konzerten, ihr wisst schon. Wem sie ihre Liebe schenken.

»Bist du traurig deswegen?«, fragt Ereka leise. Das Wort schiebt sich in die kalte Unterhaltung wie eine warme Kinderhand.

»Eher fassungslos, glaube ich. Das fiel auch noch mit der Gewissheit zusammen, dass Celia im Sterben liegt, und ... Es wird wohl ein bisschen dauern, bis ich sagen kann, wie ich mich fühle. Vor etwa einem Monat hatte ich so eine Phase, in der ich es nicht ertragen konnte, auf der Straße eine Mutter mit ihrem Baby zu sehen. Fällt das unter traurig?«

Ereka nickt. »Das tut mir sehr leid, Virginia.«

Ich versuche gar nicht erst *Tut mir leid, wie schrecklich für dich* oder etwas Ähnliches zu sagen.

Virginia streckt unbehaglich die Arme von sich. »Sollte eben nicht sein. Ich werde es überleben.«

»Kinder werden völlig überbewertet«, sagt CJ. Sicher glaubt sie, das sei jetzt hilfreich. »Du kannst dich glücklich schätzen.«

Virginia sieht allerdings nicht so aus, als wäre sie glücklich.

»Oh Mann, Cati ...« Helen wirkt bekümmert. Diesen Gesichtsausdruck habe ich bei ihr noch nicht gesehen.

Virginia reibt sich die geschwollenen Fingerknöchel.

Wie kommt es, dass jemand reproduktiven Schiffbruch erleidet? Pech? Schlechtes Karma? Oder ... indem man zu lange wartet? Immerhin haben wir nicht alle Zeit der Welt. Es gibt da eine biologische Deadline. Für mich war es schon immer meine Bestimmung, Mutter zu werden – so, wie Harry Potter dazu bestimmt war, Voldemort zu töten, und König Artus dazu, Excalibur aus dem Stein zu ziehen. Ich habe dieses Ziel so besessen verfolgt wie ein *Twilight*-Fan – ihr wisst schon, diese kreischenden Mädchen, die wegen eines Autogramms von Robert Pattinson zur Stalkerin werden könnten. Ich hätte alles dafür aufgegeben – Reisen, Beruf, Liebhaber, Reichtum. Wenn ich es recht bedenke, habe ich das auch.

Ich wollte meine Mutter nicht provozieren, als ich ihr an meinem neunundzwanzigsten Geburtstag verkündete, dass ich in spätestens einem Jahr ein Baby bekommen würde. *Mit wem?* So weit hatte ich nicht gedacht. Frank und ich verliebten uns bald danach. Bei unserer dritten Verabredung sagte ich ihm, dass ich im nächsten Jahr ein Baby wolle und nicht mit ihm zusammen sein könne, wenn er nicht so weit sei.

Es war viel zu früh in unserer Beziehung, um das als Ultimatum zu betrachten. Wir hatten uns gerade erst ineinander verliebt. Natürlich ließ ich ihm Zeit, um darüber nachzudenken, denn ich habe schon immer auch diejenigen respektiert, die sich gegen Kinder entscheiden. Ich weiß nicht, was er damals gedacht haben muss. Aber spielt das eine Rolle?

Deshalb frage ich mich, wie man diesen Zug verpassen kann – wenn man davon ausgeht, dass die Maschinerie funktioniert hat, bevor sie verrostet ist. Ich will Virginia gewiss keine Nachlässigkeit vorwerfen. Sie tut mir von Herzen leid, und ich würde mir eher Nadeln in die Augen stecken als fragen: »Warum hast du nicht alles darangesetzt, mit Leib und Seele?« Es kommt mir vor wie die schreckliche Arroganz der bereits Fortgepflanzten, so etwas auch nur zu denken.

»Nach dem dreißigsten Lebensjahr nimmt die Fruchtbarkeit von Frauen drastisch ab. Ist das nicht schrecklich?«, bemerkt Ereka. »Gerade dann, wenn wir emotional bereit dazu sind, Kinder zu bekommen. Vorher ist man heutzutage doch selbst kaum erwachsen.«

»Um ehrlich zu sein, habe ich auch mit Mitte dreißig nicht darüber nachgedacht«, sagt Virginia. »Meine Karriere nahm gerade richtig Fahrt auf. Ich habe es so genossen, durch die halbe Welt zu fliegen, mit allen möglichen Männern auszugehen. Ich habe miterlebt, wie viele Frauen schwanger wurden, in Mutterschaftsurlaub gingen oder kündigten und ihre Karriereaussichten ruinierten, und wisst ihr, was? Ich habe sie alle bedauert. Aber dann bist du urplötzlich vierzig. Kein vernünftiger Mann weit und breit. Da wird dir klar, dass du gegen die Zeit anläufst. Mutter zu werden ist auf einmal so unerreichbar geworden, dass du weinen könntest. Du willst die Zeit zurückdrehen, noch eine Chance bekommen, alles anders machen. Vielleicht, denkst du dir, hätte es ja doch irgendwie mit dem Kerl geklappt, an dem du alles mochtest, außer, dass er nie Zeitung gelesen und beim Sex die Socken anbehalten hat.«

»Oh, Gott, das hasse ich auch«, wirft Summer ein. »Sex in Socken. Abartig.«

»Willst du damit sagen, du hättest dich längst binden sollen?«, fragt Helen.

»Ich weiß selbst nicht, was ich damit sagen will.«

»Vielleicht gibt es den perfekten Mann für dich gar nicht – für keine von uns«, bemerkt Ereka.

»Kann sein ...«

»Braucht man denn heutzutage wirklich noch einen Mann, um ein Baby zu bekommen?«, frage ich. Damals mit neunundzwanzig hätte ich glatt gelogen, betrogen oder Sperma geklaut, wenn es nötig gewesen wäre. Ich war früher ziemlich wild, das müsst ihr mir glauben.

»So weit war ich auch schon. Vor zwei Jahren habe ich beschlossen, die Sache allein durchzuziehen. Also habe ich mit meinem Kumpel François ...«

»Das Kuschelkissen?«, japst Helen.

»Ja, erinnerst du dich an ihn?«

»Ist er nicht schwul geworden, nachdem er mit dir zusammen war?«

»Ja, ich war offensichtlich nicht gerade eine Werbekampagne

für heterosexuelles Vergnügen. Jedenfalls hatten wir uns in unserer Jugend gegenseitig versprochen, im Notfall als Ersatzpartner zu fungieren. Also habe ich ihn um Hilfe gebeten, und er war bereit, Sperma zu spenden – obwohl ich damit seiner Meinung nach der Welt verkündete, dass ich die Männer endgültig aufgegeben hatte. Wir haben es ein paar Mal mit künstlicher Befruchtung versucht. Das ist beinahe so würdelos, wie man sich das vorstellt. Aber ich war verzweifelt. Nichts. Ich konnte meinen besten Freund nicht endlos oft bitten, für mich in einen Bechern zu wichsen.«

»Und eine Eizellenspende?«, fragt Maeve.

Virginia seufzt. »Auch schon versucht.«

»Wirklich?«, fragt Helen schockiert.

»Ich habe eine Anzeige geschaltet. Niemand hat sich gemeldet.«

Ereka ringt die Hände, dass ihre Armreifen klimpern. Sie sieht aus, als wollte sie etwas sagen.

»Ich konnte das nie richtig verstehen, aber die meisten Frauen klammern sich an ihre Eier – obwohl sie sie Monat für Monat ausbluten. Selbst, wenn ihre eigene Familienplanung abgeschlossen ist. Ich sage euch, es ist leichter, die Kronjuwelen in die Finger zu bekommen als eine Eizelle.«

»Wer hätte das gedacht?«, bemerkt Summer.

»Wenn es ans Eingemachte, geht, gibt es die oft beschworene Schwesterlichkeit unter Frauen nicht. Ich war überrascht, entsetzt, um genauer zu sein, als ich erleben musste, wie unkooperativ Frauen sind, einer anderen Frau zu helfen, die Mutter werden will. Ich hatte beinahe das Gefühl, dass sie dachten: Wenn du sie nicht selbst zustande bringst, verdienst du sie wohl auch nicht. Ein Jahr lang habe ich diese Anzeige laufen lassen. Keine einzige Reaktion.«

Ich schlucke. Solche Anzeigen habe ich auch schon in der Zeitung gesehen.

»Du hättest welche von meinen haben können«, sagt CJ. »Tut mir leid, an so etwas habe ich nie gedacht.«

»Ich auch nicht«, sagt Summer.

Ereka legt eine Hand auf Virginias. Sie wirkt gequält, jedenfalls gequälter als gewöhnlich, und sie atmet schwer. Einen Augenblick lang frage ich mich, ob sie gerade einen Anfall erleidet. »Das ist wirklich unglaubliches Pech«, sagt sie und schüttelt den Kopf.

»Was denn?«

»Ich habe es versucht. Ich habe versucht, meine Eizellen zu verschenken.«

»Wie meinst du das?«, fragt Virginia.

»Als Jake und ich uns damals entschieden haben, dass wir keine Kinder mehr wollen, habe ich eine Anzeige in den *Highland Chronicle* gesetzt, mit dem Angebot, meine Eizellen zu spenden. Ich habe ein paar Anrufe bekommen und mich mit einigen interessierten Paaren getroffen. Es hat einfach nicht geklappt.«

»Warum nicht?«, fragt Helen.

»Das war wirklich bizarr. Eine Frau war so überängstlich und nervös, dass ich in ihrer Gegenwart Ausschlag bekam. Ich hätte es nicht über mich gebracht, einem Kind diese Mutter anzutun. Beim zweiten Paar war es der Mann, der mir total unheimlich war. Ich weiß nicht, vielleicht dachte er, es würde dazugehören, dass er mit mir schläft. Die Nächsten wollten unbedingt einen Jungen, und als ich fragte: ›Was, wenn es ein Mädchen wird?‹, sagten sie, sie wären bei einer Astrologin gewesen und wüssten ganz sicher, dass es ein Junge wird. Die waren mir zu abgedreht. Als das letzte Paar erfuhr, dass Olivia einen Hirnschaden hat, wollten sie meine Eizellen nicht mehr, obwohl die Ursache dafür nicht genetisch ist. Also habe ich irgendwann aufgegeben. Das macht mich heute noch fertig.« Sie presst sich eine Hand auf die Brust. »Es macht mich furchtbar traurig, dass ich meine Eizellen nicht verschenken konnte.«

Virginia murmelt etwas, doch ich bin zu weit weg, um es zu verstehen.

»Ich hätte nichts lieber getan, als dir meine Eizellen zu schenken. Das hätte sich angefühlt, als wäre meine Familie damit komplett. Wenn ich nur hätte erleben dürfen, wie ein anderes, wundervolles Kind auf diese Welt kommt und eine andere Frau glücklich macht.« Ereka weint ungehemmt.

Das waren wirklich feuchte vierundzwanzig Stunden bisher. Summer kramt in ihrer Handtasche und reicht ihr ein Taschentuch. Virginias Kopf scheint furchtbar schwer geworden zu sein. Das ist einer dieser schrecklich-schönen *Romeo-und-Julia-*Augenblicke. Denn hier hätten wir alles für ein großes Happy End beisammen. Nur das Timing ... das miese Timing.

Ich helfe auch gern anderen Menschen. Ich spende Blut und bin als Knochenmarkspenderin registriert. Ich tue das nicht, weil ich dafür bewundert werden will, sondern weil mich gern als mitfühlenden Menschen sehe. Allerdings wäre ich nicht einmal im Traum auf die Idee gekommen, meine Eizellen zu verschenken. Das ist ein Widerspruch in meinem Wesen. Wenn man mich zwingen würde, diesen Widerspruch zu rechtfertigen, würde ich sagen: weil das meine Eizellen sind. Na ja, im Grunde genommen sind sie ich. Das würde sich anfühlen, als verschenkte ich eines meiner Kinder. Ich weiß, dass viele Leute ihre Kinder zur Adoption freigeben. So merkwürdig ist das gar nicht. Wahrscheinlich können sie lächelnd in den Spiegel schauen, in dem Wissen, dass ihr Opfer sich gelohnt und einem anderen Menschen Glück und Freude gebracht hat. Diese Art Zufriedenheit werde ich wohl nie erleben. Ich muss die Tatsache akzeptieren, dass ich im Gegensatz zu Ereka eine egoistische, missgünstige Henne bin, die stur auf ihren Eiern hockt.

Helen ist ganz still geworden. »Warum hast du mir nie etwas davon gesagt?«

»Herrgott, Zuki, was hätte ich denn tun sollen? Dir meine traurige Geschichte vorheulen, während deine Eierstöcke Überstunden schieben?«

»Ich wusste nicht … Ich wusste nicht einmal, dass du überhaupt Kinder wolltest.«

»Alle Frauen wollen Kinder.«

»Bis sie welche haben«, fügt Summer hinzu.

»Das stimmt nicht. Meine Schwester Gail und ihr Mann haben entschieden, dass Kinder reine Geldverschwendung sind und sie ihr Leben lieber mit Reisen verbringen wollen«, sagt CJ.

»Na ja, das ist was ganz anderes, wenn man kann und sich bewusst dagegen entscheidet. Man will sie erst recht, wenn man keine haben kann, oder, CJ?«, argumentiert Summer.

CJ zuckt mit den Schultern.

»Alle Frauen wünschen sich Kinder? Selbst wenn etwas schiefgeht?«, fragt Ereka. »Was, wenn du ein Kind wie Olivia bekommen hättest? Dann wird dein Leben zur Hölle, und du darfst nicht einmal mehr sterben.«

»Ich habe nie darüber nachgedacht, dass mein Kind behindert sein könnte«, sagt Virginia. »Tut mir leid.«

»Schon gut. Niemand denkt an so etwas.«

»Weißt du, ich denke schon die ganze Zeit über etwas nach«, sagt Virginia. »Wegen Olivia. Eine Freundin von mir leitet ein Heim für geistig behinderte Erwachsene. Sie hat das Ganze selbst aufgebaut, weil sie ihrem Bruder helfen wollte, der bei einem Autounfall einen Hirnschaden davongetragen hat. Mit dem Geld von der Versicherung hat sie das Anwesen gekauft.«

»Tatsächlich? Wo ist das?«

»Im Norden von Queensland. Ein wunderschönes Fleckchen Erde, und die meisten Mitarbeiter sind Ehrenamtliche. Leute, die sich für ein ethisches Leben engagieren, das niemanden ausgrenzt. Sie arbeiten regelmäßig dort oder helfen, alle möglichen Aktivitäten zu organisieren. Die Einrichtung ist klein, nur acht Menschen wohnen dort zusammen, aber vielleicht möchtest du mal mit ihr sprechen? Dir das Projekt ansehen? Es dir durch den Kopf gehen lassen, für die Zukunft? Ich fahre gern mit dir hin.«

Ereka nickt. »Danke. Wow, das klingt ... gut.«

Wir alle schweigen einen Moment, während diese hoffnungsvolle Aussicht die Stimmung etwas hebt.

»Wir sollten uns außerdem ein paar Gedanken darüber machen, wie ihr Vorkehrungen für Olivia treffen könnt, beispielsweise durch ein Testament«, sagt CJ. »Ich würde alles tun, um dir zu helfen.«

»Wisst ihr, was? Ich werde Olivia und ihren Freundinnen Zumba-Stunden geben.« Summer lächelt.

Ereka schnieft, überwältigt von so viel Großzügigkeit. »Das ist sehr lieb von euch allen.«

Ich habe nichts zu geben, abgesehen von meinem Angebot, sie zum Arzt zu begleiten. Das hier ist natürlich kein Wettbewerb darum, wer die beste Freundin ist, aber vielleicht lade ich sie nach dem Termin noch zu einer Weinprobe ein.

Helen legt Ereka eine Hand auf die Schulter. Ereka wischt sich die Augen.

»Virginia, was ist mit einer Adoption?«, fragt Maeve. »Es gibt so viele ungewollte Kinder auf der Welt und so wenige geeignete Erwachsene, die sich um sie kümmern können.«

»Ich will allein kein Kind adoptieren. Ich könnte mir nichts Schlimmeres vorstellen, als eine alleinerziehende Mutter zu sein.«

Maeve nickt, als könnte sie das vollkommen verstehen. Ihre ganze Lebensgeschichte steckt in dieser Geste, die man für bloße Zustimmung halten könnte, wenn man es nicht besser wüsste. Dann sieht sie mich an, und wir beide lächeln.

»Du kannst jederzeit als Extramutter fungieren. Als ganz tolle Patin«, sage ich.

Virginia schnaubt verächtlich. »Weißt du, wann du richtig in der Klemme steckst? Wenn die Leute anfangen, dich zur Patentante zu machen. Ich habe schon vier Patenkinder – und meine Freundinnen und Cousinen haben mich insgesamt neun Mal gefragt, ob ich Patin sein will! Alle denken sich: Die arme Virginia wird nie eigene Kinder haben. Heften wir ihr doch einen wohlklingenden Titel an und gönnen ihr eine ganz besondere Rolle bei der Taufe, dann vergisst sie vielleicht, dass sie eine unfruchtbare alte Jungfer ist.«

»He, so haben Dave und ich nie gedacht«, protestiert Helen.

»Ja, schon gut, das war etwas unfair. Ihr beiden wart die Ersten, die mich zur Patin gemacht haben – noch ehe mir und dem Rest der Welt klar war, dass ich nie eigene Kinder haben würde.«

»Du siehst doch, was ich alles durchmache«, sagt Helen. »Dass ich nie Zeit für mich habe, dass Cameron mich mit seinem Vegetarier-Fimmel in den Wahnsinn treibt, genauso wie Sarah mit ihrem losen Mundwerk und Nathan mit seiner Besserwisserei, und erst Levi mit seinen dämlichen Mädchenkleidern. Der Krach, die Zahnarzttermine, die Schwimmkurse. Du willst doch nicht ernsthaft dein aufregendes Leben gegen diese Hölle eintauschen?«

Wir haben den Höhepunkt der Unterhaltung erreicht, durchfährt es mich, als diese Worte aus Helen hervorbrechen wie ein Wirbelsturm. Genau das ist der springende Punkt: Wer von uns würde die Rollen tauschen? Bei allem, was wir über das Leben der anderen wissen?

»Dir kommt es vielleicht wie die Hölle vor, aber aus meinem Blickwinkel«, Virginias Stimme ist kaum mehr ein Flüstern, »sieht es paradiesisch aus.«

Paradiesisch. Sie hat paradiesisch gesagt. Wir Mütter versinken meistens im Chaos. Wir sind versklavt, angebunden, zur Flucht in den Alkohol getrieben, krank vor Sorge, überlastet und unterschätzt. Wir sind vollgestopft mit unserer Bedeutung für andere. Haben keinen Augenblick für uns. Wenn man es recht bedenkt – wir sind die Auserwählten.

Ereka schüttelt den Kopf. »Mich brauchst du nicht zu beneiden, Virginia.«

Virginia lächelt. »Ich sage dir, worum ich dich beneide, Ereka.« Sie macht eine kurze Pause. »Ich habe niemanden auf dieser Welt, der mich braucht. Wenn ich morgen tot umfiele, würde der Sender problemlos Ersatz für mich finden. Okay, mein Papierkram müsste abgewickelt werden. Mein Bruder wäre wohl gezwungen, seine Geschäftsreise zu verkürzen, um Celia unter die Erde zu bringen. Meine Pflanzen würden verdursten. Aber niemand wird eines Tages vor dem Traualtar stehen, seinen Schulabschluss feiern oder ein Neugeborenes im Arm halten und an mich denken: Ich wünschte, meine Mum wäre hier. In dieser Hinsicht bedeute ich niemandem etwas. Ihr nehmt das alle als völlig selbstverständlich hin. Ereka, wenn du sagst, ›Ich kann nicht einmal sterben‹, dann meinst du damit, dass sich das für dich sehr schwer anfühlt. Du musst da sein. Dieses Gefühl kenne ich gar nicht. Ich könnte mich einfach in Luft auflösen, und nichts würde sich dadurch ändern. Es wäre sehr leicht für mich, zu sterben. Manchmal muss ich lange überlegen, was mich eigentlich antreibt, jeden Morgen aufzustehen. Vor allem, wenn es in der Arbeit richtig schlecht läuft. Ich würde zu gern nur ein einziges Mal erleben, wie sich das anfühlt. So bedeutsam zu sein.«

Wir haben das Ende erreicht. Ich fühle es ganz deutlich in Virginias Worten. Diese Unterhaltung erinnert mich an die berüchtigte Fallschirm-Debatte, die wir alle mal mit verteilten Rollen in der Schule geführt haben: Ein Flugzeug stürzt ab, wer bekommt den letzten Fallschirm und warum? Virginia hätte gewonnen, kein Zweifel. Ironischerweise sagt sie damit jedoch, dass sie der letzte Mensch an Bord ist, der gerettet werden sollte. Geben Sie den Fallschirm bitte der Mutter.

18 Haut an Haut

Es klingelt an der Haustür.

Ich bin froh, von der Terrasse zu entkommen, wo wir uns seit dem Frühstück durch einen Dschungel an seelischer Pein kämpfen. Ich renne durchs Wohnzimmer zur Tür, obwohl Virginias Traurigkeit mir noch schwer in den Fersen steckt.

Als ich öffne, steht da … Gary, nehme ich an, denn der Mann trägt eine große, zusammengeklappte Massageliege an einem Riemen über der Schulter. Er ist nicht jung und muskulös, wie ich erwartet hatte. Warum sollte er auch? Er ist erbarmungslos unspektakulär, mittleren Alters und trägt eine Nadelstreifenhose, ein T-Shirt, das verkündet PARANOIDE VERFOLGEN MICH ÜBERALL, und dazu eine rosa Fliege. Das ist wahrscheinlich eine Art Insider-Masseurwitz.

»Sind Sie Gary?«

»Ja. Der bin ich. Aber sagen Sie ruhig Ga zu mir, ist kürzer.«

»Gary ist schon recht kurz.«

»Ja, aber das sind zwei Silben«, sagt er und hält zwei Finger in die Höhe.

Da der Mann sich das offenbar gründlich überlegt hat, bitte ich ihn einfach herein. »Hallo, ich bin Jo. Ich habe Sie angerufen.«

»Freut mich, Sie kennenzulernen«, sagt er extrem fröhlich. »Tja, wäre ganz schön schwierig, Jo zu einem Spitznamen abzukürzen.«

Er marschiert mit seiner Klappliege herein und dreht sich

dann einmal um sich selbst wie ein Hund, der seinen Schwanz jagt.

»Das ist ja mal ein Haus«, sagt er. »Was für ein Haus.« Er macht eine kurze Pause. »Nicht übel, dieses Haus.«

»Was bedeutet die Fliege?«, frage ich.

Er berührt schützend seine Kehle. »Das ist mein Markenzeichen. Ein kleines Extra, verleiht dem Ganzen ein bisschen Klasse. Ist aber im Preis inbegriffen.«

»Würden Sie einen Moment hier warten?«, bitte ich ihn.

Ich gehe hinaus auf die Terrasse, wo sich Helen und Virginia unterhalten. Helens Hand ruht auf Virginias Schulter. Maeve hat sich wieder dem *Trost der Philosophie* zugewandt, Summer und CJ quasseln miteinander, doch von Ereka ist nichts zu sehen.

»Wo ist Ereka?«, frage ich.

Alle blicken sich verwundert um. Niemand hat bemerkt, dass sie nicht mehr da ist.

»Ich glaube, sie wollte nach oben und ihre Sachen packen«, sagt Virginia.

»Aha. Also, Helen, ich war so frei, Gary anzurufen. Du weißt schon – sechzig Dollar für eine Ganzkörpermassage?«

»Und?«

»Er ist hier – ich wollte Ereka damit überraschen.«

»Schuldgefühle sind was Wunderbares«, sagt Helen.

»Halt die Klappe. Ich will damit nicht mein Gewissen beruhigen. Sie kann eine Massage wirklich brauchen.«

»Das können wir alle«, sagt sie und zeigt auf sich selbst.

»Schön, dann bekommst du auch eine. Ich spendiere sie dir.«

»Oh, es ist gleich viel netter mit dir, wenn du ein schlechtes Gewissen hast ... Und, ist er scharf?«, fragt Helen.

»Unter dieser Fliege steckt ein ganz harmloser Mensch, da bin ich mir sicher.«

Ereka hat vor Seligkeit das Bewusstsein verloren. Oder sie ist tot. Jedenfalls hängt sie auf dieser Massageliege und hat sich in der vergangenen Stunde nicht ein einziges Mal gerührt. So lange hat Gary ihren müden, schmerzenden Körper gestrichen und gewalkt und geknetet und gerieben. Das ist eine sehr menschliche Sehnsucht – berührt zu werden. Wir laufen geschäftig durchs Leben und empfinden solche Berührungen als Luxus, wie Kaviar oder einen Flug in der First Class. Dabei sind sie eigentlich ein Grundbedürfnis, genauso notwendig, wie die Blase zu entleeren oder zu zwinkern. Meine Freundin Bella hat mir einmal erzählt, dass sie eine Massage für sich und ihre Mutter gebucht hatte. Ihre Mutter, die seit über zehn Jahren verwitwet war, begann haltlos zu schluchzen, sobald die Masseurin sie berührte. Diese Geschichte bringt mich beinahe selbst zum Weinen.

Ich erinnere Frank öfter mal daran, dass ich eine ordentliche Berührung sehr zu schätzen weiß – ob es ihm etwas ausmache, sich auf meinen Rücken und meine Füße zu konzentrieren? *Ja, genau da, danke.* Aber sobald Haut auf Haut trifft – und ich rede hier von Ellbogen und großen Zehen –, betrachtet er das als generelle Einladung. Er versichert mir immer wieder, dass diese Reaktion unwillkürlich ist und er seine Erektionen nicht steuern kann. Manchmal ist mir der Genuss einer Rückenmassage das Risiko wert, dass die Sache außer Kontrolle gerät. Und wie Frank in der postorgiastischen Zusammenfassung gern anmerkt: »Na, war das jetzt so schrecklich?« War es natürlich nie.

Manchmal frage ich mich, ob ich meine Kinder oft genug berühre. In sämtlichen Büchern stehen Dinge wie *Bewahren Sie emotionale sowie angemessene körperliche Nähe zu Ihren Kindern auch im Teenager-Alter.* Aber was, wenn sie einen wegschubsen? Dann braucht man neue Strategien und Möglichkeiten, sie im

Arm zu halten, die ihnen nicht so vorkommen, als würden sie im Arm gehalten. Jamie ist in letzter Zeit sehr verlegen und schamhaft geworden, was ihren Körper angeht, und schützt ihn vor allen Blicken. Im Stillen bejubele ich jede Grenze, die sie selbst zieht, um sich zu beschützen und zu behaupten. Trotzdem will ich nicht, dass sie vergisst, wie es ist, berührt zu werden – wie es sich anfühlt, wenn einem jemand den Kopf streichelt, den Rücken reibt, die Hand hält. Manchmal erlaubt sie mir noch, sie richtig zu umarmen, aber da sie inzwischen so groß ist wie ich, fällt das Drücken und Kuscheln, das mit einem kleineren Menschen so natürlich war, etwas unbeholfen aus.

Sie ist ausgewachsen – eine scheue Giraffe, die meinen Hals beschnuppert. Nur einen Augenblick lang, dann schüttelt sie mich ab und geht weiter. Manchmal schaffe ich es, ihr den Rücken zu streicheln, wenn ich in ihr Zimmer gehe, um ihr gute Nacht zu sagen, und sie in einem nachgiebigen Augenblick erwische, in ein Buch vertieft, endlich einmal nicht vor dem Computerbildschirm. Doch beim Gutenachtkuss werde ich dann getadelt, weil ich ihre Anti-Pickel-Creme verschmiert habe. Hin und wieder massiere ich ihr die Füße, während sie fernsieht. Manchmal erlaubt sie mir, ihr beim Schminken zu helfen und ihr die Haare zu machen. Aber ihr Körper gehört jetzt ihr allein – diese Arme und Beine, die ich früher abgetrocknet habe, das prächtige Haar, das ich jahrelang gewaschen und auch mal entlaust habe, diese Wangen, die ich nach Herzenslust küssen konnte, stehen jetzt unter ihrer Obhut, unter dem Schutz ihrer Adoleszenz.

Wir vergessen wohl allzu leicht, welch ein Privileg es ist, wenn jemand uns erlaubt, ihn zu berühren. Das sollte uns immer präsent sein. Als ich ihr neulich Abend angeboten habe, ihr den vor PMS schmerzenden Bauch zu massieren, hat sie mich weggeschoben. Als Mutter muss man sich gegen solche Zurückweisungen wappnen. Das ist das einzige Vernünftige.

Bis vor einem Jahr ist Aaron noch manchmal mit zu mir in die Badewanne gestiegen. Jedes Mal habe ich mich gefragt: Ist das jetzt das letzte Mal? Ich habe unsere Gespräche in der Geborgenheit der Wanne sehr genossen, während unsere Füße sich im warmen Wasser berührten und er manchmal vorsichtig meine Brüste beäugte – vertraut und allmählich fremder werdend. Dann, eines Tages, war es vorbei. Als wäre er abends eingeschlafen und weit jenseits gemeinsamer Bäder wieder aufgewacht. Ich bemühte mich, ihnen nicht nachzutrauern, und fand mich bewundernswert stoisch. »Du möchtest nicht wirklich, dass dein Sohn mit sechzehn noch mit dir in der Badewanne liegen will«, ermahnte Frank mich auf seine hilfreiche Art.

Neulich musste Aaron länger nachsitzen und kam niedergeschlagen und wütend nach Hause. Spontan fragte ich ihn: »Wollen wir zusammen baden?«

Er dachte kurz darüber nach. »Okay, aber koste das noch mal richtig aus, Mum.«

Ich ließ uns ein prächtiges Schaumbad ein, und wir schmierten uns alberne Weihnachtsmann-Schaumbärte ins Gesicht. Ich saß mit ihm zwar in der Wanne, aber ich beobachtete uns wie von außen und genoss im Stillen die Nähe und Wärme, die Geborgenheit unserer Körper, das Vertrauen und das Wunder eines Jungen, der seine Kindlichkeit und die Seifenblase mütterlichen Trostes hinter sich ließ. Wenn wir unsere Kinder loslassen müssen, weil sich ihre Unabhängigkeit entfaltet, rührt der Schmerz zum Teil daher, dass wir den Hautkontakt verlieren. Ich sehe darin wirklich keine neue Freiheit. Eher einen schmerzlichen Verlust.

Ereka stöhnt leise auf Garys Klappliege.

Gary lächelt mich über ihren Rücken hinweg breit an. Seine Fliege sitzt ein wenig schief.

Während Ereka abgelenkt ist, schleiche ich mich zu ihrer Handtasche, die sie auf einem der Sofas im Wohnzimmer liegen gelassen hat, zusammen mit ihrem Korb, bereit zur Abreise. Streng genommen gehört es sich wohl nicht, in der Handtasche einer Freundin herumzuwühlen, aber ich tue es nur zu ihrem Besten. Außerdem habe ich Helen gefragt, ob sie das in Ordnung finde, und sie hat ja gesagt.

Ich finde Erekas iPhone und sause die Treppe hinauf. In unserem Zimmer packe ich noch schnell Maeves Geschenk aus. Ich bekomme kein Netz, wo ich mich auch mit dem iPhone hinstelle. Nicht mal in dem rosa Badezimmer. Also gehe ich in CJs und Summers Zimmer und entdecke zu meiner Überraschung, dass neben einem der Betten ein gerahmtes Foto von Summer mit ihren drei Kindern steht, die ihr alle um den Hals hängen. Ich betrachte es kurz. Jai ist dunkelhaarig, hat grüblerische, zornige Augen und das Gesicht voller Akne. Ihre Tochter Airlee hat braune Locken und trägt eine leicht genervte Miene zur Schau. Die Jüngste mit dem glatten blonden Haar erinnert mich am meisten an Summer. Vor allem die Augen. Man würde sie zu allererst bemerken, wenn ihre untere Gesichtshälfte nicht von einer tiefen Hasenscharte entstellt wäre. *Urteile nicht so leicht über sie,* hatte Ereka gesagt. Summer spart für eine Schönheitsoperation. *Nicht für mich, für meine Tochter.*

Hastig und mit hämmerndem Herzen verlasse ich das Zimmer. Kein Wunder, dass Ereka ihr vertraut. Jetzt weiß ich, was Summer hat, das ich nicht habe.

Ich versuche es in dem Zimmer mit dem Schaukelpferd und frage mich, warum Summer die Lippenspalte ihrer Tochter nicht erwähnt hat. Warum ich sie für oberflächlich gehalten habe, nur weil sie perfekte Titten hat, und warum ich mir einbilde, ich wüsste überhaupt irgendwas. Endlich bekomme ich Empfang, im Bogen des Erkerfensters. Ich scrolle mich durch Erekas Adressbuch, bis ich auf Jakes Eintrag stoße.

»Hallo, mein Schatz, alles in Ordnung?«, fragt er.

»Äh, hallo, Jake, hier ist nicht Ereka. Ich bin's, Jo.«

»Oh! Hallo, Jo, geht es Ereka gut?« Er klingt ein wenig erschrocken.

»Und wie.« Ich lache. »Sie bekommt gerade eine Ganzkörpermassage und ist so entspannt wie ein Nashorn nach einem Betäubungspfeil.« Ich hoffe, das war jetzt nicht gemein. Ich wollte sie nicht mit einem Rhinozeros vergleichen, figurtechnisch, meine ich.

»Klingt gut«, sagt er hörbar erleichtert.

»Sie weiß nicht, dass ich dich anrufe. Ich habe mir ihr Telefon ausgeborgt. Bitte entschuldige, falls das jetzt anmaßend von mir ist – wir wissen, dass sie heute Nachmittag wieder zu Hause sein sollte. Aber wäre es irgendwie möglich, dass wir sie noch bis morgen früh dabehalten könnten? Ich habe für heute ein ganz besonderes Abendessen geplant, und der zusätzliche Tag Urlaub wird ihr sicher guttun … Natürlich nur, falls du ohne sie zurechtkommst.«

Ich kneife die Augen zusammen, als könnte jeden Moment etwas auf mich herabsausen. Ich sollte ihn das nicht fragen. Das geht mich überhaupt nichts an.

Auf der anderen Seite herrscht zunächst Schweigen. »Sorry, Jo, aber jetzt bin ich ein bisschen durcheinander. Ereka wollte erst morgen nach Hause kommen. Hier ist alles unter Kontrolle.«

O Gott.

»Äh, ach so … Sie kann also ruhig noch bleiben?«

»Ja, das war sowieso vorgesehen … Warum? Hat sie gesagt, sie müsse heute wieder nach Hause?«

»Hm, da habe ich wahrscheinlich etwas durcheinandergebracht. Gut. Also, dann ist ja alles in Ordnung. Sie kommt morgen zurück.«

»Ja, wunderbar. Richte ihr doch bitte aus, sie möchte mich kurz anrufen. Aber erst, wenn sie mit der Massage fertig ist, da will ich nicht stören.«

Slapstick-Komödien oder Mr. Bean finde ich überhaupt nicht komisch, wisst ihr? Wenn ich mir so etwas anschauen muss, denke ich immer: Wer könnte je so dumm sein? Tja, jetzt weiß ich es: ich.

»Jake, äh, könnten wir diesen Anruf eventuell für uns behalten?«

Er sagt nichts.

»Ereka war gestern Abend schon sauer auf mich, weil ich etwas sehr Unsensibles gesagt habe. Seitdem versuche ich, es wiedergutzumachen. Vielleicht hat sie behauptet, sie müsse heute nach Hause, weil sie meinetwegen nicht bleiben will.« Ich lache, obwohl nichts an der ganzen Situation lustig ist.

»Okay«, sagt er gedehnt. »Ja … sicher.«

»Und, Jake?«

»Ja?«

»Wie geht es Olivia?«

»Großartig. Ein ganz besonderes Kind, mit dem Ereka und ich da gesegnet sind.«

»Ja.«

Wir verabschieden uns. Dann sacke ich vornüber und vergrabe den Kopf in den Händen. Das wäre wirklich ein guter Zeitpunkt, um über ein paar Dinge nachzudenken. Mir gewisse Fragen zu stellen. Zum Beispiel, warum ich es nie lernen werde, nicht in den Schlössern abgesperrter Türen herumzustochern, sondern die Finger davon zu lassen.

Ich gehe nach unten und stecke Erekas Handy und die Leonard-Cohen-DVD in ihre Handtasche. Dann trete ich auf die Terrasse, wo Gary gerade Erekas Füße bearbeitet. Summer sitzt da, nippt an einer Cola light und schwatzt mit CJ. Sie sprudelt nur so vor Lachen und Geschichten. Im Gegensatz zu ihren künstlichen Fingernägeln und unnatürlich straffen Brüsten träg sie ihren privaten Kummer und ihre mütterlichen Sorgen nicht demonstrativ zur Schau.

»So, das war's.« Gary lächelt und wischt sich mit dem Handrücken über die Stirn.

Ereka bleibt noch einen Moment lang reglos liegen. Dann dreht sie sich um und setzt sich auf. Die Liege hat Abdrücke auf ihrem Gesicht hinterlassen, und ihre Wimperntusche ist verschmiert. Hat sie etwa geweint?

»Danke«, sagt Ereka leise und legt ihm die Hand auf die Schulter. »Das war himmlisch.«

Er grinst stolz. »Hübsche Zehennägel übrigens.«

Ereka strahlt. So wenig braucht es also dazu.

»Okay, ich bin die Nächste«, schreit Helen, stemmt sich aus dem Korbsessel hoch und stürzt sich auf Gary.

Ereka steht auf, noch ein wenig wackelig auf den Beinen, schwach vor Entspannung.

»Jo«, sagt sie. »Vielen Dank. Das ist furchtbar lieb von dir. Du bist wirklich eine gute Freundin.«

Ich schlucke schwer, nicke und stelle etwas mit meinem Mund an, das hoffentlich wie ein Lächeln aussieht.

»Also, Mädels, ich muss dann los«, sagt Ereka verträumt.

»Bleib doch noch ein bisschen«, flehe ich.

Sie strahlt mich mit einem unergründlichen Blick an. »Ich muss mich um alles Mögliche kümmern …«

Wenn man ihr so in die Augen schaut, würde man schwören, dass sie die Wahrheit sagt.

Alle stehen auf und umarmen sie zum Abschied. Summer drückt sie an sich, als wären sie Busenfreundinnen, begleitet sie zum Auto und hilft ihr mit dem Gepäck. In diesem Moment kommt Callum mit einer Schubkarre voll Feuerholz über die Auffahrt auf das Haus zu. Summer tänzelt auf ihn zu, berührt ihn leicht an der Schulter, wirft den Kopf zurück und lacht, als wären Sorgen ein Fremdwort für sie. Callum packt einen Arm voll Holzscheite und trägt sie hinein. Summer nimmt einen Klotz in jede Hand und folgt ihm. Ich sollte wohl auch rausgehen und Holz reinschleppen. Keine Ahnung, warum ich hier herumstehe. Ich warte, bis Summer hereinkommt. Als sie an mir vorbeigeht, sage ich: »Du bist unglaublich, ehrlich.«

Sie wirft mir einen verwunderten Blick zu, offenbar unsicher, ob sie mir trauen kann, aber dann lächelt sie einfach und lässt es gut sein.

»Das konntest du doch nicht ahnen«, sagt Helen und zuckt mit den Schultern.

Als sie mit der Massage fertig war, habe ich Virginia auch eine angeboten, aber sie hat ebenso dankend abgelehnt wie Maeve. Ich habe Gary bezahlt, ihn hinausbegleitet und Helen dann gesagt, dass ich sie dringend sprechen müsse. Ich habe sie in die Toilette im Erdgeschoss bugsiert, und da stehen wir jetzt.

»Konnte ich nicht.«

»Sie hat gesagt, dass sie wegmuss.«

»Hat sie.«

»Sie hat gelogen.«

»Ja, anscheinend.«

»Was glaubst du, wo sie hin ist?«

Ich beiße mir auf die Unterlippe. Hier geht es um Fragen der Vertraulichkeit. Freundschaft, Privatsphäre. Wenn Ereka nicht nein sagen kann, geht mich das nichts an. Ich bin nicht ihre Aufpasserin und in keiner Weise für sie verantwortlich. Niemand hat das Recht, uns als Mütter und unsere Erziehung in Frage zu stellen. Das gilt auch für unsere Art, zu lieben. Ich weiß, wie es sich anfühlt, in der tiefsten Senke unterhalb der moralischen Überlegenheit herumzukriechen. Da unten habe ich dieses Wochenende schon viel Zeit verbracht. Richtet nicht, auf dass ihr nicht gerichtet werdet.

Ich sehe Helen fest in die Augen und behaupte: »Ich habe keine Ahnung.«

19 Die Mauer ist gefallen

Der geheime Garten an der Westseite des Hauses ist ein Königreich aus Kissen Fleißiger Lieschen. Man erkennt deutlich die vielen kleinen, sorgfältigen Entscheidungen des Entwurfs: Vogelbad, Springbrunnen, Engelsstatuen, Bäume und Stauden. Ich bemerke eine Schaufel und ein Paar Gartenhandschuhe, die Callum vor einem Lavendelbusch vergessen hat. Sie versprechen, dass er bald zurückkommen wird.

Nach Erekas Abreise habe ich Maeve sachte angestupst. »Wir wäre es mit einem Spaziergang?«

Sie schaute auf die Uhr, verschwand nach drinnen und kehrte mit einem riesigen Sonnenhut, Sportsandalen und einem Gürtel mit Wasserflasche daran zurück, als brächen wir zu einer dreitätigen Wanderung auf. Ich hatte nur einen kleinen Streifzug durch das Anwesen gemeint, aber bitte.

Tennyson hat sich uns angeschlossen, dankbar für die Abwechslung. Er hebt das Beinchen, als wäre es das Aufregendste in seinem Leben, an einen Lavendelbusch zu pinkeln. Dann niest er gewaltig.

»Gesundheit«, sage ich.

Maeve beugt sich hinab und deutet auf eine Gottesanbeterin auf einem Zweig.

»Wunderschön.« Das sage ich nur, weil ich sicher bin, dass sie genau das denkt.

»Sie gehören übrigens zu den perfektesten Raubtieren, die die Natur hervorgebracht hat. Es kommt häufig vor, dass das

Weibchen das Männchen während der Paarung frisst. Sie beißt ihm einfach den Kopf ab.«

»Das ist eine ziemlich extreme Abhilfe, um nicht auf dem nassen Fleck schlafen zu müssen. Das musst du auch nie, oder? Du schickst Stan einfach nach Hause …«

Maeve lacht. »Ab und zu wird ihm durchaus gestattet zu bleiben. Aber man möchte doch nicht, dass das zur Gewohnheit wird.«

»Bewahre«, sage ich.

Wir gehen um das kreisförmig angelegte Beet mit Zitronenthymian, Basilikum, Minze und Rosmarin herum. Maeve schnuppert hin und wieder an den Kräutern. Ich stecke mir ein paar Blätter Minze fürs Abendessen in die oberste Tasche meines Sweaters. Sie kaut ein Blatt Basilikum.

»Fehlt dir denn nie die Gesellschaft? Eines Ehemannes oder Lebensgefährten, meine ich?«

»Ich glaube nicht. Ich kann Stan sehen, wann immer ich will, und das ist mehr, als die meisten Frauen von ihren Ehemännern behaupten können. Wenn man lange allein gelebt hat, wird man recht starr in seinen Gewohnheiten, denke ich. Stan geht es ebenso, was vermutlich der Grund dafür ist, weshalb unsere Beziehung so gut funktioniert.«

»Fühlt sich das nicht an wie ein leeres Nest? Jetzt, da Jonah nicht mehr da ist?«

»Ich fand schon immer, dass die Aussicht, irgendwann wieder frei zu sein, die Mutterschaft erst erträglich macht.« Vielleicht in Gedanken an Erekas Lebenssituation fügt sie hinzu: »Zumindest haben die meisten von uns dieses Glück.«

Maeve macht es einem schwer, sich ihr nah und verbunden zu fühlen. Nicht absichtlich, eher so, als wäre ihr vieles entglitten. Wenn ich mich mit ihr unterhalte, habe ich oft das gleiche

Gefühl, wie wenn ich um drei Uhr morgens aufwache, Frank neben mir schlafen sehe und mich so ganz allein kaum lebendig fühle. Ich muss mich dann jedes Mal beherrschen, ihn nicht zu wecken. Schlaf ist kostbar, das weiß ich nur zu gut. Ich will Travis keinen Vorwurf machen, aber zum ersten Mal litt ich mit neunzehn unter schweren Schlafstörungen, nachdem er für ein Jahr ins Ausland gegangen war. Er war der erste Mann, den ich wirklich geliebt habe. Die Sehnsucht nach ihm hat mich damals um den Schlaf gebracht. Es ist schwer zu erklären, warum ich ausgerechnet jetzt daran denke. Irgendwie hat es damit zu tun, wie leicht die Dinge uns entgleiten. Wir sind nie wieder zusammengekommen.

»Was treibt Jonah so zurzeit?«, frage ich.

»Wenn ich dir das sagen sollte, müsste ich raten. Er ist nicht berühmt dafür, regelmäßig zu schreiben oder anzurufen, um mich über seinen Aufenthaltsort oder seine aktuellen Tätigkeiten zu informieren. Vielleicht ist das sogar klug von ihm. Je weniger ich weiß, desto besser.«

»Machst du dir keine Sorgen um ihn, wenn du nicht weißt, was er tut und wo er ist?«

»Ha! Wenn dein Sohn den Führerschein macht, gibst du offiziell sämtliche Illusionen von Kontrolle auf, und glaube mir, es sind Illusionen. Dann bleiben nur noch Gebete und Beruhigungsmittel, und ich bete nun mal nicht. Aber wie ich meinen Studenten immer sage, wenn sie sich nicht genügend auf eine Prüfung vorbereitet haben: ›Ihr müsst einfach darauf vertrauen, dass ihr genug getan habt, um durchzukommen.‹«

»Hast du eine Ahnung, wann er zurück sein wird?«

»Wie den meisten Männern ist ihm Nörgelei ein Greuel. Und sich erkundigen und nörgeln sind enger miteinander verwandt, als wir glauben. Außerdem – je länger es sich hinauszögert, umso besser. Er ist fest entschlossen, nach seiner Rückkehr eine Laufbahn beim Militär zu beginnen.«

Sie wendet mir das Gesicht zu, um meine Reaktion zu beobachten. Es gelingt mir wohl nicht sonderlich gut, mein Entsetzen zu verbergen. Ich kenne Jonah nicht, trotzdem will ich nicht, dass er zum Militär geht.

»Lass das nicht zu, Maeve.«

Aus dem Blick, den sie mir zuwirft, spricht die strapazierte Geduld, die man von Erwachsenen in der Auseinandersetzung mit Teenagern kennt. »Vielleicht ist dir ja eine Möglichkeit bekannt, wie man einem dreiundzwanzigjährigen Mann etwas ausreden könnte? Er ist erwachsen. Und anscheinend möchte er genau das tun. Für sein Land kämpfen.« Ich glaube, ein leichtes Zittern in ihrer Stimme zu hören, beschwören könnte ich es jedoch nicht.

»Aber Maeve ...«

Sie unterbricht mich. »Wenn er den Sinn seines Lebens darin sieht, in Afghanistan zu kämpfen – tja ...« Sie seufzt. »Ab einem gewissen Punkt hat man schlicht keinen Einfluss mehr. Man muss sich aus der Anwesenheitsliste austragen und akzeptieren, dass dieser Auftrag abgeschlossen ist.«

»Weiß er denn, wie du dazu stehst?«

»Das habe ich ihm gesagt.«

»Ich erlaube Aaron nicht mal Kriegsspiele am Computer.«

»Jungen sind sehr geschickt darin, Regeln zu umgehen, die ihnen nicht gefallen. Und diejenigen, die das nicht tun, sind Langweiler. Sie werden irgendwann Buchhalter und machen anderer Leute Steuererklärung. Wir wollen immer Kinder, die auf das hören, was wir sagen. Doch so werden sie nur zu überangepassten Erwachsenen. Obwohl wir nicht den besten gemeinsamen Start ins Leben hatten, ist Jonah ein großartiger

Mensch geworden. Ich freue mich darauf, hin und wieder bei einem Glas Wein seine Gesellschaft zu genießen.«

Maeve zupft einige tote Blätter aus dem trockenen Bassin des kleinen Springbrunnens. Ich will mich auch darauf freuen, hin und wieder bei einem Glas Wein Aarons Gesellschaft zu genießen. Ja, ich kann es sogar kaum erwarten. Aber bis dahin – lügt er mir frech ins Gesicht.

Kinder sind geschickt darin, ihre Geheimnisse zu wahren, das ist mir klar. Aaron spielt diese Computerspiele hinter meinem Rücken. Ich weiß genau, was er treibt. Als ich zum ersten Mal so etwas wie Tücke bei ihm erkannte, war ich aufrichtig schockiert und fühlte mich beinahe verraten. Wie damals, als ich zum ersten Mal bei meinen Kindern schlechten Atem roch – und begriff, dass ihr lieblicher Morgenatem nur ein Werbefilmchen für ein nicht vorhandenes Produkt war. Unsere Kinder erlauben uns leider nicht, an unserer Vorstellung festzuhalten, sie seien makellos.

»Ich werde diese Spiele in meinem Haus nicht dulden, Maeve«, sage ich. Es war nicht meine Absicht, ihr gegenüber so streng zu klingen. Schließlich spielt sie diesen Mist nicht. Sie ist auch nicht das Kind, das ich zu erziehen versuche.

»Ich weiß zu viel über Tabus. Ich halte ein ganzes Seminar darüber. Sie bewirken, dass Verbotenes überproportional interessant erscheint. So etwas wie gelassene Gleichgültigkeit ist deutlich wirkungsvoller als ein striktes Verbot, wenn du wirklich erreichen möchtest, dass er sich nicht damit befasst.«

Ich trete nach einer verschrumpelten Zitrone auf dem Boden. Etwas kreiselt heiß und gereizt in meinem Bauch. Ich merke, dass ich ärgerlich bin. Auf Maeve, weil sie Jonah nicht davon abhält, zum Militär zu gehen. Auf Jonah, weil er zum Militär will. Auf Aaron, weil er brutale Computerspiele spielen will.

Auf Jamie, weil sie nach Borneo fahren will und mich zwingt, es ihr zu verbieten.

»Und, hast du Jonah gewaltverherrlichende Spiele erlaubt?« Diese Affinität zum Krieg kommt doch bestimmt daher, dass er früher Räuber und Gendarm gespielt hat. Ist das nicht bei allen Jungen so?

»Wir haben ständig darüber verhandelt. Einige habe ich durchgehen lassen. Nicht alle.«

»Wie war er so als Kind?«

»Er hat sich tapfer und unablässig bemüht, sich bei den Menschen um ihn herum möglichst unbeliebt zu machen. In der Schule war er praktisch jede Woche in eine Prügelei verwickelt. Er hat Geduld und Verständnis seiner Lehrkräfte und Schulleiter auf eine harte Probe gestellt.«

Aha. Seht ihr, er war ein zorniges Kind. Wer kann es ihm verdenken? Man muss Verständnis für Menschen mit einem solchen Hintergrund, einem so holprigen Start haben.

»Also, Aaron muss gerade einen Monat lang täglich nachsitzen, weil er zu einer Lehrerin gesagt hat, er habe die Schnauze voll von ihren Arbeitsblättern. Und, ich zitiere: ›Diese Schule ist Scheiße.‹ Er verbringt ziemlich viel Zeit auf dem stillen Stuhl.«

Ich hätte nicht erwartet, dass Maeve das lustig findet, aber sie kichert. Also, ich nehme Nachsitzen sehr ernst.

Tennyson buddelt ein Loch in den lockeren Boden des Kräuterbeets.

Maeve scheucht ihn weg und versucht, die Stelle mit den Händen wieder zu glätten. »Man kann einem Hund nun mal nicht verbieten, was in seiner Natur liegt«, murmelt sie.

Tennyson hält das für ein neues Spiel und fängt ein Stückchen weiter erneut zu buddeln an.

Maeve hockt sich auf die Fersen und beobachtet ihn. Dann

sagt sie: »Als Jonah zwölf war, hat er ein Mädchen in seiner Klasse mit dem Zirkel aus seinem Geometriemäppchen bedroht. Dafür wurde er natürlich von der Schule verwiesen.«

»Der Arme«, nuschele ich. Aaron würde so etwas nicht wagen.

Maeve richtet sich auf, die Hände in die Hüften gestemmt. »Manchmal habe ich davon geträumt, ihn zu Pflegeeltern zu geben und eine zweite Doktorarbeit irgendwo im finstersten Herzen Afrikas zu schreiben.«

»Wirklich?«

»Dieser Junge hat mich auf einen Rundgang durch die neun Kreise der Hölle geschickt. Als er fünfzehn war, hatte ich, wie Summer es ausdrücken würde, echt die Nase voll.«

Vielleicht sind Jungen dazu geschaffen, sich einen Weg durch die Hölle zu bahnen und dabei ihre kreischenden Mütter hinter sich her zu schleifen. Ich habe keine Ahnung, was nötig ist, um ein Mann zu werden. Es könnte sein, dass die aufgestaute Aggression, die genaue Untersuchung der vielen Möglichkeiten, etwas zu werfen und zu fangen, oder die experimentelle Suche nach dem Maximum an unverschämten Dummheiten, die ein einziger Mensch von sich geben kann, irgendetwas mit der Entfaltung der Männlichkeit zu tun haben. Manchmal habe ich den Eindruck.

Braucht eine Mutter in der Sammlung ihrer Erinnerungen wirklich diesen Tag, an dem sie ins Büro der Rektorin zitiert wurde, weil ihr Sohn einem Mädchen in seiner Klasse mitgeteilt hat, er »schlafe mit ihrer Mutter«?

Die Rektorin ermahnte Aaron mit strenger, aber gütiger Geduld: »Nicht jede Dummheit, die dir durch den Kopf geht, muss auch geäußert werden. Ich weiß, dass Jungen gern angeben und Dinge sagen, bei denen sie sich besonders groß vorkommen, doch du musst auch lernen, manchmal einfach den Mund zu halten.«

Ich malte mir bereits tausend Möglichkeiten aus, ihn umzubringen.

Als ich ihr Büro verließ, berührte sie mich sacht am Arm und flüsterte: »Seien Sie nicht zu streng mit ihm.«

Also überließ ich die Sache Frank. Erstens traute ich es mir nicht zu, fair zu sein. Ich kenne mich selbst gut genug, um zu wissen, wie kurz meine Zündschnur ist, wenn es darum geht, was für dumme Sachen Jungen sagen. Ich fürchtete, ich könnte ihn ungespitzt in den Boden rammen, obwohl es ein leichter Schlag auf den Hinterkopf auch getan hätte. Zweitens »versteht« Frank Aaron auf eine Weise, wie ich ihn einfach nicht verstehen kann, damit habe ich mich inzwischen abgefunden. Das liegt vermutlich daran, dass mir ein Y-Chromosom und ein Penis fehlen.

Ja, ja, ich kenne meine Grenzen ganz genau. Mein Sohn hat mir gezeigt, wie wenig ich tatsächlich von Männern verstehe. Zum Beispiel wenn es darum geht, wie wichtig es ihnen ist – wie viel es ihnen wahrhaftig und aufrichtig bedeutet –, welches Land die Fußball-WM gewinnt oder wie viele Centurys Sachin Tendulkar beim Kricket erzielt hat. Das liegt ihnen so am Herzen, wie einem die vielen Aids-Waisen oder die Armut in der Dritten Welt am Herzen liegen sollten. Ich habe festgestellt, dass sie bereit sind, gebrochene Nasen und schwere Kopfverletzungen zu riskieren, um einen Ball über eine Linie zu befördern. Sie werden stark von Dingen angezogen, die Rumms und Peng machen. Der Fairness halber kann ich nur sagen, dass sie … seltsam sind.

Frank hatte kurz zuvor ein kleines Vermögen für zwei Karten für die Ashes ausgegeben. Die beiden zählten schon ungeduldig die Tage bis zu dem Kricket-Turnier. Frank sagte über den Vorfall in der Schule nur: »Ich will nicht wissen, warum du gesagt hast, was du da gesagt hast, aber wenn du je wieder so mit einem Mädchen sprichst, war's das mit den Ashes, und das wird noch der angenehmste Teil dessen sein, was dich erwartet.« Mehr nicht.

Ich fragte mich einen Augenblick lang, ob Aaron durch einen dummen Zufall auf das Türschild gestoßen sein könnte, das ich Frank als kleinen Scherz zum Hochzeitstag geschenkt hatte: »Bitte nicht stören. Habe gerade Sex mit deiner Mutter.« Dabei kann ich euch versichern, dass wir dieses Türschild äußerst diskret verwahrt haben.

Abgesehen davon, dass mir das Ganze entsetzlich peinlich war, fühlte ich mich nicht dafür verantwortlich. Nicht auf dieselbe Weise, wie wenn ich sorgsam seine Weintrauben schälte, ihm Dr. Seuss vorlas, bis er endlich einschlief, oder wie ich seine Wutanfälle, seine Pingeligkeit und seine schmutzigen Ausdrücke als mein persönliches Versagen empfand.

Momentan wird er vom Rowdytum in Besitz genommen. MTV, Gangsta Fashion und Freunde mit großen Brüdern haben mehr Einfluss auf seine Menschwerdung als alles, was ich zu bieten hätte. Die hässliche Welt dringt bis zu ihm vor, und ich habe keine Möglichkeit, ihn dagegen zu versiegeln.

»Wie bist du mit Jonah fertig geworden?«

»Anfangs gar nicht. Irgendwann habe ich ihm dann die Wahrheit über Solanges Tod erzählt, dass sie seine leibliche Mutter ist und ihn die ersten achtzehn Monate seines Lebens großgezogen hat. Auch wie sie gestorben ist und dass er dabei war. Wir hatten schon immer Bilder von Solange im Haus, aber nach diesem Gespräch hat er sich ein eigenes Foto von ihr gewünscht, es vergrößern lassen und in einem besonderen Rahmen aufgestellt. Manchmal habe ich gehört, wie er unter der Bettdecke geflüstert hat, von diesem und jenem, den Erlebnissen des Tages – er hat sie dem Foto erzählt.«

In meinem Herzen regt sich Mitgefühl mit diesem Jungen, der inzwischen ein Mann ist.

»Es ist wirklich albern, wie … eifersüchtig ich war.«

Dieses Geschenk entgeht mir nicht. Sie vertraut sich mir wahrhaftig an.

»Irgendwann hat er sich angewöhnt, von seinen zwei Müttern zu sprechen: Mum Eins, und ich war Mum Zwei. Daraus entstand irgendwann die Abkürzung Muz – so nennt er mich heute noch.« Sie hält inne, nimmt ihre Wasserflasche aus dem Halter am Gürtel und trinkt daraus. »Ich vermute, dass wir unsere Kinder unbewusst in die ungeklärten Geschichten unserer eigenen Vergangenheit hineinzwingen. Sie spüren es, wenn etwas nicht stimmt, und ohne richtige Erklärung suchen sie die Schuld erst mal bei sich. Ich habe die Erfahrung gemacht, dass wir die Dinge aussprechen müssen, die nun einmal ausgesprochen werden sollten. Eigentlich gibt es gar keinen anderen Weg.«

Wir halten gemeinsam einen zarten Faden fest, der in der Dunkelheit der vergangenen Nacht gesponnen wurde.

Ich setze mich auf den Rand des Springbrunnens. Der Stein hat die Hitze der Sonne absorbiert und wärmt mir den Hintern. Ich habe meine Kinder immer vor schmerzlichen Tatsachen zu schützen versucht. Als Jamie und Aaron zehn und acht Jahre alt waren, hat eine Freundin uns eingeladen, zusammen mit ihr und ihren Kindern an einer Gedenkveranstaltung für die Opfer des Holocaust teilzunehmen. Ich habe damals abgelehnt, weil ich meinen Kindern noch nichts vom Holocaust erzählt hatte. Ich wusste nicht, wie ich ihnen das erklären sollte. Manchmal ist es leichter, so zu tun, als gäbe es etwas gar nicht.

Bald darauf fand Jamie das mit dem Holocaust selbst heraus – sie sah *Jäger des verlorenen Schatzes.* Wie soll ich das beschreiben? Ich konnte zusehen, wie die Kindheit aus ihren Augen rann, während ich ihre Fragen beantwortete und ihr dieses Wissen darbot wie einen vergifteten Apfel. Vielleicht hätte ich den Fernseher ausschalten sollen, ehe Steven Spielberg das Thema anschnitt.

»Wollen wir uns den Gedenkgarten ansehen?«, fragt Maeve und geht voran.

Für eine so kleine Person macht sie erstaunlich lange Schritte. Ich muss ihr nachlaufen und hole sie auf dem sanften Abhang oberhalb der Rosenbüsche ein. Sie sind in Form eines S gepflanzt und bilden zwei Kreise, Yin und Yang, in deren Mitte jeweils ein einzelner großer Stein steht. Die Büsche sind durstig und ermattet von der Anstrengung, den ganzen trockenen Sommer hindurch zu blühen. Maeve und ich setzen uns allerdings nicht auf das Bänkchen. Man macht ungern Pause in anderer Leute Trauer.

»Wie ging es weiter, nachdem du ihm die Wahrheit gesagt hattest?«

»Ich bin mit ihm nach Indien gereist.«

»Nach Indien?«

»Anschließend nach Ägypten und nach Westafrika. Ich wollte, dass er am Ufer des Ganges steht und sieht, wie die Kinder dort mit Stöckchen nach den Leichen stochern, die im Wasser treiben. Ich wollte, dass er zur Sphinx aufschaut, die so majestätisch über ihm aufragt, ein erstaunliches Zeugnis menschlicher Anstrengungen. Ich wollte, dass er zusieht, wie ein Ochse verblutet, den der Stamm der Mursi im Süden Äthiopiens aus Verzweiflung über den ausbleibenden Regen opfert. Von seinem zwölften bis zu seinem vierzehnten Lebensjahr hat er Armut und Tod und alles dazwischen aus solcher Nähe gesehen, dass er sie in Gerüchen beschreiben könnte. Er hat das ungeheure Ausmaß von Leid auf der Welt gesehen, über das man Bescheid wissen muss, damit man sich selbst daran messen kann.«

»War das nicht … gefährlich?«

»Oh, ja«, antwortet sie mit blitzenden Augen. »Aber ich habe ihn mit den Gefahren konfrontiert, weil ich wusste, dass er sich dadurch mutig weiterentwickeln würde. Als wir wieder zu Hause waren, habe ich eine Therapie begonnen.«

»Warum du?«

»Zwei Jahre auf Reisen waren nötig, damit sich bei mir eine entscheidende Erkenntnis herauskristallisierte. Jonahs Wut hatte wenig mit der Schule zu tun und auch nicht unbedingt mit seinem frühkindlichen Trauma – sie hatte mit mir zu tun.«

»Mit dir? Wie meinst du das?«

Sie lässt mich so nah an sich heran wie nie zuvor. Diese Unterhaltung fühlt sich zart und empfindlich an wie aus Spinnfäden. Sie könnte jeden Augenblick abreißen.

Maeve lehnt sich an den großen Stein in der Mitte und streckt den Rücken durch. Tennyson leckt ihr die Zehen ab, was sie mit einer Großmut duldet, die ich niemals aufbringen könnte. Sie nimmt ihre Brille ab und schaut mir tief in die Augen, als wollte sie mir ein heiliges Geheimnis verraten. »Ich musste lernen, ihm zu vertrauen.«

»Ihm zu vertrauen?«

Sie antwortet nicht sofort, als wollte sie, dass ich noch ein bisschen darüber nachdenke und vielleicht selbst darauf komme. Aber ich stelle mich nicht dumm, weil ich faul wäre. Ich warte darauf, es zu erfahren.

»Denk mal daran, wodurch er zu meinem Sohn wurde. Meine Schwester musste sterben, damit ich Jonahs Mutter werden konnte. Die Voraussetzung war schon vergiftet. Aber, verstehst du, wenn du deinem Kind nicht vertraust, kann es sich niemals selbst vertrauen.«

Ich wende mich ab und blicke über den Gedenkgarten zu der Senke und dem sanften Hang dahinter, wo das Anwesen vom Wald begrenzt wird. Ich würde nicht behaupten, dass ich Aaron nicht vertraue oder ihm nichts zutraue. Allerdings verwirrt er mich mit seiner Launenhaftigkeit und durch die Kleinigkeiten, die ausreichen, damit er sich bis in selbstzerstörerische Wut hineinsteigert. Er ist ein Testosteronrätsel, eine wilde Mischung aus Verletzlichkeit und Aggression, ein Wesen, das stachelig und flauschig zugleich ist, das die Zähne fletscht und sich im nächsten Moment wie verwandelt zeigt. Mein knurrendes Schätzchen. Mein bösartiger Engel.

Binnen eines Herzschlags springt er zwischen eitel Sonnenschein und Unwetter hin und her. Vor allem gibt er mir das Gefühl, lächerlich zu sein. Ich bringe ihn vor seinen Freunden in Verlegenheit, ich sage ständig das Falsche, ich verstehe ihn nicht, er will in Ruhe gelassen werden, ich gehe ihm auf die Nerven. Ein paar Minuten später will er mir in allen Einzelheiten von LeBron James' letztem Punktedurchschnitt erzählen oder von dem superwitzigen Clip auf Youtube, in dem sie sich gegenseitig die Suspensorien klauen und der schon zwanzig Millionen Mal angeklickt wurde. Binnen einer Sekunde schlägt er von rasender Wut in Euphorie um. Hat er eine bipolare Störung? ADHS? ADS? Ist das ein erster Testosteronschub? Oder zu viel Zucker? Er erschreckt und bezaubert mich zugleich. Aber vor allem habe ich Angst um ihn. Mir graut vor dem Tag, an dem all diese Energie sich in einem achtzehnjährigen Jungen wiederfindet, der hinter einem Lenkrad sitzt, nachdem seine Mannschaft ein Fußballspiel verloren und er sechs Bier getrunken hat.

Maeve hat es selbst gesagt: Zurzeit läuft er mit einem nur halb funktionstüchtigen Gehirn herum. Und es wird noch vierzehn Jahre dauern, bis daraus ein vollständig entwickeltes Gehirn wird. Also, was jetzt? Soll ich vielleicht sein präfrontaler Kortex sein, bis ihm ein eigener gewachsen ist?

»Ich brauche eine Bedienungsanleitung, Maeve. Ich habe keine Ahnung, wie ich es anstellen soll.«

Maeve lacht. »Die westliche Welt ist die einzige Kultur auf Erden, die aus der Kindererziehung eine kommerziell verwertbare Wissenschaft gemacht hat. Diese Flut von Erziehungsratgebern zerstört das einzige wirklich zuverlässige Werkzeug, das wir als Eltern besitzen: unsere Intuition. Benjamin Spock hatte recht – Mütter wissen mehr, als sie glauben.«

»Aber bei Aaron liegt meine Intuition völlig daneben. Ich habe jeden Ratgeber gelesen, den es gibt, und sämtliche Empfehlungen beherzigt.«

»Mein Vorschlag wäre: Vergiss die Bücher!«

»Moment mal, alles, was ich über Erziehung weiß, habe ich aus Büchern gelernt.«

»Nicht von deinen Kindern? Vielleicht sind deren Methoden dir bloß nicht angenehm. Womöglich bist du gar nicht so viel anders als Aaron, der Sachen von sich gibt wie ... was war das noch? ›Diese Schule ist Scheiße.‹«

Wie könnten Aarons Erziehungsmethoden irgendjemandem angenehm sein? Niemand fühlt sich gern dumm und unzulänglich. Ich hatte früher in allem eine Eins, bei ihm dagegen komme ich mir vor wie eine Vier-Minus-Mutter.

Ich brauche mehr von Maeve, aber ich weiß selbst nicht recht, worum ich sie da eigentlich bitte. Ich betrachte die Rosenbüsche, die uns in zwei großen Kringeln blühender Trauer umgeben. Wir stehen auf geheiligtem Boden.

»Und vor allem: Was du über dich selbst erkennen musst, wird sich in deinem Kind zeigen.«

Ich versuche, den Satz zu verstehen.

»Jonahs Wut, die mir solche Angst einflößte, hat die Tür zu der unerträglichen Wahrheit aufgeschlossen ...«

Ich wage kaum zu atmen.

»... dass ich selbst so verdammt wütend war – auf meine Mutter, auf Solange, sogar auf Jonah, weil er mich so gierig brauchte und weil er der einzige Mensch war, den ich auf dieser Welt noch hatte.«

Maeve hat »verdammt« gesagt.

»Was hast du dann getan?«, flüstere ich.

»Ich bin während seiner Wutanfälle bei Jonah geblieben, statt ihn in sein Zimmer zu verbannen. Ich habe den Schmerz zugelassen, ihn aufflammen lassen und nicht die Augen davor verschlossen. Am Anfang dachte ich, dass ich seine Abscheulichkeit nicht überlebe, die Flut seiner Beschimpfungen. ›Ich hasse dich. Ich wünschte, ich wäre tot. Ich wünschte, du wärst tot.‹ Diese netten Kleinigkeiten, die Mütter so gern hören.« Sie lacht. »Aber dann, eines Tages, sagte er plötzlich: ›Nimm mich bitte in den Arm.‹« Maeve setzt ihre Sonnenbrille wieder auf.

Das war's. Maeve ist am Ende ihrer Geschichte angelangt.

Ich will, dass sie mehr erzählt, dass sie die Lücken ausfüllt. Aber es kommt nichts mehr. Ich kann jetzt damit machen, was ich will. Mit Sicherheit werde ich später einmal an diese Unterhaltung zurückdenken und ihren unschätzbaren Wert begreifen.

Maeve steht auf, klopft sich den Staub von der Hose und geht mit wippendem Sonnenhut voran. Ich bleibe zurück, mit dem Bild eines Jungen vor Augen, noch nicht ganz zum Mann geworden, der sich in die Arme seiner Mutter schmiegt. Die Mauer zwischen ihnen ist gefallen.

20 Unsere Mütter verlassen

Was zum Teufel ist das?«, fragt Helen und späht mir über die Schulter.

Auf der Küchentheke tummeln sich meine Vorbereitungen fürs Abendessen.

»Quinoa-Rote-Beete-Salat.«

»Was ist das Erste?«

»Quinoa. Ein gesundes Getreide. Mehr Proteine als Kohlehydrate.«

»Nur du kannst so etwas Ausgefallenes und Gesundes zum Abendessen servieren.« Helen lacht leise.

»Hast du es schon mal probiert?«, frage ich streng.

»Ich weiß nicht, ob ich das möchte«, sagt sie. »Ist das alles, was es gibt?«

»Ich habe noch Suppe.«

»Du willst uns wohl heute Abend alle hungern lassen? Sag mir bitte, dass du noch eine Entenbrust gemacht hast.«

»Ente ist extrem fett.« Ich weiß genau, dass sie das weiß.

Sie steckt sich einen Löffel voll Quinoa-Salat in den Mund und kaut.

Einen Moment lang blickt sie unsicher drein. Dann nickt sie. Ihre Augen lächeln. Das liegt am Ingwer, dem Knoblauch und Schnittlauch.

»Und wann gibst du mir endlich mal das Rezept für dein Dressing?«

»Ich habe kein Rezept. Ich improvisiere je nach Salat.«

»Willst du es vielleicht mit ins Grab nehmen?«
»Kann sein«, schnaube ich.
»Was für eine Verschwendung.«

»Nobel«, sagt CJ.

Ich habe mich für das Esszimmer entschieden, das wir bisher vollkommen ignoriert haben. Ich verstehe ja, dass die Terrasse sehr reizvoll ist. Aber die Stühle im Esszimmer sind mit braunem Samt bezogen, der genau zu dem Sari passt, den ich als Tischdecke mitgebracht habe. Den riesigen silbernen Kerzenhalter für meine weißen Kerzen habe ich durch puren Zufall in der Anrichte gefunden.

Maeve erscheint in einer schicken roten Mandarin-Jacke, als ginge es in die Oper. Sie mag es auch etwas opulenter. Als Jamie noch klein war, hat sie sich oft verkleidet, einfach nur, um einen langen silbernen Handschuh an sich zu sehen oder das Rascheln von Satin auf ihrer Haut zu spüren. Das hat nichts mit Künstelei zu tun, sondern mit Botschaften über die Schönheit. Ich verstehe, warum Levi Kleider mag – mehr, als ich *Call of Duty* je verstehen werde. Als ich Helen immer noch in ihrem labberigen Pyjama herumlaufen sehe, verstehe ich jedoch auch, warum sie ein Problem damit hat.

Ich serviere die Suppe in flachen Schälchen, angerichtet mit einem Löffelchen Frühlingszwiebeln und Schnittlauch und einem Klecks frischem Joghurt.

Und dann warte ich. Warten ist etwas ganz anderes als gespannt beobachten.

»Ooh.«

»Mmm.«

»Lecker.«

»Was ist da drin?«

»Ratet mal.« Offenbar habe ich in Sachen Gesprächsführung ein paar Tipps von Summer aufgeschnappt.

Helen liegt völlig falsch mit Kartoffeln.

Als Summer mit Porree einen Treffer landet, hätte man meinen können, es gäbe etwas zu gewinnen.

Maeve schmeckt den Blumenkohl heraus.

Virginia geht auf Nummer sicher mit Zwiebeln und Sellerie, dem Grundstock, ohne den keine Suppe auskommt.

»Sahne«, rät CJ.

»Hast du mir dieses Wochenende überhaupt nicht zugehört? Sahne und ich haben uns scheiden lassen.«

Sie versucht es erneut. »Kokoscreme?«

Falsch.

»Aber das schmeckt total nach Kokos«, sagt Summer mit verwirrt gerunzelter Stirn.

»Kokosraspeln. So bekommt man den Geschmack ohne die Kalorien.«

Dann bringe ich meinen Quinoa-Salat auf den Tisch mit Roter Beete, die mit Äpfelchen durchgezogen ist, angereichert mit Koriander, gerösteten Haselnüssen, Orangenschale, frischer Minze aus dem Garten, dünn geschnittenem Rotkohl, Fenchelstreifen und Dattelpflaumenscheibchen.

»Das sieht viel zu gesund aus für meinen Geschmack«, brummt CJ.

»Was für eine Farbenpracht!«, ruft Maeve aus.

»Ist das der Hauptgang?«, fragt Virginia.

Helen bittet als Erste um einen Nachschlag, gefolgt von Virginia und sogar Maeve.

Zu guter Letzt präsentiere ich meine Früchtetürmchen – Scheiben von rosa Grapefruit, Nektarinen und Mango, mit einem Schluck Champagner übergossen, mit Granatapfelkernen bestreut und gekrönt von einer in Zartbitterschokolade getauchten Erdbeere.

»Okay, du hast gewonnen«, sagt Helen.

Virginia betrachtet lange ihren Teller, ehe sie sagt: »Das ist zu schön, um es zu essen.«

In dem Moment wünsche ich mir, dass Ereka hier wäre.

Während wir den Tisch abräumen, bleibt Virginia vor mir stehen und greift mit der gesunden Hand nach meiner. »Danke«, sagt sie. »Dieses Essen hat mir das Gefühl gegeben, wertvoll zu sein. Du hast dir wirklich Gedanken gemacht.«

»Fleißpunkte bekommst du auf jeden Fall«, sagt Helen und tätschelt mir herablassend den Rücken. »Überraschenderweise habe ich gar keinen Hunger.«

Als das Geschirr abgespült und weggeräumt ist, schlägt sie vor: »Wie wär's mit Taschenlampen und dann einen Schnaps unter der Pergola?«

Sie steckt wirklich voll schlimmer Einfälle.

Alle anderen finden die Idee großartig.

»Was ist mit Matilda?«, frage ich.

»Die schläft«, behauptet Helen, als hätte sie die Schlange persönlich ins Bett gebracht und ihr schöne Träume gewünscht.

In Wirklichkeit bin ich nicht ganz so locker drauf, wie ich es gern wäre, das gebe ich zu. Theoretisch bin ich ja die Erste, die begeistert ist von der Vorstellung von einem lustigen kleinen Nachtspaziergang mit Blick in den Sternenhimmel. In der Praxis jedoch stellt sich heraus, dass es ich es alles andere als witzig finde, im Dunkeln zu sitzen und irgendwelchem Getier ausgeliefert zu sein, das ich nicht sehen kann.

Trotzdem bin ich dabei. Gegen meinen Willen und gegen besseres Wissen, eingepackt in Pulli und Schal und meine dicksten Strümpfe, und das, obwohl Callum uns im Kamin im Wohnzimmer das Holz für ein Feuer fix und fertig aufgeschichtet hat. Maeve hat sich entschuldigt und erklärt, sie wolle lieber gemütlich baden und würde schon mal das Feuer anzünden. Selbst Tennyson war so vernünftig, dankend abzulehnen. Er hat zugeschaut, wie wir alle in die Dunkelheit verschwanden, kehrtgemacht und sich nach drinnen zurückgezogen.

Die Nachtluft ist frisch und brennt leicht auf den Wangen. Ich lasse mich zurücksinken und lege den Kopf in Helens Schoß. So blicke ich zum Mond auf. Er ist beinahe voll und glitzert in silbernen Bahnen auf dem Wasser.

»He, Helen, es ist Vollmond«, bemerkt Virginia vielsagend.

»Ich frage mich, wo Karamell-Fred jetzt sein mag«, sagt Helen.

Virginia gackert.

»Wer ist Karamell-Fred?«, frage ich.

»Der stand auf dich, nicht auf mich«, sagt Helen.

»Dieses Froschmaul hätte ich nicht mal in die Nähe meines Gesichts gelassen.«

»Also hast du mich mit ihm raus in den Garten geschickt«, erwidert Helen. »Vielen Dank auch.«

»Selbst schuld, wenn du so leichtgläubig warst ...«

»Er hat gesagt, er wolle mir draußen etwas zeigen. Was gibt es denn nachts draußen zu sehen außer dem Mond?«

Virginia kichert.

»Da stehe ich also und gucke in den Himmel, und als ich wieder runterschaue, hat Fred seinen Schwanz ausgepackt.«

»Darf ich es ihnen erzählen?«, fragt Virginia.

»Bitte.«

»Er hat ihr weisgemacht, dass Sperma wie ... Karamell schmeckt!«

»Wer lutscht nicht gerne Karamellbonbons?«, fügt Summer hinzu.

»Und so nahm eine der größten Enttäuschungen meines Lebens ihren Lauf.« Helen schüttelt den Kopf.

»Ich brauchte das Zeug gar nicht erst zu probieren, um zu wissen, dass es nicht wie Karamell schmecken kann«, sagt Virginia.

»Ein Mundvoll hat völlig ausgereicht – danach war ich nie wieder die Alte«, klagt Helen.

»Igitt!« Summer lacht.

»Glaubt ihr, unsere Mädchen haben schon mal einem Jungen einen geblasen?«, fragt Helen unvermittelt.

»Meines nicht«, antworte ich.

»Und wenn schon?«, sagt CJ. »Solange sie nur nicht schwanger werden.«

»Jorja ist erst dreizehn«, entgegne ich.

»Heutzutage fangen sie eben früh an. Jorja war schon auf Rainbow-Partys.«

»Airlee auch«, sagt Summer.

»Entschuldigt meine Unwissenheit, aber was ist eine Rainbow-Party?«, fragt Virginia. Sie bekommt solche Dinge wohl nicht mit.

»Eine Party, bei der die Mädchen Lippenstift in verschiedenen Farben auftragen und dann den Jungen einen blasen. Sie hinterlassen dabei einen bunten Ring auf seinem Schwanz, wie ein Regenbogen«, erklärt CJ gelassen.

»Das ist das Verstörendste, was ich seit langem gehört habe«, sagt Virginia.

»Ach, die experimentieren bloß ein bisschen herum«, sagt CJ. »Wisst ihr denn nicht mehr, was wir früher so alles angestellt haben?«

»Ich bringe Sarah um, wenn sie so einen Quatsch macht«, verkündet Helen.

»Jai verbraucht zwei Packungen Taschentücher pro Tag, wenn er zu Hause ist. Jungen wichsen nonstop, wenn sie erst mal damit angefangen haben«, berichtet Summer. »Stimmt doch, CJ?«

Wir anderen kreischen auf. Ich finde es auch so schon schwierig genug, mich auf gewisse Gespräche mit meinen Kindern einzulassen. Letztes Jahr beispielsweise, bevor Aaron in der Schule Aufklärungsunterricht hatte, hat er mich gefragt: »Was ist Viagra?«

In wohlüberlegten Worten erklärte ich ihm: »Das ist eine Medizin, die dem Penis eines Mannes dabei hilft, hart zu werden, damit er Sex haben kann.«

Er runzelte verwirrt die Brauen. »Dazu muss er hart sein?«

»Sicher. Wie sollte er denn sonst in die Vagina der Frau passen?«

Seine Verwirrung schlug in Schrecken um. »Innen rein?«

Ich weiß auch nicht, warum er das vergessen hatte – ich habe ihn aufgeklärt, als er sechs Jahre alt war. Vielleicht hatte er es wieder verdrängt.

»Äh, ja. Was dachtest du denn?«

»Ich dachte vielleicht irgendwie daneben ... Igitt. Ich will ihn nicht da reinstecken.«

»Das entscheidest du selbst. Die meisten Männer wollen das, also machen sie es so.«

»Ich will das nicht.«

»Kein Problem. Du kannst es dir ja jederzeit anders überlegen.«

»Werde ich nicht.«

Irgendwie kann ich seine Verwunderung verstehen.

Manchmal beobachte ich Frank, wenn er sich nach dem

Duschen abtrocknet – den Mann, mit dem ich mein Leben, meinen Körper und mein Bett teile. Ich betrachte seine Gestalt, die Haare an seinem Körper und wie seine Eier schwingen, wenn ihr Gewicht nicht von einer Unterhose gehalten wird. Ich mustere seinen Penis, dieses eigensinnige, ewig neugierige Geschöpf mit dem Insiderwissen über mich. Die Banalität des Nacktseins, das Kissenaufschütteln und die Diskussion darüber, ob und was wir im Bett noch fernsehen wollen, existieren parallel zu dem eigentlich grotesken Gedanken, dass er diesen Penis in mich reinsteckt. Auf einmal erscheint mir das alles nur noch absurd, zum Totlachen.

Dennoch finde ich, dass nur wenige Dinge so verlässlich sind und so klar in ihrem Ziel. Mag das Leben ein Wirrwarr aus Widersprüchen und Ambivalenzen sein, ein erigierter Penis ist eindeutig und glücklich mit dem, was er gestern hatte … und vorgestern und vorvorgestern. Wie ein kleiner alter Herr, der seit fünfzig Jahren jeden Tag bei demselben Imbiss sein Roastbeef-Roggen-Sandwich mit Gurke und Senf bestellt. Zufrieden.

Frank ist zwar etwas ungeschickt mit den Händen, dafür aber umso flinker mit dem Mund (er wäre jedenfalls ein besserer Saxophonspieler als Schneider geworden). Wir weichen selten vom Erprobten ab. Wie er gern sagt: »Was die Zunge kann besorgen, schaffen die Finger frühestens morgen.« Wenn er es hin und wieder mit einem neuen Schnörkel oder mehr Druck als üblich versucht, versetze ich ihm manchmal einen Klaps auf den Hinterkopf und sage: »Verkünstele dich nicht. Kein roter Teppich, keine Kronleuchter, bitte.« Jetzt, da ich fast sechsunddreißig Stunden mit Kronleuchtern verbracht habe, muss ich sagen, dass sie mir nichts bringen. Verkünstelung wird völlig überschätzt. Ich frage mich, ob er weiß, wie kostbar mir die Alltäglichkeit und die Unverkünsteltheit unserer Beziehung sind. Ich sollte ihm wirklich öfter einen blasen.

»Wie alt warst du, als du zum ersten Mal jemandem einen geblasen hast?«, frage ich Helen.

»Ungefähr sechzehn. Und du?«

»Vierzehn.«

»Und du glaubst, Jamie hat noch nicht …?«

»Sie ist viel unschuldiger, als ich es in ihrem Alter war.«

»Aber ihren ersten Kuss hat sie hinter sich?«

»Nein. Das hätte sie mir erzählt.«

»Hast du deiner Mutter von deinem ersten Kuss erzählt?«, fragt CJ.

»Nein.«

Nur zu gern würde ich behaupten, ich sei ganz sicher, dass Jamie noch niemanden geküsst hat. Aber ich muss zugeben, dass ich es nicht weiß. Sie zieht sich von mir zurück. Früher hatte ich mindestens ein Mitspracherecht beim Inhalt ihres Kleiderschranks, bei ihrem Umgang, ihrer Schlafenszeit … Heute bittet sie mich anzuklopfen, ehe ich ihr Zimmer betrete, weist sämtliche Klamotten zurück, die ich an sie weitergeben will oder ohne ihre Zustimmung für sie gekauft habe, und vergisst oft, mir einen Gutenachtkuss zu geben, ehe sie Gott weiß wann ins Bett geht.

Ich werde zunehmend weniger gebraucht und habe jetzt mehr Zeit für mich. Für mein eigenes Leben. Das ist doch gut, oder? Diese Freiheit bringt allerdings auch eine Herausforderung mit sich. Es ist schwerer, einen Menschen zu lieben, der einem die eigene Widersprüchlichkeit vorhält, Dinge ablehnt, die man extra für ihn aufgehoben hat, und die kostbaren Geschenke umtauscht, die man so liebevoll ausgesucht hat. Der Trick besteht darin, das alles nicht persönlich zu nehmen.

Erst letzte Woche habe ich entdeckt, dass die Tasche mit der Aufschrift »BIG = *Beautiful Intelligent Girl*«, die ich eigens für Jamie im Internet gekauft hatte, zerknittert und unbenutzt auf dem Boden ihres Kleiderschranks lag. Als ich sie fragte, ob sie die Tasche nicht möge, verdrehte sie die Augen und erwiderte: »Glaubst du wirklich, dass ich mit einer Tasche herumlaufe, auf der was Ähnliches steht wie ›*Big is Beautiful*‹?« Als ob »*big*« ein Schimpfwort wäre, dabei bedeutet es lediglich »groß«. Als sie ihre erste Periode hatte, habe ich ihr ein knallrosa Unterhemd mit dem Aufdruck *Wovon man träumt, das erreicht man auch* gekauft. Ich musste mit den Tränen kämpfen, als ich es in einem Haufen Kleidung wiederfand, die sie zum Weggeben aussortiert hatte. Das Preisschild hing noch daran.

Neulich brachte Helen ein paar abgelegte Sachen von Nathan für Aaron vorbei. Als sie zufällig einen Blick auf Jamies chaotisches Zimmer erhaschte, sagte sie: »Was für ein Saustall.« Ich erzählte Jamie, was Helen gesagt hatte, in der Hoffnung, die Scham könnte sie zum Aufräumen bringen. Stattdessen sagte sie: »Du hast mir beigebracht, dass es nicht wichtig ist, was andere Leute von einem denken.«

»Ich finde es auch furchtbar.«

»Ja, Mum, aber du bist auch ›andere Leute‹. Du bist nicht ich.«

Ich bin nicht sie. Sie ist nicht ich. Die beiden Sätze sollte ich hundert Mal abschreiben. Jamies wichtigste Aufgabe besteht zurzeit darin, nicht ich zu sein. Alles, was sie sagt und tut, dient dazu, die Frau in ihr zum Vorschein zu bringen, die anders ist als ich. Ich freue mich immer noch sehr, wenn jemand bemerkt, wie ähnlich sie mir sieht mit ihrem langen, kräftigen Haar und den lebhaften braunen Augen. Als sie noch klein war, fand sie das auch toll. *Ich sehe aus wie du, Mum.* Wenn das jetzt jemand sagt, verdreht sie seufzend die Augen. Daraus spricht nicht nur Verachtung, doch sie lässt mich zurück. In jeder Hinsicht.

Das ist auch gut so. Zwar tut es so weh, dass es mir fast den Atem verschlägt, aber es ist gut. Olivia kann Ereka nicht verlassen. Das ist viel schlimmer. Nicht verlassen zu werden. Ich habe meine Mum ebenfalls verlassen. Ich bin mit Anfang zwanzig von zu Hause ausgezogen. Zusammen mit Frank in eine andere Stadt. Später sind wir sogar ausgewandert. Jedes Mal haben wir unsere Mütter zurückgelassen.

Der Himmel hier draußen ist sternenklar.

Und der Mond ist beinahe voll. Ich habe ihn in einer besonderen Nacht erwischt, morgen wird er wieder anders sein, allmählich komplett zusammenschrumpfen, um danach wieder von vorn anzufangen und hoffnungsvoll zuzunehmen.

Ich drehe den Kopf, um die anderen Frauen zu betrachten. Da sitzen wir, die Arme um die angewinkelten Knie geschlungen, vom Mondschein poliert. Unsere Töchter und Söhne finden ihr eigenes Herz und ihren eigenen Weg in dieser wunderschönen, kaputten Welt. Wir erledigen die Drecksarbeit. Nie perfekt. Aber irgendjemand muss sie ja machen.

Etwas zupft in mir, löst sich wie bröckelnder Fels, der sich strömendem Wasser ergibt. Ich sehe sie nicht kommen, dennoch spüre ich sie – Mama-Tränen. Mich durchströmt Gewissheit: Töchter und Mütter sollten nicht so weit voneinander entfernt sein, ganze Kontinente, beinahe Welten. Etwas Ursprüngliches, Lebendiges, das pulsiert wie ein Herzschlag, hält mich nah bei meiner Mutter, obwohl sie unerreichbar weit weg ist. Ich spüre sie in jeder Zelle meines Körpers, der in ihrem entstanden ist. Meine DNS singt ihr Lied, mein Blut flüstert ihren Namen. Ich will meine Mama. Eine erwachsene Frau wie ich.

Alberne Gans. Was wird aus mir, wenn sie stirbt? Was geschieht dann mit diesem Lied in meinen Adern?

Kummer überschwemmt mich: Ich vermisse meine Mutter. Ich *vermisse* sie. Ihre wunderschönen grünen Augen und ihre ulkigen kleinen Daumennägel, die fast herzförmig sind. Sie ist nicht verstorben, wie Maeves Mutter, aber sie ist weit weg, und manchmal fühlt sich das an, als wäre sie tot. Ihre Berührungen fehlen mir, und das ist ein schlimmer Verlust. Wenn sie in der Nähe ist, spüre ich das. Mein Blut sagt es mir. Ich bin froh um die Dunkelheit, die meine Privatsphäre respektiert. Wie meine Mutter es immer getan hat. Natürlich haben wir uns auch gestritten, manchmal sogar heftig. Einmal wollte ich sogar weglaufen. Sie hat mich nicht immer verstanden.

Aber seht, seht nur, wie sehr ich sie liebe.

Mütter vergessen niemals die Babys, die sie gestillt haben, selbst wenn diese eines Tages zu Fremden werden.

Durch Erinnerungen bleiben wir dem nahe, was wir lieben.

Ich hoffe, Maeve wird sich daran erinnern, dass sie und ich uns gemeinsam Dinge ins Gedächtnis gerufen haben.

Plötzlich muss ich an die Frau denken, die neulich im Radio darüber gesprochen hat, dass sie in Asien war, um von mehreren befruchteten Eizellen diejenige mit dem gewünschten Geschlecht auszusuchen, mit Hilfe eines medizinischen Verfahrens, das in Australien verboten ist. Die meisten Anrufer fanden die Frau »böse und abscheulich«. Ich dagegen fand es schön, dass sie eine Tochter wollte. Ein Mädchen. In Asien suchen die Leute sich das Geschlecht ihres Kindes deshalb aus, weil sie sicher sein wollen, dass sie einen Sohn bekommen.

»He, Virginia«, sage ich.

»Hm?«

»Wärst du ... wäre es dir recht, wenn wir ein Gebet sprechen – für deine Mutter?«

Ein langes Schweigen, das sich immer länger dehnt.

Ich lerne wirklich erstaunlich langsam, den Mund zu halten.

Dann spricht sie. Allerdings nicht mit der Stimme einer erwachsenen Frau, die achtzig Länder bereist hat, in hundert Sprachen flirten kann und mit angesehen hat, wie ein Nilpferd einem Mann den Fuß abgebissen hat. Dies ist die Stimme eines kleinen Mädchens, das Kummer hat, weil es nicht perfekt, sondern ein Kind ist. Ich höre die Stimme eines jeden kleinen Mädchens, das seiner Mutter nicht nah sein kann, das nicht geliebt wird, nicht genug sein kann.

»Sicher. Das wäre ... Warum nicht?«

Ich richte mich auf und strecke die Hand nach Helen aus.

Im Dunkeln lässt sie mich die ihre halten.

Dann sehe ich, wie sie nach Virginias Hand greift.

Summer legt eine Hand auf CJs Schulter.

Und CJ legt mir eine Hand auf die Schulter.

»Segne die Mutter, die im Sterben liegt. Möge sie nach ihrem Leiden Frieden finden. Vergib ihr, dass sie zu wenig Liebe und Güte geschenkt hat, denn sie kannte nur das, was aus ihrem eigenen Schmerz erwuchs. Segne ihre Tochter. Befreie ihrer beider Band von Schmerz und Kummer. Möge die eine in Frieden sterben, wie die andere in Frieden leben wird. Amen.«

»Amen«, flüstert die Nacht.

»Amen«, lächelt der Mond.

»Amen.«

21 Die Spaßbremse

Ich träume von Glocken. Einem Chor kristalliner Regentropfen. Als ich die Augen öffne, erklingt die Melodie immer noch. Ich schaue zu Maeves Bett hinüber. Es ist bereits abgezogen. Ihre Tasche liegt fertig gepackt darauf. Als Erstes denke ich, dass ich die Nacht durchgeschlafen habe. Ich habe tatsächlich geschlafen. Dann: Warum weckt mich normalerweise schon das Schnarchen der Katze oder der tropfende Wasserhahn im Garten auf? Warum werde ich wach, wenn Frank nach seiner Armbanduhr greift, sich im Bett umdreht oder auch nur blöd atmet (da kann er manchmal richtig egoistisch sein)? Hier dagegen könnte Maeve im Bett neben mir eine Party schmeißen, die ich verschlafe? Nicht, dass diese Gedanken mich zutiefst bekümmern würden, versteht ihr? Es interessiert mich einfach nur.

Das Klimpern kommt von irgendwo in diesem Haus.

Als ich mir in dem rosa Badezimmer Wasser ins Gesicht spritze, fällt mir die heiße Schokolade ein, die Maeve gestern Abend für uns gemacht hat, mit Zartbitterschokolade und Marshmallows. Wir saßen alle vor dem lodernden Kaminfeuer und tranken heiße Schokolade, und aus allein ihr verständlichen Gründen hat das Summer an ihre Wochenbettdepression nach Jemimas Geburt erinnert.

Sie erzählte uns, wie sie ihre Mum angerufen hatte, um ihr zu sagen, dass sie deprimiert sei. Dann ließ sie uns raten, was ihre Mutter darauf geantwortet hatte. Niemand riet richtig. Die Antwort hatte gelautet: »Mutter zu werden ist nun mal deprimierend.« Summer lachte laut, als sie uns das erzählte.

Ich hörte keinerlei Vorwurf an ihre Mutter heraus, nur Verunsicherung, wie jeder sie empfinden könnte, wenn er sich einen Augenblick lang derart im Stich gelassen fühlt. Dann sprang Summer unvermittelt auf, spielte ziemlich blecherne Musik auf ihrem iPhone ab und brachte uns alle – sogar Maeve – dazu, ein paar Zumba-Schritte zu tanzen, bis wir kichernd und verschwitzt vor dem Feuer herumhüpften.

Ich schlüpfe in die Klamotten von gestern Abend, die nach Holzkohle riechen. Als ich die Treppe hinuntertapse, empfängt mich der Duft von frisch Gebackenem mit weit ausgebreiteten Armen. Das ganze Haus riecht warm und köstlich, wie Buttermilch. Ich finde noch etwas über Maeve heraus, das mir neu ist: Sie spielt Klavier. Bach oder Mozart oder sonst irgendetwas Klassisches, Elegantes.

Ich sehe sie zuerst im Spiegel, dann am Flügel sitzen. Zu meiner Überraschung ist es gar nicht Maeve. Vor mir sitzt Summer in einem gestreiften Strandkleid.

Sie hört auf, als sie mich bemerkt. »Oh, entschuldige. Habe ich dich geweckt?«, fragt sie.

»Nein, ich glaube nicht.« Ich erinnere mich an Helens Warnung, dass niemand den Flügel anrühren dürfe, und will Summer schon darauf hinweisen, doch irgendetwas hält mich zurück. »Bitte, hör nicht auf. Das klingt wunderschön.«

»Man glaubt, man hätte alles vergessen, aber die Finger vergessen nicht so leicht.«

Summer spielt Klavier. Klassische Musik.

Ich kann nicht mal Triangel spielen.

»Wo hast du das gelernt?«, frage ich und lasse mich in einem riesigen Sessel nieder.

»Von meinem Onkel Bernie. Er sagte, ich hätte das Zeug zur Konzertpianistin. Aber solche Sachen hat er immer gesagt. Um unser Selbstvertrauen zu stärken.«

Tennyson flitzt von draußen herein und wedelt in wilder Begeisterung mit dem Schwanz. Blätter hängen in seinem leicht verfilzten Fell. Ich strecke den Arm aus und streichle ihn. Seine Zeit läuft ab. Was wohl aus diesem Hund werden wird?

»Mann, ich sag's dir, er hat mich gezwungen, jeden Tag zu üben, genauso unbarmherzig wie diese chinesischen Mütter. Stundenlang habe ich jeden Tag am Klavier gesessen ...«

Diese zahllosen Stunden zeigen sich in ihrer kerzengeraden Haltung auf dem Klavierhocker.

»Aber als ich mit Jai schwanger geworden bin ...« Ich sehe zu, wie ihre Finger geschickt über die Tasten gleiten, wobei die künstlichen Nägel leise klackern. »Tja ... das war's dann.«

Um diese eine Geschichte winden sich viele weitere. Während ich den Blick über das Bücherregal schweifen lasse, frage ich mich, ob Delia, die wunderbare Ehefrau und Mutter, je das Gefühl erlebt hat, etwas Wertvolles geleistet zu haben, was über ihre Stickerei, die Pflege ihres geheimen Gartens und die Reinigung der Böden von Blind Rise Ridge hinausging. Ich frage mich, ob Ereka je wieder malen wird. Und ob ich es in diesem Leben noch in die Toskana schaffe.

Ich atme den lieblichen Geruch mit der deutlichen Butternote ein.

Sie lacht. »Riecht gut, hm? Virginia backt frisches Brot!«

Virginia, denke ich, backt ein Gebet.

»Hättest du nicht beides machen können?«, frage ich. »Dich nach Jais Geburt wieder der Musik widmen?«

»Auf gar keinen Fall! Dann wäre ich gleich in zwei Dingen mies gewesen. So habe ich wenigstens nur als Mutter total versagt.«

Wer spricht denn so über sich? Außer, um sich dadurch gegen einen noch tieferen Schmerz zu schützen? Vielleicht ist das eine Verschleierungstaktik. Ich komme einfach nicht dahinter, ob sie nur nach Komplimenten angelt – wie eine extrem dünne Frau, die stöhnt: »Ich bin so dick!«, verzweifelt darauf aus, von den anderen das Gegenteil bestätigt zu bekommen. Ich glaube, es interessiert mich ernsthaft, ob Summer tatsächlich eine schlechte Mutter ist.

»Wir machen alle mehr oder weniger die gleichen Fehler«, versuche ich es.

»Das stimmt, niemand ist perfekt. Onkel Bernie hat das auch immer gesagt: ›*Jeder* macht Fehler.‹ Trotzdem … Ein ungeplantes Kind, das kann man ja noch verstehen, aber drei?« Sie stößt ein leicht gereiztes Schnauben aus. »Ich meine … hallo?«

»Waren denn wirklich alle drei ungeplant?«

»So ziemlich.«

»Wie ist es dazu gekommen?«

Ihre Finger trippeln über die Tasten. »Na ja, ich bin einfach total schlecht darin, nein zu sagen … Manchmal weiß ich selbst nicht, was ich denke. Ich bin so dermaßen blond. Also, wenn jemand zu mir sagt ›machen wir dies‹ oder ›machen wir das‹, dann sage ich eben gleich: ›Ja, cool, das machen wir‹, und schon ist es passiert …« Sie rutscht auf dem Klavierhocker herum.

Sogar Jamie hat gelernt, sich Gruppenzwang zu widersetzen. Summer hat da offenbar ein paar grundlegende Lektionen versäumt.

»Und dann das Stillen. Ich meine dieses Ansaugen, ja? Das war die reinste Folter. Ich wollte das nicht machen. Sergio hat behauptet, ich sei eine totale Versagerin und hätte Jai schon gleich zu Anfang verkorkst.«

Ich keuche auf. »Aber Summer, das ist lächerlich – viele Frauen können oder wollen nicht stillen, und ihren Kindern fehlt überhaupt nichts.« Ich habe selbst nur recht kurz gestillt.

»Ich kenne außer mir nur eine andere Mutter, die ihr Kind nicht stillen konnte. Immerhin wollte sie! Als ich Jai ans Fläschchen gewöhnt habe, hatte ich schon verloren. Eine Niete von einer Mutter.«

»Das hat ihm bestimmt nicht geschadet.«

»Er hasst mich.«

Ich habe an diesem Wochenende immerhin eines gelernt. Ich habe richtig gut aufgepasst.

»Das nennt man Selbstdifferenzierung. So findet er heraus, wer er ohne dich ist, getrennt von dir. Es ist gut, dass er anders ist als du. Denn es bedeutet, dass du ihm geholfen hast, er selbst zu werden.«

Während ich spreche, fällt mir auf, dass ich seit gestern, nachdem ich die SMS an Jamie geschickt hatte, mein Handy nicht mehr in die Hand genommen habe. Das ist doch schon ein Fortschritt.

Tennyson springt an mir hoch und stemmt beide Vorderbeine gegen meinen Oberschenkel. Sein Schwanz kreiselt unaufhörlich wie eine kleine Papierwindmühle, ein verschwimmender Propeller der Freude. Diesmal schiebe ich ihn nicht weg. Ich kraule ihm den Kopf, und er schließt die Augen, wie ein Mensch in Ekstase.

»Weißt du, was ich hasse?«, fragt Summer.

»Bindung? Mit Verpflichtungen?«

»Nein, ich mag Verpflichtungen sehr«, entgegnet sie verwundert, als hätte ich nicht richtig zugehört. »Unordnung, die kann ich nicht ausstehen. Ich will immer, dass alles perfekt ist. Hundertzwanzig Prozent perfekt. Wenn ich in irgendwas nicht total perfekt sein kann, dann lasse ich es lieber gleich.«

»Summer, niemand kann eine perfekte Mutter sein. Und die perfekte Ehe gibt es auch nicht.« Ich weiß, dass sie das weiß.

Sie macht große Augen. »Deswegen bin ich ja so schlecht in beidem. Trotzdem«, sie hört zu spielen auf und schaut mich voll kindlicher Freude an, »es gibt so etwas wie das perfekte Haus. Und weißt du, was? Ich nehme jedes noch so kleine Problem in den einzelnen Häusern wahr und weiß genau, wie man es beheben kann. Sobald es perfekt ist, kann ich zum nächsten weiterziehen.«

Endlich begreife ich, dass Summer keine Floskeln darüber hören will, ob sie als Mutter gut genug ist. Sie ist gern eine schlechte Mutter. Das gibt ihr Freiraum. So braucht sie weder ihre Unvollkommenheit noch Widersprüchlichkeiten für sich anzunehmen. Sie spielt weiter – beinahe perfekt, wenn ihre Fingernägel nicht so klackern würden –, und ich kann beinahe sehen, wie sich ihre persönliche Geschichte in ihr ausdrückt. Sie ist ein junges Mädchen, noch nicht bereit für das Leben, mit einem Geschenk, das sie noch nicht ausgepackt hat, und einem verschlossenen Zimmer, das sie niemals betreten könnte. All das gehört zur Mythologie ihres Lebens – dem Mythos, der sie definiert und ihr zugleich erklärt, wer sie hätte sein sollen.

Mein Kaffeedurst wird stärker, und ich will ihr gerade anbieten, ihr ebenfalls eine Tasse zu bringen, als sie sagt: »Mum hätte uns nicht zu Onkel Bernie bringen sollen.«

Irgendetwas arbeitet sich durch ihr Gesicht. Der Ausdruck grenzt an Abscheu.

»Danach ist alles schiefgegangen.«

Die Puzzleteilchen fügen sich zusammen. Ich bin so entsetzlich dumm. Ich schaue wirklich nicht richtig hin.

»Ich bin ihm dankbar dafür, dass er mir Lesen und Klavierspielen beigebracht hat. Meine Legasthenie hat ihn nicht gestört. Aber ich … die anderen Sachen …«

Die anderen Sachen.

All die sprachlichen Kisten und Kästchen für unseren Schmerz. Manchmal sind sie so banal, dass man gar nicht darauf kommt, die Schlösser knacken zu wollen und sich zu fragen: Was verbirgt sich da drin? Ich atme tief aus. Es gibt keinen Geleitschutz für den Weg von der Kindheit zum Erwachsenwerden.

»In einem Punkt hatte er übrigens recht.«

Ich warte ab.

»Meine Mum hätte mir nie geglaubt, wenn ich es ihr erzählt hätte.«

Ihre Finger heben sich nicht von den Tasten und treffen nicht einen einzigen falschen Ton. Ich will sie nicht durcheinanderbringen und ihr perfektes Spiel stören, aber ich finde es traurig, dass ihre aus Spaß gemodelte Persönlichkeit, genau wie ihr makelloses Make-up, jeden Tag neu aufgesetzt und vor dem Spiegel perfektioniert werden muss. Ich halte mich mit meinen Fragen zurück. Mit geschlossenen Augen lausche ich ihrer Musik, während Tennyson mir Gesellschaft leistet.

Unsere Verletzungen formen uns wie die Grundmauern eines Hauses. Auf diesen Steinen, diesem Mörtel, mitsamt den Löchern und Rissen der Liebe, die man uns geschenkt oder verweigert hat, errichten wir unser Selbst.

Die Musik hat Summer beruhigt, denn beim Klavierspiel greift sie auf den tiefen Quell ihrer eigenen Möglichkeiten zurück. In eine Zeit, in der sie wusste, wer sie war und was sie glücklich machte, ungetrübt von den Sünden anderer. Ich sehe zu, wie sie hin und wieder den Kopf hebt und ihr Spiegelbild betrachtet, wie das Bildnis eines Menschen, von dem sie für immer getrennt wurde und an den sie sich voll unverdorbener Zärtlichkeit erinnert. Einen Moment lang beneide ich sie um ihre Klarheit.

Da schwankt Virginia in einer Schürze humpelnd ins Wohnzimmer – ist sie verletzt? Mehl klebt an ihren Wangen, sie hat ihr iPhone in der Hand. Sie fällt auf die Knie. Tennyson rennt zu ihr hinüber, und sie vergräbt das Gesicht in seinem Fell. Dann blickt sie auf und sagt: »Die böse Hexe ist tot.«

Das ganze Haus duftet nach frisch gebackenem Brot.

Ich habe mehrere Millionen Kalorien vor mir. Allerdings wäre es furchtbar unhöflich, sich in diesem Moment etwas daraus zu machen. Das Brot ist noch warm, und die Butter zerschmilzt darauf. Ganz schlecht für den Bauch. Außerdem Sabotage für die Oberschenkel.

Virginias frisches Brot verbündet sich mit Maeves gefüllten Eiern nach ägyptischer Art – mit Hummus, Dukkah und Ziegenkäse. Der Moët in unseren Gläsern perlt und zischelt leise.

»Auf Celia«, sagt Helen und hebt ihr Glas. »Bemüh dich, im Himmel nicht allzu viel herumzumeckern, sonst schicken sie dich noch eins tiefer.«

»Auf Celia.« Wir stoßen an.

»Eine Ansprache vom Schwarzen Schaf?«, fragt Helen.

»Keine Ansprachen«, sagt Virginia. »Ich will nur eines sagen: Das war das schönste Wochenende überhaupt für mich, ich hätte mir nichts Besseres wünschen können. Ich habe hier viel ...« Ich vermute, dass sie von Liebe sprechen will, aber das Wort ist ihr fremd. »... Unterstützung gespürt«, beendet sie den Satz. Notfalls reicht auch ein Begriff aus der BH-Terminologie.

Maeve legt Virginia eine Hand auf den Rücken. Summer streichelt Virginias Hand.

»Wir sind alle jederzeit für dich da«, sagt Summer. »Und wenn du weinen musst, dann weine einfach.«

»Danke«, entgegnet Virginia, »aber mir geht es gut. Ehrlich gesagt bin ich erleichtert.«

»Jetzt kannst du dich endlich um dein eigenes Leben kümmern«, sagt CJ.

Maeve mahnt: »Nimm dir die Zeit, dich zu verabschieden und loszulassen. Sei nicht überrascht, wenn du sie doch noch vermisst.«

Virginia nickt. »Danke.«

»Und lass dir die Haare wachsen«, rate ich ihr.

Virginia sieht mich an. »Im Ernst? Meinst du …?«

»Unbedingt. Lass sie wachsen.«

Tennyson schnüffelt zwischen unseren Füßen herum – er könnte Glück haben. Man muss zumindest seinen Optimismus bewundern.

»Was machst du mit dem Hund?«, frage ich Virginia. Offiziell ist er ja jetzt verwaist. Nur hat niemand von uns daran gedacht, ihm das schonend beizubringen.

Sie zuckt mit den Schultern. »Ich kann ihn nicht behalten. Ich habe eine Wohnung mitten in der Stadt und bin ständig auf Reisen.«

»He, ich hab da eine super Idee«, sagt Summer.

Die hat sie tatsächlich, wieder einmal.

Virginia kommt vom Damm zurück, wo Callum Laub zusammenrecht. Tennyson ist bei ihm geblieben, die Aussicht ist dort besser.

»Okay, füllt mich bitte noch ein bisschen mit Champagner ab«, sagt Virginia und hält ihr leeres Glas hin. »Ich bin so erleichtert, dass das geklärt ist.«

Helen schenkt ihr nach. »Also, bevor wir alle losfahren, will ich euch noch … etwas verkünden.«

»Bist du etwa schon wieder schwanger?«, fragt CJ.

»Den Satz wirst du nie mehr von mir hören«, erklärt Helen.

»Falls du doch noch ein Kind bekommen solltest, ich nehme es«, sagt Virginia.

»Du kannst jederzeit eins von meinen haben – such dir eins aus«, entgegnet Helen. »Ich würde sogar dafür bezahlen, den Vegetarier aus dem Haus zu haben.«

»Nimm Jai«, wirft Summer ein.

»Oder eins von meinen«, bietet CJ an.

»Ihr seid echt ein undankbarer Haufen«, sagt Virginia.

»Was hast du denn nun für Neuigkeiten?«, fragt Maeve.

»Also, ich will keine große Sache draus machen …«, druckst Helen herum.

»Hast du Krebs?«, frage ich erschrocken.

»Lasst ihr euch scheiden?«, fragt CJ. »Na dann, willkommen im Club.«

»Nein, nein – Herrgott, haltet mal die Klappe, ja? Wir ziehen nach Kalifornien.«

Virginia stößt einen kleinen Jubelschrei aus. »Wohin? Wann?«

»Irgendwo in die Bay Area. Davids Firma ist verkauft, und sie haben ihm ein tolles Angebot gemacht, dort etwas Ähnliches aufzubauen. Wir müssen innerhalb der nächsten drei Monate umziehen.« Helen blickt strahlend in die Runde, von einem Gesicht zum nächsten.

»O Gott, ich liebe Kalifornien – dort gibt es die tollsten Strände der Welt«, sagt Summer.

»Du musst dich unbedingt mit meiner Freundin Paulina in Verbindung setzen, ihr beide werdet euch sehr gut verstehen«, sagt CJ.

»Ist das nicht aufregend?« Ich spüre ihren fragenden Blick.

»Das ist … so weit weg …«, murmele ich.

»Wir werden im Urlaub herkommen. Und natürlich müsst ihr uns besuchen. Wir bleiben wahrscheinlich nur für ein paar Jahre dort. Das ist eine tolle Erfahrung fürs Leben, auch für die Kinder, verstehst du?«

Ich nicke. »Seit wann wisst ihr es?«, frage ich.

Helen zögert. »Seit ein paar Wochen.«

Ich wende mich ab und starre in die Landschaft. Ich habe noch einen Bissen gefülltes Ei in der Kehle – nein, etwas Härteres. Es steckt fest.

»Och, Jo muss weinen«, sagt CJ.

»Ach, was«, sage ich. »Das ist eine tolle Neuigkeit. Man hätte sie vielleicht ein bisschen früher bekannt geben können, damit manche von uns eine Chance gehabt hätten, sich emotional darauf einzustellen, aber deswegen ist sie natürlich nicht weniger aufregend.«

»Ich wollte euch das Wochenende nicht verderben«, erklärt Helen.

»Das war sehr rücksichtsvoll von dir.«

»Du kennst mich doch. Ich hasse Abschiednehmen.«

Alle sind plötzlich still geworden, als wäre das eine Unterhaltung nur zwischen uns beiden.

»Tja, wer mag das schon?«, erwidere ich.

»Du wärst das ganze Wochenende lang geknickt herumgeschlichen, wenn ich es dir vorher gesagt hätte.«

»Du kannst nicht wissen, wie ich herumgeschlichen wäre. Du bist nicht ich. Und selbst wenn ich geknickt gewesen wäre, dann wäre das meine Entscheidung gewesen.«

»Du hättest uns allen den Spaß verdorben damit. Du kennst dich doch.«

»Tja, das habe ich sowieso geschafft.«

»Du hättest endlos darüber reden wollen.«

»Kann sein. Vielleicht auch nicht. Deine Freundinnen anzulügen ist natürlich viel angenehmer als ein bisschen ehrliche Emotionalität.«

»Ich habe nicht gelogen.«

»Du hast uns nicht die Wahrheit gesagt.«

»Was hätte die Wahrheit bringen sollen?«

Jetzt wende ich mich Helen zu, und ich kann die Tränen nicht länger zurückhalten, sie laufen mir wie von selbst übers Gesicht. »Tja, zunächst einmal hätten manche von uns dir lieber dein Lieblingsessen serviert und nicht diesen gesunden Mist. Vielleicht hätten sich manche auch gern die Mühe gemacht, dir Entenbrust mit Apfel-Kirsch-Sauce zu kochen und Käsesoufflee mit Cranberrys. Wenn wir gewusst hätten, dass dies das letzte Mädels-Wochenende sein wird, hätten wir uns erst recht Mühe gegeben, damit es lustig wird, hast du daran denn gar nicht gedacht? Deine Freundinnen hätten die Chance gehabt, etwas ganz Besonderes daraus zu machen.«

»Es war etwas ganz Besonderes. Wir haben im Mondschein gesessen. Ich habe eine Massage bekommen. Wir haben Zumba getanzt. Und Callum begafft.«

»Nein, es war scheußlich. Eine Katastrophe. Ich habe die Pizza nicht gegessen, die du gemacht hast. Ich habe Ereka verletzt. Ich habe Maeve mit meinem Geschnarche wach gehalten. Ich habe Jake angerufen und in ihm den Verdacht geweckt, dass seine Frau eine Affäre hat. Ich habe Quinoa auf den Tisch gebracht, Herrgott noch mal!« Mir wird bewusst, dass ich beinahe schreie.

»Ereka hat eine Affäre?«, fragt CJ begierig.

»Wirklich?«, hakt Helen verwundert nach.

»Tja, sie wollte jedenfalls nicht nach Hause, aber hiergeblieben ist sie auch nicht«, sage ich. »Den Rest kann man sich denken.«

Da erhebt Summer sich vor mir wie eine Bärenmutter, die perfekten Brüste gefährlich vorgestreckt, und sagt ohne einen Hauch von Süße in der Stimme: »Sie besucht ihre Mutter.«

Ich sehe sie blinzelnd an.

»Hat sie etwas anderes behauptet?«

»Entschuldigung«, murmele ich. »Mein Fehler.«

Ich wende mich wieder Helen zu und fahre fort: »Ich habe Ereka sogar beschuldigt, eine Affäre zu haben. Außerdem brauchst du mich nicht zu beschützen. Ich bin erwachsen. Ich komme schon klar. Wenn ich es vorher gewusst hätte ... dann hätte ich dieses Wochenende vieles anders gemacht.«

Virginia legt mir eine Hand auf den Arm. »Mach dir deswegen keine Gedanken.«

Ich schüttele den Kopf. Im Geiste spule ich das Wochenende zurück und frage mich, wie ich es erlebt, wie ich es gestaltet hätte, wenn ich gewusst hätte, dass es für Helen ein Abschiedswochenende war. In den letzten paar Jahren haben wir nicht mehr viel Zeit miteinander verbracht, nur ein paar Stunden ab und zu. Aber sie war immer da, jederzeit einen Anruf entfernt, und ihr Lachen und ihre Beständigkeit waren eine unsichtbare Kraft, die mir Halt gegeben hat. Mein Blick huscht zu Maeve hinüber. Es ist mir ein Rätsel, wie sie sich nach Solanges Tod so zusammenreißen konnte.

»Es war ein wunderbares Wochenende«, sagt Helen. »Ich musste keine Hausarbeit erledigen. Niemand wollte ständig irgendwas von mir. Ich war mit Menschen zusammen, die für mich zu den liebsten auf der Welt gehören. Und niemand war traurig.« Als sie das sagt, entdecke ich einen kleinen Riss in ihrer unsentimentalen Rüstung. Eigentlich meint sie damit, dass niemand außer ihr traurig war. Sie hat ihre Traurigkeit für sich behalten, sich für uns zusammengerissen. Ihr Leid nicht an uns weitergegeben.

»Warum sollte jemand traurig sein?«, fragt Virginia. »Wir freuen uns für dich. Das wird das Abenteuer deines Lebens.«

»Kalifornien ist cool«, sagt Summer.

»Die Möglichkeit, eine neue Kultur und Lebensweise kennenzulernen, ist ein großes Geschenk für die Kinder. Dadurch werden sie zu Weltbürgern«, erklärt Maeve.

»Sucht euch nur ja ein Haus aus, das groß genug ist, damit wir euch besuchen können«, sagt CJ.

Ich strecke die Arme aus und ziehe Helen an mich.

»O Gott, jetzt geht's los«, sagt Helen, aber sie legt die Arme um mich, und ich fühle ihr Herz in ihrer Brust hämmern.

Ich drücke mein Gesicht an ihres, und meine Wange ist nicht nur von meinen eigenen Tränen feucht.

»Du wirst nicht mal merken, dass ich weg bin«, sagt sie und vergräbt das Gesicht in meinem Haar.

»Allerdings«, sage ich. »Es wird höchstens eine Erleichterung sein, wenn du mir nicht mehr ständig gute Ratschläge gibst, mich zu mästen versuchst und mich herumkommandierst.«

»Ich will nicht, dass du einen Aufstand darum machst«, sagt sie und löst sich von mir.

»Ich habe nächstes Jahr den ganzen Mai in Kalifornien zu tun«, sagt Virginia. »Wir drehen da vier Wochen lang. Dann sehen wir uns. Wann erfährst du denn, wo genau ihr hinzieht?«

Die beiden fangen an, Pläne für Kalifornien zu schmieden. Ich stehe da und schaue in den Morgennebel, der über Blind Rise Ridge aufsteigt. Alles verändert sich so schnell. Aus dem

Morgen ist längst Nachmittag geworden, ehe wir es gemerkt haben. Da reist man aufs Land und hat ein ganzes Wochenende vor sich, und plötzlich ist es Zeit, zusammenzupacken und nach Hause zu fahren. Ich kann das einfach nicht – Dinge festhalten. Genauso wenig wie loslassen.

»He«, sagt Maeve und legt mir eine Hand auf den Arm. »Was hältst du von einem letzten Spaziergang, ehe wir uns auf den Weg machen?«

22 Auf dem Markt

Das da ist ein Schwarzkehlfink«, flüstert Maeve und zeigt auf einen Baum vor uns. Sie hat mich an dem Gedenkgarten vorbei und um den Teich herum dorthin geführt, wo der Damm zum Wald hin absinkt.

»Wo gehen wir hin?« Ich habe Mühe, mitzuhalten.

Sie marschiert voran, den Blick auf den Vogel geheftet, als wäre er ihr Polarstern.

Ich weiß nicht viel mehr über Vögel, als dass sie wegfliegen, kaum dass man nah genug herangekommen ist. Maeve bewegt sich schnell und ruhig, als wäre sie ihnen schon öfter gefolgt. Wir gehen am Waldrand entlang. Wie kann sie aus dieser Entfernung überhaupt erkennen, was das für ein Vogel ist? Nach einer Weile ist das Haus nicht mehr zu sehen. Wir sind mindestens einen Kilometer vom Ende des Damms weg. Als Maeve zwischen Bäumen hindurch in den Wald schlüpft, ist für mich Schluss.

»Maeve, wir sollten lieber vorsichtig sein. Am Ende verlaufen wir uns noch da drin.«

Ich sehe sie fünfzig Meter vor mir. Sie schlängelt sich zwischen den Bäumen hindurch, bleibt dann stehen und blickt auf. Ich winke ihr zu. Sie legt den Zeigefinger an die Lippen und ermahnt mich, still zu sein. Vorsichtig schleiche ich durch den Wald, bis ich endlich neben ihr stehen bleibe.

»Zu schade, dass ich mein Fernglas nicht dabeihabe«, flüstert sie.

In einem Baum vor uns sitzt ein kleiner Vogel mit orangerotem Bauch und schwarzer Brust auf einem Zweig. Dafür setzen wir hier unser Leben aufs Spiel?

»Schwarzkehl-Ammerfinken sind eine stark gefährdete Art. Weißt du eigentlich, welches Glück wir haben, einen zu sehen?«

Offensichtlich nicht. Ich zucke die Schultern und flüstere ein schwächliches: »Wow.«

Maeve schaut mich mit großen Augen an. »Sie sind unmittelbar vom Aussterben bedroht.«

Ich sehe ihr an, dass diese Tatsache ihr Kummer bereitet, den ich nicht nachvollziehen kann. Sie erzählt mir etwas, das ihr viel bedeutet, und ich reagiere derart flapsig.

»Das ist … schrecklich«, ringe ich mir ab.

»Ja, denn wenn sie weg sind, sind sie weg. Für immer.«

Sie späht zu dem Fink hoch, seufzt tief und stützt sich an den Baumstamm. In diesem Blick sehe ich eine Art Liebe, die ich wiedererkenne. Maeve betrachtet die ganze Welt als ihre Verantwortung. Ihre Bestürzung ist keineswegs exklusiv. Ihre Fürsorge ist weder egoistisch, noch steckt irgendein Besitzanspruch dahinter. Als sie in die Fußstapfen ihrer Schwester trat, war ihr bewusst, dass sie in Zukunft für alles verantwortlich sein würde, das Fürsorge braucht. Im Gegensatz zu mir, denn der Rest der Welt kümmert mich viel weniger, seit ich Mutter bin. Als man mir Jamie unmittelbar nach der Geburt in den Arm gelegt hat, waren die Welt und all ihr Leid, ihre Kämpfe, Missstände und Probleme mit einem Schlag absolut zweitrangig.

Manchmal ist es schwer, zu sagen, ob die Mutterschaft mich ganz und gar egoistisch oder vollkommen selbstlos gemacht hat. Meine Kinder sind die Bedeutung, die ich allem zumesse. Die Gefahr einer Atomkatastrophe, die Umweltzerstörung, steigende Lebenshaltungskosten, wen ich wähle, was ich im Supermarkt kaufe, warum ich sämtliche Produkte boykottiere, die Geschmacksverstärker enthalten, wie viel Strahlung von Elektrogeräten und welche Schimpfwörter ich in meinem Haus dulde – all das bemisst sich einzig und allein nach meiner Liebe zu meinen Kindern. Wenn der Rest der Welt geopfert werden müsste, damit sie überleben, bräuchte ich keine Sekunde lang über diese Entscheidung nachzudenken. Das ist ein beeindruckender und zugleich schreckenerregender Gedanke.

Jamie und Aaron sind die beiden Sterne in meiner Galaxie, nach denen ich meine Existenz ausrichte und die Koordinaten von Bedeutsamkeit und Wichtigkeit bestimme. Ich bin der Türsteher zwischen ihnen und der bösen, großen Welt. Wenn die Welt ihnen was will, muss sie erst mal an mir vorbei. Bei diesem Gedanken wird mir bewusst, dass ich vor allem eines will: bei meinen Kindern sein, wenn sie leiden. Ich kann ihr Leid nicht verhindern und es ihnen auch nicht abnehmen. Alles verschiebt sich, während meine Kinder sich Stückchen für Stückchen von mir abnabeln und mich mir selbst zurückgeben. Allerdings weiß ich noch nicht so recht, was ich mit mir anfangen soll, wenn ich wieder ganz zusammengesetzt bin.

Ich fühle mich gedrängt. Als näherte sich alles einem Ende. Und ich muss zu ihnen nach Hause, ehe sich erneut zu viel ändert.

»Komm, Maeve, machen wir uns auf den Rückweg«, sage ich und wende mich zum Gehen.

Sie folgt mir widerstrebend.

Wir verlassen den Wald und schlendern den Hang in Richtung Haus hinauf. Neben uns verläuft der Zaun zwischen Blind Rise Ridge und dem Nachbargrundstück – schmale Holzlatten und Stacheldraht.

Maeve packt mich am Arm.

»Komm, los«, sagt sie.

»Wohin?«

Sie wartet nicht auf meine Antwort, sondern rennt mit flatterndem Schal davon. Ich erkenne die Person vor mir nicht wieder, als ich sehe, wie Frau Professor Foster den Fuß auf die unterste Reihe Stacheldraht stellt und sich in einem Anfall herrlicher Verrücktheit auf die schmale oberste Zaunlatte hochstemmt.

»Sei vorsichtig!«, rufe ich.

Langsam streckt sie sich auf der Zaunlatte aus, geht auf die Zehenspitzen, senkt den Kopf und legt die Arme seitlich an.

»Fall nicht runter«, sage ich und renne zu ihr hin.

»Wo ist dein Handy?«, fragt sie, das Kinn an die Brust gezogen. Ihr ganzer Körper zittert von der Anstrengung, das Gleichgewicht zu halten.

»Im Haus.«

»Mist«, sagt sie und hält sich mit beiden Händen an der Latte fest. Dann richtet sie sich auf und schwingt vorsichtig die Beine herunter. »Als Planking zählt es offiziell nur, wenn man einen fotografischen Beweis hat.« Atemlos hüpft sie von dem Zaun. Ihre Wangen sind gerötet, ihre Augen sprühen Funken. »Na los«, sagt sie. »Jetzt du.«

»Ist das nicht gefährlich?«

Sie mustert mich mit schmalen Augen. »Die meisten Unfälle ...«

»... passieren im Haushalt«, beende ich den Satz.

»Genau.«

Schon gut. Ich habe Aarons Buch über die 100 *größten Gefahren* gelesen und weiß, wie leicht man einen tödlichen Stromschlag abbekommen, sich beim Anziehen ein Bein brechen, von einem Balkon stürzen, beim Schlafwandeln die Treppe hinunterfallen oder eine mit Botulinumtoxin verseuchte Dose

Bohnen erwischen kann. Und dass all das genauso wahrscheinlich ist, wie von einem Löwen gefressen oder von einem Tsunami weggespült zu werden.

Ich nähere mich dem Zaun. Die Stachelknoten an dem Draht erscheinen mir ganz besonders unfreundlich. Hoffentlich sind meine Kinder zu vernünftig, um je so etwas Dämliches zu tun. Ich bete darum, dass ich ihnen genug Angst eingejagt habe, um sie davon abzuhalten, von Felsen ins Wasser zu springen, sich von Fremden im Auto mitnehmen zu lassen oder stark befahrene Straßen irgendwo anders als an Ampeln zu überqueren. Unfälle geschehen jeden Tag, und ich will nicht, dass meine Kinder da sind, wenn es gerade so weit ist. Ich hole tief Luft und umfasse die oberste Latte. Vorsichtig stelle ich beide Füße auf den Stacheldraht, ziehe langsam ein Bein hoch, lege es auf die Latte, verlagere mein Gewicht darauf und hebe langsam das andere Bein an. Mein Körper wackelt und kämpft um sein Gleichgewicht. Das Herz flattert in meiner Brust wie ein panischer Fink.

»Wenn du dich ausbalanciert hast, nimm die Arme an die Seiten«, sagt Maeve und legt mir eine Hand ins Kreuz.

Ich lasse die Latte los und presse die Arme an meine Oberschenkel.

Maeves Hand löst sich von meinem Rücken.

»Perfektes Planking«, sagt sie.

»O Gott, ich glaub's nicht«, sage ich.

Kaum habe ich es ausgesprochen, scheint mein erschrockener Körper zu begreifen, was ich da tue. Er verliert jedes Zutrauen, und ich stürze vom Zaun. Dabei reiße ich mir das neue Sweatshirt auf und bleibe mit meiner Kette am Stacheldraht hängen. Mit einem dumpfen Schlag lande ich im Gras.

»Autsch«, stöhne ich.

Ich blicke auf, und Maeve lacht. Nicht still in sich hinein, wie man es tut, wenn jemand sich dämlich angestellt hat und man ihm nicht noch das Gefühl geben will, sich lächerlich gemacht zu haben. Nein, was sie da tut, nennt man meines Wissens laut Gackern.

»Kuhmist«, keucht sie zwischendrin und zeigt auf einen großen, nassen Kuhfladen, der fast direkt unter dem Zaun im hohen Gras versteckt ist.

Während ich in meinem zerrissenen, hautengen Sweatshirt im Gras liege, mit Kuhmist an der Jeans und blutendem Arm, fühle ich ein kleines Kichern aus meinem Bauch aufsteigen.

»Du hast einen fürchterlich schlechten Einfluss auf mich, Maeve. Ich verstehe wirklich nicht, warum ich mich mit dir abgebe.«

»Haben deine Eltern dich denn nicht vor Mädchen wir mir gewarnt?«

»Planking ist gefährlich.«

»Jetzt haben wir jedenfalls Gewissheit, wie gefährlich es ist.« Sie reicht mir die Hand und hilft mir auf. Vorsichtig klopft sie mich ab.

Ich humpele leicht. Ich habe mich beim Planking verletzt. Vorsichtig befühle ich meinen Hals. Meine Kette mit den silbernen Anhängern!

Maeve hilft mir, im Gras herumzuscharren, bis wir die beiden kleinen Scheiben gefunden haben. Ich trage sie mitsamt der gerissenen Silberkette in der fest geschlossenen Faust zum Haus zurück.

Als wir die Anhöhe erstiegen haben, kommt das Haus in Sicht. Ich höre Helens Lachen von der überdachten Terrasse bis hierher. Ich sehe Virginia mit ihrer Kamera in den Tag spähen, endlich innerlich allein mit sich. Summer und CJ sitzen auf dem Mäuerchen und unterhalten sich.

Während Maeve und ich auf Blind Rise Ridge zugehen, bin ich mir sicher: Den Angriff eines Nilpferds überlebt man vielleicht nicht immer, aber im Alter von fünfzehn Jahren die Mutter zu verlieren, das kann man überleben. Ebenso den Tod der einzigen Schwester. Man kann sogar das Leid seiner Kinder überleben, auch wenn es kein bestimmtes Verfallsdatum hat. Es gibt immer eine Möglichkeit, weiterzuleben, nachdem einen das Leben in die Knie gezwungen hat. Ich weiß jetzt, dass man mindestens tausend Rosenbüsche braucht, um den Verlust eines Kindes im Boden zu verwurzeln. Menschen machen weiter, auch wenn sie unfruchtbar sind oder einsam oder wenn sie betrogen wurden.

Mutter zu sein richtet grelle Scheinwerfer auf unsere Schatten und lässt unsere Fehler übergroß erschienen. Dabei wird uns wohl allen irgendwann klar, dass wir keineswegs der einigermaßen vernünftige, anständige Mensch sind, für den wir uns immer gehalten haben. Dafür kommt uns vielleicht öfter, als es gesund ist, der Gedanke, wie froh wir sind, nicht unsere eigene Mutter zu sein. Erstaunt stellen wir fest, wie laut wir werden können und wie wütend. Wir sind alle irgendwann einmal davon überzeugt, dass wir es nicht verdienen, Kinder zu haben, und unter den entsprechenden Umständen womöglich dazu fähig wären, kleine Hunde mit bloßen Händen zu zerquetschen. Irgendwann sehen wir dann ein, dass wir nur ganz normale Mütter sind, die ihr Bestes tun, und dass das gut genug ist.

Allmählich begreife ich, dass wir das, was wir mit uns selbst nicht klären, als schmutzige Wäsche an unsere Kinder weiterreichen. Sie werden unsere Päckchen für uns schultern und unsere Tränen für uns vergießen, bis wir unseren Schmerz eines Tages annehmen und ihn so zurückholen. Das geht nur, indem wir die Qual aus unseren eigenen Erlebnissen ablassen, das Fundament ordentlich versiegeln, alle lecken Rohre reparieren und uns um die feuchten Stellen kümmern, an denen das Übel seinen Lauf genommen hat. Durch diesen Prozess werden wir für einen Menschen, der zu sich selbst heranwächst, zu jener Person, die wir für diesen Menschen sind. Jeder Augenblick ist eine Gelegenheit, beiden zu begegnen, so dass wir uns selbst Auge in Auge gegenüberstehen wie einem angriffslustigen Nilpferd.

Unten am Damm wirft Callum Tannenzapfen für Tennyson, der auf seinen dicken Stummelbeinchen sein Bestes gibt, um sie zu holen und zurückzubringen. Er springt herum und bellt irgendetwas an, das nur er sehen kann. Vielleicht ist es Matilda. Oder eine Libelle. Es könnte auch das Sonnenlicht sein, das auf dem Wasser glitzert. Ich bin kein Hund, deshalb weiß ich nicht, warum Hunde bellen. Aus Kummer jedenfalls nicht, da bin ich mir ziemlich sicher.

Helen und ich gehen als Letzte. Virginia hat sich, zwanzig Minuten nachdem Maeve und ich von unserem Spaziergang zurückkamen, auf den Weg gemacht und Tennyson kaum eines Abschiedsblicks gewürdigt. Bald danach hat Maeve sich entschuldigt, sie müsse nun nach Hause und ihre Notizen für ihren Vortrag morgen früh vorbereiten – über Rituale und Tabus als Ausdruck sozialer Standards. CJ und Summer haben das schmutzige Geschirr vom Frühstück in der Küche gestapelt, uns alle zum Abschied umarmt, und nachdem CJ kichernd verkündet hatte, sie habe es jetzt eilig, zu ihrem Lover zu kommen, ist sie die Ausfahrt hinabgerast. Frauen in unserem Alter, die ihren Partner als »Lover« bezeichnen, gehören dafür geohrfeigt, aber ich will mal nicht so sein.

Callum läuft zum Haus hoch, den Hund an seiner Seite.

»Wie ich höre, haben Sie sich ein kleines Anhängsel angelacht«, sagt Helen.

»Es ist schön, ein bisschen Gesellschaft zu haben. Tut mir leid, das mit seinem Frauchen.«

»Ach, na ja, irgendwann sterben wir alle mal«, entgegnet Helen.

»Ich habe den Schlüssel gefunden. Jetzt ist es wohl zu spät?«

»Ja, Virginia ist längst weg.«

»Tut mir leid. Ich wusste, dass mein Vater den Schlüssel für die alte Dame aufbewahrt hat, ich konnte ihn nur nicht finden.«

»Warum hat Ihr Vater den Schlüssel verwahrt?«, frage ich.

»Er war hier dreißig Jahre Gärtner. Er musste frühzeitig in Rente wegen eines Lungenemphysems. Aber wenn er sein Wort gegeben hatte, konnte man sich darauf verlassen. Und er hatte es der alten Dame versprochen. Sie wollte nicht, dass irgendjemand dieses Zimmer betritt, nachdem es passiert war.«

»Was denn?«

»Hat Virginia Ihnen das nicht erzählt? Er hat sich umgebracht. Ihr Sohn, Steven. Mit einem Jagdgewehr seines Vaters. Muss eine ziemliche Sauerei gewesen sein, habe ich gehört.«

Ich fahre zu Helen herum, doch ehe ich ihr einen Vorwurf ins Gesicht schleudern kann, sagt sie: »Du wärst nicht hergekommen, wenn du es gewusst hättest.«

Ich kann es nicht fassen – sie hat es gewusst und mir nichts davon gesagt.

»Die alte Dame, Misses Wiltshire, ist daran zerbrochen. Er war ihr einziges Kind. In dem Frühjahr nach seinem Tod hat sie jeden Tag auf Händen und Knien diese Rosen hier angepflanzt, zusammen mit meinem Vater.«

»Steven war ein begabter Pianist, oder?«

»Alle sagen, er konnte gut Klavier spielen, keine Frage. Er hätte es sicher zu was gebracht. Keiner weiß, warum er durchgedreht ist. Die meisten glauben, weil er schwul war. Damit will ich jetzt nichts gegen ihn sagen. Die Leute hier, vor allem die Männer, haben ihm das Leben nicht leichtgemacht. Und sein Vater war einer von der alten Schule. Typischer Kriegsveteran, ist für sein Leben gern auf die Jagd gegangen. Männer sollten richtige Männer sein, das war sein Motto. Misses Wiltshire war da ganz anders. Ich schätze, er war eben ihr Junge, egal, was er falsch gemacht hat. Jedenfalls hat sie meinen Vater gebeten, das Zimmer bis zu ihrem Tod verschlossen zu lassen. Diese Tür hat seit neunzehnhundertsechsundsiebzig keiner mehr aufgemacht.«

»Wann ist sie gestorben?«, fragt Helen.

»Letzten Monat. Mit dreiundneunzig. Schon traurig. Aber bis dahin ist sie noch jeden Tag diese Treppe hier rauf und runter gegangen. Erst zum Schluss mussten wir eine Krankenpflegerin kommen lassen, die dann hier gewohnt hat.«

»Was ist in dem Zimmer?«, wage ich mich vor, obwohl ich nicht sicher bin, ob ich es wirklich wissen will.

»Die Werkstatt von dem Alten. Er hat die Tiere selbst ausgestopft. Manchmal bilde ich mir ein, ich könnte das Zeug noch riechen. Hier ist der Schlüssel, falls Sie einen Blick hineinwerfen wollen.«

»Hast du alles?«, fragt Helen.

Wir stehen an der Haustür von Blind Rise Ridge. Unsere Taschen sind gepackt, die verschnürten Müllbeutel neben der Terrassentür für Callum bereitgestellt, die Betten abgezogen. Die letzten gemeinsamen Minuten verschwinden so schnell dahin, wie Münzen in der Telefonzelle bei einem Ferngespräch. Alles ist viel zu schnell vorbei. Alles rast einem Ende entgegen.

Ich nehme Helen bei der Hand und zerre sie ein letztes Mal ins Haus. Da erscheinen wir, Helen und ich, in dem riesigen Spiegel.

»Sieh uns nur an«, sage ich und lege ihr einen Arm um die Schultern.

»Ja«, sagt sie und blickt in den Spiegel.

»Nicht übel für zwei alte Krähen ...«

»Sprich bitte nur für dich«, sagt sie und boxt mich spielerisch in die Seite.

»Ich will nicht, dass du wegziehst«, sage ich.

»Und ich verbiete dir ab sofort, darüber zu reden.« Damit meint sie eigentlich, dass ich nicht jetzt schon in diesem Abschied verweilen soll. Dass später noch Zeit genug zum Abschiednehmen ist. Wir wissen noch nicht, wie die Trennung genau aussehen wird, aber sie wird auf uns zukommen. Wenn sie erst da ist, werden wir schon wissen, wie wir am besten damit umgehen. Momentan können wir das noch gar nicht wissen, weil wir diesen Zeitpunkt noch nicht erreicht haben.

»Deine letzte Chance, einen Blick in das abgeschlossene Zimmer zu werfen«, bemerkt Helen und lässt den ergänzten Schlüsselbund vor meiner Nase baumeln.

»Nein, schon gut.«

Damit dreht sie sich um und geht.

Ich nehme meine Tasche und folge ihr durch den kleinen Flur bis über die Schwelle. Sanft ziehe ich die Haustür hinter mir zu. Auf einmal kommt mir der Gedanke, dass mein Dasein als Mutter den Höhepunkt überschritten hat – es fühlt sich genauso an wie dieser letzte Urlaubstag. Manchmal, wenn ich eine schwangere Frau sehe, die im Supermarkt Mühe hat, eine

Dose Mais aus dem untersten Regal zu nehmen, oder eine, die mit einem prallen, prächtigen Bauch am Strand entlangläuft, fühle ich mich in die Zeit meiner eigenen Schwangerschaft zurückversetzt, mit all den Hoffnungen, dem gnadenlosen Stolz und der Namenssuche.

Ich glaube, ja, das muss der Höhepunkt gewesen sein. Dann wieder denke ich: Nein, es war der Höhepunkt, sie nach ihrer Geburt an meine noch überraschte Brust zu legen und endlich den kleinen Fremdling kennenzulernen, der in mir herangewachsen war. Aber was ist mit den vielen Augenblicken, in denen sie sich an mich gekuschelt und mit meinem Haar gespielt haben, in denen sie mir ihre ganz privaten Geschichten erzählt haben, bevor es so etwas wie Lügen oder Sätze wie »Ich hasse dich« zwischen uns gab? Ich meine die Zeit, als das Wackelhündchen seinen Kopf noch hatte.

Vielleicht ist es aber auch der Moment, in dem ich nach einem Streit die Nachricht *Mir auch. Tut mir leid, dass ich mich so aufgeführt habe. X J.* auf meinem iPhone vorfinde. Ja, das könnte gut der Höhepunkt sein.

Ich bin mir nicht mehr sicher, bei gar nichts. Ich weiß nur, dass unsere Kinder nie stillstehen, und deshalb dürfen wir das auch nicht. Wir müssen einfach immer weitergehen, auf den Damm am Horizont zu.

Die Mutterschaft ist wie ein Haus, das man vorübergehend gemietet hat. Wir dürfen es bewohnen, es mit unseren Ideen, unseren Stimmen, unserem Lachen füllen, doch kaum kennen wir es bis in den letzten Winkel, ist es an der Zeit, alles einzupacken und wieder auszuziehen. Wir haben lediglich einen befristeten Mietvertrag, die Eigentumsurkunde werden wir nie bekommen. Meine Kinder, aufgewachsen zwischen den Wänden meines schützenden Herzens, durch dessen Fenster die Sonne auf sie schien und dessen Türen sie beschützten und eingrenzten, sind nun auf dem Markt.

Sie verlassen mich, wachsen mit jedem Einatmen aus mir heraus, legen mich mit jedem Ausatmen ein wenig mehr ab. Wer sie sind, ist in ihren Zellen längst festgeschrieben. Wenn ich sie bisher nicht lehren konnte, unsere Erde zu respektieren, ihren eigenen Körper zu mögen oder Menschen für viel wertvoller zu erachten als Geld, dann kann ich daran nun auch nichts mehr ändern. Ich kann ihnen nicht mehr sagen, wie sie selbst etwas aus sich machen sollen. Ich kann ihnen nur wie einem Fremden begegnen und fragen »Wer bist du?« und »Was wirst du aus deinem einen, einmaligen Leben machen?«.

Ich spüre, wie schnell das alles vorbeirauscht, mit welcher Eile ihre eigene Zukunft sie für sich einnimmt. Ich stehe an der Grenze der Mutterschaft, ohne Visum zu dem Land, in das sie als Nächstes reisen. Sie müssen von mir fortgehen. Damit ich mich erinnern kann, wie ich sie erst erträumt und dann der Welt geschenkt habe.

Im Moment wünsche ich mir nur, Aaron in die Arme zu nehmen und ihm zu sagen, dass ich Vertrauen in ihn habe, dass ich ihm zutraue, in diesem Leben die richtigen Entscheidungen zu treffen. Selbst, wenn sie sich im Nachhinein als beschissen herausstellen sollten. Ich werde natürlich »Fehler« sagen, um ihm kein schlechtes Beispiel in Sachen Ausdrucksweise zu geben. Zumindest werden es seine Fehler sein.

In der kommenden Woche werde ich mir extra viel Zeit für die beiden nehmen. Ich werde an Jamies Zimmertür klopfen und mit einem Stück selbstgebackenem Käsekuchen hineingehen. Und ich werde mit ihr reden. »Ich will damit nicht sagen, dass ich es dir erlaube. Das sage ich damit keineswegs, verstehst du? Aber lass uns über Borneo reden.« Dann werden wir zusammen das

Infomaterial durchgehen: Impfungen, Ausrüstung, Gefahrenhinweise. Ich weiß nicht, ob ich bereit bin, sie einundzwanzig Tage ohne jeglichen Kontakt aus den Augen zu lassen, ohne mich vergewissern zu können, dass sie genug gegessen hat, warm und sicher untergebracht ist, genug Schlaf bekommt, nie die Sonnencreme vergisst, ihre Malariatabletten nimmt, ausschließlich abgekochtes Wasser trinkt und nur in verkehrssicheren Fahrzeugen unterwegs ist … Ich darf nicht zu viel darüber nachdenken, sonst bekomme ich Migräne.

Ich sage also nicht, dass ich sie ziehen lassen kann. Aber wenn sie tatsächlich bereit dafür ist, werde ich es wohl oder übel wenigstens versuchen müssen.

Danach werde ich ihre Zimmertür wieder schließen und sie in Ruhe lassen. Ich werde einen langen Strandspaziergang machen, wo das Wasser auf den Sand trifft. Und in den Wind schreien: *Wenn ich sie gehen lasse, wem werde ich dann am Flughafen begegnen, wenn sie drei Wochen später aus der Maschine steigt? Werde ich sie wiedererkennen?*

Sie wird eine andere sein, dem Mädchen entwachsen, das ich mit geschaffen habe, aber neu und schön in Dingen, mit denen ich nichts zu tun hatte. Das ist doch keine Tragödie. Nur ein Geheimnis, jedenfalls noch.

Wer werde ich dann sein?

Vermutlich die Mutter, die das Binsenkörbchen mit ihrem Kind dem Fluss anvertraut hat, um sich danach dem Chor mütterlicher Stimmen anzuschließen, die ihre Gebete der stillen Nacht ins Ohr raunen: Mögest du es in unserer Abwesenheit schützen. Ich werde eine Mutter sein, die ihrem Kind beigebracht hat, dass es nicht gefährlich ist, von zu Hause wegzugehen. Nichtsdestotrotz werde ich es nach seiner Rückkehr mit offenen Armen willkommen heißen.

Eines Tages werde ich Jamie für einen Abend mit ihren Freundinnen die Haare machen und ihr beim Tuschen der Wimpern helfen. Ich werde ihr von der Geborgenheit und Zuflucht der Freundschaft unter Frauen erzählen. Ich werde ihr erklären, was Planking ist und dass man dabei schön die Zehenspitzen strecken muss. Ich werde ihr raten, die Mädchen mit dem Lippenbalsam mit Kirschgeschmack ruhig zu küssen, wenn sie das will, und sich den Ingwerkuchen schmecken zu lassen. Denn was wäre sie, bei Gott, für ein Mensch, was für ein Leben hätte sie gewählt, wenn sie zu diesem Kuchen nein sagen würde? Nicht zuletzt werde ich ihr von der Toskana erzählen. Davon, dass ich eines Tages, nach einem Wochenende mit meinen Freundinnen, beschlossen habe, mich in mein eigenes Abenteuer zu stürzen, und wie es sich anfühlt, einen geheimen Quell des eigenen Selbst entdeckt zu haben, zu dem man eines Tages zurückkehren kann.

Danach werde ich nachts so viel besser schlafen können.

»He, Helen!«, rufe ich.

Als sie sich umdreht, drücke ich ihr einen zerknitterten Zettel in die Hand. Sie faltet ihn auf und lächelt.

»Wusste ich doch, dass ich dir dieses verdammte Rezept irgendwann entlocken würde.«

Speisekarte

Die sündige Karte

Mit Salz und Pfeffer frittierte **Venusmuscheln** (vom Thai-Imbiss)

Ingwer-Honig-Kuchen mit Zitronenmyrte-Creme von Ereka

Chips, Lindt-Schokolade und andere Was-kümmert-mich-meine-Bikini-Figur-Leckereien

Frittierte **Zucchiniblüten**, gefüllt mit persischem Schafskäse (von Kito, CJs neuem Freund)

Pizza mit Oliven, Gorgonzola, Artischocken, Salami, Steinpilzen und gerösteten Pinienkernen

Heiße **Zartbitter-Schokolade** mit Marshmallows

Gefüllte **Eier** nach ägyptischer Art mit Hummus, Dukkah und Ziegenkäse

Frisch gebackenes **Brot** nach einem Rezept von Virginias Mutter mit Butter

Die faule Karte

Aufschnitt, Käse, Essiggurken und Weizenbrötchen

Die gesunde Karte

Garnelen-Papaya-Salat – ohne Erdnüsse (vom Thai-Imbiss)
Thunfischsalat mit Rucola, frischen Tomaten, Gurken und Zuckerschoten
Omeletts mit Räucherlachs, Ricotta und Kräutern
Blumenkohlsuppe mit Lauch und Kokosraspeln, serviert mit Frühlingszwiebeln und einem Klecks Joghurt
Quinoa-Salat mit Roter Beete und Äpfeln, Koriander, gerösteten Haselnüssen, Orangenschale, frischer Minze, fein gehobeltem Rotkohl, Fenchelstreifen und Khaki-Scheibchen
Fruchttürme aus rosa Grapefruit, Nektarinen und Mango, angerichtet mit Champagner und einer in Zartbitterschokolade getauchten Erdbeere

Danksagung

Gesegnet seien die Mütter und die Väter. Alle. Die beiden, die mir das Leben geschenkt haben – Mum und Dad – und all jene, die täglich harte Schichten in ihrem »Familienunternehmen« leisten.

Gesegnet seien die Töchter und die Söhne, denn je nachdem, wie verkorkst sie sind, werden sie ihre Kinder verkorksen. Nicht mit Absicht. So ist das eben.

Gesegnet seien meine Schwestern und Freundinnen überall auf der Welt – zu viele, um sie alle aufzuzählen. Gesegnet seien außerdem für ihre Gesellschaft, das tolle Essen und die Geduld mit meinen Fragen: Tracey, Michelle, Deb Z, Jeannine und Katrina, die mit mir ein Planking-Wochenende im Kangaroo Valley verbracht haben.

Gesegnet seien Alan und Eva Gold, die mir Asyl in ihrem wunderschönen Haus in Leura gewährt haben, wo Teile dieses Buches entstanden.

Gesegnet seien Lisa und Angela, denn sie haben mir erzählt, was es bedeutet, ein Kind zu haben, dessen Weg mit zahlreichen Hindernissen versehen ist. Gesegnet seien Kaitlyn und Stephanie, die uns lehren, was leben heißt.

Gesegnet seien Catherine Milne, Louise Thurtell, Jo Lyons, Ali Lavau und das ganze Team bei Allen & Unwin, denn sie hauchen Büchern noch Leben ein in einer Welt, in der Bücher im Wandel begriffen sind.

Gesegnet seien Jesse, Aidan und Zed für ihre Geduld mit meinem gelegentlichen Verschwinden, meinen Schlafgewohnheiten und den Veränderungen meiner Persönlichkeit während der Entstehung dieses Romans.

Nur fürs Protokoll: Ich bin wieder da.